BASTEI
LÜBBE
TASCHENBUCH

Weitere Titel der Autorin:

Herzenssachen

**Über die Autorin:**

Alice Peterson, geboren 1974, hat sich erfolgreich dem Schreiben von Romanen gewidmet, nachdem sie aus Gesundheitsgründen ihre Karriere als Tennisspielerin aufgeben musste. Sie lebt in London.

ALICE PETERSON

# Kein Mann für jeden Tag

ROMAN

Aus dem Englischen von
Werner Richter

BASTEI
LÜBBE
TASCHENBUCH

BASTEI LÜBBE TASCHENBUCH
Band 16 898

1. Auflage: Dezember 2013

Dieser Titel ist auch als E-Book erschienen

MIX
Papier aus verantwortungsvollen Quellen
FSC® C006701

Vollständige Taschenbuchausgabe
der bei Lübbe Paperback erschienenen Paperbackausgabe


Titel der englischen Originalausgabe: »Monday to Friday Man«
Published by arrangement with Quercus, London, Great Britain

Für die deutschsprachige Ausgabe:

Textredaktion: Susanne Bartel, Nürnberg
Titelillustration: © shutterstock/mattasbestos
Umschlaggestaltung: Christin Wilhelm, www.grafic4u.de
Satz: Bosbach Kommunikation & Design GmbH, Köln
Gesetzt aus der Adobe Caslon
Druck und Verarbeitung: CPI – Ebner & Spiegel, Ulm
Printed in Germany
ISBN 978-3-404-16898-9

Sie finden uns im Internet unter
www.luebbe.de
Bitte beachten Sie auch: www.lesejury.de

Für Bernice und Zek
Zum Andenken an Alice

# I

»Sie legen einfach die Kapsel in die Maschine. Das geht so.« Die Verkäuferin steht vor einer Luxus-Kaffeemaschine und demonstriert die entsprechenden Handgriffe. Ihr rotes Haar ist zu einem Pferdeschwanz zusammengebunden, der bei jeder ihrer Bewegungen mitschwingt. »Dann drücken Sie den Knopf mit der Aufschrift ›Cappuccino‹, und das war's auch schon.«

»Toll«, sage ich, während das blitzblanke Gerät faucht und gurgelt und die Milch zu Schaum schlägt. Eine italienische Kaffeemaschine war eines der Hochzeitsgeschenke, die ich nur widerwillig zurückgegeben habe. Zum Schluss stäubt die Verkäuferin einen Hauch Kakaopulver auf den Milchschaum und reicht mir die Tasse. Ich nippe daran.

»Nun? Wie schmeckt er Ihnen?«, erkundigt sich das Mädchen.

Und in diesem Augenblick sehe ich ihn.

Ich starre in sein Gesicht. Ich wusste, dass wir uns eines Tages über den Weg laufen würden – immerhin wohnen wir beide in Hammersmith –, und doch bin ich noch nicht bereit, ihm entgegenzutreten. Mein Blick streift seine Armbanduhr, die ich ihm vor zwei Jahren zum Geburtstag geschenkt habe. Ich erinnere mich noch genau, wie ich sie um sein Handgelenk legte und Ed mich in die Arme nahm und küsste. Jetzt kann er mir nicht einmal in die Augen sehen.

Eine blonde Frau kommt mit einem Blatt Papier in der Hand auf ihn zu.

»Edward, Liebling, haben wir eigentlich die Töpfe von Le Creuset …« Sie bricht ab. Offenbar spürt sie die angespannte

Atmosphäre. »… auf unsere Liste gesetzt?«, fährt sie fort und schaut von mir zu ihm.

»Wir gehen«, ist alles, was er hervorpressen kann. Die hübsche Frau, deren äußerst gepflegtes Erscheinungsbild den Verdacht nahelegt, dass sie den größten Teil des Tages in Schönheitssalons verbringt, wartet darauf, mir vorgestellt zu werden, doch Ed nimmt ihren Arm und führt sie entschlossen aus dem Kaufhaus.

Ich verlasse die Küchenabteilung ohne meine Luxus-Kaffeemaschine, stolpere wie betäubt zur Rolltreppe und klammere mich am Handlauf fest. In meinen Augen stehen Tränen. Unfassbar. Er heiratet. Schon nach sechs Monaten! Wie kann er nur?

Ich höre sie miteinander flüstern.

»Ach was … Gilly? Himmel, das war Gilly?«

Der betäubende Duft von ihr erfüllt noch immer die Luft.

»Nicht so laut«, raunt Ed ihr zu. »Wir kommen einfach später wieder.«

»Wehe, du lässt mich eines Tages sitzen«, entgegnet sie und schaut sich verstohlen um.

Ich sehe, wie sie das Kaufhaus verlassen. Als die Luft rein ist, trete auch ich durch die Glastüren. Im Türflügel sehe ich mein Spiegelbild. Ein Streifen weißer Milchschaum ziert meine Oberlippe.

# 2

»Hier ist Dorset FM mit Ihren Lieblings-Sommerhits«, verkündet die sanfte Stimme des Moderators. »Als Nächstes hören Sie den Song eines Sängers, den ich Ihnen sicher nicht mehr vorstellen muss.«

Ich sitze im Auto, fahre aufs Land und singe so laut mit, dass ich Lionel Richie bei *Dancing on the Ceiling* glatt übertöne. Mein Hund Ruskin lässt vom Rücksitz ein kurzes Protestgebell hören, ehe er die Nase wieder aus dem Fenster steckt. Er liebt es, den Fahrtwind im Gesicht zu spüren.

»Was ist, Rusk?«, frage ich ihn und drehe mich kurz um. »Hast du etwa etwas gegen meinen engelsgleichen Gesang?«

Er bellt noch einmal und bringt damit nur allzu deutlich zum Ausdruck, dass er weder mit meinem Gesang einverstanden ist noch meinen Musikgeschmack teilt. Rusk steht eindeutig mehr auf Bach und Mozart.

Ich lenke den Wagen an den Straßenrand und lasse einen Traktor auf der Gegenfahrbahn vorbeikriechen. Vermutlich war es gut, dass ich letztes Wochenende über Ed gestolpert bin. Ganz sicher sogar.

»Gleich sind wir da, Süßer«, verspreche ich Ruskin. Nachdem der Traktorfahrer sich bei mir bedankt hat, weil ich gewartet habe, und ich mich bei ihm, weil er sich bedankt hat, fahre ich weiter.

Ich werde jetzt nicht weiter über Ed nachgrübeln, ermahne ich mich. Aber er hat gut ausgesehen. Schlank und gebräunt. Ich hatte monatelang auf diese Uhr gespart. Krampfhaft umklammere ich das Lenkrad.

»Sieh mal, Ruskin, ist es nicht schön hier? Grüne Wiesen, weiße Schafe und dieser blaue Himmel! Hier wird es uns sicher gefallen.«

Ich habe beschlossen, dass Ruskin und ich aus London wegziehen und irgendwo auf dem Land ganz neu anfangen. Natürlich werde ich London vermissen, denn trotz allem verbinden mich mit der Stadt viele glückliche Erinnerungen. Zum Beispiel freitagabends mit meinen Freunden tanzen zu gehen. Manchmal haben wir bis fünf Uhr morgens gefeiert und dann gemütlich bei Sonnenaufgang gefrühstückt. Samstags waren Ed und ich oft auf Partys unterwegs oder haben in einem schönen Restaurant zu Abend gegessen. Wenn wir wieder zu Hause waren, genehmigten wir uns oft noch einen Cocktail, legten eine romantische CD ein und entspannten. Ich habe diese Abende geliebt. Außerdem gibt es in London ein paar der besten Museen der Welt, obwohl ich zugeben muss, dass ich mich dort in letzter Zeit eher selten aufgehalten habe. Dann schon eher auf den sonntäglichen Märkten in Spitalfields und Camden! Mit Ed bin ich auch das erste Mal in die Oper gegangen. Zuerst wusste ich nicht recht, ob das mein Ding ist, aber irgendwann wollte ich die Abende in Covent Garden nicht mehr missen. Dort hat er mir übrigens auch den Heiratsantrag gemacht.

Es fällt mir wirklich schwer, mir vorzustellen, dass ich irgendwo anders als in London leben könnte, allerdings hat sich in der letzten Zeit so einiges verändert. Für mich hat die Stadt ihren Glanz verloren, aber vielleicht ist der Grund dafür ja nur, dass ich wieder Single bin und viele meiner verheirateten Freunde weggezogen sind. Erst heute Morgen lag wieder eine Karte von einer früheren Schulfreundin in meinem Briefkasten. Die schwarz-weiße Illustration zeigte eine winkende Familie in einem Heißluftballon. Und darunter stand: *Die Digbys brechen zu neuen Ufern auf.*

Ich fahre an einem reetgedeckten Häuschen vorbei, dessen Eingangstür offen steht und die Sonne hereinlässt. Wo in London wäre so etwas wohl möglich? Sicher nicht in Hammersmith, wo ich manchmal im Zickzack die Bürgersteige wechsle, um fragwürdigen Gestalten aus dem Weg zu gehen. Nachts krakeelen Betrunkene vor meinem Schlafzimmerfenster herum, und morgens finde ich Glasscherben auf der Straße. Letzte Woche wurde mein Auto aufgebrochen, allerdings muss ich zugeben, dass ich so blöd war, meine Fitnessklamotten auf dem Rücksitz liegen zu lassen. Die Mistkerle haben meine gesamten CDs mitgenommen – bis auf *The Best of Girls Aloud.*

*

In einem verschlafenen Marktflecken parke ich vor einer Immobilienagentur namens *Hunters*. Als ich Ruskins Sicherheitsgurt löse, entdecke ich unter dem Beifahrersitz mein Adressbuch, eine leere Wasserflasche aus Plastik, einen ganzen Haufen zerknüllter Strafzettel und – zum Teufel, was ist das? – eine alte Mandarinenschale. Ich sollte demnächst dringend mal aufräumen.

Bei näherer Begutachtung der Straßenbeschilderung stelle ich erfreut fest, dass ich hier fürs Parken nicht einmal bezahlen muss. In London muss man ja schon einen Obolus entrichten, ehe man nur seinen Namen ausgesprochen hat. Ein weiterer guter Grund, um der Stadt den Rücken zu kehren. Als ich die Agentur betrete, zerrt Ruskin mich begeistert zu einem Mann, der am Schreibtisch sitzt.

»Gilly?« Er steht auf und reicht mir die Hand. »Gilly mit G, nicht wahr?«, fügt er vorsichtshalber mit einem schiefen Lächeln hinzu.

Ich freue mich über sein gutes Gedächtnis und lächle zurück. Dad sagt immer, ich würde jeden darauf hinweisen, dass ich anders bin, indem ich erkläre, dass mein Name mit G und nicht wie üblich mit J geschrieben wird. Richard hatte ich, soviel ich weiß, das letzte Mal in Dads Küche gesehen. Ich muss ungefähr zehn gewesen sein, Richard ging damals schon auf die zwanzig zu. Er trug sein dunkles Haar ziemlich lang und war laut und selbstbewusst. Ich erinnere mich, dass ich seine Cowboystiefel unheimlich schick fand. Er war mit seinem Vater zum Tee gekommen.

Nach Adam Riese muss er inzwischen Mitte vierzig sein. Ich hatte ihn größer in Erinnerung, aber natürlich war ich damals noch ein Kind, und als Kind kommen einem alle Erwachsenen größer vor. Sein Körperbau ist gedrungen, er hat einen kräftigen Handschlag und – oje! – einen miserablen Geschmack, was Kleidung angeht. Wie kann ein Mann nur ein knallgelbes Hemd mit Ananasfrüchten drauf tragen? Vermutlich steckt er in der Midlife-Crisis.

»Schön, dich wiederzusehen«, sagt Richard. »Es ist ganz schön lang her. Wie geht es deinem Dad?« Richard ist das Patenkind meines Vaters, und es war Dads Idee, ihn aufzusuchen, wenn ich wirklich vorhätte, aufs Land zu ziehen. Richards Vater Michael und mein Vater hatten sich während des Wehrdienstes kennengelernt und waren seitdem immer in Verbindung geblieben. Ich kann mich noch erinnern, wie Michael und mein Vater ihre Militärzeit Revue passieren ließen. Gern erzählten sie, wie sie in aller Herrgottsfrühe aufstehen und ihre Stiefel polieren mussten, bis sie spiegelblank glänzten, und dass ihr Sergeant sie ständig anbrüllte. Ich habe mir ihre Geschichten immer gern angehört.

»Setz dich doch«, fordert Richard mich auf und begutachtet interessiert meinen Jeansmini, die Sonnenbrille und die rosa Birkenstockschuhe.

Ich nehme die Sonnenbrille ab. Hinter Richards Schreibtisch hängt eine große schwarz-weiß gerahmte Luftaufnahme von Dorset.

»Süßer Hund«, sagt er.

»Danke.« Ich strahle vor Stolz. Ruskin ist mein Rettungshund, ein Terrier-Mischling mit einem Schwanz, der an eine Palme erinnert, mit stämmigen, robusten Beinen und einem hübschen, für seinen Körper eigentlich zu großen Kopf. Sein Anblick führt des Öfteren zu Heiterkeitsausbrüchen bei Kindern, die ihn immer streicheln wollen. Für mich ist er das treueste männliche Wesen in meinem Leben. Niemand soll sich einfallen lassen, diesen Hund zu kritisieren.

Nachdem wir uns kurz über die Befindlichkeiten unserer Väter ausgetauscht haben, kommt Richard auf das Geschäft zu sprechen. »Du willst also hier in der Gegend etwas kaufen?«

»Richtig. Ich habe Lust auf ein Abenteuer«, erkläre ich kühn. Warum soll ich schließlich nicht genauso zu neuen Ufern aufbrechen wie die Digbys?, denke ich mir.

»Ich kann mich gar nicht erinnern – hast du Familie hier?«

»Oh ja. Meine Tante Pearl lebte in …« Ich kneife die Augen zusammen und versuche, mich zu erinnern. »Tolpuddle. Genau. In Tolpuddle.« Ich weiß noch, wie ich als Kind zusammen mit meinem Zwillingsbruder Nicholas in den Sommerferien immer zu Tante Pearl geschickt wurde. Wir hatten viel Spaß. Sie fuhr mit uns an den Strand, wo wir auf den Felsen herumklettern konnten und uns wilde Wasserschlachten lieferten.

Richard verschränkt die Arme. Er hat ein ausdrucksstarkes, eckiges Gesicht, lockiges dunkelbraunes Haar und dichte Augenbrauen.

»Heute Morgen bin ich durch ein paar wirklich hübsche Dörfer gefahren.« Ich beschließe, ihm nicht zu erzählen, dass die meisten von ihnen ziemlich ausgestorben wirkten. »Ich habe auch ein Cottage gesehen, das zum Verkauf stand. Es war in … Pudlehampton, oder hieß es Pudletown? Jedenfalls irgendwas mit Pudle.«

»Piddlehinton.« Er verkneift sich ein Lachen. »Möchtest du vielleicht einen Kaffee oder einen Tee?«

»Gern. Einen Cappuccino, bitte.«

»Also, wir sind hier nicht im Grandhotel.«

Ich werde rot. »Instantkaffee ist absolut okay.«

Er wälzt sich aus seinem Sessel, steigt eine Treppe hinauf und verschwindet aus meinem Blickfeld. Rastlos schaue ich mich im Büro um, ehe ich den Arm ausstrecke und Ruskin streichle, der unter meinem Sessel liegt.

Der Blick aus dem Fenster erinnert mich daran, dass ich hier nicht damit rechnen muss, Ed und seiner zukünftigen Ehefrau über den Weg zu laufen. Als er mir im Kaufhaus plötzlich gegenüberstand, hatte ich nur einen einzigen Gedanken: Ich war so gewöhnt daran, jeden Morgen neben diesem Gesicht aufzuwachen. Ich kenne jede Linie darin, die Form seines Mundes und die Geschichte der fast unsichtbaren Narbe auf der linken Stirnseite. Ich senke den Blick und betrachte meinen abgeblätterten Nagellack. Seine Neue würde es sicher nie so weit kommen lassen – genauso wenig, wie sie wahrscheinlich an ihren Nägeln kaute. Ich überlege, ob Ed ihr schon erzählt hat, woher die Narbe stammt.

Aus der Küche dringen Lärm und ein paar herzhafte Flüche, ehe Richard mich fragt, ob ich Milch und Zucker nehme. Es hört sich an, als stünde der Wasserkessel kurz vor einer Explosion, während Richard mit den Tassen zu kämpfen scheint und vor dem Fenster ein Tattergreis mit einem Rollator vorbeischlurft.

Plötzlich werde ich von Panik überwältigt. Was tue ich eigentlich? Werde ich hier überhaupt einen Job finden? Und wenn ich London verlasse, werde ich meinen Vater vermissen? Er wohnt in dem alten heruntergewirtschafteten Haus unserer Familie am Regent's Park. Wenn ich ehrlich bin, glaube ich nicht, dass er es gern sähe, wenn ich wegzöge, aber bei Dad kann man nie genau wissen. Anna wäre sicher traurig, wenn ich ginge. Sie ist wie ich Single und fast wie eine Schwester für mich. Auch meinen Zwillingsbruder Nick und ganz besonders seine Kinder würde ich vermissen. Natürlich könnten sie mich alle in meinem idyllischen Landhaus mit rosa Kletterrosen und hübschem Gartentor besuchen kommen. Ich kann meine beiden Nichten fast vor mir sehen, wie sie barfuß über den Rasen rennen und unter dem Rasensprenger spielen. Und abends würden wir alle fröhlich im Garten Himbeeren pflücken.

Ich streichle Ruskin und denke daran, wie sehr ich meine Hundefreunde vermissen würde, mit denen ich jeden Tag im Ravenscourt Park spazieren gehe. Wir sind fast schon eine Institution. Jeden Morgen um acht treffen wir uns unter der dicken Eiche, ganz gleich, ob die Sonne scheint oder es regnet.

Und auch Susie würde mir fehlen. Ihre Tochter Rose ist mein Patenkind.

Dann denke ich wieder an Ed. »Himmel, das war Gilly?«, hatte die Frau gesagt. Ich kann es unmöglich ertragen, ihr noch einmal über den Weg zu laufen.

»Gilly?« Richard steht vor mir und reicht mir eine Tasse.

»Entschuldige.« Ich nehme den Kaffee und bedanke mich. »Ich war mit den Gedanken ganz woanders.«

»Hast du dein Haus in London eigentlich schon verkauft?«

»Bisher nicht. Aber ich stehe ja noch ganz am Anfang …«

»Womit verdienst du im Moment dein Geld, Gilly?«

»Gute Frage.« Ich lächle ihn an und räuspere mich. »Ich arbeite im Antiquitätenladen einer Freundin.«

»Okay.«

»Allerdings nur vorübergehend«, beeile ich mich nachzuschieben. »Früher habe ich für eine Agentur gearbeitet, die Locations für Fotoshootings, Werbung, Konferenzen und Ähnliches vermietete, aber unter der neuen Geschäftsführung hat die Pleite nicht lange auf sich warten lassen. Die neue Chefin war einfach fürchterlich …« Ich reibe mir die Hände, und mir wird klar, dass ich Richard nicht alles erzählen sollte. »Wie auch immer: Ich helfe meiner Freundin nur über den Sommer aus, bis ich umziehe. Du sagtest am Telefon, dass du ein paar Häuser im Angebot hast, die mein Budget nicht sprengen?«

Er schiebt ein paar Blätter zusammen. Als einige davon auf den Boden fallen, macht er sich nicht einmal die Mühe, sie aufzuheben. »Fangen wir doch einfach mit diesem hier an.«

Es ist ein Cottage mit Reetdach. Der Boden in der Küche ist schwarz-weiß gefliest, in der Ecke steht ein altmodischer Herd.

»Es liegt an der Hauptstraße nach Dorchester«, sagt Richard.

Ich betrachte die Bilder eingehend und versuche, etwas Positives zu sagen. »Es sieht ein bisschen schäbig aus«, entfährt es mir.

»Absolut. Ein schreckliches Haus«, stimmt er mir sofort zu.

Neugierig sehe ich zu, wie er das nächste Exposé aus dem Stapel zieht. Ein weiß gestrichenes Cottage mit einem Vorgarten und Fensterläden.

»Der Nachteil bei diesem hier ist«, beginnt Richard, der mein Interesse spürt, »dass es auf einem steilen Hügel liegt. Wenn es im Winter schneit, sitzt du fest.«

»Ist im Dorf etwas los?«

»Tja, was meinst du genau mit ›etwas los‹?«

»Nun, es wäre ganz nett, wenn ich dort Leute in meinem Alter kennenlernen könnte.« Zum Beispiel einen attraktiven Gentleman mit zwei Labradorhunden, der gern am Meer spazieren geht und romantische Dinner am Kamin liebt. Und vielleicht auch nichts gegen Tanzen hat. Ob Richard ein Domizil, das so etwas ermöglichen würde, in seinem Aktenschrank verbirgt?

Er trommelt mit den Fingern auf den Schreibtisch. »Abgesehen vom Pfarrer und seiner Frau fällt mir im Augenblick niemand ein. Die Ärmste war monatelang bettlägerig, nachdem sie in ihren Müllcontainer gefallen und den ganzen Berg hinuntergeschlittert ist.«

Gegen meinen Willen muss ich lächeln.

Er zeigt mir ein weiteres winziges Cottage in einem Dorf, das aus höchstens drei Häusern und einem Briefkasten zu bestehen scheint. Die Fenster sind so groß wie Streichholzschachteln und die Vorhänge zugezogen. Mir ist zwar klar, dass mein Budget begrenzt ist, aber das soll wirklich alles sein?

»Okay.« Richard legt eine Pause ein, blickt mich zögernd an, fährt dann aber doch fort: »Sag mal, bist du ganz sicher, dass du wirklich umziehen willst?«

»Wie bitte?«, entfährt es mir.

In diesem Augenblick klingelt mein Handy, und Ruskin beginnt zu bellen. Nervös krame ich in meiner Handtasche herum und bin mir nur allzu bewusst, dass Richard mir dabei zusieht. Ich fördere meinen gesamten Krempel zutage: Tagebuch, Puderdose, Busfahrkarte, Lippenstift und sogar Ruskins Hundekotbeutel. Ich bin sicher, Handys verabreden sich heimlich, um sich im Augenblick eines Anrufs eines anderen zu verstecken.

Da bist du ja, du kleiner Nichtsnutz!

»Was sagtest du gerade?«

Ich schalte das Telefon aus.

Richard betrachtet mein langes dunkelbraunes Haar, das ich mit einem Schal mit dunkelblauen Tupfen nach hinten gebunden habe, meine Armreifen, meine türkise Wildlederhandtasche und wirft schließlich einen vorsichtigen Blick auf meinen leeren Ringfinger. »Ich könnte mir denken, dass ein Dorf auf dem Land nicht der richtige Ort ist für …«

»Einen Single?«

Er streicht sich über das Kinn und nickt.

»Darüber habe ich auch schon nachgedacht«, gebe ich zu, »aber …«

»Die Leute werden sich Gedanken über deine Beweggründe machen.«

Verständnislos blicke ich ihn an.

»Man wird dich sicher nicht sehr oft einladen, falls du so etwas erwarten solltest. Ich fürchte, da bist du auf dem Holzweg.«

Ich lache nervös. »Aber wieso nicht?«

Er lehnt sich über den Schreibtisch. »Weil die Frauen sich bedroht fühlen«, vertraut er mir an.

»So ein Quatsch. Warum sollten sie?«

»Glaube mir, es ist so, wie ich es dir sage. Sie werden befürchten, dass du ihnen ihre Ehemänner ausspannen willst. Immerhin siehst du ziemlich gut aus«, fügt er mit leuchtenden Augen hinzu.

»Aber es kommt für mich nicht infrage, einer anderen Frau den Mann auszuspannen, das kannst du mir glauben. Und wenn die Kerle hier alle auch noch Ananashemden tragen wie du, dann haben sie bei mir ohnehin keine Chance.« Allmählich entspanne ich mich. »Ich brauche einfach einen Tapetenwechsel.«

»Die Dörfer mögen im Sommer ganz idyllisch wirken, aber im Winter herrscht hier absolut tote Hose«, argumentiert er.

»Das glaube ich nicht. Außerdem kommen mich meine Freunde bestimmt besuchen.«

»Und was willst du hier tun? Etwa Bridge spielen?«

»Ich suche mir eine Arbeit. Etwas, das richtig Spaß macht.«

»Du hast die ganze Sache noch nicht richtig durchdacht, oder?«

»Aber sicher. Ich brauche eine neue Umgebung. Ich wünsche mir einen Garten für Ruskin und für mich ... ein gesünderes Leben. Frische, saubere Luft.«

»Aber hier riecht es ständig nach Mist«, lacht er.

»Jetzt mach doch nicht alles so mies. Ich werde einen hübschen Garten haben, wo ich mein eigenes Obst und Gemüse anbaue«, ereifere ich mich. »Himbeeren, Kartoffeln und ... und ... Brokkoli.«

»Wenn du glaubst, dass du einsam bist ...«

»Einsam? Ich bin nicht einsam!« Ich bücke mich zu Ruskin hinunter, der zusammengerollt mit dem Kopf auf meinen Füßen liegt, und streichle ihn.

»Warum willst du wirklich umziehen?«

»Was?« Ich wage es nicht aufzublicken. Richards Frage raubt mir fast den Atem.

»Gilly, jemand hat mir mal gesagt, dass man London nur verlassen darf, wenn man es hasst. Wenn man allen Saft aus der Stadt herausgepresst hat. Ich habe diesen Rat dummerweise nicht ernst genommen, und heute vermisse ich London wie verrückt. Ehrlich gesagt bin ich mir nicht sicher, ob du wirklich schon so weit bist.«

Wieder denke ich an Ed und werde ein bisschen mutiger.

»Wetten, dass doch?«

Richard nickt.

»Ich habe es satt, immer das Gleiche zu sehen. Heulende Sirenen und Unfälle, die genau vor meiner Nase passieren, lassen mich längst kalt. Ich bin es leid, die Scheiß-Innenstadtmaut zu bezahlen, und Ruskin hat keinen Garten, sondern nur den Bürgersteig. Fast alle meine Freunde sind aus London weggezogen, … und … und die, die dort noch wohnen, laden mich höchstens zum Tee ein, damit ich zuhören kann, wie ihre Kinder quengeln, dass sie ihr Eis in einer Waffel und nicht in der Schale wollen.«

Ich atme durch. Himmel, das tat wirklich gut!

»Im Augenblick habe ich keinen Job, jedenfalls nichts Festes«, fahre ich fort wie ein Dampfkochtopf, der Druck ablässt. »Ich bin frei und Single, also habe ich nichts zu verlieren. Und wenn ich nun Single bleibe? Was ist, wenn ich nie mehr jemanden kennenlerne, Richard? Soll ich mein Leben in London verbringen und später in Hammersmith begraben werden? Ich habe Angst, ich …«

Richard richtet sich auf. »Du hast Angst?«

»Ach, ich könnte mich ohrfeigen!«

»Aber warum?«

Und dann passiert etwas, das ich nicht erwartet habe: Ich beginne zu heulen.

Richard reicht mir ein Paket Taschentücher und fordert mich mit sanfter Stimme auf, alles herauszulassen, als wäre er mein Therapeut.

»Entschuldige«, sage ich schließlich und wische mir die Augen trocken. »Es geht schon wieder.« Dann zögere ich. »Mein Gott, Richard«, bricht es aus mir heraus, denn ich weiß, dass ich ihn nicht mehr täuschen kann, »das ist mir alles so peinlich. Da haben wir uns jahrelang nicht gesehen, und ausgerechnet bei dir breche ich zusammen.«

Was wird er von mir denken?

»Du brauchst dich nicht zu entschuldigen.« Richard lächelt. »So etwas passiert ständig.« Ich ertappe mich dabei zurückzulächeln. »Trotzdem solltest du mir sagen, was eigentlich los ist.«

Ich seufze. »Ich liebe ihn noch immer«, sage ich.

Richard hört geduldig zu, während ich ihm von meiner vierjährigen Beziehung mit Ed und ihrem plötzlichen Ende zwei Wochen vor der für Weihnachten geplanten Hochzeit erzähle. Ed hat mir nie erklärt, woran es lag. Stattdessen fand ich eines

Tages einen Zettel auf unserem Flurtisch, auf dem stand: »Es geht nicht. Ich kann dich nicht heiraten.«

»Kennst du das Gefühl, irgendwo am Rand zu sitzen und zusehen zu müssen, wie das Leben aller anderen weitergeht – nur dein eigenes nicht?«, frage ich Richard.

»Ziemlich gut sogar.«

Ich erzähle ihm, wie ich Ed und seiner zukünftigen Frau bei Selfridges begegnet bin.

»Himmel, Richard, ich stecke in einer Sackgasse und hab keine Ahnung, wie es weitergehen soll.« Ich warte vergeblich darauf, dass er etwas Tröstliches von sich gibt. »Kannst du mir nicht sagen, was ich tun soll?«

»Du musst aufhören, dich selbst zu bemitleiden, und darüber hinwegkommen.«

»Was?« Die plötzliche Veränderung seines Tonfalls lässt mich aufhorchen.

»Ich fühle mit dir, Gilly. Ganz ehrlich. Was dieser Ed dir angetan hat, ist unverzeihlich, aber es ist ein halbes Jahr her. Du musst endlich wieder nach vorn schauen.«

»Ich weiß«, erwidere ich mit bebenden Lippen.

»Es wäre nicht richtig, aufs Land zu ziehen. Du würdest nur vor der Wirklichkeit davonlaufen.«

Ich spiele am Griff meiner Handtasche herum. »Du bist doch sicher verheiratet, Richard, oder?«

»Geschieden. Ich bin ganz schön einsam, und glaub mir, ich hatte auch schon oft das Gefühl, wegrennen zu wollen.«

Überrascht von seinem Geständnis blicke ich auf.

»Wenn ich du wäre, Gilly, dann würde ich mir meinen süßen Hund schnappen, nach London zurückfahren und endlich wieder Spaß am Leben haben. Warum lächelst du?«, fragt er.

»Du hast gesagt, ich soll wieder nach London fahren. Die Stadt ist dreckig, teuer, und die Leute sind unhöflich. Ob du es glaubst oder nicht: Vor ein paar Tagen hat mir ein Betrunkener vor meiner eigenen Haustür erklärt, ich solle mich verpissen, und dann mit einer Bierdose nach mir geworfen.«

Richard grinst.

Ich erzähle weiter, meine Nachbarin Gloria habe mich anschließend gefragt, ob das vielleicht ein neuer Untermieter gewesen sei, der seinen Schlüssel vergessen hätte.

»Aber das ist es!«, ruft Richard, rollt eine Hochglanzbroschüre mit Immobilienangeboten zusammen und klopft damit triumphierend auf den Tisch. »Ich glaub, jetzt hab ich's«, sagt er wie Professor Higgins. »Such dir einen Untermieter.«

»Einen Untermieter?«

Zufrieden verschränkt Richard die Arme. »Genau! Ich habe gerade erst vor ein paar Tagen in der Zeitung gelesen, dass jetzt viele Leute ihr Gästezimmer vermieten. Du hast doch ein Gästezimmer, oder?«

Ich nicke. »Allerdings ein ziemlich kleines.«

»Dann mach es doch!«

»Ach, ich weiß nicht.« Ich brauche immer etwas Zeit, um mich für eine neue Idee zu erwärmen.

»So hättest du ein Zusatzeinkommen, ohne viel dafür tun zu müssen«, wirbt Richard für seine Idee.

Ich denke nach. Seit mir in meinem letzten Job gekündigt wurde, ist mein Einkommen drastisch geschrumpft. Mari, eine Freundin aus der Hundegruppe und die Besitzerin des Antiquitätenladens, kann es sich nicht leisten, mir mehr als den üblichen Tarif zu zahlen. In der letzten Zeit habe ich mir sogar für mittags Brote geschmiert, um Geld zu sparen.

»Aber ich bin zu alt für eine WG. Die Zeiten habe ich hinter mir. Inzwischen verläuft mein Leben in geordneten Bahnen.«

»Dann bring eben wieder ein bisschen Chaos rein!«

Und dann scheucht er Ruskin und mich aus dem Büro.

»Was soll das?«, protestiere ich, als er mich an die Luft setzt.

»Ich lade dich zum Essen ein.«

»He, warte mal…«

»Auf der anderen Straßenseite ist ein ganz passabler Pub. Ich habe das Gefühl, dass ich bei dir noch ein bisschen Überzeugungsarbeit leisten muss.«

# 3

Ich durchforste gerade die Stellenangebote in der Tageszeitung, als Mari mit einer Marmorbüste in den Laden schwankt. Sie ist gerade erst von einer Einkaufsreise nach Frankreich zurückgekehrt.

»Nun schau dir diesen hübschen Kerl mal an, Gilly!« Sie stellt die Büste auf einem Sofa ab. Ruskin und Basil, Maris Jack-Russell-Terrier, machen widerwillig Platz. »Sieht er nicht toll aus?«

Das tut er zwar in der Tat, aber ich hab nicht den leisesten Schimmer, wo er in den nächsten Monaten wohnen soll. Auf dem langen Eichentisch in der Mitte des Raums stapeln sich bereits alle Arten von Kostbarkeiten. »Hast du viel mitgebracht?«, frage ich und folge ihr nach draußen.

»Weniger als beim letzten Mal, aber mehr als das Mal davor.«

Ich helfe Mari, ihren ramponierten weißen Lieferwagen leer zu räumen. Der Bürgersteig ist vor Vasen und Lampions unpassierbar.

»Frisch gestrichen und mit fluffigen Stoffkissen sehen sie bestimmt toll aus«, erklärt Mari, als sie mich dabei ertappt, angesichts einiger verrosteter Gartenstühle die Nase zu rümpfen.

Mari – übrigens die Abkürzung für Marigold – gehört zu meinen extrovertiertesten Hundefreundinnen. Sie ist Ende vierzig, hat pechschwarzes, zu einem schicken Bob geschnittenes Haar und trägt heute einen knallgrünen Overall. Ich habe sie vor vier Jahren im Ravenscourt Park kennengelernt. Sie stand im Schatten einer Eiche in der Nähe der U-Bahn-Station, rauchte eine Mentholzigarette und warf für Basil immer wieder einen Ball zum Apportieren. Mari ist geschieden und hat keine Kinder. »Ich wollte nie welche«, erklärte sie mir bei einem unserer Spaziergänge. »Ich wollte immer nur einen Hund.«

Ihr Laden in der Pimlico Road ist auf antike Kerzenleuchter, Spiegel, Lampions und Vasen spezialisiert. Gerade hat sie sich in Frankreich bei diversen *brocantes* nach Schnäppchen umgesehen. Mari hat einen todsicheren Riecher und stößt auf Dinge, an denen unsereins glatt vorbeilaufen würde. Stattdessen wischt sie einfach die Spinnweben beiseite, und hervor kommt ein georgianischer Leuchter.

»Die hier ist wirklich interessant«, sagt Mari. Gemeinsam hocken wir auf dem Boden und betrachten eine große, runde, silberne Lampe. »Ich vermute, sie stammt aus den Zwanzigerjahren des letzten Jahrhunderts und wurde bei chirurgischen Operationen eingesetzt. Irgendein schlauer Zeitgenosse hatte die Idee, sie nach dem Vorbild einer Bauernlampe aus dem achtzehnten Jahrhundert zu gestalten.«

»Sie ist wunderschön«, sage ich und stelle mir die Lampe in meiner nach französischem Vorbild rustikal gestalteten Küche vor, die allerdings nur in meiner Fantasie existiert.

»Weißt du, was ich an Antiquitäten ganz besonders mag?«, fragt Mari. »Alle Sachen haben Leuten gehört, die längst schon tot sind. Stell dir mal all die tollen Partys vor, die dieser Leuchter miterlebt haben muss«, fährt sie fort und deutet auf einen Kerzenständer, der aussieht, als hätte sie ihn aus dem Müll gezogen. »Schon gut, warte nur, bis Bob ihn in die Finger bekommt. Danach ist er wie neu.« Robert Chamerette ist Maris Mann für Glas und Metall, und Mari liebt ihn fast so sehr wie ihren Basil. »Denk doch nur an die Dienstmädchen, die ihn in der Hand hatten«, sagt sie, »und an die Kratzer, die er in seinem Leben abbekommen hat. Und jetzt steht er hier in meinem Laden.«

»Und wie viel hat er gekostet?«

»Ach, Gilly!« Mari schüttelt entrüstet den Kopf. »Es geht doch nicht darum, wie viel er gekostet hat. Wichtiger ist, für wie viel ich ihn verkaufen kann.«

Später am Tag, als Mari sich mit einem Journalisten trifft, der für ein Fotoshooting einige Leuchter mieten möchte, widme ich mich wieder den Stellenangeboten in meiner Zeitung. Leider springt mir kein Job wirklich ins Auge. Ob es vielleicht daran liegt, dass ich einfach keine Einstellungsgespräche mehr ertrage? Ich glaube, ich würde lieber eine Wurzelkanalbehandlung über mich ergehen lassen, als wieder eine Absage zu bekommen. Mit geschlossenen Augen denke ich an die schlechten Erfahrungen zurück.

Erstes Einstellungsgespräch: »Gilly Brown, bitte treten Sie ein«, fordert mich eine glamourös gekleidete Empfangsdame auf. Es geht um einen Job in der Modebranche, daher habe ich meinen Stil angepasst und trage ein eng anliegendes Kleid und Stiefeletten wie die eines Gladiators.

Als ich auf die edel gestylte Blondine zugehe, stolpere ich über einen Teppich, verliere das Gleichgewicht, fliege sozusagen auf die Dame zu und beende meinen stürmischen Auftritt mit einer Bruchlandung auf dem Stuhl ihr gegenüber.

Sofort weiß ich, dass ich mir den Job abschminken kann. Das gleiche Gefühl hatte ich bei meiner Fahrprüfung, als ich in der ersten Minute über die Bürgersteigkante holperte.

Zweites Einstellungsgespräch: »Wo liegen Ihre Stärken und Schwächen?«, fragt mich der Mann. Ich habe mich um einen Job in einer Bank beworben.

»Ich kann hervorragend mit Menschen umgehen, mit Zahlen allerdings habe ich gewisse Probleme«, brüste ich mich stolz.

Warum sieht er mich nur so merkwürdig an?

Drittes Einstellungsgespräch: »Und sind Sie bereit, manchmal auch Überstunden zu machen?« Es geht um einen Job in einer angesagten Werbeagentur, und ich habe mich bis zu diesem Zeitpunkt überraschend gut geschlagen.

»Auf jeden Fall«, antworte ich. »Ich gebe hundertzehn Prozent und werde Sie nicht enttäuschen.«

Unter dem Schreibtisch kreuze ich die Finger. Ich habe dieses Geschwafel von hundertzehn Prozent schon immer gehasst, doch das strahlende Lächeln meines Gegenübers signalisiert mir, dass er sehr zufrieden mit der Antwort ist.

Er steht auf und beugt sich zu mir hinunter. »Sie sind also hungrig, Gilly?«

Ich schaue auf meine Uhr. »Also, wenn ich es mir recht überlege, habe ich durchaus etwas Appetit«, antworte ich und frage mich schon, wohin er mich wohl ausführen wird, um meine Einstellung mit mir zu feiern.

»Ich meinte eher, ob Sie hungrig auf Erfolg sind«, sagt er leise.

Ich öffne die Augen und muss laut lachen. Himmel, beim letzten Gespräch habe ich wirklich arg gepatzt. Ich brauche wohl nicht zu betonen, dass ich den Job ebenfalls nicht bekommen habe. Nach mehreren weiteren Fehlschlägen verlor ich sowohl die Lust als auch mein Selbstvertrauen, und als Mari mich fragte, ob ich mir vorstellen könnte, für ihre Verkäuferin einzuspringen, sagte ich sofort zu. Ich hoffte, dass ein Job auf Zeit mir Gelegenheit gäbe, meinen Kopf freizubekommen, darüber nachzudenken, was ich wirklich tun will, und meine Antworten für Einstellungsgespräche ein wenig aufzupolieren.

Meine Freunde und meine Familie lächelten nur milde, als ich ihnen erzählte, dass ich jetzt in einem Antiquitätenladen arbeitete. Meine beste Freundin Anna, die im Marketing arbeitet, sagte, sie hätte sich Antiquitätenhändler bisher immer klein, kahlköpfig, mit einer Lesebrille auf der Nase und nach vorn gezogenen Schultern vorgestellt, weil sie ständig versuchten, verwitterte Warenzeichen auf Porzellantellern zu entziffern.

Aber mir gefällt es hier wirklich. Oft besuchen außergewöhnliche Kunden aus der ganzen Welt Maris Laden. Erst gestern war eine Italienerin in einem Outfit von Vivienne Westwood da, die sich ihren Designerschal immer wieder so dramatisch über die Schultern warf, dass er an irgendwelchen Antiquitäten hängen blieb. Mehr als einmal musste ich ihn vorsichtig von einer Vase oder einem Lampion entfernen, wobei ich innerlich darum betete, ihn nicht zu beschädigen. Als die Frau Anstalten machte, mit ihren Killerabsätzen die Treppe hinunterzugehen, schlug ich ihr vor, lieber in meine Birkenstocksandalen zu schlüpfen.

Maris Laden umfasst zwei Etagen. Im Erdgeschoss liegen auf den knarzenden Holzdielen alte Kelims, über die man gern stolpert. Eine heimtückische Treppe führt ins Untergeschoss, in dem es ein wenig modrig riecht, und obwohl dort ein ausgesprochenes Durcheinander herrscht, besitzt es einen gewissen Charme.

Mein Problem ist, dass ich mich immer und immer wieder gefragt habe, als was ich eigentlich arbeiten möchte – aber ich weiß es einfach nicht. Ich will mich nicht für irgendeinen Job bewerben, sondern möchte etwas tun, das mich begeistert.

Maris wahre Liebe ist das Theater. Wird sie gefragt, was sie tut, so antwortet sie meistens stolz, dass sie Schauspielerin ist, und das stimmt sogar, denn in ihrer Freizeit steht sie in kleinen Theaterproduktionen auf der Bühne.

»Ich würde meinen Traum nie und nimmer verraten«, sagt sie, »weil ich keinesfalls mit einem verbitterten Zug um den Mund herum sterben will. Du musst etwas finden, das dich glücklich macht, Gilly.«

Aber was ist mein Traum?

Seit ich die Universität von Manchester mit einem Abschluss in Englisch verlassen habe, bin ich immer so schnell von einem Job zum nächsten gewechselt, als würde ich mir auf heißen Steinen die Füße verbrennen. Mein alter Geschichtslehrer hat früher einmal gesagt, ich sei wie ein Schmetterling, weil ich nie sehr lang an einem Ort verweilen kann. Bei der Erinnerung muss ich lächeln.

»Wenn ich groß bin, werde ich Bauer«, hatte ich meinen Klassenkameraden irgendwann erklärt. »Ich will einmal viele Pferde und Hunde haben.«

Friseurin war die nächste Idee gewesen.

Popstar.

Model.

Tierarzt.

Mein Lebenslauf ist ein wahrer Flohmarkt der unterschiedlichsten Jobs, die von Wohltätigkeitsarbeit bis – Ironie des Schicksals – zur Assistenz bei einem Berufsberater reichen, der anderen half, ihren Traumjob zu finden. Natürlich könnte ich mich wieder bei einem Location-Service bewerben. Wenn man die Chefin einmal ausblendet, dann hat mir die Arbeit dort sogar Spaß gemacht, sodass ich geschlagene drei Jahre blieb. Mein Vater sagt, das war Weltrekord. Damals habe ich auch ein paar Kontakte geknüpft, vielleicht sollte ich einfach mal rumtelefonieren und in Erfahrung bringen, ob es freie Stellen gibt.

Ich starre auf meine Zeitung. Was hält mich davon ab? Warum fühle ich mich, als ob irgendetwas fehlt?

»Wenn du den Eindruck hast, in einer Sackgasse zu stecken«, hatte Richard beim Mittagessen gesagt, wobei er immer mehr wie eine ältliche Tante klang, »dann musst du etwas anderes tun. Das Leben kann zeitweise wie ein Vorhängeschloss sein, das sich nicht öffnen lässt. Manchmal liegt es nur an der Zahlenkombination. Wenn du die ein winziges bisschen veränderst, dann – schwups! – springt die Tür auf.«

»Was soll ich nur tun, Rusk?« Ich streichle ihn und wünsche, er wüsste die Antwort.

»Such dir einen Untermieter«, höre ich Richard auf mich einreden. Ich schreibe meine monatlichen Ausgaben auf und beginne, mir Sorgen zu machen, als die Liste einfach nicht enden will. Vielleicht sollte ich die Mitgliedschaft im Fitnessstudio kündigen? Ich müsste sowieso dreimal in der Woche hingehen, damit sie sich lohnt.

In gewisser Hinsicht hat Richard ja auch recht; ich sollte wirklich etwas aus meinem Haus machen. Immerhin kann ich froh sein, dass ich überhaupt eine Immobilie mein Eigen nenne. Als meine Oma mütterlicherseits vor fünf Jahren starb, hinterließ sie meinem Zwillingsbruder und mir so viel Geld, dass jeder von uns ein Haus finanzieren konnte. Meine Großmutter war eine weit entfernte, strenge Gestalt in unserem Leben gewesen. Mein Vater sagte immer, dass sie uns in ihrem Testament bedacht habe, weil sie sich schuldig fühlte, dass sie nach der Geburt unserer Schwester Megan den Kontakt zu uns geflissentlich vermieden hatte.

Wieder blicke ich auf meine Liste. Heute Morgen war die Kreditkartenabrechnung in der Post. In letzter Zeit habe ich das Plastikgeld viel zu häufig benutzt, und mir ist auch klar, dass ich die Birkenstockschuhe besser nicht hätte kaufen sollen. Außerdem ist sowohl die Strom- als auch die Gasrechnung gestiegen. Kein Zweifel: Ich brauche die Miete eines Mitbewohners. Ich hebe den Telefonhörer ab.

»Einen Untermieter?«, flüstert Anna. »Oh, der Chef ist im Anmarsch. Ich rufe später zurück.«

Anna arbeitet im Marketing einer Firma, die sich auf Sport und Reisen spezialisiert hat. Wir sind gemeinsam zur Schule gegangen und haben zusammen mit Nick eine Band namens The Funky Monkeys gegründet. Wir haben im Schnee getobt, sind Schlitten gefahren, und Anna hat uns oft begleitet, wenn wir mit Megan einen Ausflug ans Meer oder in den Zoo gemacht haben.

Als ich mein Lunchpaket auspacken will, höre ich die kleine Glocke an der Tür und lege die Butterbrote hastig wieder in die Plastikdose zurück. Ein alter Mann betritt gebückt den Laden. In der Hand hält er eine Plastiktüte der Drogeriekette Boots. Als er auf mich zuschlurft, kann ich ihn gerade noch warnen, damit er nicht über den Teppich stolpert.

»Kann ich Ihnen helfen?«, frage ich höflich.

Seine Klamotten können nur vom Flohmarkt stammen.

»Hm.« Er zögert. »Hm. Ich wollte nur mal gucken. Nette Sachen hier. Ich suche nach einem … nach …«

Das Telefon klingelt, und ich überlege, ob ich abnehmen soll, während ich bemerke, dass der Mann dunkelbraune Socken zu seinen braunen Sandalen trägt. Nun mach schon! Bitte!

»Also, ich suche nach einem Service. Teller, wissen Sie?«

Ich bemühe mich, nicht zu lachen.

»Tut mir leid, Sir, aber wir verkaufen nur Antiquitäten, vor allem Lampen und Spiegel.«

Ich deute auf die Spiegel, die an der Wand hängen. Der Mann wirkt verloren und verunsichert. Ich führe ihn freundlich aus dem Geschäft und zeige ihm die Richtung zum Peter-Jones-Shop.

Das Telefon klingelt erneut. Ich stürme zurück in den Laden: »Maris Antiquitäten ... Ach, du bist's, Anna. Hi!«

»Entschuldige wegen vorhin. Nur ganz schnell: Ich habe mit einem Kollegen gesprochen, der an Wochenendheimfahrer vermietet. Du kannst das Stichwort ja mal googeln.« Als sie wieder auflegen will, fällt ihr noch etwas ein. »Ich bin so froh, dass du nicht wegziehst. Ich brauche dich hier, wir Singlefrauen müssen doch zusammenhalten.«

Ich lächle. »Ich hätte dich auch vermisst.«

*

»Wochenendheimfahrer« tippe ich in die Suchmaske, nachdem ich von einem netten Abend mit Anna heimgekommen bin. Wir waren bei einem unserer Lieblingsgriechen in der Nähe ihrer Wohnung in Clapham. Ich liebe diese Abende mit Anna, die ich seit frühester Kindheit kenne. Sie ist wie ein Sonnenstrahl: Ich fühle mich sofort besser, wenn ich sie nur sehe. Im Augenblick ist auch sie Single, aber wer weiß schon, wie lange dieser Zustand noch währt. Anna hat keine Probleme, Männer kennenzulernen. Sie ist blond, hat ein paar Sommersprossen auf Nase und Wangen, und die meisten Männer verlieben sich in ihre sinnliche Stimme und ihr ansteckendes Lachen. »Ich habe die Kerle immer so schnell satt«, sagt sie und behauptet, von den Männern endgültig genug zu haben und für immer Single bleiben zu wollen, doch ich kenne den wahren Grund für ihre Bindungsangst. Seit Ewigkeiten ist sie in ihren Arbeitskollegen Paul verliebt, doch zwischen den beiden ist noch nie etwas passiert, denn Paul ist verheiratet. Ich habe ihn bisher noch nicht einmal kennengelernt.

Ich klicke das oberste Ergebnis auf der Liste an.

»Wie kommt es eigentlich, dass du dich entschlossen hast, dein Gästezimmer zu vermieten?«, hatte Anna mich beim Essen gefragt.

»Ich will endlich über Ed hinwegkommen«, verkündete ich stolz. »Wenn er sich weiterentwickeln kann, kann ich es auch.«

»Das ist aber auch höchste Zeit!«

Ich erzählte ihr von Richard und sagte, dass er vielleicht als Immobilienmakler eine Niete sein mochte, aber dass ich seine Idee mit dem Untermieter super fände.

»Ich könnte den Boden unter Richards Füßen küssen«, freute sich Anna. »Ist er verheiratet?«

Ein glatt rasierter Mensch im Anzug namens Miles erscheint in diesem Moment auf dem PC-Bildschirm und lächelt mich mit vielen weißen Zähnen an.

»Das Vermietungsprinzip ›Montag bis Freitag‹ funktioniert wunderbar«, beteuert er. »Man vermeidet das Pendeln zur Arbeit und jede Menge lange Verkehrsstaus. Ich springe einfach – hopp! – in die U-Bahn, und das war's: Schon bin ich im Büro. Und am Wochenende fahre ich nach Hause. Ich kann das Prinzip nur wärmstens empfehlen, denn es hat ausschließlich Vorteile und ist das reinste Kinderspiel.«

Okay, Miles. Der Gute sieht aus, als sei er drauf und dran, aus dem Bildschirm zu treten und sich auf meinen Schoß zu setzen, um mich zu überzeugen.

Ich scrolle nach unten und lese weitere Empfehlungen von Vermieterinnen und Vermietern.

»Mein Wochenendheimfahrer ist Facharbeiter und äußerst angenehm im Umgang«, erklärt Mandy. »Außerdem hat er nie viel Gepäck dabei. Ich kann mich also trotz meines Mitbewohners in meinen eigenen vier Wänden noch wohl und heimisch fühlen.«

Auch ich finde das wichtig, denn in meinem kleinen Haus ist schon für Menschen nicht viel Platz – von Gepäck ganz zu schweigen.

Eines meiner liebsten Hobbys ist die Suche nach ungewöhnlichen Objekten. Kürzlich habe ich eine abstrakte afrikanische Skulptur gefunden, die einen Vogel im Flug darstellt. Sie steht jetzt vor dem Kamin.

Die Internetseite lockt mit einem Button: »Jetzt registrieren«. Als Vermieter kann man sich mit einem einzigen Klick anmelden.

»Was hältst du davon, Ruskin?«, frage ich meinen Hund, der wie üblich auf dem Rücken in seinem Sessel liegt und alle vier Pfoten in die Luft streckt. Ich gehe zu ihm hinüber und gebe ihm einen Kuss. »Würdest du dich von einem Fremden im Haus gestört fühlen, mein Knuffelchen?«

Als ich zu meinem Computer zurückkehre, überlege ich, ob ich mich sofort registrieren oder lieber doch noch eine Nacht darüber schlafen soll. Ich bin von Natur aus kein spontaner Mensch und gehe lieber auf Nummer sicher. Wenn ich mit dem Auto unterwegs bin, fahre ich lieber zweimal durch den Kreisverkehr, um auch wirklich ganz sicher die richtige Ausfahrt zu erwischen. Meine Unentschlossenheit konnte Ed auf die Palme bringen. Dad meint, dass ich wahrscheinlich noch darüber nachgrübeln würde, ob ich das Bügeleisen angelassen oder die Haustür richtig abgeschlossen habe, wenn man mich schon auf den Friedhof trägt.

»Denk doch mal nach, Gilly«, höre ich wieder Richard beim Mittagessen auf mich einreden, »ein Mann im Haus könnte dir auch Steckdosen wechseln, den Duschkopf reparieren und den Abfluss säubern. Außerdem wissen Männer immer, wo der Absperrhahn ist.«

»Das kann ich alles selbst, vielen Dank«, gab ich zögernd zurück.

»Okay, aber du weißt nie, wer bei dir aufkreuzen wird. Vielleicht ist es ja zufällig der Richtige.«

»Aber ich bin nicht auf der Suche nach dem Richtigen.«

»Oh, du hättest also lieber eine Richtige? Spielst du etwa im anderen Team?«

Ich lache noch immer, als Miles wieder auf dem Bildschirm

erscheint und mir erklärt, dass ich mit einem einzigen Mausklick einen großen Schritt in Richtung einer reicheren und schöneren Zukunft gehen kann.

Nun mach schon, Gilly. Denk an das Geld. Du brauchst es.

Ich klicke auf den Jetzt-registrieren-Button und halte die Luft an.

So. Ich habe es getan. Ohne zu zögern. Richard wäre stolz auf mich.

»Darf ich dich etwas fragen?«, hatte ich mich erkundigt, nachdem ich der Meinung war, dass er mich ausreichend über mein Privatleben ausgequetscht hatte und nun eigentlich selbst an der Reihe war. Denn abgesehen davon, dass Richard das Patenkind meines Vaters ist, wusste ich bis dahin herzlich wenig über ihn. »Wieso bist du eigentlich Immobilienmakler geworden? Nichts für ungut, aber ich halte dich nicht gerade für eine Leuchte in diesem Geschäft.«

Er zuckte mit den Schultern. »Diese Frage stelle ich mir jeden Tag.«

»Und?«

»Die Antwort heißt: Ich weiß es bis heute nicht.«

»Bist du glücklich?«

»Glücklich? Das ist eine schwierige Frage. Nein. Es fällt mir zwar leicht, dir zu sagen, was du tun solltest«, erklärte er und ließ mich eine gewisse Verwundbarkeit spüren, »aber wenn es um das eigene Leben geht, weiß ich manchmal weder aus noch ein.«

Das Leben ist von Zeit zu Zeit tatsächlich wie ein Vorhängeschloss, das sich nicht öffnen lässt. Wahrscheinlich sucht auch Richard noch nach der Winzigkeit, die ihn endlich glücklich macht.

Aber vielleicht tun wir das ja alle.

# 4

Zehn Tage später gebe ich mein Passwort ein: »Bobby Shafto«. Es ist der Titel eines Kinderliedes, das wir unserer kleinen Schwester Megan oft vorgesungen haben, als sie noch ein Baby war und wir mit ihr ans Meer fuhren.

»Willkommen Gilly Brown«, begrüßt mich mein Rechner, und ich klicke das Kästchen an, das mich zum Profil meines Inserats führt. »Ihr Angebot in Hammersmith hatte 28 Besucher und 0 Anfragen.«

Ungläubig logge ich mich aus. Mein Haus und ich, wir scheinen tatsächlich Mauerblümchen zu sein. Niemand will mit uns tanzen. Was ist da los? Wahrscheinlich ein Fehler im System. Doch als ich es erneut versuche, erhalte ich die gleiche Meldung. Niemand ist interessiert. Null Anfragen. Ich klicke auf den Hilfe-Button der Seite.

»Stellen Sie sicher, dass Anfragen potenzieller Mieter nicht in einem Spam-Ordner landen …«

Aha! Ich sehe sofort in meinem Spam-Ordner nach, werde aber auch dort nicht fündig. Ob es an der Rezession liegt? Sollte ich vielleicht die Miete senken? Ich schaue nach, ob das schäbige Zimmer auf der anderen Seite der Hammersmith Bridge mit seinem Plastiksofa und den verschimmelten Vorhängen noch auf dem Markt ist. Es sieht nicht halb so nett aus wie meins, ist aber hundert Pfund teurer und liegt außerdem unmittelbar an der Hauptstraße. Ich kann mir nicht denken, dass jemand …

Mist! Nicht zu fassen!

Es klingelt. Meine Nachbarin Gloria stürmt herein. Sie hat aus freien Stücken nie geheiratet, ist gerade sechzig geworden, hat sich aus der Welt der Aromatherapie zurückgezogen (sie war zuvor Physiotherapeutin) und ist jetzt Rentnerin. Sie hat einen silbernen Wuschelkopf und trägt ein schlabbriges rotes T-Shirt zu schwarzen Leggings. Samstagmorgens gehen wir meist zusammen ins Fitnessstudio. Glorias Leben ist eine wunderbare Mischung aus nächtelangem Durchmachen mit ihren Freunden – »auf die Rolle gehen«, so nennt sie das – und gemütlichen Abenden vor dem Radio mit einer Tasse heißem Kakao.

Ich habe Gloria vor fünf Jahren an dem Tag kennengelernt, als ich Ruskin zu mir geholt habe. Sie klopfte abends an meine Tür und fragte, ob ich Strom hätte. Da ich sie mit einer Taschenlampe in der Hand begrüßte, erkannte sie schnell, dass es mir nicht besser ging als ihr, und bemerkte auch, dass ich Angst hatte. Ich erzählte ihr, dass mein kleiner Hund verschwunden sei.

Wir suchten ihn im ganzen Haus. War er möglicherweise im Gästeklo eingeschlossen? Oder etwa durch das Abflussrohr geflutscht? Lag er unter dem Sofa? Er war nicht zu finden. Als Gloria mich dabei erwischte, wie ich auf der Suche nach Ruskin den Deckel der Teedose öffnete, erklärte sie mich offiziell für verrückt.

Irgendwann machte sie mir ein Zeichen, legte den Finger auf die Lippen und kauerte sich neben das Spülbecken. »Komm her, Liebchen«, flüsterte sie.

Ruskin hatte sich tatsächlich in den schmalen Ritz zwischen Waschmaschine und Trockner gequetscht und kam erst nach viel gutem Zureden hervor. An seinen Ohren hingen Spinnweben.

»Ich glaube, ich kann ihn nicht behalten«, sagte ich mit bebender Stimme.

Ich hatte mir einen Hund gewünscht, seit ich klein war. Immer wieder hatte ich meine Mutter angebettelt, doch sie war der Meinung gewesen, dass sie mit einem Hund und Megan überfordert wäre. »Und außerdem wäre ich irgendwann diejenige, die mit ihm spazieren gehen müsste«, hatte sie erklärt.

Ich schwor mir, sofort einen Hund anzuschaffen, sobald ich alt genug wäre und eine eigene Wohnung hätte. Als ich das Tierheim in Battersea besuchte, war Ruskin einer der ersten Hunde, die ich erblickte. Er lag zusammengerollt in seinem Körbchen und schlief tief und fest. Als ich mich vor den Käfig kniete, öffnete er die Augen, tapste auf mich zu und steckte eine Pfote durch die Gitterstäbe. Als das Mädchen, das mich herumführte, sagte, dass er das noch nie zuvor getan hätte, wusste ich, dass er mein Hund war.

»Vielleicht habe ich ja einen Fehler gemacht«, beichtete ich Gloria an diesem Abend. Das Gefühl von Verantwortung lastete plötzlich zu schwer auf mir.

Aber Gloria legte mir nur das winzige Fellbündel in die Arme. »Du bist jetzt seine Mama. Er braucht dich.«

»Hi, mein Schatz«, begrüßt sie mich, stolziert in mein Wohnzimmer und wirft ihren Badeanzug auf mein Sofa. Ruskin stürmt begeistert auf sie zu und stürzt sich unter fröhlichem Schwanzwedeln in ihre Arme. »Wieso bist du nicht fertig?«, fragt sie, als sie sieht, dass ich noch in meinem Schlafanzug herumlaufe.

Schnell setze ich mich wieder an den Computer. »Hübsche Flip-Flops«, murmle ich.

»Toll, nicht wahr? Sie sind unheimlich bequem und trainieren meine Beine – ehrlich gesagt tun sie fast alles für mich – außer meine Rechnungen zu bezahlen. Was machst du da?«

»Ich verändere mein Profil.«

Gloria zieht sich einen Stuhl heran. »Noch kein Glück gehabt?«

»Nicht einen einzigen Interessenten!«

»Dabei hätte ich gedacht, dass man sich um dieses Zimmer reißt. Zumindest hätte der eine oder andere anbeißen müssen.«

»Aber Untermieter sind doch keine Fische.« Ich muss lachen.

»Rutsch rüber«, befiehlt sie. »Lass mich mal sehen.«

Gloria überfliegt meine Anzeige.

»Vielleicht liegt es ja an den Schulferien«, sage ich. »Im August ist in London nie viel los.«

Gloria liest laut den Text vor, mit dem ich meine Nummer 21 angepriesen habe. »Ich wohne in Hammersmith, in einem Vier-Zimmer-Haus in einer ruhigen Seitenstraße.« Sie klickt den Button »Ändern« an. »Jetzt gehen wir es einmal etwas kreativer an, Gilly.«

Ich schaue auf die Uhr. »Und was ist mit dem Schwimmen?« Gloria und ich schwimmen dreimal die Woche und nennen uns »die Olympioniken«. Zwar werden wir häufig von schnelleren Schwimmern überholt, doch das stört uns nicht im Geringsten.

»Setz Teewasser auf«, sagt sie, bevor sie unsere Straße als lebhaft mit freundlicher, gewachsener Nachbarschaft beschreibt.

»Aber die Wochenendheimfahrer wollen es doch bestimmt eher ruhig haben, oder etwa nicht?«

»Ach was! Kein Wunder, dass sich noch niemand gemeldet hat. Die Formulierung des Inserates ist so kalt wie ein Wintertag in Sibirien.«

»Wirklich?« Ich lese den Text noch einmal durch und muss zugeben, dass selbst ich nicht bei mir einziehen würde. Die Beschreibung klingt stinklangweilig.

Gloria schürzt die Lippen und stürzt sich mit Feuereifer in die Arbeit. »Sieh einmal hier! Hast du dir das mal angeschaut?« Hoch motiviert klickt sie einen Button an, der auf eine Webseite führt, auf der beschrieben wird, worauf es den meisten Wochenendheimfahrern ankommt.

»Sie möchten unter Leuten sein«, stellt Gloria fest. »Siehst du? Sie wollen Spaß haben.« Laut liest sie vor, was ich geschrieben habe: »In Laufweite befinden sich einige Pubs.«

»Aber es gibt doch ein paar in der Nähe.« Ich lächle scheinheilig.

»Himmel, ich kann meine Begeisterung kaum im Zaum halten.«

»Okay, dann ändere es und schreib eben, dass sich in Laufweite ein paar *hervorragende* Pubs befinden. Außerdem zahlreiche Cafés, Feinkostläden und Geschäfte.« Allmählich fängt das Texten an, mir Spaß zu machen. »Und ein toller Park liegt gleich vor der Haustür.«

Bald haben Gloria und ich die Anzeige umformuliert, dann will ich potenzielle Mieter noch voller Stolz darauf hinweisen, dass ich nur wenige Sekunden von einer der Haupt-U-Bahn-Linien entfernt wohne und mein Haus verkehrsgünstig zu allen Autobahnen und Flughäfen liegt.

»Ausgezeichnete Verkehrsanbindung«, tippt Gloria in den PC.

Sie liest den nächsten Tipp. »Manche Mieter möchten etwas über ihre Vermieter erfahren. Erzählen Sie ein wenig von sich.«

Sie kehrt zur Anzeige zurück und liest laut vor: »Meine Hobbys sind Schwimmen, Filme, Lesen und Schreiben.«

»Dann hättest du ja gleich schreiben können, dass du mittwochs immer Bingo spielst, donnerstags in den Rätselklub gehst und mit deinem Rentnerpass gern die Stadt unsicher machst. Aber in dieser Straße ist nur Platz für eine flotte Rentnerin, und das bin ich.«

Ich lache. »Okay, dann schreib eben, dass ich eine ausgeflippte Vierunddreißigjährige bin, die den Zaster braucht.«

Gloria verzieht gedankenverloren den Mund, ehe sie weiterschreibt: »Ich bin zweiunddreißig ...«

»Gloria! Das ist keine Partnervermittlung, und in keinem anderen Inserat steht das Alter des Vermieters.«

»Richtig. Du wirst also unter ihnen hervorstechen, klar? Du machst gern Party. Gehst tanzen ... Was ist dein Lieblingscocktail?«

»White Lady.« Frisch gepresster Zitronensaft, Gin und Cointreau. Ed und ich haben uns den oft gemacht.

»Köstlich!« Sie leckt sich die Lippen und schreibt weiter, als plötzlich die ganze Anzeige verschwindet. »Oh nein!«, jammert sie. »Ich habe doch gar nichts gemacht. Ich habe bloß hier irgendwo geklickt«, verteidigt sie sich.

Ich beuge mich über sie, klicke erneut, und die Seite erscheint wieder. Gloria hat lediglich das Fenster verkleinert.

Als wir die Anzeige bis zum Ende überarbeitet haben, fehlt noch etwas.

»Ich liebe Hunde!«, rufe ich. »Aber vielleicht sollte ich lieber sagen: Haustiere. Alle Welt liebt Hunde!«

»So ist es richtig, mein Mädchen«, sagt Gloria auf eine Art, die mich befürchten lässt, dass sie mir gleich mit der Hand durch die Haare fährt und in die Wange kneift.

»Wenn Sie möchten, können Sie ein Foto Ihres Hauses hinzufügen.« Gloria betrachtet das von mir ausgesuchte Bild. Es ist ein Foto meines Wohnzimmers mit dem offenen Kamin, der afrikanischen Skulptur, den Einladungen auf dem Kaminsims (ich kann mich noch immer nicht daran gewöhnen, dass nur mein Name daraufsteht) und dem mit Romanen und Familienfotos vollgestopften Bücherregal.

Sie schnauft. »Es ist dein Fernseher, Liebes.«

Ich begutachte den altmodischen Kasten mit dem winzigen Bildschirm. Gloria hat recht. Er verunziert mein Wohnzimmer wie eine hässliche Warze und schlägt alle potenziellen Mieter in die Flucht. Ed hatte mir schon mehrfach gedroht, ein neues Gerät anzuschaffen, aber ich war immer stolz darauf gewesen, mein Seelenheil noch nicht für einen Plasmabildschirm verkauft zu haben.

»Zieh deinen Mantel an«, befiehlt Gloria. »Sadie braucht Auslauf.«

Sadie ist ihr lilafarbenes Elektroauto.

»Aber ich kann mir im Augenblick keinen neuen Fernseher leisten«, werfe ich ein. »Meine Kreditkarte braucht dringend eine Auszeit.«

»Sieh es einfach als eine Art Anleihe.« Kurz vor meiner Haustür dreht sie sich um. »Ich wollte dir nur sagen, dass ich sehr froh bin, dass du nicht wegziehst.«

»Ich doch auch, Gloria«, gebe ich gerührt zurück.

»Wer sonst würde meine Blumen gießen und Guinness füttern, wenn ich auf Reisen bin?«

Guinness ist Glorias schwarz-weiße Katze.

»Und deinen Computer reparieren?« Gloria pflegt mich zu Hilfe zu rufen, wenn sie ein technisches Problem hat; erst kürzlich habe ich sie mit einer drahtlosen Breitbandverbindung aufgerüstet. »Außerdem würde ich meine Mit-Olympionikin beim Schwimmen sehr vermissen. Hoffen wir also, dass ich nach so viel harter Arbeit den perfekten Wochenendheimfahrer finde.«

»Ich sag's dir, Gilly, sobald wir mit diesem Inserat fertig sind, werden dir die Leute die Tür einrennen«, verspricht Gloria.

# 5

Gegen Abend haben Gloria und ich einen Hightech-Fernseher erstanden, in meinem Wohnzimmer aufgestellt und angeschlossen. Er hat die Größe eines Tennisplatzes, und ich finde ihn ziemlich vulgär.

In Eile springe ich in mein Auto und fahre zum Haus meines Bruders in Richmond. Ich habe mich verspätet, weil ich noch eine der winzigen Halogenpunktleuchten in Glorias Küche wechseln musste. Als ich – natürlich – in einen Stau gerate, fluche ich vor mich hin. Nicks Frau Nancy hat nur eines mit meinem Vater gemeinsam: Sie legt großen Wert auf Pünktlichkeit.

*

Nancy öffnet die Tür in einem eleganten dunkelblauen Wickelkleid. Ihre Beine sind gewachst und leicht gebräunt, ihr blondes Haar fällt auf ihre knochigen Schultern. Mit einer Flasche Wein und Mitbringseln für die Kinder platze ich in den Flur.

»Die Mädchen sind schon im Bett. Es ist zu spät für eine Geschichte.«

Ich denke mir immer Gutenacht-Geschichten für sie aus.

»Darf ich ihnen wenigstens noch einen Kuss geben?«

»Ja, aber schnell.« Sie lächelt gezwungen.

Als ich an ihr vorbeihusche, erkenne ich in ihrem Gesicht eine leichte Missbilligung darüber, dass ich mich zum Essen nicht umgezogen habe. Für Nancy ist es wichtig, dass man sich zum Abendessen umzieht, um dem Tag ein »neues Kapitel hinzuzufügen«, wie sie sich auszudrücken pflegt.

»Schon gut«, sagt sie, als ich entschuldigend auf meine Jeans deute, »aber hast du nicht etwas vergessen?« Sie gibt mir einen vordergründig freundschaftlichen Klaps, hinter dem sich eigentlich ein Schlag verbirgt.

»Oh, entschuldige!« Ich schlüpfe aus den Schuhen, ehe ich die Treppe hinauflaufe, um Hannah und Matilda einen Gutenacht-Kuss zu geben.

Wenige Minuten später bin ich wieder bei Nancy in der Küche. Der Tisch ist mit makellos gebügelten weißen Leinenservietten und weißem Porzellan gedeckt.

»Kann ich dir irgendwie helfen?«, frage ich, ehe ich den köstlichen Duft lobe, den das Abendessen verströmt.

»Nein, nein, setz dich nur.«

Nancy öffnet die Kühlschranktür, die mit Fotos von den Kindern und ihren eigenen Kunstwerken behängt ist, und holt eine Flasche Weißwein heraus. Sie schenkt uns zwei Gläser ein und bemerkt dann, dass das Abendessen verkochen wird, wenn mein Bruder nicht bald nach Hause kommt. Nick ist Anwalt und auf Scheidungen spezialisiert.

»Kommt er immer so spät heim, Nancy?«, frage ich besorgt.

»Immer«, antwortet sie. »Er wohnt förmlich in seiner Scheißkanzlei.«

Während Nancy mir von den Dramen mit Hannahs Musiklehrerin berichtet – Hannah ist sieben, Matilda vier –, wandern meine Gedanken zu meiner Schwester Megan. Ich wünschte, sie wäre heute Abend hier. Ich denke noch immer oft an sie. Wäre sie wie mein Vater und Nicholas geworden – beides sind karrieresüchtige, erfolgreiche Anwälte – oder eher wie ich?

Ich höre einen Schlüssel im Schloss. Nancy hält inne und schaut auf ihre Uhr. Nick stürmt herein, wirft das Jackett über einen Stuhl, lockert die Krawatte, stellt seine Aktentasche auf den Küchentisch und entschuldigt sich bei mir, dass er zu spät kommt. Nancy greift nach der Aktentasche und fordert ihn auf, sein Jackett ordentlich aufzuhängen.

»Du hast doch hoffentlich an die Milch gedacht, oder?«

Sein erschrockenes Gesicht spricht Bände.

»Oh Nicholas. Jetzt haben wir nicht genug für das Frühstück der Kinder.«

Erst nachdem er sich entschuldigt hat, gestattet sie ihm, sie auf die Wange zu küssen.

»Ach, das ist nur ein Rezept aus dem Fernsehen«, lächelt Nancy, als sie uns perfekte Mini-Zwiebelkuchen als Vorspeise serviert.

Anschließend fragt sie mich nach meinem Liebesleben, so wie sie es immer tut. Ich gehe der Frage aus dem Weg, indem ich noch einmal die Kuchen lobe, doch Nancy lässt nicht locker. Sie hat große Stücke auf Ed gehalten und vermisst ihn bei unseren gemeinsamen Mahlzeiten. Ed wusste von Anfang an, wie er mit Nancy umgehen musste. Er war ein Meister darin, Menschen richtig einzuschätzen, was ihm auch beruflich zu Erfolg verholfen hat.

»Nancy braucht viel Aufmerksamkeit«, hat er gesagt. »Und sie ist unsicher. Tief im Innern fleht sie nur so um Anerkennung und Bestätigung.«

Hör – endlich – auf – an – ihn – zu – denken!

Also erkläre ich Nancy lieber, dass sich im Augenblick nichts Besonderes bei mir tut, und füge hinzu, dass sich anscheinend alle attraktiven Single-Männer irgendwo verstecken. Ich verschweige bewusst, dass ich heute Morgen beim Hundespaziergang einem netten jungen Mann begegnet bin, der eine Mütze trug und mir irgendwie interessant erschien.

»Und sonst?«, mischt sich Nicholas ein, um das Thema zu wechseln. »Gibt es irgendetwas Neues?«

Immer wenn ich meinen Zwillingsbruder sehe, erschrecke ich. Wie ich ist er groß und hat dunkelbraunes Haar, doch in den letzten Jahren ist er deutlich gealtert, und seine blasse Haut ist ein deutliches Zeichen dafür, dass er zu viel Zeit vor dem Computer verbringt.

»Oh ja. Ich bin auf der Suche nach einem Untermieter, einem Wochenendheimfahrer«, berichte ich.

»Was für ein Heimfahrer?«, fragt Nancy.

Ich erkläre den beiden das Montag-bis-Freitag–Prinzip.

»Eine Ehefrau muss eine ganze Menge Mut haben, ihren Mann unter der Woche so von der Leine zu lassen«, sagt Nancy. »Ich würde das nicht tolerieren, Nicholas.«

Nick lächelt mich an.

»Aber nachdem du ohnehin in deiner Kanzlei wohnst, würde es eigentlich keinen großen Unterschied mehr machen.«

Als Nancy nach oben geht, um nach den Kindern zu sehen, beugt sich Nick zu mir herüber. »Ich finde die Idee großartig«, sagt er mit einem schiefen Lächeln. »Bei dem Geld, das sie ausgibt, sollten wir vielleicht auch einmal darüber nachdenken, unser Gästezimmer zu vermieten.«

»Wow, das sieht ja fantastisch aus!«, rufe ich, als Nancy einen Teller mit einem exquisiten Aprikosenkuchenstück und einer ansehnlichen Kugel Vanilleeis vor mir auf dem Tisch abstellt.

»Ach, nur einer Fernsehköchin abgeschaut«, sagt sie. »Hör zu, Gilly, wir müssen allmählich anfangen, an euren Geburtstag zu denken.«

»Aber bis November sind es noch Monate!«, wiegele ich ab.

»Nancy braucht immer ein Projekt«, flüstert Nicholas mir zu, während Nancy die verbleibenden Monate an ihren Fingern abzählt.

»Nur noch drei«, verkündet sie. »Und wenn wir ein Festzelt mieten wollen …«

»Auf gar keinen Fall!« Der Gedanke jagt mir einen Schauder über den Rücken. »Nick, was schlägst du vor?«

»Gar nichts«, antwortet er.

»Gar nichts?«, wiederhole ich überrascht. Normalerweise feiert mein Bruder gern.

»Nun, vielleicht ziehe ich die Vorhänge zu und verstecke mich unter meiner Bettdecke«, unkt er.

»Das sieht dir ähnlich«, beklagt sich Nancy. »Ich bin mit einem Langweiler verheiratet. Und du bist keinen Deut besser, Gilly«, fügt sie hinzu, obwohl ich längst kichere.

»Entschuldige, Nancy. Vermutlich werde ich schon etwas machen, aber …«

»Hör zu, Gilly, ich weiß, dass fünfunddreißig ein schwieriges Alter ist. Man wird langsam sensibel. Bitte, versteh mich nicht falsch – mir ist es genauso ergangen.«

»Schon gut, Nancy, aber mein Alter macht mir wirklich nichts aus.«

»Ich kann mir vorstellen, dass es ganz schön schwierig ist, über dreißig und Single zu sein – vor allem in London«, fährt sie fort.

Ich greife zu meinem Weinglas und nehme einen ausgiebigen Schluck, ehe ich mich entschuldige und auf die Toilette gehe.

»Gilly hat noch jede Menge Zeit, jemanden kennenzulernen«, höre ich Nick sagen, als ich durch den Flur in die Küche zurückkehre. »Und nach dem, was Ed ihr angetan hat, kann ich verstehen, dass sie vorsichtig ist.«

Ich bleibe hinter der Tür stehen.

»Was du nicht verstehst, Nicholas …«

»Sprich leiser«, warnt er.

»… ist, dass so etwas besonders für uns Frauen schwierig ist. Unsere biologische Uhr tickt gnadenlos weiter. Wenn Gilly zu lange wartet …«

Ich renne ins Obergeschoss. In Nicks Arbeitszimmer fühle ich mich sicher. Ich setze mich an seinen Schreibtisch und atme tief durch. Lass sie nicht an dich heran, Gilly. Manchmal könnte ich meinen Bruder wirklich dafür umbringen, dass er jemanden wie Nancy geheiratet hat.

Nachdem Nicholas sie kennengelernt hatte, konnte er es kaum abwarten, Dad und mir die wunderbare, hübsche und mutige Frau vorzustellen, die »sich irgendwie in mich verliebt hat«, wie er lachend sagte. Es hatte Nick wie ein Blitz erwischt. Schon nach zwei Monaten machte er Nancy einen Heiratsantrag.

Ehe wir sie kennenlernten, warnte er uns, sie nicht zu intensiv über ihre Familie auszufragen. Ihr Vater war Alkoholiker, ihre Mutter lebte von der Wohlfahrt. Nancy hatte sich geschworen, in London ein besseres Leben zu beginnen, berichtete er stolz, und wollte nicht an die Vergangenheit erinnert werden. Sie waren sich im Job über den Weg gelaufen. Nancy war die persönliche Assistentin von einem von Nicks Partnern in der Kanzlei gewesen.

Ich bin mir nicht ganz sicher, ob ich sie damals mochte, doch zumindest bewunderte ich sie – ebenso wie mein Vater. Ich konnte gut nachvollziehen, warum Nick sich Hals über Kopf in Nancy mit ihren langen blonden Haaren, ihrem sinnlichen Mund und den dunkelblauen Augen verliebt hatte. Sie war ausgesprochen hübsch. Ich erinnere mich, dass sie für mich genau die Art Frau darstellte, die jedes kleine Mädchen eines Tages zu werden erträumt.

Ich höre, wie sich Nancy und Nick unten in der Küche weiterhin kabbeln. Sie sind ein Paradebeispiel dafür, besser nicht zu heiraten. Allerdings möchte ich ihre Kinder nicht missen. Ich liebe es, am Wochenende mit den Mädchen im Park spazieren zu gehen und ihnen Eis zu kaufen. Und ich muss lächeln, wenn ich daran denke, wie Nick mit ihnen Fangen spielt.

Als mein Blick auf Nicks Laptop fällt, frage ich mich, ob in der Zwischenzeit vielleicht schon Antworten auf meine Anzeige eingegangen sind. Ich logge mich ein.

»Herzlich willkommen, Gilly«, begrüßt mich die Webseite.

»Keine Ursache«, murmle ich und warte darauf, dass ich erfahre, was Sache ist.

Mit großen Augen starre ich auf den Bildschirm. Träume ich?

Wahrscheinlich habe ich unbewusst einen Überraschungsschrei ausgestoßen, denn das Nächste, woran ich mich erinnern kann, ist Nick, der ins Zimmer stürmt und mich tröstend umarmt.

»Entschuldige, Gilly. Nancy kann manchmal so gedankenlos sein.«

»Schon gut.« Ich winde mich aus seinen Armen. »Und sie hat ja auch recht«, gebe ich zu, »die Uhr tickt wirklich. Aber schau dir das hier mal an!«

»Ihr Angebot in Hammersmith hatte 55 Besucher und 10 Anfragen« ist auf dem Bildschirm zu lesen.

»Nicht so laut!«, warnt Nick, muss aber über meine Begeisterung lächeln.

Eines der Mädchen beginnt zu weinen.

»Schon gut, Liebes«, beruhigt Nicholas Matilda, die mit tränenüberströmtem Gesichtchen aufrecht im Bett sitzt, und gibt ihr etwas zu trinken. »Zehn Anfragen«, flüstert er. »Das ist wirklich toll!«

»Tante Gilly!«, ruft Tilda, die mich im Türrahmen stehend entdeckt hat.

Ich lege einen Finger auf die Lippen, gehe aber trotzdem zu ihr und gebe ihr noch einen Gute-Nacht-Kuss. Ihr Gesicht ist weich und rund und riecht nach Schlaf.

»Wo ist Ruskin?«, fragt sie.

Die vierjährige Tilda will meinen Hund unbedingt heiraten.

»Er schläft«, flüstere ich.

Hannah wacht zum Glück nicht auf. Sie liegt diagonal auf ihrer Matratze. Hannah ist drei Jahre älter als ihre Schwester, liebt Klavierspielen und Fahrradfahren. Allerdings ist mir in der letzten Zeit aufgefallen, dass sie bedrückt wirkt. Sie hat zu nichts mehr Lust und sitzt am liebsten vor dem Fernseher.

Beide Mädchen sind sehr hübsch. Sie haben honigfarbenes Haar, das sie oft zu Zöpfen geflochten tragen, und ihre kleinen Körper sind perfekt geformt. Für mich gibt es keine schöneren Kinder.

»Ach, übrigens, Mum hat heute Morgen angerufen«, erzählt Nick mir leise, als wir wieder vor dem Schlafzimmer der Kinder stehen.

»Gut. Ich hatte schon angefangen, mir Sorgen zu machen.«

Unsere Mutter lebt in Perth mit Patrick, einem Weinhändler. Nach Hannahs Geburt zog sie auf die andere Seite der Erdkugel. Nick war ganz froh, dass sie England verließ, denn er hat ihr nie verziehen. Und obwohl es mir anders ging, hatte ich Schwierigkeiten, ihr zu sagen, dass ich sie lieber in meiner Nähe behalten hätte. Dad hingegen schien nicht weiter überrascht von ihrem Wegzug; er hatte einige Zeit vor uns von Patricks Existenz erfahren.

»Und? Wie klang sie?«, frage ich.

»Es schien ihr gut zu gehen. Sie wirkte glücklich«, antwortet Nick, bevor er auf die Uhr guckt. »Sorry, Gilly«, sagt er und kehrt in sein Arbeitszimmer zurück. »Wir haben im Augenblick wahnsinnig viel zu tun. Die Sozietät hat schon einige Leute entlassen, und wenn ich diesen Fall nicht heute noch abschließe ...«

»Aber Nick, du bist doch müde. Kann das nicht bis morgen warten?«, schlage ich freundlich vor. Im Erdgeschoss höre ich Nancy beim Abräumen mit dem Geschirr klappern.

Er nickt erschöpft. »Du hast recht. Geh schon mal vor, ich bin sofort wieder bei euch«, verspricht er.

Ich tauche also allein wieder in der Küche auf und greife nach einem Geschirrtuch.

*

Später im Bett finde ich keinen Schlaf. Ich denke an Mum. Manchmal vermisse ich sie und wünsche mir, alles wäre anders gekommen. Dann frage ich mich, was geschehen wäre, wenn Dad ihr damals vor vielen Jahren hätte verzeihen können, als sie plötzlich wieder auftauchte. Oder wie das Leben weiterverlaufen wäre, wenn ich mich nach der Scheidung entschlossen hätte, bei Mum und nicht bei Dad zu bleiben.

Ich denke auch über den vergangenen Abend nach. Als ich Nancy nach dem Abendessen half aufzuräumen, entschuldigte sie sich bei mir für ihre Taktlosigkeit und sagte, sie wünschte sich eigentlich nur, dass ich glücklich werde.

»Das wünsche ich mir auch«, stimmte ich ihr zu und bedankte mich bei ihr. »Aber die nächste Beziehung muss einfach die hundertprozentige sein, Nance. Ich will nicht noch einmal so verletzt werden.«

Alles ging gut, bis Nancy zu guter Letzt erklärte, ich dürfe auf keinen Fall die Probleme vergessen, die Mum mit Megan gehabt hatte.

»Ich habe Statistiken gelesen, die besagen, dass Frauen ab einem gewissen Alter eine erhöhte Gefahr laufen, ein Kind zu bekommen, das …«

»Sag es nicht, Nancy!«

Ich drehte mich um und ging.

Ich nehme den silbernen Bildrahmen mit dem Foto von Megan, der immer neben meinem Bett steht. Sie hat ein rundes, sanftes Gesicht, das dem von Matilda ähnelt, strahlende Haut und große Augen, die lächeln. Nick spricht nicht gern über sie. Er hat diesen Teil seines Lebens geschlossen wie ein halb gelesenes Buch, mit dem man nichts mehr zu tun haben will. Ich hingegen denke oft an meine Schwester, vor allem abends. Sanft gleite ich in den Schlaf.

# 6

*Dezember 1984*

Nick und ich schauen uns mit unserer Babysitterin Lisa eine Seifenoper im Fernsehen an. Wir haben Teller mit Spaghetti auf unseren Oberschenkeln. Normalerweise dürfen wir diese Sendung nicht sehen, aber Dad hat Mum heute Morgen ins Krankenhaus gebracht.

Ich hörte dieses Stöhnen und dann eine Stimme: »Mein Gott, es geht los.«

Ich huschte auf den Treppenabsatz, um nachzuschauen, was passiert war. Nicholas schlief weiter.

»Mum?«, rief ich ängstlich.

»Ab in dein Zimmer«, befahl Dad, stand dann aber Sekunden später neben meinem Bett und beruhigte mich, dass Lisa jeden Augenblick da wäre, um sich um Nicholas und mich zu kümmern und uns zur Schule zu bringen. »Alles wird gut«, flüsterte er, aber ich merkte, wie aufgeregt er war.

Als sie wegfuhren, schloss ich die Augen und träumte von einem kleinen Schwesterchen. Ich würde ihm Zöpfe flechten und die Fingernägel lackieren.

Ich blicke zu Lisa hinüber. Sie hat ihre langen Beine angezogen und lümmelt auf dem Sofa. Sie ist neunzehn und hat lange, glatte Haare in der Farbe von Gold. Jeden Abend bete ich, Gott möge mir auch solche Haare schenken, aber wenn ich morgens aufwache, bin ich immer noch dieselbe Gilly mit denselben braunen Haaren und den grauen Augen, die manchmal dunkelblau aussehen.

Mum sagt, ich könne mich glücklich schätzen, dunkle Haare und Zauberaugen zu haben, die, je nachdem, was ich anhabe, ihre Farbe wechseln.

»Du bist wie ein Chamäleon«, lächelt sie und erklärt mir, ich solle nie wünschen, in einer anderen Haut zu stecken, sondern stolz auf mich sein und meinen eigenen Weg finden – was immer das bedeuten mag.

Lisa kommt oft als Babysitterin zu Nicholas und mir. Als wir noch jünger waren (jetzt sind wir fast acht), gingen Mum und Dad oft miteinander aus. Ich saß dann häufig auf Mums Bett und sah ihr dabei zu, wie sie sich für den Abend zurechtmachte. Sie puderte sich die Nase und malte sich die Lippen an. Manchmal wühlte ich in ihrer Schmuckschatulle und zog ihre hochhackigen Schuhe an.

Abwechselnd beschlossen sie, wohin sie gehen wollten. Mum mag ein komisches Gericht, das Sushi heißt, Dad steht mehr auf indisches Essen. Mum geht gern ins Ballett, Dad sagt, er kann es nicht ausstehen, Männern in Strumpfhosen beim Tanzen zuzusehen.

»Heirate nie eine Frau wie Mum«, riet mein Vater meinem Bruder eines Abends, nachdem sie Salsa tanzen waren. »Jetzt droht sie mir auch noch mit Flugstunden. Ich glaube, sie will mich umbringen.«

Seit Mum schwanger ist, gehen sie nicht mehr aus. Ich glaube, Dad ist insgeheim froh, daheimbleiben zu dürfen. Er badet gern, wenn er aus dem Büro zurückkommt. Dann schenkt er sich irgendeinen Drink ein – ich glaube, es ist Whisky –, nimmt ihn mit nach oben und schließt die Badezimmertür ab.

Bevor Mum schwanger wurde, haben Dad und Mum sich oft gestritten. Immer wieder brüllten sie sich an. Und als er einmal zu ihr sagte, sie sei zu alt für ein weiteres Kind, warf Mum ihr Weinglas nach ihm. Er erklärte ihr immer, er wolle kein Baby mit Problemen. Wenn sie gestritten hatten, schliefen Nicholas und ich oft im gleichen Zimmer.

Mum ist alt. Sie ist zweiundvierzig. Sie hat Dad geheiratet, als sie siebenundzwanzig war. Unsere Eltern haben uns oft die Geschichte erzählt, warum wir für sie Wunderzwillinge sind.

Ich schaue zu meinem Bruder hinüber, der in den Fernseher starrt. Die Art, wie Mum uns die Haare schneidet, gefällt mir nicht. Wir haben beide ziemlich schauderhafte Ponys.

Als Mum und Dad sieben Jahre nach ihrer Hochzeit noch immer kein Kind hatten, beschlossen sie, eines zu adoptieren. In der Woche, als sie die Adoptionspapiere unterzeichnen sollten, stellte Mum fest, dass sie mit Zwillingen schwanger war.

»Meine sieben Jahre Unglück hatten ein Ende«, erzählte Mum, und nachdem Nicholas und ich auf der Welt waren, hatte Mum so viel zu tun, dass sie keinen Gedanken an ein weiteres Baby verschwendete.

»Du bist schwanger?«, hatte Dad gefragt.

Wir waren alle in der Küche. Mum hatte Nicholas und mich dazugerufen, damit auch wir die große Neuigkeit erfuhren.

Dad schenkte sich einen Gin ein und trank ihn in einem Zug aus.

»Nicholas, Gilly, ich muss mit eurer Mutter allein reden«, sagte er.

Wir gingen aus dem Zimmer, stiegen die Treppe hinauf, blieben aber mit angehaltenem Atem auf der obersten Stufe sitzen.

»Sei doch bitte glücklich«, hörten wir unsere Mutter flehen.

»Du hast mir versprochen, du würdest aufpassen, Beth. Was erwartest du von mir? Soll ich etwa vor Freude an die Decke springen?«

»Aber Will! Wenn das Baby da ist, wirst du deine Meinung ändern. Das weiß ich ganz genau.«

»Wir waren übereingekommen, dass wir es mit zweien bewenden lassen.«

»Aber ich langweile mich! Die Kinder sind in der Schule und ...«

»Wie konntest du nur so hinterhältig und selbstsüchtig sein?«

Ich fragte meinen Bruder, was »hinterhältig« bedeutete.

»Jedenfalls nichts Nettes, Gilly«, flüsterte er. »Ich glaube, es ist etwas ziemlich Ungezogenes.«

»Es ist mir wichtig«, fuhr Mum fort.

»Aber hier geht es nicht um dich.«

»Will! Warte doch!«

Als die Haustür zuschlug, schlüpften wir hastig in Nicholas' Zimmer. Das Auto wurde angelassen. Ich schaute aus dem Fenster und sah Dads Auto in die Nacht davonfahren.

»Schläfst du heute Nacht in meinem Zimmer?«, fragte Nicholas bittend. »Du darfst auch das obere Bett haben.«

Während der Schwangerschaft ging es Mum nicht besonders gut. Sie legte sich oft schon nachmittags hin und bat Lisa, an den Wochenenden mit uns zu spielen. Lisa kommt gern, weil sie in unseren Dad verknallt ist. Manchmal fährt Dad mit uns mit dem Doppeldeckerbus ins Museum of Natural History oder zu Madame Tussaud, und anschließend gibt es Pizza mit ganz viel Peperoni.

Lisa wäscht ab, während ich das Telefon fixiere. Den ganzen Tag schon hatte ich so ein merkwürdiges Gefühl im Bauch. So, als würde meine Schuldirektorin Mrs Ward mich gleich in ihr Büro rufen und mir eröffnen, dass meine Mum gestorben sei, weil sie zu alt gewesen sei.

Ein Schlüssel dreht sich im Schloss.

Nicholas und ich wechseln einen Blick, Lisa legt schnell ein wenig Lippenstift auf und sprüht sich etwas Parfüm aufs Handgelenk.

Dad kommt in dickem Pullover und Schal herein und setzt sich neben mich.

»Tut mir leid, Nicky«, sagt er und schüttelt den Kopf. »Jetzt hast du zwei Schwestern, die dich gängeln.«

»Es ist ein Mädchen!«, rufe ich, kralle mich an Dads Arm und drücke ihn.

»Ja, es ist wunderschön und kerngesund, und eure Mum schickt euch beiden einen dicken Kuss.«

Sein Pullover riecht nach Waschmittel und Krankenhaus.

»Wie soll denn die Kleine heißen?«, erkundigt sich Lisa und fährt sich mit der Hand durchs Haar.

»Megan«, antwortet Dad. »Wie meine Mutter.«

# 7

Ruskin und ich gehen durch den Ravenscourt Park und finden uns in einer Oase der Ruhe wieder. Richard hat recht gehabt: Wer will schon auf dem Land wohnen, wenn er so ein Idyll quasi vor der Haustür hat? Manchmal ist es gefährlich anzunehmen, das Gras auf der anderen Seite sei grüner.

Ich gehe an einem Café vorbei. Die ersten Kunden haben ihre Hunde an ein Tor gebunden und besorgen sich ihren Morgenkaffee. Ich folge dem schmalen Weg zur großen Wiese, wo ich in der Ferne schon meine Hundefreunde erblicke, die sich vor dem Eingang zum Gartenpavillon versammelt haben.

Da ist Walter, der seinen Airedale Spike an der Leine hält, weil Spike in Gegenwart anderer Hunde gern liebestoll wird, besonders wenn Zwergschnauzer Hardy in der Nähe ist. Und weil er die schlechte Angewohnheit hat, sich mit Hunden anzulegen, die nicht zu unserem Rudel gehören, muss Spike außerdem einen Maulkorb tragen.

Auch Mari ist da – meine Chefin und gleichzeitig der Boss unserer Gruppe. Schon von Weitem kann ich hören, wie sie Walter herunterputzt, weil er Spike den Maulkorb falsch angelegt hat.

»Die Riemen drücken ja auf seine Augen, zum Donnerwetter!«, schimpft sie.

Heute trägt sie eine stylische Jeansschürze, denn sie hat etwas gegen schmutzige Pfotenabdrücke auf ihrer Kleidung. Unter Einsatz all ihrer Kräfte schleudert sie für Basil einen zerkauten blauen Ball über die Wiese. Basil saust hinterher, als gelte es, eine Goldmedaille zu gewinnen.

Später im Laden verschlafen Ruskin und er fast den ganzen Tag.

Seit Mari vor vier Jahren das erste Mal unter der großen Eiche erschienen ist, hat sie Walter, Samantha, Brigitte, Ariel und mich wie ein Magnet angezogen.

Sam ist so alt wie ich, verheiratet und hat drei Kinder.

Die Halbfranzösin Brigitte arbeitet als Restaurantkritikerin.

Ariel, der mit sechsundzwanzig das jüngste Mitglied unserer Gruppe ist, lebt mit seinem Lebensgefährten Graham zusammen und hat sich – wie ich – schon in tausend Jobs versucht. Doch seine wahre Leidenschaft gehört der Musik, sodass er zurzeit Kurse in zeitgenössischer Musik in einer Schule in Hammersmith gibt. Meistens kommt Arial mit dem Rad. Pugsy, seine schwarze Mopshündin, sitzt dann brav in einem am Lenker angebrachten Hundekorb.

Walter ist Rentner und über siebzig. Er hat früher als Fensterputzer gearbeitet.

Als ich die Gruppe erreiche, begrüßen wir uns und tauschen Neuigkeiten aus. Walter scheint schlechte Laune zu haben.

»Ich fühle mich beschissen«, vertraut er uns an. »Mein nagelneuer Sony-Fernseher funktioniert nicht. Ich muss gegen ihn treten, damit er läuft. Und dabei war er verdammt teuer.«

»Das ist nicht in Ordnung«, sagen wir wie aus einem Mund.

»Skandalös!«, ruft Brigitte.

»Du solltest in den Laden gehen und sofort nach dem Geschäftsführer verlangen«, rät Ariel.

Er trägt heute hautenge Jeans und ein weißes T-Shirt. Mir fällt auf, dass er wieder einmal die Haarfarbe gewechselt hat. Sein kurz geschnittenes Haar ist jetzt blond, sodass seine braunen Augen betont werden. Ariel hat eines dieser Gesichter, die man problemlos völlig unterschiedlich stylen kann. Einmal habe ich ihm gesagt, er sei so wandlungsfähig wie Madonna.

Ich erzähle der Gruppe von den mittlerweile dreizehn Anfragen von Wochenendheimfahrern. Heute Morgen waren noch drei weitere in meinem elektronischen Briefkasten.

»Dann ziehst du also doch nicht weg?«, fragt Sam, die einige Tage nicht da war und erst auf den neuesten Stand gebracht werden muss.

»Nein, ich bleibe.«

»Gott sei Dank«, stößt Ariel hervor. »Pugsy hätte dich sicher vermisst«, fügt er hinzu und betrachtet seine Hündin, die selbstvergessen im Gras herumschnüffelt.

»Keiner von uns wollte, dass du gehst«, sagt Sam.

Sie hat flammend rotes Haar, ein ansteckendes Lachen und eine Figur, die mich dazu animiert, öfter ins Fitnessstudio zu gehen. Ihre Diät besteht darin, sich um ihre Familie zu kümmern und außerdem halbtags in einem Architekturbüro als Sekretärin zu arbeiten. Sam ist das Herrchen von Hardy, dem Zwergschnauzer, in den der Airedale Spike verschossen ist.

»Ich hätte dein hübsches Gesicht vermisst«, sagt Walter.

Er war nie verheiratet, flirtet aber gern. Seit er die Fensterputzerei aufgegeben hat (die Leiter wurde ihm zu schwer), führt er in Hammersmith Hunde aus. Im Moment kümmert er sich nicht nur um Spike, sondern auch um einen Rettungshund namens Gusto. Selten sieht man Walter ohne seinen khakifarbenen Rucksack, der mit Hundezubehör vollgestopft ist.

»Ich fand es sowieso eine ziemlich dumme Idee, dass du weggehen wolltest«, fügt Brigitte mit ihrem stark französischen Akzent hinzu.

Mari, die es nicht leiden kann, außen vor gelassen zu werden, stimmt ihr zu. »Ich auch. Außerdem kann man von einer schönen Aussicht auch nicht leben.«

Ich erinnere sie lieber nicht daran, dass sie eigentlich für den Umzug war – zumindest, solange ich nicht gegangen wäre, ehe sie Ersatz für mich gefunden hätte.

»Dann erzähl doch mal von den dreizehn Anfragen«, fordert Sam mich auf. »Was sind das für Leute?«

Ich berichte, dass ich mich an diesem Abend mit einem gewissen Roy Haddock treffen wolle, und alle lachen.

»Ich kannte mal einen Mr Trout«, grinst Walter.

»Roy«, sinniert Mari, »was für ein Name! Er klingt, als sei der Typ total fett.«

»Mit Bierbauch«, ergänzt Sam.

»Mensch, was seid ihr nur für Snobs!«, fährt plötzlich jemand dazwischen.

Wir drehen uns um und stehen einem Mann in Cargohosen, T-Shirt und mit dunkelblauer Mütze gegenüber, der einen Scottie an der Leine führt. Er kommt mir irgendwie bekannt vor, dann fällt es mir wieder ein: Es ist der Mann, den ich vor ein paar Tagen schon einmal gesehen habe! Er ist groß, sieht ein wenig verlottert aus, hat sich nicht ordentlich rasiert und dürfte in etwa so alt sein wie ich.

»Entschuldigt, ich wollte mich nicht einmischen.« Er mustert unsere Gruppe und stellt sich als Guy vor. »Ist das ein offizielles Hunde-Treffen?« Er lächelt.

Sein Selbstbewusstsein gefällt mir, und auch Ariel betrachtet ihn interessiert.

»Süß«, flüstert er mir zu. »Frag ihn, ob er Single ist, Gilly. Du brauchst mal wieder einen Kick.«

Ich trete ihm so fest auf den Fuß, dass er einen Schmerzenslaut von sich gibt.

Guy schaut uns beide an. »Alles in Ordnung mit dir?«, erkundigt er sich bei Ariel, der immer noch hopst wie ein Gummiball und so tut, als leide er unter Schmerzen.

»Ach, dem geht's schon gut«, sage ich, ohne auf Ariels grimmiges Gesicht zu achten.

Ich erzähle Guy, dass wir gerade über meinen potenziellen neuen Untermieter geredet haben.

»Das Dumme an Untermietern ist, dass man irgendwann jeden Abend ausgeht, um ihnen nicht begegnen zu müssen«, sagt Guy.

»Gut daran ist, dass ich einen Wochenendheimfahrer suche«, informiere ich ihn.

»Also nur von Montag bis Freitag?«, hakt er nach. »Und was macht der Kerl am Wochenende?«

»Er verschwindet«, konstatiert Mari und zündet sich eine Mentholzigarette an.

Statt uns vorzustellen, deuten wir auf unsere Hunde: Das ist Brigittes Hund Mousse, Hardy gehört Sam, und Basil trägt seinen Namen in Anlehnung an Maris Lieblingsgewürz Basilikum, das sie auf ihrer Terrasse züchtet. Sie muss einwerfen, dass auch ihre Tomaten in diesem Jahr ganz ausgezeichnet gedeihen. Der da ist Ruskin, und die Kleine da drüben heißt Pugsy.

Während ich beobachte, wie wir dem Mützenmann auf den Zahn fühlen, drängt sich mir der Vergleich mit einem Schulhof auf. Wir sind noch unsicher, wie wir mit dem Neuen umgehen sollen. Allmählich ist man miteinander vertraut geworden, und dann kommt plötzlich jemand dazu, den man nicht kennt und der das Gleichgewicht durcheinanderbringt.

Ich erzähle Guy, dass ich dreizehn Anfragen bekommen habe und mich an diesem Abend mit dem ersten Kandidaten treffen wolle.

»Dreizehn?«

Ich erwarte, dass er beeindruckt ist.

»Dann werden einige Pech haben«, sagt er.

Nach dem Spaziergang machen Mari und ich uns mit den Hunden auf den Weg zur Arbeit. In der U-Bahn zum Sloane Square knufft Mari mich in die Rippen.

»Jetzt guck dir die mal an«, zischt sie und gestikuliert in Richtung der Leute, die uns gegenübersitzen. In ihren Ohren stecken Kopfhörer.

»Pst!«, raune ich zurück.

»Sie sehen halb tot aus.« Mari kann Dummköpfe nicht ausstehen und ist mit einer lauten Stimme gesegnet. »Antriebslos!« Sie schüttelt den Kopf.

Als einer der Typen aufblickt, hält Mari glücklicherweise den Mund und holt ihr Buch aus der Tasche.

Während der Zug vor sich hin rattert, fällt mir siedend heiß ein, dass ich noch putzen muss, ehe Mr Haddock heute Abend aufkreuzt. Dann wandern meine Gedanken zurück zu dem Mützenmann. Ich weiß nicht, warum, aber ich habe plötzlich eine Vorahnung, dass er für mein Leben sehr wichtig werden könnte. Wenn ich ihn das nächste Mal sehe, werde ich ihn fragen, ob er einen Kaffee mit mir trinken möchte. Hoffentlich sehe ich ihn von nun an öfter im Park.

Mari und ich steigen aus der U-Bahn, ich nehme Ruskin auf den Arm, ziehe meine Monatskarte durch das Lesegerät und gehe durch die Schranke.

»Wie heißt dein Hund?«, habe ich Guy gefragt, als er nicht von selbst mit dem Namen herausrückte. Er war zwar freundlich, aber auch ein wenig reserviert gewesen, was ich ausgesprochen attraktiv fand.

»Trouble«, antwortete er in seiner ruhigen Art.

# 8

Roy ist schon zwanzig Minuten überfällig. Hör lieber auf zu trinken, ermahne ich mich, als ich mir ein weiteres Glas Wein einschenke.

Noch einmal unterziehe ich das Wohnzimmer einer genauen Betrachtung und verstaue Ruskins Hundebürste und ein zerkautes Spielzeugkaninchen in einem der Schränke. Dann hänge ich meinen Sommermantel auf und schiebe die Hundeleine und den Stiefelknecht mit dem Fuß beiseite.

Ich betrachte mich im Spiegel. Ich trage dunkle Jeans zu einem schwarzen Top und habe mir die Haare mit einem Tuch mit Leo-Muster zurückgebunden.

Als es an der Tür klopft, zucke ich zusammen. Mit klopfendem Herzen setze ich mein nettestes Lächeln auf. Ich öffne die Tür.

»Ach, Gloria!«

Sie wirft einen Blick in mein Wohnzimmer und flüstert: »Er ist noch nicht da, oder?«

»Nein.«

»Soll ich mich auf dem Klo verstecken?«

Ich lege ihr eine Hand auf den Rücken und bugsiere sie entschlossen wieder nach draußen.

»Wir sollten einen Code ausmachen!«, ruft sie, als sie die Straße schon halb überquert hat. »Wenn der Kerl irgendwie komisch ist, mach einfach deine Fensterläden ein paarmal auf und zu.«

Nach weiteren zehn Minuten des Wartens klingelt das Telefon. Es ist Jonnie, ein Typ, den ich bei meinem letzten Job kennengelernt habe. Er will wissen, ob wir uns heute Abend sehen können.

»Geht leider nicht«, sage ich, schlage aber ein Treffen für die kommende Woche vor.

»Gern!« Er klingt enthusiastisch.

Ich weiß, dass er eine Schwäche für mich hat, und wünsche, mir ginge es ähnlich.

Bald habe ich den Eindruck, in einem Callcenter zu arbeiten. Auch mein Vater ruft an und dann noch Anne, die mich fragt, ob ich Lust hätte, irgendwo Pizza essen und anschließend ins Kino zu gehen.

»Geht nicht«, sage ich. »Heute kommt doch Roy Haddock, mein Wochenendheimfahrer.«

»Roy Haddock?«, wiederholt sie nachdenklich, und ich kann das Grinsen in ihrer Stimme hören. »Wer weiß, Gilly, vielleicht ist dieser Haddock ja der Mann deiner Träume«, meint sie.

»Mensch, Anna«, protestiere ich, aber bei genauer Betrachtung…

»Wir haben uns über die Homepage für Wochenendheimfahrer kennengelernt«, sage ich bei unserer Hochzeitsrede.

Stolz, mit Mikrofon in der Hand, stehe ich neben Roy, der so gut aussieht wie James Bond.

Das Festzelt ist im Garten eines englischen Landsitzes aufgebaut worden, an der Zeltdecke glitzern Sterne, und auf den Tischen stehen Kerzen. Ich trage ein einfaches, aber elegantes elfenbeinfarbenes Kleid.

»Nach Edward«, fahre ich fort, »war ich überzeugt, dass ich nie mehr den Richtigen finden würde. Bis ich eines Tages Roy traf.«

Seufzer. Begeisterung. Verwunderung.

»Wenn ich ganz ehrlich bin«, sage ich und lege die Hand auf mein Herz, »dann hat mich sein Name zunächst ein wenig abgestoßen…«

Roy versetzt mir einen liebevollen Knuff.

»Und seine Unpünktlichkeit.«

Meine Freunde und die Familie klatschen und lassen mich hochleben.

»Aber als ich dann die Tür öffnete …«

»Hallo!«

Vor mir steht ein Mann mit einem metallicfarbenen Fahrrad. Er trägt einen Sturzhelm und Shorts, die seine muskulösen Beine zur Geltung bringen. Sein Haar hat die Farbe reifer Karotten.

»Tut mir leid, dass ich mich verspätet habe«, sagt er.

Los, Gilly, lass dir deine Enttäuschung nicht anmerken und bitte ihn ins Haus.

»Ist es in Ordnung, wenn ich das Fahrrad hinten im Garten abstelle?«

»Klar«, antworte ich mit zu schriller Stimme.

»Toll.«

Als er sein Rad durch mein Wohnzimmer schiebt, veranlasst sein rüdes Eindringen Ruskin dazu, ihn anzukläffen.

»Hey, mein Junge«, sagt Roy Haddock. »Wie heißt denn der vorlaute kleine Kerl?«

Verzweifelt schaue ich zu Glorias Schlafzimmerfenster hinauf, doch vergeblich – sie ist nicht zu sehen.

Roy lehnt sein Fahrrad an meine bröckelnde Gartenmauer.

»Es ist wirklich schlimm mit den Rädern. Man kann sie einfach nicht mehr draußen stehen lassen. Sie sind nicht sicher.«

»Haben Sie denn kein Fahrradschloss?«, frage ich.

Immerhin hätte er sein Rad ebenso gut draußen am Laternenpfahl anschließen können.

»Schon, aber ein Fahrraddieb schneidet so etwas einfach durch.«

Ich beginne, Panik zu schieben. Wie lange gedenkt der Kerl denn, sich heute noch in meinem Haus aufzuhalten? Aber natürlich wäre es mehr als unglücklich, wenn während Roys kurzer Besichtigung von Nummer 21 ein Dieb auf der Lauer liegen und sein Fahrradschloss kappen würde.

Er nimmt die Küche in Augenschein, greift nach einem Apfel aus meiner Obstschale und reibt ihn an seinem verschwitzten T-Shirt. Als ich ihm etwas zu trinken anbiete, bittet er um ein Glas Wasser.

»Prost. Nett hier!« Er nickt. »Wie lange wohnen Sie schon hier?«

»Vier Jahre. Mit Unterbrechungen.«

»Und warum suchen Sie jetzt einen Untermieter?« Er zwinkert mir zu.

Weil ich die Gemeindesteuer zahlen muss.

»Ich dachte, es wäre einmal eine nette Abwechslung«, sage ich fröhlich. Sein T-Shirt weist ihn als Fan von Manchester United aus. Einen beängstigenden Moment lang stelle ich mir vor, wie er auf meiner Couch herumhängt und von einem Sportkanal zum nächsten zappt.

»Soll ich Ihnen das Haus zeigen?«

»Super Idee!« Er springt auf. »Gehen Sie vor.«

Während ich ihn herumführe, überkommt mich der böse Verdacht, dass er dabei meinen Hintern taxiert.

»Wir werden nicht lange brauchen«, versuche ich zu scherzen. »Das hier ist das Wohnzimmer, wie Sie sehen.«

»Hübsch«, lobt er.

Mit Ruskin im Gefolge zeige ich ihm die Gästetoilette im Erdgeschoss, bevor das Bad in der oberen Etage an der Reihe ist. Abrupt bleibe ich stehen, als mir einfällt, dass ich vergessen habe, die Wäsche abzuhängen, die auf der Leine über der Badewanne trocknet. Mehrere Reihen Höschen leuchten ihm entgegen.

»Entschuldigen Sie.« Ich werde rot. »Hier geht es weiter«, sage ich und schiebe ihn vorwärts.

»Keine Sorge«, zwinkert er mich wieder an, »es ist nicht das erste Mal, dass ich Damenwäsche zu Gesicht bekomme.«

Himmel!

»Was arbeiten Sie, Roy?«

»Ich bin Lehrer. Mathe und Naturwissenschaften.«

Sofort schrillen bei mir alle Alarmglocken. Lehrer arbeiten nicht gerade lang, und ich will niemanden, der ab fünf Uhr nachmittags bei mir herumsitzt. Eigentlich hätte ich am liebsten jeden Monat einen Scheck – schön diskret in den Briefkasten –, aber ohne irgendeinen Roy oder sonstigen Bewohner, den ich für diese Bezahlung in Kauf nehmen muss.

»Ich bin an eine Schule in Ealing versetzt worden, aber meine Frau hatte keine Lust auf den Umzug. Und jeden Tag von Devon aus zu pendeln, das wäre zu weit.«

»Verstehe«, sage ich, aber alles, was ich vor mir sehe, ist Roy, der auf meiner Couch sitzt und Hefte korrigiert.

Ich zeige ihm das Gästezimmer. Ein kleiner Raum, an dessen Wand ein Bild mit einem spanischen Olivenhain hängt. Das Fenster hat Läden, und in der Mitte des Zimmers steht ein Doppelbett mit blau gepunktetem Überwurf. Roy setzt sich darauf.

»Bequem.« Er lächelt auffordernd.

Ich vermeide es, ihn anzuschauen. Was tue ich hier überhaupt? Jedenfalls werde ich ihm auf keinen Fall mein Schlafzimmer zeigen. Irgendwie finde ich ihn widerlich, aber mit welcher Begründung soll ich ihn als Untermieter nur ablehnen? Vielleicht kann ich ihm erklären, dass er von Zeit zu Zeit das Bett mit meinem Vater teilen muss, der an Darmproblemen leidet. Und an Inkontinenz. Und dass mein Vater deshalb immer auf der Seite schlafen muss, die dem Bad am nächsten liegt. Ja, das müsste gehen.

Roy springt auf und reibt sich eifrig die Hände. »Wie wäre es, wenn ich morgen einzöge?«

»Morgen?« Meine Stimme klingt schrill.

»Warum denn nicht, oder wann würde es der Dame des Hauses gefallen?«

»Tja, Roy, ich bin mir nicht ganz sicher, aber es ist so …«

»Das Leben mit mir ist nicht sehr kompliziert«, unterbricht er mich. »Sie werden kaum bemerken, dass ich überhaupt da bin. Wenn ich von der Arbeit komme, will ich nur noch meine

Schlabberhosen anziehen und chillen – Sie wissen schon«, sagt er und zwinkert schon wieder. Bei ihm scheint ein Zwinkern gleich das nächste zu bedingen. Es ist wie eine Epidemie.

Ausgerechnet in diesem kritischen Moment vibriert das Handy in meiner Tasche. Ich habe eine SMS erhalten. Daher bitte ich Roy, mich für einen Augenblick zu entschuldigen, verlasse das Gästezimmer und gehe nach unten. Die Nachricht ist von Anna.

»Wie läuft es mit Mister X?«

Ich beschließe, sie später zurückzurufen. Erst einmal muss ich diese Sache hier zu Ende bringen. Ich höre, dass Roy die Treppe heruntersteigt.

»Komm sofort rüber«, tippe ich hastig eine SMS an Gloria, »und tu so, als wärst du an Nr. 21 interessiert.«

Absenden.

Roy betritt das Wohnzimmer und macht es sich auf meinem Sofa bequem, als an meine Haustür geklopft wird.

»Tut mir leid, Roy. Ich wollte Ihnen gerade sagen, dass es natürlich noch andere Interessenten für das Zimmer gibt…«

»Oh!« Er springt auf und lässt die Zeitschrift auf den Boden fallen. »Geht klar, ich hole nur eben mein Fahrrad.«

Mit schlechtem Gewissen sehe ich zu, wie er sein Rad über meinen Teppich schiebt, gehe dann aber in mich: Könnte ich mit jemandem zusammenwohnen, der »Schlabberhosen« sagt? Nein, vermutlich nicht. Und Ruskin sicher auch nicht.

Ich öffne die Haustür, und Gloria stürmt herein. Sie trägt ein formloses T-Shirt, schwarze Leggins und Flip-Flops und hat ihr silbernes Haar zu einem Pferdeschwanz zusammengebunden. Sie könnte nicht weniger nach einer Wochenendheimfahrerin aussehen.

Ich schüttle ihr die Hand. »Ich bin sofort bei Ihnen«, sage ich und forme ein »Danke« mit den Lippen.

»Was für ein wunderhübsches Haus!«, ruft sie begeistert. »Ich nehme das Zimmer.«

Roy schiebt sein Rad an uns vorbei.

»Würden Sie mir bitte so bald wie möglich Bescheid geben?«, fragt er und nickt Gloria kurz zu.

»Aber natürlich. Danke, dass Sie gekommen sind.«

»Kein Problem.« Er steigt auf sein Fahrrad und tritt von dannen.

Erleichtert wende ich mich Gloria zu.

»Ich glaube, einen Untermieter zu finden, mit dem man leben kann, ist fast so, als würde man eine Ehe eingehen«, erklärt sie. »Und du heiratest doch auch nicht gleich den Erstbesten, mit dem du ausgehst, oder?«

Wo sie recht hat, hat sie recht.

»Keine Sorge, Gilly. Hiermit stehen nur noch zwölf Roys auf deiner Liste.«

Nach dieser tiefschürfenden Feststellung leeren wir die angebrochene Weinflasche, bestellen uns beim Thai etwas zu essen und lümmeln uns vor den Fernseher.

*

Abends kann ich nicht einschlafen. Würde Gloria recht behalten? Würde ich den perfekten Untermieter finden? Und wenn es so sein sollte, warum habe ich dann ein derart ungutes Gefühl dabei, einen Fremden in mein Haus zu lassen?

# 9

*1985*

»Ich habe ein ungutes Gefühl«, sagt Mum zur Gesundheitsfürsorgerin, als Nick, Anna und ich aus der Schule heimkommen.

Megan liegt auf ihrer Krabbeldecke im Wohnzimmer. Ihr Spielzeug ist rings um sie herum verstreut.

Mum hat erlaubt, dass Anna nach der Schule mit zu uns kommt, ehe wir später am Abend alle zu *Brownies* gehen. In der Schule hatten wir Hauswirtschaft, und eine meiner Hausaufgaben an diesem Tag besteht darin, eine Messingklinke zu polieren. Ich kann es kaum erwarten.

»Sie sollte doch längst sitzen können, oder?«, beharrt Mum, während wir an Megan und den Erwachsenen vorbei in die Küche stürmen.

»Sie sind nur überängstlich, Mrs Brown«, beruhigt die Gesundheitsfürsorgerin meine Mutter. »So etwas kommt oft vor.«

»Aber Megan ist schon sieben Monate alt.«

»Ich bin ganz sicher, dass alles in Ordnung ist. Sie ist ein so fröhliches kleines Mädchen. Schauen Sie sie doch nur an.«

Mum antwortet nicht.

»Versuchen Sie, sich nicht zu viele Sorgen zu machen«, meint die Gesundheitsfürsorgerin und zieht ihren Mantel an, bevor sie sich verabschiedet.

»Gilly!«, ruft Mum, nachdem die Frau gegangen ist. »Kannst du mal kommen?«

Ich erscheine mit einem Stift im Mund und konzentriert gerunzelter Stirn auf dem Treppenabsatz.

»Bitte!« Ihre Stimme klingt verzweifelt.

Widerstrebend folge ich Mum ins Wohnzimmer und hocke mich neben Megan, die mich lächelnd anschaut. Ihre rundlichen Beine mit den Grübchen sehen aus wie Baguettes. Sie trägt weiche rosa Schühchen, auf denen Ferkelgesichter appliziert sind.

Ich streichle Megans dunkles Haar. Alles an meiner kleinen Schwester ist rundlich. Sie hat ein Gesichtchen wie ein kleiner Mond, dunkelblaue Augen, mollige Arme und Beine, einen dichten Haarschopf und ein breites Lächeln. Dad sagt, dass sie bestimmt einmal Supermodel wird, wenn sie groß ist.

»Irgendetwas stimmt nicht mit ihr«, sagt Mum. »Ich mache mir Sorgen, Gilly.«

»Warum?«

»Sieh dir das einmal an.«

Mum nimmt Megan in die Arme, hält sie kurz hoch und legt sie dann vorsichtig wieder auf ihre Decke. »Ist dir etwas aufgefallen?« Mum sieht mich fragend an.

»Was denn? Es ist doch alles in Ordnung.« Ungeduldig stehe ich auf. »Kann ich jetzt wieder nach oben gehen?«

Aber Mum bittet mich noch einmal, genau hinzusehen. Es passiert genau das Gleiche. Ich zucke mit den Schultern.

»Entschuldige, Kleines. Geh nur wieder hoch«, sagt sie zerstreut.

Als ich das Zimmer verlassen will, sehe ich, wie Mum Megan wieder aufnimmt, sie in ihren Armen wiegt, sie zurück auf die Decke legt und genau beobachtet, ob Megan dieses Mal vielleicht anders reagiert. Doch nein, alles ist so wie bisher. Wie bei den Malen zuvor plumpst sie einfach zurück. Ich drücke mich an der Tür herum.

»Geh nur«, sagt Mum, »ich bilde mir das bestimmt nur ein.«

Ich nicke.

»Und Gilly?«

Ich warte.

»Sag deinem Vater nichts davon, okay?«

# 10

Es ist Sonntagmorgen.

Gestern Abend war ich aus. Anna hat mich einem ihrer Arbeitskollegen namens Harvey vorgestellt, und wir waren in einem neuen Restaurant in Soho. Wir haben uns wirklich gut amüsiert, und im Gegensatz zu meinem letzten Date, der in einem weißen T-Shirt und Cordhosen seinen Bierbauch zur Schau gestellt hat, hatte Harvey tatsächlich Stil. Für den Typ muss ich mich bei Anna bedanken, dachte ich noch, als wir an der Bar miteinander flirteten. Am Ende des Abends musste ich meine Ansicht über ihn allerdings revidieren, denn Harvey zauberte von irgendwoher einen Taschenrechner hervor und erklärte mir, ich müsse mehr bezahlen, weil ich eine Nachspeise bestellt hatte und er nicht.

Das Telefon klingelt. Normalerweise ruft meine Mutter aus Australien um diese Uhrzeit an, aber diesmal ist es Susie. So wie Anna ist auch Susie eine meiner engsten Freundinnen in London. Sie ist mit Mark verheiratet, der in der Immobilienbranche arbeitet, und hat zwei Kinder: mein Patenkind, die dreijährige Rose, und Oliver, der gerade erst vier Monate alt geworden ist.

Susie war eine meiner ersten Bekanntschaften in meiner Studienzeit. Wir haben uns in der Küche des Wohnheims getroffen, wo ich mein vorgekochtes Hähnchen aufwärmen wollte, während sie dabei war, irgendetwas in der Mikrowelle zu garen. Sie stand mit dem Rücken zu mir und trug einen Minirock zu kniehohen Stiefeln. Ihr Haar war sehr kurz, fast wie das eines Jungen geschnitten, doch als sie sich umdrehte, konnte ich nicht umhin zu bemerken, wie gut die Frisur zu ihren elfengleichen

Zügen passte. Die Mikrowelle gab ein lautes »Ping!« von sich, und zum Vorschein kam ein kleines weißes Behältnis, das mit einem bräunlichen Brei gefüllt war. Als sie es kritisch betrachtete, brachen wir beide in Lachen aus.

»Lust auf Pizza?«, fragte sie.

Heute wohnt Susie in Balham. Früher hat sie bei einer Versicherung gearbeitet, ist aber inzwischen nur noch Hausfrau und Mutter und hat trotzdem glücklicherweise bisher noch keine Anstalten gemacht, London den Rücken zu kehren.

»Gilly?« Susie scheint zu zögern.

Ihr Tonfall gefällt mir nicht.

»Was ist?«

»Ich weiß nicht, wie ich es dir sagen soll.« Sie legt eine Pause ein. »Ich war gestern Abend aus …«

»Und?«

»Ich habe erfahren, dass Ed gestern geheiratet hat. Es tut mir so leid, Gilly! – Bist du noch dran? Ist alles in Ordnung?«

Susie will wissen, was ich heute vorhabe. Eigentlich, so sagt sie, müsse sie heute mit zu Marks Großmutter fahren, aber das könne er auch allein tun.

»Sie hatte kürzlich einen Unfall. Sie spürt ihre Füße nicht mehr, hat aber darauf bestanden, weiterhin Auto zu fahren. Und was passiert? Sie kracht in ihre Veranda und reißt das ganze Ding ein.«

Ich muss unwillkürlich lachen. »Himmel! Hat sie sich verletzt?«

»Nein. Nicht der kleinste Kratzer. Wie dem auch sei – ich muss nicht unbedingt mitfahren. Willst du vielleicht zu mir kommen?«

Ich erzähle ihr, dass ich mit Nicholas und den Kindern im Park verabredet bin.

»Okay, das ist auch gut. Ich wollte nur nicht, dass du heute allein bist.«

»Ich komme schon klar«, versichere ich ihr und streichle Rusk, der sich auf meinem Schoß zusammengerollt hat. »Ganz ehrlich, Susie, niemand ist gestorben, und ich habe noch das ganze Leben vor mir«, sage ich, weil ich meine Einsamkeit und den Schmerz darüber, dass Ed so schnell geheiratet hat, nicht herausheulen will. Mistkerl! Ich verfluche meinen Vater, der uns so erzogen hat, dass weder Nicholas noch ich unseren Gefühlen freien Lauf lassen können und konnten; im Zweifel schickte er uns damals auf unsere Zimmer, bis wir uns beruhigt hatten.

»Gilly, du brauchst dich nicht härter zu geben, als du bist. Nicht bei mir«, sagt Susie.

»Ich weiß«, stammle ich. »Gestern also?« Ich denke laut.

»Gilly?«

»Gut.«

»Gut?«

»Es hat geregnet«, lächle ich.

»Oh Gilly, es hat sogar geschüttet!«, bestätigt sie.

Ich lege auf. Gestern geheiratet? Ed hasste es normalerweise, wenn etwas zu schnell ging. Antrag, Verlobung und Hochzeit innerhalb eines Jahres – das passt so gar nicht zu ihm. Vielleicht kannte er sie ja schon, als er noch mit mir zusammen war? Ich werde es wohl nie erfahren.

Das Telefon läutet. Ich bete, dass mein Bruder nicht absagt. Auf keinen Fall will ich heute allein sein. Doch es ist tatsächlich Nicholas. Hannah hat sich erkältet und Matilda Läuse eingefangen. Die ganze Schule steht unter Quarantäne.

»Halt endlich still, Milly«, höre ich Nancy im Hintergrund keifen.

»Komm, Ruskin!«, rufe ich meinen Hund. »Das Wetter ist zwar beschissen, aber auf keinen Fall wollen wir hier herumsitzen, an Ed denken und Trübsal blasen. Ich verdiene etwas Besseres als diesen Feigling, der nicht einmal den Mumm hatte, mir am Ende Auge in Auge gegenüberzutreten, oder? Klar doch! Komm, stattdessen erobern wir lieber den Park.« Ich nehme die Leine vom Haken. Ruskin wedelt mit dem Schwanz und sieht mich mit Augen voller Liebe an. »Heute gibt es nur dich und mich, nur uns beide, mein Kleiner. Wir werden viel Spaß haben.«

*

Als Ruskin und ich den Park erreichen, wälzen sich dicke Gewitterwolken über den Augusthimmel. Die Schaukeln auf dem Spielplatz tropfen, Ruskin platscht selig durch die Pfützen.

Ein Stück entfernt sehe ich jemanden mit Mütze, Laufschuhen und Cordjacke. Das kann nur *er* sein! Mein Herz hüpft, als ich sehe, wie er seinem Hund im Kreis hinterherjagt.

»Trouble!«, ruft er verzweifelt.

Als ich zu ihm aufschließe, beschnüffeln sich Trouble und Ruskin auf die übliche Weise, doch dann geht Ruskin einen Schritt zu weit. In meinem Alter sollte man natürlich über solchen Dingen stehen, doch ich ertappe mich dabei, wie ich Ruskin verlegen von Trouble hinunterschubse. Der Mützenmann lacht und sagt, dass die beiden doch nur Huckepack spielen würden. Ich frage ihn, was er an einem so scheußlichen Nachmittag draußen im Park mache.

»Das könnte ich dich genauso fragen«, sagt er, ehe er antwortet. »Ich versuche, Trouble zu trainieren. Aber wie du siehst, hat sie kein Interesse.«

Ich erinnere mich an die Welpenschule vor vielen Jahren und bin sofort in meinem Element. »Versuch es mit Leckerli. Bestechung funktioniert immer noch am besten. Selbst heute muss ich nur das Wort ›Huhn‹ oder ›Eichhörnchen‹ aussprechen, und Ruskin ist bei Fuß. Pass auf.«

Ich demonstriere ihm das Kunststück, und er ist beeindruckt, wie schnell Ruskin mit gespitzten Ohren vor mir sitzt.

»Leider habe ich deinen Namen vergessen«, sage ich zu ihm.

»Guy. Nett, dich kennenzulernen.«

Er schüttelt mir die Hand.

»Ich heiße Gilly«, sage ich. »Mit G. – Vorsicht!«, quietsche ich, greife nach Ruskins Halsband und ziehe ihn nah an mich heran. »Ich an deiner Stelle würde auch Trouble rufen. Vor diesem Mann muss man sich in Acht nehmen«, warne ich.

»Wo?«

»Auf elf Uhr.«

Guy dreht sich um und entdeckt endlich auch den Mann mit grauem Bart und einer Figur wie der Weihnachtsmann, der kämpferisch um eine Ecke biegt. Er trägt eine Armeehose und etwas, das wie eine kugelsichere Weste aussieht. Hinter ihm trottet ein großer schwarz-weißer Hund an einer Leine, die einer Häftlingskette ähnelt.

»Danke für den Tipp«, flüstert Guy, als er Trouble sicher an seiner Seite weiß. »Ist das ein Hund oder ein Wolf?«

Ich lache. »Die meisten Hunde sind freundlich«, sage ich, »Sorgen muss man sich eher um ihre Besitzer machen.«

»Wie man deutlich sehen kann. Dem Kerl möchte ich nicht im Dunkeln begegnen.«

»Wie alt ist Trouble?«

»Neun Monate. Aber sie gehört nicht mir.«

»Sondern?«

»Sie ist der Hund meiner Freundin.«

»Ach so.«

Wie konnte ich auch nur die Hoffnung hegen, dass er Single sein könnte? Niemand ist Single, außer Harvey mit dem Taschenrechner und – mir.

»Sie ist verreist.«

»Tatsächlich? Beruflich?«

»Ferien«, erwidert er peinlich berührt und rückt seine Mütze zurecht. »Aber das ist eine lange Geschichte. Wie dem auch sei«, fügt er hinzu, »mein Leben wäre keinen Pfifferling mehr wert, würde Trouble etwas passieren, während sie unterwegs ist.«

Ich lächle und erzähle ihm von meinen ersten Erfahrungen mit Ruskin und wie verrückt ich mich machte, als ich ihn als Welpe das erste Mal von der Leine ließ. Kaum hatte ich den Haken gelöst, war er geradewegs zum Teich gerannt, an dem ein kleines rothaariges Mädchen Tauben fütterte. Ruskin sprang das Mädchen an und schnappte nach dem Brot in ihren dicklichen Fingerchen. Die Mutter schrie mich an, ich blies wie verrückt in meine Hundepfeife, das Mädchen jammerte, Ruskin kaute glücklich an seinem ergatterten Brotkanten – und dann schritt Ed endlich ein.

»Ed?«, fragt Guy, dem die Geschichte anscheinend gefallen hat.

»Ein damaliger Freund. Er war mein …« Nein. Ich verwerfe die Idee, Guy die traurige Episode meines Lebens zu erzählen, die gestern mit Eds Hochzeit unwiderruflich geendet hat. »Das ist eine lange Geschichte.« Ich lächle.

In diesem Augenblick beginnt es zu schütten. Guy und ich sprinten durch den Park und durchqueren das Eingangstor. Auf dem Fußgängerüberweg bleiben wir stehen, sodass ein Autofahrer hupt.

»Lust auf einen Kaffee?«, fragen wir gleichzeitig.

Der Regen rinnt über unsere Gesichter.

»Klar«, antworten wir wieder unisono.

»Komm«, sagt Guy.

Wir nehmen uns bei den Händen und rennen mit unseren Hunden den Bürgersteig entlang. Lachend weichen wir den Pfützen aus.

*

Am Abend packe ich Ruskin ins Auto und besuche mit selbst gemachter Lasagne zum Einfrieren meinen Vater. Dad wohnt nach wie vor am Regent's Park, in unserem ehemaligen Haus an der Fitzroy Road. Nachdem Mum uns vor vielen Jahren verließ, hat er nie wieder geheiratet.

Bei meiner Ankunft mixt Dad uns zunächst einmal einen starken Drink, während er lächelnd erwähnt, dass seine engste Beziehung seit dem Weggang unserer Mutter die mit der Ginflasche ist.

Ich setze mich an den Küchentisch, und Dad schlägt ein paar Eier in die Pfanne.

Die Umgebung erinnert mich immer noch an meine Kindheit. Ich sehe Dad vor mir, wie er an einem Sonntagabend Rührei für Nicholas und mich macht. Ich hatte den Auftrag, mich um den Toast zu kümmern, Nick war an der Reihe, den Tisch zu decken, und Dad verantwortlich für das Essen.

Ich erinnere mich auch daran, wie Nick und ich an diesem Tisch unsere Hausaufgaben erledigten. Ich kann noch hören, wie Mum uns an jenem schicksalhaften Tag nach der Rückkehr aus der Klinik von Megans Befunden berichtet hat. Ich saß genau auf diesem Stuhl und schaute in den Garten. Und ich denke daran, wie Dad uns an jenem Abend mit all seiner Kraft zur Seite stand.

Ich betrachte ihn. Sein Haar ist grau, seine Haut so durchscheinend wie Pergamentpapier, doch die selbstbewusste und fast elegante Art, mit der er sich hält, spricht und in der er sich kleidet, hat sich seit damals nicht verändert. Mein Vater ist ein stolzer Mensch. Selbst zu Hause trägt er fast immer eine Krawatte, und ich habe ihn nie in meinem Leben in Shorts gesehen.

Ich kann mich auch nur an ein einziges Mal erinnern, dass er eine Badehose trug und mit Megan auf den Schultern im Meer herumplanschte. Mum, Nick und ich machten uns über seine weißen Beine lustig, trotzdem war er einer der attraktivsten Männer am Strand.

Mum hatte einmal erzählt, dass in ihrem Kopf tausend Lichter aufleuchteten, als sie unseren Vater kennenlernte.

Dad war Nicholas und mir ein wunderbarer Vater, doch er hatte immer Mühe, seinen Gefühlen Ausdruck zu verleihen. Als Mum uns verließ, erlosch ein Licht in unserer Familie. Nick und ich waren damals elf und hatten große Angst, doch Dad schien wie eine Maschine die Fähigkeit zu besitzen, einfach wie zuvor weiterzuleben.

Wir mussten uns zusammenreißen, weil wir keine andere Wahl hatten. Trotzdem denke ich, dass er sich, sobald er allein war, große Sorgen darüber machte, wie es mit uns weitergehen sollte. Würde Mum zurückkommen? Ich bin sicher, dass er nach dem

Verlust von Megan insgeheim trauerte und sich wünschte, Mum wäre an seiner Seite gewesen.

Beim Essen berichte ich Dad von Eds Hochzeit. Er nimmt meine Hand. In den letzten Jahren zeigt er mehr Zuneigung, als hätte er verstanden, dass es keine Schwäche ist, sich verletzlich zu zeigen.

»Ach, Dad«, seufze ich, während seine Hand die meine fest umschließt, »ich wäre so gern wieder glücklich.«

»Das wirst du, Gilly«, sagt er leise. »Ich weiß, dass das jetzt nur ein kleiner Trost für dich ist, aber irgendwann wird der Richtige kommen.«

Ich erzähle ihm von meinem Date mit Harvey.

»Irgendwann wird der Richtige kommen«, wiederholt er. »Vielleicht nicht gerade Harvey«, fügt er trocken hinzu, »aber jemand, der schlau genug ist, dich nie wieder gehen zu lassen.«

# II

*Sommer 1985*

Dad, Nicholas und ich sitzen am Küchentisch, als Mum uns die Neuigkeiten überbringt. Wie sich herausstellt, hat Mum sich doch nichts eingebildet.

An diesem Tag hat sie mit Megan einen bärtigen Professor besucht und insgeheim darum gefleht, dass auch er ihre Befürchtungen nur als gluckenhaft abtun würde, doch das ist leider nicht der Fall gewesen. Ohne auch nur einen einzigen Test zu machen, erklärte er meiner Mutter, Megan leide an einer spinalen Muskelatrophie.

Da Megan keine Kraft in den Muskeln hat, kann sie auch noch nicht sitzen. Sie wird nie in der Lage sein, ein normales Leben zu führen und herumzurennen wie Nick und ich. Sie wird ihr Leben lang so kräftig wie eine Stoffpuppe bleiben.

Ich breche in Tränen aus.

»Aber was wird sie denn tun können?« Nick stellt die Frage, zu der ich nicht mutig genug bin.

Ich kann mir nicht vorstellen, nicht in der Lage zu sein zu rodeln, Kastanien zu sammeln, Fahrrad zu fahren oder mit Freunden zum Eislaufen zu gehen. Es ist einfach nicht fair, dass Megan all die Dinge, die für Nick und mich selbstverständlich sind, nicht können soll.

»Nun, sie kann mit uns zusammen sein«, erwidert Mum. »Und sie versteht jedes Wort, das wir sagen; wir dürfen sie also auf keinen Fall anders behandeln, und …«

»Beth«, unterbricht Dad.

»… wenn sie älter ist, wird sie auf eine besondere Schule gehen«, fährt Mum fort. »Sie wird viel Liebe und Aufmerksamkeit benötigen, und wir …«

»Beth, es hat doch keinen Sinn. Sag es ihnen«, drängt Dad.

Aus Mums Wangen weicht alle Farbe. Sie schüttelt den Kopf. »Nicht jetzt«, sagt sie.

»Sag es ihnen«, wiederholt er ein wenig sanfter. »Sonst tue ich es.«

In unserer Küche herrscht tiefstes Schweigen. Ich umklammere Nicholas' Hand.

»Also … der Arzt meinte … er sagte uns …« Aber Mum kann nicht weitersprechen. Sie stürzt aus der Küche und rennt die Treppe hinauf.

Nicholas und ich sehen Dad an. Was könnte noch schlimmer sein als das, was Mum uns schon gesagt hat?

# 12

»Ich wüsste gern, ob Ihr Gästezimmer noch frei ist. Wahrscheinlich ist es inzwischen längst vergeben, sollte es allerdings nicht der Fall sein, wäre ich Ihnen dankbar für einen kurzen Anruf. Ich suche spätestens ab Anfang September dringend eine Unterkunft. Herzliche Grüße, Jack Baker.«

»Als ich mal einen Untermieter hatte, hab ich das ganze Geld dafür ausgegeben, auswärts essen zu gehen«, sagt Guy bei unserer fünften Runde durch den Park.

Es ist Ende August, und während des letzten Monats sind die regelmäßigen Treffen mit Guy für mich fast so selbstverständlich geworden wie der morgendliche Kaffee. Klammheimlich hat er sich in mein Leben geschlichen. Wir rufen einander nicht an, weil wir noch keine Telefonnummern ausgetauscht haben, und ich weiß auch nicht, wo er wohnt, nur, dass er am Ende unseres Spaziergangs am Fußgängerüberweg links abbiegt, während ich nach rechts gehe. Noch nicht einmal seinen Nachnamen kenne ich. Er ist einfach nur Guy, mein Hundespaziergangsfreund.

Im August schrumpft die Zahl der Hundespaziergänger, weil Schulferien sind und die Familien in den Urlaub fahren. Das gilt zum Beispiel auch für Sam und Brigitte, während Mari, Ariel, Walter und ich die Stellung halten.

Guy ist längst zum allgemein akzeptierten Mitglied unserer Gruppe geworden. Gemeinsam diskutieren wir über Politik, Filme, den merkwürdigen Mann, der immer in Maris Laden kommt und nach Tellern fragt, Hundediäten, Hundefriseure und natürlich das Wetter.

Guy hat mittlerweile schon eine Menge über mich erfahren. Er weiß, dass meine Schwester Megan gestorben ist und meine Mutter mit ihrem zweiten Mann in Australien lebt.

Das letzte Mal habe ich Mum an Weihnachten gesehen, als sie kam, um bei den Hochzeitsvorbereitungen zu helfen. Ob ich sie vermisse, wollte Guy wissen. Ja. Als Ed mich verließ, wurde sie mit einem Mal wieder zu der Mutter, die ich als Kind so geliebt hatte. Sie nahm mich tröstend in die Arme, und es fiel mir schwer, sie wieder gehen zu lassen.

Ich habe Guy erzählt, dass Mum in Perth lebt und von ihrem jetzigen Mann sozusagen eine zweite Familie geerbt hat: Patrick ist Vater von zwei erwachsenen Söhnen.

»Warum besuchst du sie nicht einmal?«, schlug Guy vor.

»Ich freue mich für sie, dass sie sich ein neues Leben aufgebaut hat«, antwortete ich, »aber mir ist es lieber, sie kommt zu uns. Zu Nicholas, zu mir und … zu Dad. Ich möchte die andere Familie gar nicht kennenlernen«, habe ich ihm gebeichtet. »Eine genügt mir.«

Guy hat seinen Job in der Werbung aufgegeben und führt nun einen eigenen Betrieb für Gartenbau und Landschaftsarchitektur, »was nichts anderes heißt, als dass ich ein besserer Gärtner bin«, wie er bescheiden formulierte. »Meine Freunde haben mich auch für verrückt erklärt«, fuhr er fort, als er sah, dass ich grinste. »Sie konnten sich mich nicht vorstellen, wie ich Heckenscheren schwinge.«

Er hat eine Schwester namens Rachel, die irgendwo auf dem Land lebt. Sie ist Lehrerin und mit einem zwölf Jahre älteren Mann verlobt.

Wir haben auch über seine Freundin Flora gesprochen. Inzwischen weiß ich, dass ihre Beziehung ziemlich kompliziert ist. Flora befindet sich nicht auf einer normalen Urlaubsreise, sondern wollte die Welt entdecken und kommt erst im November zurück. Sie ist Künstlerin und Berufsfotografin und arbeitet freiberuflich für einige der großen Tageszeitungen, doch ihr Traum ist es, eines Tages eine eigene Kunstgalerie zu leiten.

Doch warum reist sie allein?, frage ich mich. Fühlt sie sich nicht einsam?

»Ich habe ihr einen Heiratsantrag gemacht«, erklärte Guy auf meine Frage hin. »Im Prinzip war sie auch einverstanden, wollte sich vor einer endgültigen Bindung aber noch eine Auszeit nehmen, um die Welt zu entdecken. Ehrlich gesagt war das nicht unbedingt die Reaktion, die ich mir erhofft hatte, als ich vor ihr auf den Knien lag.«

Hinter seinem Lächeln verbarg sich tief verletzter Stolz.

»Ed und ich waren schon verlobt. Er hat mich zwei Wochen vor der Hochzeit verlassen.«

Guy schob seine Mütze zurecht. »O mein Gott. Das tut mir wirklich leid für dich!«

»Inzwischen ist es ein paar Monate her«, nickte ich. »Aber du hast recht: Es war furchtbar.«

Und dann ertappte ich mich dabei, ihm von meiner Beziehung zu erzählen.

»Ach, Gilly, du Ärmste«, bedauerte er mich.

»Das Schlimmste war, dass ich all die Geschenke zurückgeben musste. Und dabei hatte ich mir schon seit Langem ein Waffeleisen gewünscht.«

Er warf mir einen neugierigen Blick zu, ehe er lächelte und sagte, dass er überrascht sei, dass ich mir ausgerechnet ein Waffeleisen gewünscht hätte.

Es ist seltsam, wie leicht es mir fällt, über alles mit ihm zu reden; dabei kenne ich ihn doch noch gar nicht so lang. Ich habe Guy Dinge von meiner Familie erzählt, die ich sogar Ed verschwiegen habe.

»Es ist ein bisschen so, wie sich vor fremden Leuten im Fitnessstudio auszuziehen«, sagte ich. »Je weniger ich jemanden kenne, umso leichter fällt es mir, meine Cellulitis zu zeigen.«

Mari und Ariel glauben, dass sich zwischen mir und Guy etwas anbahnt.

»Gilly«, sagt Ariel, »jeder Depp kann sehen, wie deine Augen aufleuchten, wenn er da ist.«

Im Laden fragt Mari mich nach Flora aus.

»Auf keinen Fall werde ich mich zwischen die beiden stellen«, erkläre ich, aber auch Anna hat sich schon erkundigt, ob da wirklich nichts ist, weil ich ihr jeden Tag von Guy erzähle.

Ich streite alles ab und behaupte, dass auch zwischen Männern und Frauen eine Freundschaft möglich ist.

»Außerdem ist er überhaupt nicht mein Typ«, versichere ich ihr. Trotzdem muss ich zugeben, dass ich enttäuscht bin, wenn er morgens einmal nicht im Park erscheint. Wenn ich ihn nicht sehe, kommt der ganze Tag nicht richtig in die Gänge.

*

»Ich hatte einmal einen Untermieter namens Carl«, berichtet Guy. »Die Sache ging nur gut, weil wir uns höchstens dann und wann auf der Treppe begegnet sind, und das war's auch schon. Je älter ich werde, desto schwerer fällt es mir, Small Talk zu machen. Wenn ich nach Hause komme, möchte ich nur noch entspannen und mit niemandem mehr reden.«

»Glückliche Flora! Bestimmt findet sie deine Gesellschaft geradezu faszinierend.«

Er zuckt mit den Schultern. »Vielleicht bin ich einfach zu alt für Untermieter.«

»Manchmal fürchte ich, dass es mir genauso geht. Du hättest mal die Typen sehen sollen, die sich bei mir vorgestellt haben!«

»Erzähl!«

Als Erstes gebe ich die Geschichte von Roy Haddock und seiner Schlabberhose zum Besten.

Guy lacht und meint, dass dieser Mensch sicher nicht zu mir gepasst hätte.

»Richtig. Und jeder, der glaubt, er könne in Schlabberhosen bei mir herumlungern, muss entweder bemerkenswert gut aussehen oder sehr lustig sein. Am idealsten wäre aber beides«, trumpfe ich auf.

Die Nächste war Caroline, eine Amerikanerin, die in der

Personalbeschaffung arbeitete und mich mit Fragen bombardierte wie eine Ballmaschine beim Tennis. Ich taufte sie insgeheim Miss Klemmbrett. Ob sie ihre Toilettenartikel in meinem Bad lassen könne? Wie die Infrastruktur der Umgebung sei? Ob ich über weiße Aufkleber zur Kennzeichnung unserer jeweiligen Vorräte in der Küche verfüge? Ob mein Hund geimpft sei?

»Aber das sind doch ganz vernünftige Fragen«, wendet Guy amüsiert ein. »Wenn ich mir allerdings tagtäglich den amerikanischen Akzent vorstelle! Unerträglich!«

Richard, seines Zeichens Consultant, wollte wissen, ob er übers Wochenende bleiben könne, wenn es bei der Arbeit einmal spät werden würde.

»Ob der Kerl das Prinzip des Wochenendheimfahrers nicht verstanden hat?«, sinniert Guy.

»Genau das dachte ich auch«, sage ich und bin begeistert, dass Guy meiner Meinung ist. »Ich hätte ihn noch einmal auf die Homepage verweisen sollen. Dort steht die Definition nämlich schwarz auf weiß.«

Jonathan, der Inspektor, fragte mich: »Darf ich Freddie mitbringen?«

»Wer ist Freddie?«

»Meine Kornnatter.«

Ich erklärte Jonathan, die Besichtigung sei hiermit beendet.

Guy schüttelt den Kopf. Er hat meine missliche Lage verstanden.

»Meine Freundin hat mir gerade den Laufpass gegeben, könnte ich auch auf Dauer hier einziehen?«, wollte der Headhunter Sam wissen.

Alexander, dessen Anfrage so ungeheuer dringend klang, versetzte mich, und Banker Tim fragte ernsthaft nach, ob ich die Miete nicht vielleicht halbieren könne.

»Arschgeige!«, ruft Guy laut, als wir gerade an Rita, der ehemaligen Bürgermeisterin von Hammersmith, vorübergehen.

Sie hat ihr rotes Seniorenmobil in der Nähe des Denkmals geparkt und füttert die Eichhörnchen. Rita beschwert sich entrüstet über Guys Ausdrucksweise, und ich pflichte ihr mit ernstem Gesicht bei. Seine Sprache ist manchmal wirklich schockierend.

Während wir eine weitere Runde vollenden, erkläre ich Guy meinen Plan, bei dem Vorstellungsgespräch von Jack Baker heute Abend die Fragen geschickter zu stellen. Ich habe eine Hausordnung aufgestellt und damit den Rat umgesetzt, den mir Tante Pearl, die unverheiratete Schwester meiner Mutter, gegeben hat.

Tante Pearl ist eine echte Veteranin auf dem Gebiet des Vermietens und hat in ihrem Leben mehr als fünfzig Untermieter beherbergt, unter ihnen einen Hochstapler, der vermutlich Clint hieß und in einem beigen Regenmantel mit einer roten Rose in der Hand bei ihr aufkreuzte.

»Ich erlag seinem Charme und seinem guten Aussehen, Gilly. Diesen Fehler solltest du keinesfalls begehen«, warnte sie mich.

»Glaubst du, es ist schlimm, wenn ich einen Plan aufstelle, wer wann die Küche benutzen darf?«, frage ich Guy.

Auch diesen Ratschlag hat Tante Pearl mir gegeben.

Pearl lebt inzwischen in Edinburgh und hat einen neuen Lover.

»Lebensgefährten«, hatte sie mich korrigiert, »für einen Lover bin ich doch viel zu alt.«

Sie empfahl mir auch, einen alten Fernseher im Gästezimmer aufzustellen, falls ich einen besäße. »Dann sitzen sie einem nicht ständig im Weg herum.«

»Meinst du, ich sollte eine Empfehlung verlangen?«, frage ich.

»Unbedingt.«

»Schließlich möchte ich sicher sein, dass die Miete regelmäßig jeden Monat bezahlt wird.«

»Das ist wirklich eine gute Idee …«

Ich unterbreche ihn. »Tante Pearl hat mir erzählt, dass sie mal einen ihrer Mieter dabei erwischt hat, wie er ihre Kette mit dem Igelanhänger stahl. Kannst du dir das vorstellen?«

»Nein, aber ich kann mir auch nicht vorstellen, dass jemand eine Kette mit Igelanhänger besitzen möchte.«

Bei dieser Gelegenheit fällt mir ein, dass das Bildnis der Nackten über meinem Bett sicher auch einen gewissen Wert hat. Mein Vater und ich haben es gemeinsam ausgesucht, nachdem ich in Manchester einen wirklich guten Abschluss gemacht hatte. Als der Besitzer der Galerie mir erklärte, dass ich eine kluge Investition getätigt hätte, legte Dad mir den Arm um die Schulter und sagte: »Sie ist ein tolles Mädchen und hat es sich verdient.« Dad zeigt seine Gefühle nur sehr selten, aber wenn er es mal tut, erinnere ich mich später an jedes Wort und jede Berührung.

Ich nehme mir vor, mein Gemälde gegen Diebstahl zu versichern.

»Wie geht es Flora?«, erkundige ich mich, als wir am Zebrastreifen stehen bleiben. »Gibt es Neuigkeiten?«

»Wir haben gestern telefoniert. Sie hatte Geburtstag.« Er hält inne. »Sie amüsiert sich großartig«, fährt er schließlich fort. »Manchmal frage ich mich, ob sie überhaupt noch einmal zurückkommt und mich heiratet.«

»Bobby Shafto fährt zur See
in Silberrüstung bis zur Zeh.
Eines Tags kommt er zurück
und heirat' mich zu meinem Glück,
der hübsche Bobby Shafto!«

Guy blickt mich irritiert an.

»Das war Megans Lieblingslied. Auf langen Autofahrten haben wir es ihr immer vorgesungen«, erkläre ich.

»Denkst du oft an sie?«, fragt er mit weicher Stimme.

»Manchmal schon«, gebe ich zu.

Die Erinnerung an sie ist wie ein Stein im Schuh. Es gibt Tage, da weiß man, dass er da ist, und kann mit ihm leben. Aber dann kommen wieder Zeiten, da ist er so scharf, dass er in meine Haut schneidet, bis sie blutet und ich nicht mehr laufen kann. Unvermittelt kommen mir die Tränen.

»Entschuldige«, sagt Guy. »Sie muss etwas ganz Besonderes gewesen sein.«

»Das war sie. Ich weiß, dass meine Reaktion dumm ist, schließlich ist es schon so lange her.«

»Du hast mir noch nie erzählt, wie sie gestorben ist.«

Der Verkehr rauscht an uns vorbei. Die Hunde ziehen an ihren Leinen, und eine Polizeisirene jault.

»Erzähle es mir vielleicht ein anderes Mal«, schlägt Guy vor und berührt meinen Arm.

Ich fühle die Wärme seiner Hand und nicke.

»Flora kommt bestimmt zurück, Guy. Sie wäre verrückt, es nicht zu tun.«

Guy geht nach links, ich nach rechts.

# 13

*Dezember 1985*

»Zum Geburtstag, liebe Megan, zum Geburtstag viel Glück!«, singen wir.

Mum trägt einen Schokoladenkuchen ins Wohnzimmer, auf dem eine rosa Kerze brennt.

Megan, die heute ein Jahr alt wird, lehnt in einem speziellen, aus Schaumstoff hergestellten Hochstuhl, der ihre Wirbelsäule stützt. Es ist gut, dass ihr Geburtstag im Winter ist, denn ihr rosa Kleidchen verbirgt die Beinschienen und ihre Strickjacke die Armschienen. Wenn ich sie so in ihrem Stuhl sehe, versuche ich mir einzureden, dass sie ganz normal ist und noch viele Geburtstage feiern wird – so wie Nick und ich.

Ich schneide den Kuchen, und Mum fordert mich auf, mir etwas zu wünschen. Normalerweise wünsche ich mir, eine berühmte Autorin zu werden wie Enid Blyton, aber heute wünsche ich mir, dass Megan ewig lebt.

Abwechselnd öffnen wir ihre Geschenke. Es sind ein Tiermobile für ihr Schlafzimmer, glitzernde Haarspangen und Bücher mit Kinderliedern.

Megan deutet auf die Seite mit dem Lied von *Bobby Shafto*: »Da!«

Tante Pearl, Mums Schwester aus Dorset, liest es ihr vor. Sie hat langes dunkles Haar mit lila Strähnchen und trägt Zigeunerkleider und hochhackige Stiefel. Nick und ich fahren in den Ferien gern zu Tante Pearl, weil sie einen Hund namens Snoop hat und in einem reetgedeckten Cottage wohnt, in dessen riesigem Garten wir wunderbar spielen können. Von meinem Schlafzimmer aus sieht man sogar eine Pferdekoppel. Ich nehme mir vor, dass ich ebenfalls in einem Cottage auf dem Land wohnen werde, sobald ich groß bin. Tante Pearl hat auch immer lustige Untermieter. Als wir das letzte Mal bei ihr waren, haben wir einen Japaner namens Luke kennengelernt, der uns am Küchentisch Origami beibrachte. Ihr derzeitiger Mitbewohner ist Opernsänger. Tante Pearl erzählt, dass sie jeden Morgen von seiner wunderbaren Stimme geweckt wird.

Etwas früher am Tag habe ich zufällig gesehen, wie Tante Pearl Mum einen Umschlag gegeben hat. Er war von Granny.

»Megan braucht die Unterstützung unserer Mutter, nicht ihr verdammtes Geld«, hatte Mum verärgert gesagt. In dem Umschlag steckte eine Fünfzigpfundnote. »Warum besucht sie uns nicht? Schämt sie sich?«

Als wir spielen, finde ich es unfair, dass meine kleine Schwester uns nur zusehen kann. Aber wann immer ich sie anschaue, lächelt sie. Ich glaube, Megan ist das wahre Wunder in unserer Familie.

*

Das folgende Jahr verläuft glücklich. Bei den Mahlzeiten sitzen wir zusammen und essen selbst gemachte Fischpasteten. Wir erzählen Megan von der Schule und fragen, was sie in ihrer Spielgruppe gemacht hat. Unser Dad hat sich angewöhnt, früher von der Arbeit heimzukehren. Er kommt in die Küche und nimmt Megan in die Arme, um sie im Bad im Obergeschoss zu baden. Manchmal helfe ich ihm. Wir lassen Krokodile, Haie und Enten im schaumigen Wasser schwimmen, und Dad rollt seine Ärmel hoch, um Megans Kopf und Rücken in der Wanne zu stützen. Nach dem Bad muss man sie in angewärmte Handtücher hüllen und sofort wieder anziehen. Megan wird jeden Abend zur gleichen Zeit zu Bett gebracht. Manchmal höre ich mitten in der Nacht Mums Schritte, wenn sie in Megans Zimmer geht, um meine kleine Schwester vorsichtig umzudrehen. Morgens legt Mum sie auf ihr Schaffell und saugt ihr mit einem Gerät, das sie über Nase und Mund legt, den angesammelten Schleim ab. Sie erklärt mir, dass die Maschine Megan nicht wehtut. Lieber soll ich von dem Gerät als etwas denken, das ihr hilft, bei uns zu bleiben. Alles im Haus wird sterilisiert. Mum putzt ununterbrochen.

An den Wochenenden verlassen wir London. Vor Megans Geburt haben Nicholas und ich uns am Sonntag meist mit Schulfreunden getroffen, aber jetzt machen wir oft Tagesausflüge.

In den Ferien drängen wir uns alle in Dads Jeep und fahren ans Meer. In Dads Auto ist es heiß, und es riecht nach Curry, aber mir macht es Spaß, aus der Stadt hinauszufahren und auf Entdeckungstour zu gehen. Mum wickelt Megan dann in viele Decken ein und scherzt, sie sähe aus wie eine ägyptische Mumie.

»Zu warm«, protestiert Megan manchmal, aber Mum erklärt, es sei lebenswichtig für sie, sich nicht zu erkälten.

Auf dem Weg zum Meer spielen wir im Auto oder singen. Meine kleine Schwester hat eine Stimme wie ein Engel. Der Arzt hat uns erklärt, dass sich ihr Gehirn auf die Stimme konzentriert, weil es sich nicht um das Erlernen von Bewegungen kümmern muss. Megan ist sprachlich viel weiter entwickelt, als Nicholas und ich es in ihrem Alter waren. Schon vor ihrem zweiten Geburtstag kannte sie alle Kinderlieder auswendig, die sie in ihrer Spielgruppe gelernt hat, aber noch immer ist *Bobby Shafto* ihr Lieblingslied. In ihrem Zimmer hängt mittlerweile sogar ein Poster von Bobby.

»Sing es für uns«, fordern wir sie jedes Mal auf, wenn wir wie die Sardinen zusammengequetscht auf der Rückbank des Autos sitzen.

»Bobby Shafto fährt zur See
in Silberrüstung bis zur Zeh.
Eines Tags kommt er zurück
und heirat' mich zu meinem Glück…«

Und dann fallen wir alle ein: »… der hübsche Bobby Shafto!«

Manchmal besuchen wir Tante Pearl und fahren mit ihr an den Strand.

Nick und ich klettern dann auf die Felsen, liefern uns Wasserschlachten, paddeln im Meer und suchen nach Versteinerungen. Dad nimmt Megan auf den Arm und rennt mit ihr den Strand entlang. Dabei hebt er sie so hoch, dass ihr der Wind ins Gesicht bläst.

Mum und Tante Pearl laufen meist neben ihm her und rufen: »Lass sie bloß nicht fallen!«

Einmal hat Anna uns begleitet.

Es war so heiß, dass Dad seine hellblaue Badehose anzog und wir alle über seine weißen Beine lachten.

Dad küsst Mum in aller Öffentlichkeit. Manchmal halten sie sich an den Händen.

Sonntags gehen wir mit Mum und Dad in die Kirche. Megan liebt Kirchenlieder. Wenn wir uns zum Beten niederknien, bete ich oft, dass der Professor sich geirrt hat, doch ich weiß, dass ihre Zeit sich dem Ende zuneigt.

In einer Woche wird Megan zwei Jahre alt. Mum wird ihr einen Kuchen backen, und wir haben ihr für ihr Fest ein Trägerkleidchen aus rotem Samt gekauft.

»Sie wird nicht älter als zwei Jahre werden«, hat Dad an jenem Tag gesagt, nachdem Mum aus der Küche gelaufen war.

Das bedeutet, dass wir sie nur noch sieben Tage bei uns haben dürfen. Sie entgleitet uns. Wie Sand, der durch die Finger rinnt.

# 14

Während ich auf Jack Baker warte, sehe ich meine Post durch. Ein Kontoauszug – bah! –, ein Anschreiben der Verbandsgemeinde Hammersmith und Fulham – langweilig. Das hier sieht schon vielversprechender aus: Handgeschriebene Umschläge sind selten geworden. Eifrig reiße ich das Kuvert auf, vielleicht ist es ja eine Einladung zu einer Party. Eine Heiratsanzeige oder wieder einmal eine Adressänderung wären mir hingegen weit weniger willkommen.

*Familie Heron siedelt nach Uist über!*

Also doch die nächsten Freunde, die sich aus dem Staub machen. Die Karte zeigt einen Mann und eine Frau, die mit zwei Kindern an der Hand dem Sonnenuntergang entgegenwandern.

Meine Schulfreundin Jessica und ihr Mann Thomas ziehen tatsächlich nach North Uist, einer winzigen Insel der Äußeren Hebriden. Thomas will in der Fischindustrie arbeiten, und Jess plant, ein Bed & Breakfast zu eröffnen. Schon seit einiger Zeit hatte sie von diesem Umzug gesprochen. Seit die Kinder da waren, wollte sie unbedingt weg aus London.

»Gilly«, hat Jessica noch handschriftlich hinzugefügt, »komm uns bald besuchen. Wir werden dich sehr vermissen.«

Als ich die Karte auf das Kaminsims stelle, klingelt das Telefon. Vielleicht ja eine Absage von Jack? Plötzlich habe ich keine Lust mehr, irgendwem das Haus zu zeigen.

Aber es ist Gloria.

»Schau mal aus dem Fenster«, fordert sie mich auf.

Ich tue es und entdecke Gloria, die in ihrem Schlafzimmer steht und hektisch auf die Straße deutet. Leider kann ich ihre

Lippenbewegungen nicht lesen, aber vor meiner Haustür parkt ein schwarzes BMW-Cabrio. Ich erkenne das Profil eines groß gewachsenen Mannes, der auf der Suche nach Nummer 21 um sich schaut.

Ruskin bellt, als spüre er, dass etwas Besonderes bevorsteht. Nervös nehme ich ihn auf den Arm, lege ihn in seinen Korb in der Küche und schließe die Tür. Er kann ein echter Quälgeist sein, wenn man Leute im Haus herumführt; ein paarmal hat er sogar schon nach ihren Knöcheln geschnappt.

Da ich unbeirrbar vorhabe, Jack meine Fragen zu stellen, habe ich die vorbereitete Liste in der Tasche. Ich spurte an die Tür und linse durch den Spion.

Er ist groß, sehr groß sogar, und hat helles Haar. Dann kommt er näher. Seine schwarze Lederjacke hat er sich über die Schulter geworfen. Danke, lieber Gott! Mit diesem Mann kann ich ganz bestimmt unter einem Dach leben. Er ist eine Wucht!

Ich spähe noch immer durch den Spion, als er voller Selbstbewusstsein an die Tür klopft. Unwillkürlich stolpere ich einen Schritt zurück und verliere das Gleichgewicht. Mein Absatz verfängt sich in irgendetwas – es ist der Stiefelknecht! –, und ich stürze.

Scheiße!

»Hallo?«, ruft er.

Mit schmerzendem Kopf liege ich quer auf der Fußmatte. Meine Haut ist abgeschürft, und mein Knöchel tut unglaublich weh.

»Hallo?«, ruft er erneut. »Ist Gilly Brown zu Hause? Ich bin Jack Baker. Der Untermieter.«

»Hi«, krächze ich vom Boden aus, »ich bin gleich da!«

Habe ich mir den Knöchel verstaucht? Oder etwa gebrochen? Ich blicke an mir hinab und kann zusehen, wie er vor meinen Augen anschwillt.

»Ich bin in einer Sekunde bei Ihnen.«

Auf dem Hinterteil rutsche ich zu den Mänteln, die an der Garderobe hängen, greife nach dem Saum meines Anoraks, den ich zu den Hundespaziergängen trage, und versuche, mich an ihm hochzuhangeln. Leider fallen nur Ruskins Hundekotbeutel aus der Tasche, und ich liege immer noch am Boden.

»Hallo?«, ruft Jack erneut.

Ruskin bellt sich hinter der Küchentür die Seele aus dem Leib.

»Gilly?« Jack öffnet die Briefkastenklappe und entdeckt mich. »Herrje! Sind Sie okay?«

Wieder versuche ich, mich hochzuziehen.

»Alles in Ordnung«, presse ich hervor, ehe ich erneut auf dem Boden lande. »Nein, das stimmt nicht ganz, Jack. Ich hatte gerade einen kleinen Unfall – nichts Schlimmes.«

»Kann ich Ihnen irgendwie helfen?«

»Hm – nein, aber vielleicht können Sie in fünf Minuten noch einmal wiederkommen?«, schlage ich vor.

Doch dann höre ich ihre Stimme. »Hi, ich bin Gloria von gegenüber.«

»Jack. Jack Baker«, stellt er sich höflich vor. »Ich bin hier, um das Gästezimmer anzuschauen. Gilly scheint irgendetwas passiert zu sein«, fährt er fort. »Sie liegt im Flur auf dem Boden.«

»Um Himmels willen«, sagt Gloria und öffnet die Tür mit ihrem Ersatzschlüssel.

Tief beschämt sitze ich wie ein Häuflein Elend im Flur und wünsche, ich könnte sterben oder – besser noch! – unsichtbar werden.

»Liebes!«, ruft sie und stürzt in ihren lila Crocs auf mich zu. »Was, um alles in der Welt, ist mit dir passiert?«

Jack greift nach einem meiner Arme, Gloria nach dem anderen. Gemeinsam heben sie mich in eine aufrechte Position. Als ich meinen angeschwollenen Fuß auf den Boden stellen will, stöhne ich vor Schmerzen auf.

»Ich kann nicht laufen.«

»Mein Gott, du Liebe!«, sagt Gloria.

Jack und ich sehen uns an und lächeln. Sein Lächeln zieht mich sofort in seinen Bann. Ich betrachte sein weißes, oben aufgeknöpftes Hemd. Sein hellbraunes Haar hat einen blonden Einschlag, als wäre er lange in der Sonne gewesen, und seine Augen sind so blau wie der Himmel, den Matilda auf ihren Kindergartenbildern malt. Er hat ein junges, frisches Gesicht. Oh nein! Vielleicht kann ich doch nicht mit ihm zusammenleben. Ich will nicht, dass er morgens als Erstes ausgerechnet meiner müden Existenz über den Weg läuft. Ich bin fix und fertig.

»Was sollen wir jetzt tun?« Jack wendet sich an Gloria. Seine Stimme holt mich in die Realität zurück. »Gilly? Können Sie laufen?«

Ich versuche einen Schritt, schreie aber unwillkürlich auf.

»Okay«, erklärt Gloria ruhig, »ich glaube, wir kommen nicht um einen Arzt herum.«

»Vermutlich haben Sie recht«, stimmt er zu.

Und ehe ich mich versehe, nimmt Jack mich auf seine Arme, trägt mich auf den Beifahrersitz seines Cabrios und schnallt mich an. Kurz darauf düsen wir mit Höchstgeschwindigkeit die Fulham Palace Road in Richtung Charing Cross Hospital entlang.

# 15

Als ich am Treffpunkt erscheine, hat sich meine Hundegruppe schon fast vollständig unter der dicken Eiche versammelt. Der Anblick ist wie ein Déjà-vu-Erlebnis.

Da ist Mari, die einen blauen Schaumgummiball wirft, dem Basil hinterhertobt, um ihn anschließend brav zurückzubringen. Es geht hin und her wie bei einem schnellen Pingpong-Match.

Ariel parkt sein Fahrrad gerade am Baum. Er hat sein Haar wieder braun gefärbt und trägt eine stylishe Cordjacke, Jeans und Turnschuhe von Converse. Bevor er allen einen Gutenmorgenkuss auf die Wange haucht, hebt er vorsichtig eine frisch getrimmte Pugsy aus dem Fahrradkorb.

Ich freue mich, als ich auch Sam sehe.

Es hat etwas Tröstliches, wenn alle nach den Sommerferien zurückkehren. Die Luft ist bereits herbstlich kühl, die ersten kupferfarbenen Blätter fallen, kein Kind ist weit und breit in Sicht, und der Alltag kehrt wieder ein.

Die Einzige, die an diesem Tag noch fehlt, ist Brigitte.

Als Ariel fragt, warum ich wie eine alte Oma humple, erzähle ich, dass ich mir den Knöchel verstaucht habe. Walter, Sam und Ariel hören mir geduldig zu, während ich meinen Sturz in den glühendsten Farben schildere. Die arme Mari muss sich meinen Bericht schon zum zweiten Mal anhören. In meiner aktuellen Erzählung falle ich jedoch nicht etwa hin, weil sich mein Fuß im Stiefelknecht verkeilt hat – oh nein! –, ich falle natürlich elegant. Beim Sprechen werfe ich einen Blick über Maris Schulter.

»Da drüben ist er ja.« Sie sagt es leise zu Sam und verdreht die Augen.

»Wer?«, frage ich scheinheilig.

»Der Mützenmann«, erwidert Mari.

»Ich habe mir gerade seinen merkwürdigen Hund angesehen«, flunkere ich. »Wisst ihr eigentlich, was für eine Rasse das genau ist?«

»Gilly Brown, du Lügnerin«, schimpft Ariel und stützt die Hände in die Hüften.

»Du und Guy?« Sam dreht sich zu mir um. »Habe ich etwas verpasst?«

»Absolut nicht«, gebe ich zurück.

Sie können es einfach nicht verstehen, dass ich gut mit Guy klarkomme, ohne dass wir andere Absichten haben. Er ist verlobt, und ich kann ich selbst bleiben, weil ich nicht versuchen muss, ihn zu beeindrucken.

»Mit seiner Freundin stimmt etwas nicht«, höre ich Mari Sam und Ariel zuraunen.

Sie kann es einfach nicht lassen.

Natürlich ist alles in bester Ordnung mit seiner Freundin, nur muss Mari anscheinend aus allem ein Drama machen. Sie ist eben eine typische Schauspielerin.

Ich wechsle das Thema und erzähle, dass mein Untermieter heute Abend in Nummer 21 einzieht.

»Sieht er gut aus?«, will Ariel gleich wissen.

»Und wie!« Ich lächle.

»Heute Abend schon? Das ging aber schnell!«, ruft Mari. »Hast du wenigstens deine Fragen gestellt?«

Als Jack und ich an jenem Abend vom Krankenhaus zurückkamen, hob er die Liste auf, die noch immer neben dem tückischen Stiefelknecht lag.

»Jack fragen, ob er vorbestraft ist«, las er mit amüsiertem Blick, führte mich zum Sofa und half mir, mich zu setzen.

Ich errötete und bat ihn, mir den Zettel zurückzugeben.

»Ich bin nicht vorbestraft«, sagte er, »allerdings habe ich meinem Bruder einmal eine Bratkartoffel vom Teller gestohlen, und dann und wann schummle ich beim Kartenspielen.«

Super. Er sieht gut aus und hat obendrein Humor, dachte ich. Jemand wie Jack dürfte bei mir immer und jederzeit in seinen Schlabberhosen herumlungern. Wieder warf er einen Blick auf die Liste.

»Wir brauchen die Fragen wirklich nicht durchzugehen«, wandte ich vergeblich ein.

»Jack fragen, ob er kocht. Falls ja, Zeitplan für Küchenbenutzung vorschlagen. Eventuell ausdiskutieren.« Er schwieg und strich sich übers Kinn. »Ausdiskutieren. Das klingt wie in der Schule. Sonntags brate ich manchmal Speck mit Eiern, aber da ich nur von Montag bis Freitag hier wohnen würde, bliebe die Küche ganz und gar Ihnen überlassen.«

»Wo wohnen Sie denn jetzt?«, erkundigte ich mich, doch Jack las weiter.

»Sicherstellen, dass Jack nicht an Körpergeruch leidet.«

Er lachte so laut, dass beinahe die Wände wackelten.

Jack gestikulierte mir mit Handbewegungen, mich näher zu ihm zu beugen. Erneut trafen sich unsere Augen. Ein beunruhigender Mann, dachte ich.

»Schon gut. Sie riechen nicht.«

Aber natürlich tat er es doch. Er duftete nach teurem Aftershave.

»Fragen, ob er Hunde mag«, fuhr er fort, was mich sofort daran erinnerte, dass ich Gloria anrufen musste. Sie hatte Ruskin nach meinem Sturz zu sich nach Hause genommen.

»Klingt, als wäre er ein Volltreffer«, sagt Sam beeindruckt. »Wie alt ist er?«

»Dreißig.«

»Dreißig«, seufzt Walter sehnsüchtig. »Ich wünschte, ich wäre noch einmal dreißig. Ihr jungen Leute heutzutage müsst euch ja immer gleich auf einen einzigen Menschen festlegen ...«

Oje, jetzt geht das schon wieder los, denken wir alle und sehen uns an.

Mari schüttelt ärgerlich den Kopf. »Ich würde mich vor dem Kerl hüten«, erklärt sie, als könne sie in ihrer Kristallkugel eine dunkel drohende Gefahr erkennen. »Ich traue dreisten Menschen nicht.«

»Ich denke, es wird prima klappen«, versichere ich ihr und ein bisschen auch mir selbst. »Außerdem war es sehr nett von ihm, mich ins Krankenhaus zu bringen, ohne auf seine eigene Abendplanung Rücksicht zu nehmen.«

»Das ist wahr«, stimmt Sam mir zu. »Mein Mann hätte mich wahrscheinlich in ein Taxi gesteckt.«

Schließlich stößt auch Guy zu uns und fragt, worüber wir uns gerade so angeregt unterhalten. Es dauert nicht lang, bis sich Basil Trouble wieder auf eindeutige Weise nähert.

»Siehst du, *das* finde ich dreist«, sage ich und deute auf die beiden Hunde.

Aber Mari zuckt nur mit den Schultern und zündet sich gelassen eine Zigarette an.

»Was macht dieser Jack denn beruflich, Gilly?«, fragt Guy, als wir uns von der Gruppe trennen.

Mari will heute früher im Geschäft sein, weil Bobby, ihr Metall- und Glasmann, sich angekündigt hat.

»Er arbeitet beim Fernsehen und produziert *Stargazer.*« Die Sendung ist ein Wettbewerb, der unbekannte Sänger zu Stars macht. Ich liebe die Show. Sie ist eines meiner privaten Vergnügen, über die ich nicht gern öffentlich spreche.

»Und sonst? Hat er Familie?«, bohrt Guy weiter.

»Ich glaube nicht.«

»Verheiratet? Single?«

»Keine Ahnung. Single, nehme ich jedenfalls an«, sage ich.

Ruskin stöbert ein Eichhörnchen auf und setzt ihm erfolglos nach. Ich frage Guy, ob wir uns auf eine Bank setzen können, da mein Fuß schmerzt.

Während der folgenden Minuten hocken wir in einträchtigem Schweigen nebeneinander und schauen den Spaziergängern zu, bis Guy schließlich sagt: »Ich frage mich, ob er keinen Freund hat, bei dem er wohnen kann.«

»Aber auch Freunden kann man nicht so lange zur Last fallen, Guy. Mal eine Nacht, okay, aber doch nicht monatelang.«

»Wo wohnt er jetzt?«

Ich will antworten, doch mir fällt beim besten Willen nicht ein, was Jack auf die Frage geantwortet hat. »Er hat es mir erzählt«, sage ich, »aber ich kann mich nicht mehr erinnern. Vermutlich liegt es an den Schmerztabletten.«

»Na ja, ist ja auch egal.«

»Ich frage ihn einfach heute Abend noch einmal.«

»Klar.«

»Warum schaust du mich so an?« Inzwischen weiß ich, dass Guy unsicher ist, wenn er seine Mütze auf eine bestimmte Art zurechtrückt.

»Hatte er denn ein Empfehlungsschreiben?« Obwohl Guy lächelt, meint er die Frage bitterernst.

Ich rutsche auf der Bank hin und her.

»Ich brauche eine Unterkunft, bis die Show im Dezember ausläuft«, hatte Jack gesagt und mir meine Liste zurückgegeben. »Aber wenn Sie sich Ihrer Sache nicht ganz sicher sind, kann ich gerne noch eine Referenz besorgen.«

Eine Referenz? Wer braucht schon eine Referenz bei einem derart engelsgleichen Gesicht?

»Und Sie müssen immer daran denken: Wenn Sie mich nicht leiden können oder mein Geruch Sie stört – Weihnachten bin ich ohnehin wieder fort«, beschwor mich Jack.

»Vielleicht solltest du doch noch ein bisschen mehr über ihn in Erfahrung bringen, ehe er bei dir einzieht«, meint Guy. Wahrscheinlich habe ich die Stirn gerunzelt, denn schnell fügt er hinzu: »Einige meiner Freunde haben schlechte Erfahrungen gemacht. Deshalb sage ich das.«

Ein bisschen verunsichert versuche ich Jack zu verteidigen. »Er ist weder sonderbar, noch hat er eine Schlange als Haustier. Und ich mag ihn.«

Guy sieht mich an. »Entschuldige, ich bin wirklich taktlos. Ganz bestimmt ist er ein netter Kerl.«

Inzwischen war ich wieder in der Lage weiterzulaufen.

»Und es gibt noch etwas, das ich an ihm toll finde«, sage ich. »Er hat nicht so viel Krempel.«

Ich lächle, weil ich daran denken muss, was Richard gesagt hat. In letzter Zeit fallen mir immer wieder einige seiner Aussprüche ein. »Männer haben im Übrigen viel weniger Krempel. Ich hatte einmal eine Untermieterin, Melanie Soundso. Die Frau war ein wahr gewordener Albtraum! Im ganzen Bad hat sie komische Seifen und Kerzen in Form von Früchten verteilt.«

»Jack hat gesagt, er würde heute Abend lediglich einen Rucksack mitbringen.«

»Vielleicht ist der ja groß genug, um ein Fleischermesser darin zu verstecken?« Guy grinst mich frech an.

Als er mein entsetztes Gesicht sieht, entschuldigt er sich sofort.

Auf dem Weg zur U-Bahn nehme ich mir fest vor, mich von Guys Zweifeln nicht anstecken zu lassen. Außerdem brauche ich das Geld und habe schon genug Zeit mit der Suche vergeudet. Ich kann und will keine Kandidatengespräche mehr führen; die Suche ist vorbei. Und wenn ich Jack heute Abend sehe, haben wir auch die Möglichkeit, einander besser kennenzulernen. Hat er mir wirklich gesagt, wo er wohnt, oder etwa doch nicht? Egal. Ich werde ihn fragen. Heute Abend.

# 16

»Hallo Leute, hier ist wieder *Stargazer* – die Show, die eure Träume wahr werden lässt! Nachdem sich im ganzen Land Tausende von Kandidaten beworben haben, sind jetzt nur noch fünfzehn Teilnehmer im Rennen. Und heute fällt wieder eine Entscheidung. Einer unserer Kandidaten wird die nächste Runde leider nicht erreichen.«

Susie, Anna und ich sitzen wie gebannt vor meinem riesigen Fernseher und schauen und hören uns den Gesangswettbewerb zwischen der alleinerziehenden Mutter Lori und dem sechzehnjährigen Steve an. Lori muss heimfahren. Sie weint und gesteht unter Tränen, dass sie alles nur für ihre Kinder getan habe. Die Menge applaudiert.

Bald müsste Jack nach Hause kommen. Ich gestehe meinen Freundinnen, dass ich so nervös bin wie bei einem ersten Date. Auch beim ersten Treffen möchte man am liebsten alle Formalitäten überspringen und gleich zum vertraulichen Teil übergehen, bei dem man ganz man selbst sein kann. Ich erzähle auch von der Chemie zwischen uns, die gleich am ersten Abend zu stimmen schien. Oder hatte ich mir das alles nur eingebildet?

»Bestimmt nicht«, meint Anna, »die Chemie stimmt entweder oder eben nicht.«

»Du hast einen ziemlichen Narren an ihm gefressen, nicht wahr?«, fragt Susie.

Ich nicke. »Wahrscheinlich wäre es einfacher gewesen, wenn ich mir einen weiblichen Untermieter gesucht hätte«, sage ich lächelnd.

Immer wieder huscht mein Blick zur Eingangstür.

»Der kommt bestimmt noch lang nicht«, erklärt Susie. Ich zwinge mich, ruhig zu bleiben, doch es funktioniert nicht. Ich ertappe mich dabei, wie ich die Ausgabe einer seriösen Wochenzeitschrift über ein Promi-Klatsch-Magazin schiebe. Anna schüttelt den Kopf und nimmt sie mir aus der Hand.

»Was macht sie da?«, erkundigt sich Anna bei Susie, als ich eine herumliegende CD in den Schrank stopfe.

Im Vorfeld von Jacks Einzug habe ich alles versteckt oder weggeworfen, was auf mein einsames Leben hinweisen könnte – wie zum Beispiel das Hühnergericht für Singles in meiner Kühltruhe. Auch ein paar mit Blumen bedruckte Geschirrtücher sind verschwunden. Sie werden erst nach Jacks Auszug nach Weihnachten wieder ihre Blütenpracht entfalten dürfen.

Anna und Susie helfen mir bei der Durchsicht meiner CDs.

»Was machen wir mit *Best of Carly Simon*?«, fragt Anna.

»In den Schrank.«

»Enrique Iglesias?«

»In den Schrank!«, rufen wir unisono.

»Aber eigentlich mag ich ihn«, wendet Susie ein.

»Ich auch«, gebe ich zu.

»Unmöglich!« Anna greift sich die CD.

Als Nächstes durchforsten wir meine DVD-Sammlung. Die Mädels konfiszieren *Zeit der Zärtlichkeit*, *Mamma Mia!*, *Footloose* und …

»Was ist mit *Der Duft von Lavendel*?« Seufzend hält Anna die Box hoch.

Ich muss lachen.

»Du könntest Jack doch vorschlagen, den Film gemeinsam an einem gemütlichen Abend zu Hause anzuschauen«, meint Susie.

Himmel, ich hätte auch das Bad überprüfen sollen! Aber ich war ja so damit beschäftigt, Jacks Schlafzimmer gemütlich herzurichten, dass ich alles andere darüber vergessen habe. Aus den Spiegelschränken über dem Waschbecken entfernen wir Tampon-Schachteln und eine ungeöffnete Kondom-Packung.

»Wer weiß, vielleicht kommen sie ja demnächst wieder zum Einsatz«, kichert Anna.

Susie verstaut die peinlichen Dinge in einer Frotteetasche, während Anna mir eine Tube mit Creme gegen Pilzinfektionen im Intimbereich entgegenhält.

»Gott sei Dank, dass du die entdeckt hast!«, rufe ich und nehme sie an mich.

»Und das hier soll Jack doch sicher auch nicht gleich frühmorgens zu Gesicht bekommen, oder?« Susie grinst und packt meinen Damenrasierer in die Tasche.

»Den brauche ich im Augenblick ohnehin nicht.« Ich lächle meine Freundinnen an.

»Ich auch nicht«, gesteht Anna.

»Und ich sowieso nicht«, fügt Susie hinzu.

Anschließend präsentiere ich den Mädels Jacks Schlafzimmer. Ich habe dem Raum neues Leben eingehaucht. Auf dem Tisch stehen frische Blumen, auf dem Nachttisch habe ich einen Krug mit Wasser und ein Glas deponiert. Das Bettzeug mit den blauen Punkten ist gewaschen und gebügelt, das Bild vom spanischen Olivenhain habe ich durch einen abstrakten Druck ersetzt, der New York darstellt. Ich ziehe die Vorhänge zu.

»Du könntest ihm ja gleich ein Betthupferl aufs Kopfkissen legen«, schlägt Anna vor.

»Wie wäre es mit einem Schild an der Klinke: *Bitte nicht stören*?« Susie grinst, fügt aber sofort hinzu: »Hier würde ich gern wohnen. Wann kann ich einziehen?«

Als wir hören, dass draußen ein Taxi vorfährt, stürmen wir wie ungezogene Kinder aus Jacks Zimmer hinaus und die Treppe hinunter. Ein Tor wird zugeschlagen, Schritte rascheln durch trockene Blätter. Hastig schmeißen wir uns auf das Sofa. Ich richte mir die Haare, ziehe meinen Lippenstift nach und schlage zunächst die Beine übereinander, um mich sofort wieder eines Besseren zu besinnen. Susie greift nach einer Zeitschrift – dem Fernsehprogramm – und blättert darin herum. Wir kichern nervös.

»Sag irgendwas«, fordere ich Anna auf. »Erzähl uns einen Witz.«

Anna starrt uns an. »Ihr spinnt doch alle beide«, stellt sie fest. »Außerdem hast du Lippenstift auf den Schneidezähnen.«

»Hoffentlich kommt er nicht allzu spät«, sagt Susie – eine Stunde später. »Ich muss bald nach Hause.«

Sie ruft Mark an und bittet ihn, nach den Kindern zu sehen.

»Ich hab ihn!«, rufe ich Anna und Susie vom Schreibtisch aus zu, wo ich mich in Facebook eingeloggt habe.

»Okay«, sagt Anna mit kritischem Blick, »ich gestehe, er sieht wirklich sehr gut aus.«

Auf dem Foto sitzt er in Jeans und mit geöffnetem Hemd auf einer Wiese.

Wir lesen sein Profil.

Jack Baker interessiert sich für: Frauen.

»Na ja, das ist immerhin ein guter Anfang.« Susie nickt heftig.

Sein Familienstand: ledig.

»Warum nur?«, fragt Anna.

Lieblingsbeschäftigungen: Produktion von Fernsehsendungen und Sex.

»Aha! Jetzt haben wir gefunden, was an ihm nicht stimmt«, trumpft Anna auf. »Er ist von sich selbst eingenommen.«

»Wäre ich auch, wenn ich so aussähe«, meint Susie.

Lieblingssendung im Fernsehen: *Stargazer* (weil ich sie mache).

Lieblingsbücher: Zählen auch Zeitschriften? Dann alle möglichen.

Die Anzahl von Jacks Freunden beläuft sich auf stolze vierhundertneunundachtzig. Hauptsächlich bestehen sie aus hübschen Frauen mit Schmollmündern und russisch klingenden Namen.

»Ziemlich hohl, das Ganze«, stellt Anna fest.

»Willst du nun Eintrittskarten zu seiner Show oder nicht?«, schimpft Susie.

»Aber wer von diesen sogenannten Freunden wäre bereit, für Jack vor einen Bus zu springen und sein Leben zu retten?«, nörgelt Anna weiter. »Die da sicher nicht.« Sie deutet auf eine gewisse Theresa Hampton-Williams, die wie ein Model aus der *Vogue* aussieht. »Sie würde sich vermutlich noch nicht einmal einen Fingernagel für ihn abbrechen. Übrigens, Gilly, da fällt mir gerade etwas ein: Hast du am kommenden Dienstag schon etwas vor?«

»Nächsten Dienstag«, murmle ich, ziehe eine Schublade meines Schreibtischs auf und krame nach meinem Kalender.

Dabei erhascht Anna einen Blick auf ein Foto von Ed und mir, das ich unter allerlei Papieren versteckt habe – das einzige Foto von ihm, das ich behalten habe. Ich konnte die letzte Erinnerung einfach nicht fortwerfen.

»Weiß dieser Jack eigentlich etwas über dich?«, fragt sie, als ich die Schublade schließe.

»Absolut nichts.«

»Sie waren zu beschäftigt damit, sich gegenseitig anzuflirten«, unkt Susie.

Anna greift nach einem Foto, das auf meinem Schreibtisch steht. »Mein Gott, diesen Urlaub werde ich nie vergessen«, schwärmt sie.

Das Bild zeigt uns drei auf Ibiza. Wir stehen vor unserer Ferienwohnung und tragen Kleider, die viel von unserer Sonnenbräune zeigen. Der Sommerabend war heiß. Wir waren höchstens zweiundzwanzig und wollten tanzen gehen.

Die Mädels verlassen mich gegen halb elf. Sie sind enttäuscht. Ich lege Jack einen Zettel auf sein Kopfkissen. Wenn man auf Mitte dreißig zusteuert, hat man offenbar ein starkes Bedürfnis, zu einer vernünftigen Zeit zu Hause zu sein.

Anna hat morgen früh ein wichtiges Meeting mit ihrem blöden Chef, Susie kann nicht lange aufbleiben, weil sie früh aufstehen muss, um Baby Olly zu füttern, und ich … nun, ich liebe meine weiche Daunendecke.

Ich knipse das Licht aus. Im Dunkeln tauchen mit einem Mal wieder Gedanken an Ed auf. Vermisse ich wirklich ihn selbst, oder vermisse ich nur seine Anwesenheit? Unsere Beziehung war wie ein grandioses Buch, dessen Autor am Ende aus ungeklärten Gründen den Faden verlor.

Dabei fing die Geschichte wirklich toll an – nämlich an jenem Tag im Park, als Ruskin dem kleinen Mädchen das Brot stahl und Mutter und Tochter mich herunterputzten. Ed saß zum gleichen Zeitpunkt auf einer Bank und las seine *Financial Times*. Er eilte mir zu Hilfe, besänftigte das kleine Mädchen und erklärte ihm, dass man vor Hunden keine Angst haben müsse und Ruskin sowieso eigentlich eher Ähnlichkeiten mit einem gierigen Äffchen habe. Ich lehnte mich zurück und bestaunte, wie er mit seiner verbalen Gabe die Krise meisterte und Ruhe und Frieden wiederherstellte.

Genau das war es, was ich an Ed liebte: Allein seine Anwesenheit genügte, damit ich mich sicher fühlte. Zuerst fiel mir an ihm auf, dass er viel Wert auf sein Äußeres legte und über eine Art natürliche Autorität verfügte – genau wie mein Vater. Mit siebzehn hatte er sein Zuhause verlassen, weil er sich mit seiner Stiefmutter nicht verstand. Er war wild entschlossen, niemals vor seinem Vater zu Kreuze zu kriechen und um finanzielle Unterstützung zu betteln. Als ich ihn kennenlernte, war er bereits Chef seines eigenen Unternehmens, das Werbeplatz im Internet vermarktete, und verfügte über eine Menge Geld.

»Wie kann ich Ihnen danken?«, fragte ich und setzte mich neben ihn.

Er faltete die Zeitung zusammen.

»Indem Sie mich zu einem Kaffee einladen?«, schlug er vor.

Wir dehnten unseren Kaffee auf ein Mittagessen und dann auf ein Abendessen aus, zu dem er mich einlud. Er entschied sich für ein Restaurant in Mayfair, dessen Chef sein Cousin war und in dem wir Champagner auf Kosten des Hauses serviert bekamen. Wir redeten und redeten, bis das Personal uns zu verstehen gab, dass es Zeit zum Aufbruch war.

Auf dem Heimweg im Taxi nahm er meine Hand und legte sie in seine.

»Ich werde dich heiraten«, erklärte er prophetisch.

Als wir Nummer 21 erreichten, sagte er dem Fahrer, er solle noch einmal eine Runde um den Block drehen.

»Ich habe dich erschreckt, nicht wahr?«, fragte er. Ihm war aufgefallen, dass ich nach dem Beinahe-Antrag sehr ruhig geworden war.

Als der Taxifahrer zum dritten Mal vor meinem Haus hielt, ignorierte Ed seine ungeduldigen Seufzer.

»Komm mit zu mir«, sagte er.

Ich schrieb ihm meine Telefonnummer auf den Handrücken.

»Wir sollten nicht voreilig handeln«, sagte ich und stieg aus dem Taxi.

Ich werfe einen Blick auf Eds leere Bettseite. Als Ed und ich zusammenkamen, schlief er die halbe Woche über bei mir, die zweite Wochenhälfte war ich bei ihm. Jeder hatte beim anderen eine Schublade, in der er seine Habseligkeiten verstauen konnte. Eigentlich waren wir uns einig, dass es viel einfacher gewesen wäre, endgültig zusammenzuziehen, aber irgendwie war uns klar, dass wir das erst nach der Hochzeit tun wollten. Natürlich lag es auch daran, dass wir nur einen Katzensprung voneinander entfernt wohnten.

Es ist hart, wieder Single zu sein. Meine Freunde behaupten zwar, dass Unabhängigkeit eine feine Sache ist, und bis zu einem gewissen Punkt stimme ich dem auch zu, aber auch das, was Nancy gesagt hat, ist nicht von der Hand zu weisen: Es ist schwierig, über dreißig und Single zu sein – vor allem in London. Natürlich gibt es viele Frauen, die aus freien Stücken nicht heiraten und sich bewusst für ein Dasein als Single und ihre berufliche Karriere entscheiden. Ich bewundere sie von ganzem Herzen, aber mein Lebensplan sieht nun einmal anders aus. Manchmal, wenn wieder einmal Freunde sesshaft werden, fühle ich mich ein wenig so, als hätte ich den letzten Bus nach Hause verpasst. Als Single komme ich mir vor wie ein Boot ohne Ruder, das führungslos auf dem Meer treibt.

Als Ed und ich uns ineinander verliebten, konnten wir abends nicht früh genug ins Bett kommen. Manchmal redeten wir und liebten uns, bis der Morgen dämmerte. Dann konnten wir hören, wie der Verkehrslärm allmählich zunahm, wie die Arbeiter von der Nachtschicht nach Hause kamen und wie der Müll geleert wurde.

Gegen Ende unserer Beziehung hatten wir nicht mehr so häufig Sex, aber das hielt ich für vollkommen normal. Allerdings kann ich mich auch an einen Urlaub in Spanien erinnern, als ich vergeblich versuchte, ihn aus dem Haus zu locken. Alles, was er wollte, war schlafen und lesen. Waren wir zu bequem geworden? Oft fragte ich Ed, was er vom Leben erwarten würde, und jedes Mal antwortete er, dass er es sogar vermeide, auch nur an den nächsten Tag zu denken, ganz zu schweigen an die Zukunft, und dass er lieber in den Tag hineinlebe.

»Und was bedeutet das für uns?«, fragte ich ihn einmal.

Meine Unsicherheit war meiner Stimme anzuhören. Nach Megans Tod und der Scheidung meiner Eltern sehnte ich mich nach einer gewissen Stabilität, brachte es aber nicht über mich, ihm das zu sagen.

Plötzlich zucke ich zusammen. Ein Schlüssel dreht sich im Schloss. Jack kommt die Treppe hinauf und spricht dabei.

»Am Wochenende bin ich wieder da«, sagt er auf dem Treppenabsatz vor dem Bad. »Dann können wir darüber reden. Ja, ganz liebe Grüße.«

Mit wem redet er da mitten in der Nacht? Ich höre Schritte vor meiner Tür. Sollte ich vielleicht ein lockeres »Guten Abend!« rufen? Nein, Gilly, lache ich mich aus, lieber nicht. Dann könnte er glauben, ich würde ihn in mein Zimmer einladen wollen.

Ich höre ihn im Bad herumpoltern. Ich muss lächeln, als ich daran denke, wie Anna, Susie und ich in aller Eile meine Peinlichkeiten versteckt haben. Als ich die Augen schließe, rauscht Wasser; wahrscheinlich putzt er sich die Zähne.

Minuten später nähern sich seine Schritte meiner Zimmertür. Ich denke an Guys Vision. Ist das die Stelle im Horrorfilm, an der der Unhold sich mit seinem blitzenden Fleischermesser und einem bösen Lachen in mein Zimmer schleicht?

Dann wird eine Tür geschlossen. Ich atme auf.

In dieser Nacht träume ich, dass Jack Baker meine Küche betritt. Er hat lange Haare, die bis zu seinen Knien reichen, und schlingt sein Essen wie ein Höhlenmensch mit einem Holzlöffel hinunter. Als ich mich ihm nähere, sehe ich, dass er meinen Porridge isst.

# 17

Am Morgen nach meinem unangenehmen Porridge-Traum erwache ich und muss dringend auf die Toilette. Geh schon, sagt meine innere Stimme. Geh einfach. Es ist nichts Besonderes dabei. Irgendwann wirst du ihm ohnehin begegnen.

Aus seinem Schlafzimmer dringen die ersten leisen Geräusche.

Ich schäle mich aus meiner Decke, öffne die Tür und spähe wie ein Detektiv nach rechts und links. Jacks Tür ist geschlossen, ich schaue geradeaus: Die Luft ist rein.

In meinem übergroßen T-Shirt und den ausgebeulten gestreiften Pyjamahosen schleiche ich auf Zehenspitzen durch den Flur, zwei Stufen hinunter, schlüpfe ins Bad und ziehe hastig die Tür hinter mir ins Schloss.

Ich wünschte wirklich, ich könnte sie abschließen, denn was ich jetzt tue, ist umwelttechnisch gesehen unverzeihlich. Ich drehe den Wasserhahn der Badewanne bis zum Anschlag auf, damit Jack weiß, dass das Bad besetzt ist. Und damit er sich auch wirklich, wirklich, wirklich nicht irrt, drehe ich auch noch die Dusche auf.

In aller Eile klappe ich den Toilettensitz hinunter und kann endlich aufs Klo. Gott sei Dank!

Nach einer Blitzdusche öffne ich die Badezimmertür, sprinte den Flur entlang und bin kurz vor dem sicheren Ziel, als …

»Hallo und guten Morgen«, begrüßt mich Jack im Bademantel. »Ist das Bad frei?«

Ich wickle das Handtuch enger um meinen Körper. »Klar,

Sie können rein«, presse ich mit hoher Stimme hervor und flitze in mein Schlafzimmer.

Als ich das Wasserrauschen höre, stelle ich mir verträumt lächelnd vor, wie Jack nackt unter meiner Dusche steht und das Wasser seinen breiten gebräunten Rücken hinunterläuft.

An diesem Morgen entschließe ich mich für das neue schwarze Kleid (ich habe es mir von Jacks Miete geleistet), das meinen Brustansatz freilässt.

Ich stopfe meinen Schlafanzug unter das Kopfkissen und beschließe, von der nächsten Miete meine Nachtwäsche aufzurüsten. Vielleicht sollte ich mir ein schickes, knappes Nachthemdchen aus Seide zulegen?

Als ich gerade dabei bin, Lippenstift aufzulegen, höre ich draußen im Flur ein Flüstern. Ich lehne mich an die Tür und versuche, seine Worte zu verstehen.

»Ich bin so gut wie unterwegs. Gut, dass endlich Freitag ist. Ich habe die ganze Woche im Schneideraum gesessen … Ja, sie ist nett, allerdings habe ich sie bisher kaum zu Gesicht bekommen.«

Wahrscheinlich spricht er über mich.

Er lacht. »Wie sehen übrigens die Pläne für das Wochenende aus?«

»Ich muss dann los«, sagt er, als ich aus dem Schlafzimmer trete, und lässt sein BlackBerry in die Tasche gleiten.

Beide gehen wir die Treppe hinunter; Jack hinter mir.

»Ist das Zimmer in Ordnung? Und die Matratze bequem?«, frage ich wie die Chefin eines Bed & Breakfast.

»Sehr bequem«, lobt er.

»Haben Sie alles, was Sie brauchen?«

»Alles bestens. Und danke für die Blumen.«

Unsere Konversationsversuche sind meilenweit von denen unseres ersten Aufeinandertreffens entfernt, doch dann muss ich daran denken, dass Jack vielleicht genauso zögerlich ist wie ich.

»Wie geht es Ihrem Fuß?«, erkundigt er sich. »Hoffentlich habe ich Sie letzte Nacht nicht aufgeweckt.«

»Aber nein«, flunkere ich, während ich mir ihn noch immer nackt unter meiner Dusche vorstelle.

Irgendwie müssen wir diese verflixte Höflichkeit über Bord werfen – und zwar schnell.

Unbehaglich trete ich von einem Fuß auf den anderen, bis Jack schließlich sagt: »Ich bin dann mal weg. War nett, Sie zu sehen.«

»Danke, gleichfalls«, erwidere ich mit einem dümmlichen Lächeln.

»Dann bis Montag.«

»Klar.«

Er ist fort.

Zum wiederholten Mal öffne ich Jacks Schlafzimmertür. Es ist dunkel, die Vorhänge sind noch geschlossen, und schon jetzt riecht der Raum fremd. Ich betrachte das ungemachte Bett. Auf dem Nachttisch liegen ein zerknautschtes Zigarettenpäckchen und etwas Kleingeld. Die oberste Schublade seiner Kommode steht offen. Unter dem Sessel lugt ein Calvin-Klein-Slip hervor.

Lächelnd muss ich daran denken, dass ich nach dem Vorfall im Bad meine Unterhose dort vergessen hatte.

Wie ein Polizist auf der Suche nach Beweismitteln gehe ich zum Schrank und öffne ihn. Jacks Hemden hängen in Reih und Glied neben einer Lederjacke. Einfach nur Klamotten – Dinge, die in einen Kleiderschrank gehören. Was hatte ich denn erwartet? Angeekelt und schockiert über mich selbst verlasse ich das Zimmer.

Ich mache mir einen Kaffee und ärgere mich, dass ich nicht mehr über Jack Baker herausgefunden habe. Ich weiß noch nicht einmal, wo er wohnt, wenn er nicht bei mir übernachtet.

»Aber das kann uns auch egal sein, was, Ruskin?«, wende ich mich an meinen Hund.

»Hallo noch mal«, sagt Jack plötzlich hinter mir.

Ich zucke so sehr zusammen, dass ich Milch verkleckere: auf dem Boden, unter dem Tisch und über mein brandneues Kleid.

»Oh, Entschuldigung.« Jack grinst. »Ich wollte Sie nicht erschrecken.

»Keine Ursache!«

Ich drehe mich zur Spüle und greife nach einem Lappen.

Um Himmels willen, Gilly, hör endlich auf, mit Ausrufezeichen zu sprechen.

Es ist mir unendlich peinlich, dass er mich dabei überrascht hat, wie ich mit meinem Hund rede.

»Ich hoffe, das war nicht gerade Ihr Lieblingskleid?«

Ich schaue an mir hinunter. »Was? Dieses alte Ding?«

Ruskin schnüffelt an Jacks Jeans und beäugt ihn misstrauisch. Wer ist dieser Kerl, der es wagt, unsere Frühstücksroutine zu stören?

»Haben Sie etwas vergessen?«, frage ich, nachdem ich mich einigermaßen gefangen habe.

»Mein Skript«, sagt er und zieht ein »Was-bin-ich-doch-für-ein-Dummerchen-Gesicht«, ehe er die Treppe hinaufstürmt.

Sein Telefon klingelt schon wieder. Der Mann verwandelt mein Haus noch in ein Büro!

»Hi, Süße«, meldet er sich.

Ich beeile mich, die Milch unter dem Tisch fortzuwischen, und überlege, wer diese »Süße« wohl sein mag.

Als ich auf allen vieren unter dem Tisch herumfuhrwerke und Ruskin sich eifrig an der Wischaktion beteiligt, beugt sich Jack zu mir hinunter.

»Das war das Büro. Ich werde heute erst später gebraucht. Wie wäre es mit Eiern und Speck? Haben Sie überhaupt Zeit?«

Ich nicke, ohne daran zu denken, wo ich mich befinde, und knalle mit dem Kopf gegen den Tisch. Wie soll ich mich angesichts dieses Mannes je wirklich entspannen? Vielleicht wäre der in seinen Schlabberhosen chillende Roy doch die bessere und vor allem sichere Option gewesen?

Während ich Jack beim Werkeln am Herd zusehe – selbst die Art, mit der er gleichzeitig den Speck anbrät und dabei die Eier ordentlich in eine Schüssel schlägt, ist sexy –, erzählt er mir den neuesten Klatsch von *Stargazer*. Einer der Kandidaten hat gedroht, wegen negativer Berichterstattung in der Presse auszusteigen.

Als Jack nach seiner Jacke greift, die er über die Lehne meines Stuhls gehängt hat, berührt er meine Schulter. Er nimmt eine Zigarettenschachtel und ein silbernes Feuerzeug heraus. Wahrscheinlich habe ich, ohne mir dessen bewusst zu sein, die Stirn gerunzelt, denn er reagiert sofort: »Entschuldigung. Ich hatte ganz vergessen, dass ich hier in einem Nichtraucherhaushalt bin. Ich gehe nach draußen.«

Er öffnet die doppelflüglige Tür, die in den Garten führt, und nimmt seinen Kaffee mit.

Ich sehe ihm zu, wie er sich eine Zigarette anzündet, und muss für einen Sekundenbruchteil an meine Mutter denken, die oft in einem schäbigen blauen Morgenmantel in der Küche stand. Meist blickte sie aus dem Fenster und ließ gedankenverloren die Asche in den Spülstein fallen.

»Eine wirklich miese Angewohnheit«, schelte ich ihn.

Doch Jack sieht sogar beim Rauchen sexy aus. Eigentlich fehlt ihm nur noch der Martini – geschüttelt, nicht gerührt.

Er verdreht die Augen. »Sie klingen wie meine Mutter.«

Ich lächle und bemerke ein Bündel Kleidungsstücke, die in einer Tasche neben der Küchentür stehen.

»Wenn Sie möchten, dürfen Sie auch gern meine Waschmaschine benutzen.«

»Kein Problem, ich nehme die Wäsche mit nach Hause.«

»Wo war noch mal Ihr Zuhause?«

»In Bath.«

»Ach, stimmt ja.«

Ich weiß nicht, warum, aber irgendwie überrascht mich die Information, dass Jack in Bath wohnt. Für mich ist Bath eine Stadt für einen Tagesausflug mit dem Bus.

»Leben Sie allein?«

Er nickt. »Meine Freundin und ich haben uns getrennt.«

Halleluja! Vor lauter Begeisterung lasse ich ein Messer fallen.

»Es ist jetzt schon fast ein Jahr her. Himmel, wie die Zeit vergeht!«

»Tut mir leid«, sage ich und versuche, dementsprechend auszusehen.

»Schwamm drüber. Und was haben Sie dieses Wochenende so vor?«

»Oh«, entfährt es mir, »ich ... äh ... die eine oder andere Party.«

Ruskin bellt, als wolle er mich wegen meiner Flunkerei anschwärzen.

»Cool.«

»Und warum wohnen Sie nicht immer in London?«, frage ich.

Jack drückt seine Zigarette aus. »Tut mir leid, Gilly, es hat Spaß gemacht, mit Ihnen zu reden, aber ich muss jetzt wirklich los.«

»Ich auch«, antworte ich. »Schließlich müssen wir zwei noch Gassi gehen. Nein, nicht Sie, Jack, ich meine Ruskin!«

Er lächelt. »Ich wünsche Ihnen ein schönes Wochenende«, sagt er, schnappt sich die Wäschetüte und verschwindet.

Ich will eben nach oben gehen und mich umziehen, da fällt mein Blick auf das Skript, das im Wohnzimmer auf einem Sessel liegt. Ich nehme es und renne zur Tür. Jack geht gerade mit dem Autoschlüssel in der Hand die Straße hinunter zu seinem BMW, der auf der anderen Seite parkt.

»Das haben Sie liegen lassen«, keuche ich atemlos, als er gerade den Türöffner betätigt.

»Himmel, ich bin wirklich ein Idiot! Danke!«

Er nimmt das Skript.

»Sie könnten rund um die Uhr eine Assistentin vertragen.«

»Soll das ein Angebot sein?«, erkundigt er sich mit spitzbübischem Lächeln und zwinkert mir zu.

Als Roy mir zuzwinkerte, konnte ich es nicht leiden, aber bei

Jack ist es irgendwie entschuldbar. Ich glaube, ich könnte Jack eine ganze Menge verzeihen – sogar die Tatsache, dass er den Toilettensitz hochgeklappt lässt.

»Nur, wenn die Bezahlung stimmt«, gebe ich zurück.

Nachdem Jack endlich losgefahren ist, gehe ich lächelnd ins Haus und stelle fest, dass ich mich bereits auf Montag freue. Irgendwie gefällt er mir. Ich kann noch nicht genau sagen, warum – aber ich freue mich darauf, Jack Baker näher kennenzulernen.

# 18

Mein wilder Traum, dass Jack und ich gemeinsam wie die Herons in den Sonnenuntergang wandern, wird von einem freundlichen »Hallo« unterbrochen.

Guy steht mit einem Kaffeebecher neben mir. Heute trägt er etwas auf dem Kopf, das an eine Baskenmütze erinnert, und sieht mit seiner schwarz-weiß karierten Hose aus wie ein Chefkoch. Bei den meisten Männern würde dieses Outfit lächerlich wirken, aber Guy kann es tragen.

»Wie wäre es mit einer Runde?«, schlägt er vor, als wären wir nicht im Park, sondern im Fitnessstudio.

»Wie läuft es mit Jack?«, erkundigt sich Guy und lässt mich einen Schluck von seinem Kaffee trinken. »Hast du ihn schon etwas länger zu Gesicht bekommen?«

Glücklich berichte ich, dass ich ihn gerade heute Morgen länger gesprochen hätte und inzwischen wüsste, dass er in Bath wohnt.

Guy blickt mich verblüfft an.

»Ich weiß«, sage ich, »ich kann ihn mir dort auch nicht vorstellen.«

»Aber Bath ist toll«, erklärt Mari, die sich inzwischen zu uns gesellt hat. »Einer meiner Freunde ist dorthin gezogen. Die Stadt hat eine wunderbare Architektur, aber vor allem liebe ich das Theater.« Sie beäugt Guy. »Was hast du da überhaupt an?«

»Eine Hose«, setzt Guy zur Antwort an, doch in diesem Moment klingelt sein Handy, und er bleibt ein Stück zurück, um das Gespräch anzunehmen.

»Seine Telefonrechnung muss bei den vielen Auslandsgesprächen schwindelerregend sein«, lästert Mari. »Übrigens kommt uns Blaize aus Amerika besuchen.«

»Blake?«

»Blaize«, korrigiert sie mich. »Blaize Hunter King.«

»Wer zum Teufel ist das?«

»Mensch, Gilly, ich habe dir doch von ihm erzählt. Er ist einer der angesagtesten Innenarchitekten in den Staaten und kauft hauptsächlich für seine Promi-Kunden ein.«

»Stimmt. Hört sich gut an.« Ich nicke.

»Aber vor allem bedeutet er richtig viel Geld. Er hat mich gestern angerufen, dass er morgen Vormittag bei uns vorbeischauen will. Viel Geld, Gilly«, wiederholt sie. »Wir werden für ihn den roten Teppich ausrollen, verstanden?« Erneut wirft sie Guy einen kritischen Blick zu. »Wieso ist der Mützenmann heute noch im Schlafanzug?«

»Es ist doch immer wieder ein Grund zur Freude, dass Flora sich jedes Mal zuerst nach Trouble und dann erst nach mir erkundigt«, sagt Guy und steckt das Handy wieder in die Tasche.

»Wie geht es ihr?«

»Gut. Wolltest du jemals richtig reisen?«

»Eher nicht. Natürlich wäre es toll, eine wirkliche Abenteurerin zu sein und mit dem Rucksack durch Tibet zu wandern, aber … ich liebe nun mal Hotels«, gebe ich zu.

»Am liebsten würde ich draußen unter dem Sternenhimmel schlafen«, sagt Guy.

»Ich tendiere eher dazu, mir die Sterne von der Terrasse aus mit einem Glas Champagner in der Hand anzusehen.«

Anschließend ist Guy außergewöhnlich still.

»Bist du okay?«, frage ich ihn. »Vermisst du sie?«

»Ja … Oh nein, Trouble, friss das nicht!«, ruft er erschrocken, als er entdeckt, dass die Hündin auf einer braunen Masse herumkaut. »Ich vermisse sie, aber ich muss irgendwie damit zurechtkommen«, fährt er fort. »Flora hat mich drei Jahre lang unterstützt, als ich meine Kurse in Gartenbau gemacht habe. Jetzt bin ich an der Reihe, sie zu unterstützen.«

»Dann ist die Reise eine Art Selbstverwirklichung für sie?«

»Genau. Und sie ist auch nur noch zwei Monate unterwegs.«

»Warum fährst du nicht einfach für eine Woche zu ihr? Ich könnte mich um Trouble kümmern.«

Er schüttelt den Kopf. »Danke, Gilly, das ist wirklich lieb von dir, aber sie braucht die Zeit für sich.«

Wir stehen am Zebrastreifen.

Er rückt seine Baskenmütze zurecht. »Dann werde ich wohl mal gehen.«

»Wir sehen uns am Montag!«, rufe ich ihm über die Schulter hinterher und mache mich auf den Weg zur Arbeit.

Ruskin und ich eilen schon zur U-Bahn, als ich plötzlich jemanden hinter mir rufen höre: »Gilly!«

Ich drehe mich um und sehe Guy auf mich zukommen.

»Ich dachte nur gerade…« Er zögert. »Was hast du dieses Wochenende vor?«

»Nichts Besonderes. Ein bisschen rumkramen vielleicht«, sage ich.

Ich kenne Guy inzwischen gut genug, dass es mir nichts ausmacht, in seiner Gegenwart nach Langeweile oder einem Mangel an Einladungen auf meinem Kaminsims zu klingen. Leider besteht kein Zweifel daran, dass mein Sozialleben nicht mehr das ist, was es einmal war. In meinem Leben läuft es nicht mehr so rund wie früher.

Ich lächle ihn an. »Und du?«

»Ich muss mir einen Anzug für die Hochzeit meiner Schwester kaufen.« Er dreht seine Mütze – so wie immer, wenn er nachdenkt. »Du hättest nicht vielleicht Lust…?«

»Ja?«

»Na ja, ich bin nicht so geübt im Einkaufen, und du willst nur rumkramen – was auch immer das heißen soll –, und da dachte ich…«

»Dass ich dir helfen könnte?«

»Genau.« Er lacht. »Bitte …«

Wir tauschen unsere Telefonnummern aus. Unsere Freundschaft hat die nächste Ebene erklommen und erstreckt sich mit dem Telefonnummernaustausch über die kleine Welt des Ravenscourt Parks hinaus. Von Level zwei auf Level drei. Aber mit einem Anstieg der Levels wird auch alles komplizierter.

»Gut«, sagen wir gleichzeitig, nachdem wir unsere Nummern in unsere Handys eingetippt haben.

Da ich morgen am Vormittag arbeiten werde, schlage ich vor, dass wir uns vor Maris Laden treffen und von dort aus losziehen können.

Gemeinsam überqueren wir den Zebrastreifen. Guy biegt nach links ab, ich nach rechts, wobei ich mir vor Augen halte, dass diese Welt wirklich traurig wäre, wenn ein Mann und eine Frau sich nicht am Wochenende treffen könnten, ohne dass gleich Fragezeichen über ihrer Freundschaft hingen.

*

»Und? Wie läuft es in deinem komischen Kerzenständerladen?«, fragt Nicholas an diesem Abend nach der Arbeit.

Wir essen in einer gut frequentierten Tapas-Bar in der Nähe seines Arbeitsplatzes mitten in der Stadt.

»Ich finde es toll«, antworte ich. »Ich habe endlich Zeit, darüber nachzudenken, was ich wirklich tun möchte.«

»Und was möchtest du tun?«

»Ich habe keine Ahnung.«

Wir müssen beide lachen.

»Du kannst vielleicht blöde Fragen stellen, Nicky«, füge ich hinzu.

»Du solltest irgendetwas Kreatives machen. Du hast doch eine blühende Fantasie. Und ich weiß noch, wie du für Megan immer Geschichten erfunden hast.« Er bestellt sich noch ein Bier. »Das hat sie immer geliebt.«

Ich werfe ihm einen überraschten Blick zu. Normalerweise spricht er kaum über unsere Schwester und erwähnt ihren Namen äußerst selten.

»Mir haben sie übrigens auch gefallen«, fährt er fort, »obwohl ich mich beim besten Willen nicht mehr daran erinnern kann, worum es ging.«

»Um Micky, das Zauberäffchen«, helfe ich seinem Gedächtnis auf die Sprünge.

Wenn ich Megan Geschichten erzählte, saß Nick immer im Schlafanzug am Fußende des Bettes und hörte wie gebannt zu.

»Vielleicht könntest du auch etwas Pädagogisches machen«, sinniert er weiter. »Du kannst unheimlich gut mit Kindern umgehen.«

Ich nicke und bin glücklich, dass wir endlich einmal Zeit füreinander haben.

In diesem Augenblick vibriert sein BlackBerry.

»Das ist Nancy«, sagt er nach einem raschen Blick auf das Display.

Ich hatte mich also wieder einmal zu früh gefreut. Er nimmt das Gespräch an.

»Ich bin bald zu Hause, Nance. Gilly und ich, wir essen noch einen Happen. Nein, es wird nicht spät.« Er verdreht die Augen. »Aber du brauchst nicht aufzubleiben.«

Nachdem er das Gespräch beendet und der Kellner die Teller abgeräumt hat, frage ich ihn, ob ich ihm einen Rat geben dürfe, und er bejaht.

»Du solltest netter zu ihr sein«, sage ich.

Er reibt sich die Stirn.

»Im Ernst. Ich weiß, dass sie nicht immer ganz einfach ist …«

»Nicht ganz einfach?«, unterbricht er mich. »Sag doch, dass sie verzogen und anspruchsvoll ist. Aber lass uns lieber nicht darüber reden.«

Nick will wirklich nie über seine Ehe reden, aber ich kann beim besten Willen nicht mehr so tun, als sähe ich nicht, wie verschlossen er im Lauf des letzten Jahres geworden ist. Mir scheint, dass Nancy und Nick nicht mehr wie ein Team zusammenarbeiten. Auch die Atmosphäre, die bei ihnen zu Hause herrscht, gefällt mir nicht. Man hat nicht mehr den Eindruck, in einem glücklichen Haushalt zu Gast zu sein. Dad findet das übrigens auch. Ich wünschte, Nick würde sich unserem Vater anvertrauen, aber auch Dad redet – wie schon gesagt – nur ungern über persönliche Dinge. Wir drei kriegen es allein irgendwie nicht auf die Reihe. Uns fehlt unsere Mutter.

»Nick«, sage ich vorsichtig, »auch mich bringt Nancy manchmal zur Weißglut.« Ich mache eine Pause. »Aber ich habe den Eindruck, dass sie einsam ist. Sie langweilt sich. Und du bist nie zu Hause.«

»Ich muss arbeiten, Gilly.«

»Das weiß ich doch«, versuche ich, ihn zu besänftigen. »Ich meine doch nur, dass sie dich vielleicht vermisst und ihr vielleicht öfter miteinander reden solltet.«

»Sie hat sich verändert«, sagt er leise. »Ich weiß nicht mehr, wer sie eigentlich ist.«

Ich strecke meine Hand aus und streichle über seine Finger.

»Sie ist deine Frau, und ihr habt zwei süße Töchter.«

»Lass uns lieber von etwas anderem reden«, sagt er steif und entzieht mir seine Hand.

»Du wirst Dad von Tag zu Tag ähnlicher«, stelle ich fest. »Sei vorsichtig, Nick.«

# 19

*1986*

Nicholas und ich kommen aus der Schule. Ich kann es kaum erwarten, Mum zu erzählen, dass Anna, Nick und ich in dieser Woche auf dem Spielplatz mit dem Verkauf von Schokoladenplätzchen siebzehn Pfund verdient haben, damit sich Megan in Deutschland einer Stammzellenkur unterziehen kann. Die Plätzchen haben wir am letzten Wochenende selbst gebacken. Anna und ich mussten lachen, als Nick sich Mums geblümte Schürze umband.

Eine von Mums Freundinnen, deren Kind ebenfalls in Megans Spielgruppe ist, hat erzählt, dass es in Deutschland einen Professor gebe, der eine Behandlung von Megan für möglich hält. Aber diese Stammzellenkur kostet Tausende von Pfund. Also haben die älteren Kinder in der Schule Langstreckenläufe und Kanurennen organisiert, um Geld zu sammeln. Mum ist sehr stolz auf uns und sagt, wir würden eines Tages alle in der Zeitung stehen oder vom Fernsehen interviewt werden, um Megans Geschichte zu erzählen. Dad schweigt dazu. Er ist in letzter Zeit immer auf der Arbeit und fast nie zu Hause.

Später an diesem Abend verstecken Nick und ich uns in unserem Zimmer, um dem unvermeidlichen Streit zu entrinnen.

»Du willst es offenbar nicht verstehen!«, schreit Mum. »Wir müssen doch irgendetwas unternehmen.«

»Aber Beth, wir können es uns nicht leisten«, erwidert Dad. »Wir müssen noch das Haus abbezahlen und …«

»Megan ist doch keine Sache, die ihren Preis hat!«

»Das habe ich auch nie behauptet, und das weißt du auch. Ich liebe Megan.«

»Dann zeig es ihr. Ach ja, ich habe ganz vergessen, dass du das nicht kannst.«

»Bitte«, drängt er, »sei doch realistisch. Was wissen wir schon über diese Behandlungsmethode? Du bist so sensibel geworden…«

»Was bedeutet sensibel?«, frage ich Nick flüsternd. Das Geschrei macht mir Angst. Aber Nick hört mich nicht, weil er sich die Ohren zuhält.

»Ich bin nicht…«

»Lass mich ausreden…«

»Wir müssen das Risiko auf uns nehmen…«

»Du reagierst viel zu sensibel«, wiederholt Dad langsam, »und bist bereit, jedem zu glauben, der behauptet, uns helfen zu können. Ist diese Option denn überhaupt praktikabel?«

Nicholas und ich verstecken uns unter der Bettdecke, als Mum losschreit: »Du bist hier nicht bei deiner Arbeit!«

»Etwas leiser, Beth«, fleht Dad. »Denk doch an die Kinder.«

»Dann verhalte du dich auch wie ein Vater und nicht wie ein Anwalt. Haben wir denn eine Wahl? Es gibt keine andere Option, verdammt noch mal! Ich kann doch nicht einfach hier sitzen und ihr beim Sterben zusehen! Wenn du es kannst – ich jedenfalls nicht.« Wir hören das Klirren von Glas, als wäre etwas zerbrochen. »Nicholas und Gilly unterstützen mich…«

»Sie sind Kinder. Sie können die Tragweite noch gar nicht verstehen«, schreit Dad. »Bitte, Beth«, fügt er ruhiger hinzu, »denk doch einmal nach. Du machst ihnen falsche Hoffnungen, und das ist nicht fair.«

»Quatsch. Wir müssen dieses Geld auftreiben, und wenn du mir nicht hilfst, versuche ich es eben allein.«

Die Tür fällt knallend zu.

Nicholas erklärt mir, dass er viel Geld verdienen will, wenn er erwachsen ist. So viel Geld, dass er ganz weit wegziehen und den Streit zwischen Dad und Mum vergessen kann.

»Sie schreien sich nur noch an. Ich hasse sie«, sagt er düster, verspricht mir aber, mich mitzunehmen.

Unter der Bettdecke halten wir einander fest an den Händen und schwören uns, für immer und ewig beste Freunde zu bleiben.

# 20

»*Was* hast du vor?«, fragt Mari gedehnt, während wir den Laden ausgiebig dahingehend unter die Lupe nehmen, ob alles für Blaize' Erscheinen bereit ist.

Sie hat mir erzählt, er sei einmal über eine der Laternen im Untergeschoss gestolpert und habe sich anschließend sehr lautstark darüber aufgeregt, dass seine nagelneuen Krokodillederstiefel einen Kratzer abbekommen hatten.

»Ich gehe mit Guy shoppen«, wiederhole ich.

»Nur ihr beide?«

»Erfasst.«

Doch Mari begreift es nicht wirklich. »Gilly, bist du etwa in Guy verknallt?«

»Himmel, nein!«, rufe ich entrüstet.

»Ich kann dich ja durchaus verstehen«, erklärt sie, als hätte ich ihre Frage bejaht. »Er ist lustig und sieht auf eine etwas unkonventionelle Weise ganz gut aus.«

»Aber da ist nichts. Außerdem ist er verlobt«, erinnere ich sie.

»Das weiß ich – trotzdem kannst du dich in ihn verlieben. Mir ist jedenfalls nicht entgangen, dass die Chemie zwischen euch stimmt. Ihr passt gut zusammen. Und was diese Freundin angeht, so habe ich gewisse Zweifel.«

»Was willst du damit sagen?«

»Was glaubst du denn, wieso sie sich plötzlich vom Acker macht, nachdem er um ihre Hand angehalten hat?«

»Die Menschen sind eben verschieden, Mari. Du hast doch noch nicht einmal mit deinem Mann zusammengelebt.«

»Deswegen ist es auch so lange gut gegangen, Süße. Als Percy dann in meine Wohnung zog, war es sehr schnell vorbei.«

»Ich stehe nicht auf Männer mit Mütze, Mari.«

»Okay, ich glaube dir«, lächelt sie.

Nein, Guy ist wirklich nicht mein Typ, und ich bin ganz bestimmt nicht in ihn verliebt.

Ich ertappe mich dabei, dass ich lächle.

Als Blaize Hunter King seinen großen Auftritt in unserem Laden hat – diesmal trägt er ein makelloses weißes Hemd, maßgeschneiderte Hosen, Lederstiefel und sein dunkles Haar nach hinten gegelt –, lasse ich um Haaresbreite den französischen Rokokolampenfuß fallen. Der Austausch eines dramatischen Begrüßungskusses zwischen Blaize und Mari wird von mindestens vier Handys unterbrochen, die gleichzeitig zu läuten beginnen.

Blaize klappt das erste auf: »Ach, Madonna, mein Liebling, darf ich dich kurz in die Warteschleife legen?«, säuselt er und beginnt nach dem zweiten Handy zu suchen.

»Madonna?«, frage ich entgeistert. »Er lässt Madonna warten?«

Mari befiehlt mir, nicht so schockiert dreinzuschauen.

»Das ist Blaize Hunter King«, zischt sie mir zu und betont jedes Wort einzeln, »einer der angesagtesten Innenarchitekten. Er arbeitet für fast alle Stars und kann sich benehmen, wie er will.«

Als sie mich ihm als ihre neue Assistentin vorstellt, wäre ich beinahe in einen Knicks gesunken.

»Sehr süß«, stellt er fest, nachdem er mich in meinem schwarzen Kleid und den mit einem goldenen Clip hochgesteckten Haaren von oben bis unten begutachtet hat.

Schon bald klettern Mari und ich auf Blaize' Anordnung hin barfuß über Stapel von Waren, um den perfekten Leuchter mit einer gewissen Patina für Madonnas Wohnzimmer in New York zu finden. Mari weiß genau, welche Art von Lampe in einer bestimmten Umgebung gut aussieht.

»Nein, Gilly, nicht die – die andere!«, ruft sie mir zu.

Ich muss lachen, weil ich mir vorkomme, als würde ich Twister spielen.

»Ach, der ist ja göttlich!«, schwärmt Blaize und deutet auf einen der Leuchter im Schaufenster. »Madge wäre hingerissen. Wie teuer?«

»Fünfeinhalbtausend«, antworte ich aufgeregt.

»Ein echtes Schnäppchen. Würden Sie ihn bitte für mich fotografieren?«

Er schnipst mit den Fingern in meine Richtung. Mari hatte mich bereits vorgewarnt, sodass ich die Kamera griffbereit habe.

Zwei Stunden und fünfzig Fotos später bin ich vollkommen ausgelaugt. Auf Händen und Füßen bin ich im Untergeschoss herumgekrochen, um auch noch genau die richtige rustikale Lampe für Madonnas Château in Frankreich zu suchen, ich stand auf der Leiter, um einen Spiegel abzuhängen, der demnächst Pierce Brosnans Domizil in Aspen zieren soll, und habe für Mari Espresso und für Blaize einen rückstandsfreien Biosaft besorgt. Dabei habe ich natürlich völlig vergessen, dass Guy mich abholen wollte, bis sich die Türklingel bemerkbar macht und er im Laden steht.

»Mari, Süße, was bin ich dir schuldig?«, dröhnt Blaize und schwenkt seine American-Express-Karte.

»Hallo, Guy, darf ich dir Blaize vorstellen?«, keuche ich atemlos und klopfe mir den Staub von dem Kleid.

Guy blickt sich ehrfürchtig in Maris Laden um, in dem wertvolle Objekte so auf kleinen Tischen dekoriert sind, als warteten sie nur darauf, dass ein Unglück geschieht. Blaize hat vier Windlichter, zwei Lampenfüße, einen Spiegel und den Leuchter aus dem Schaufenster gekauft.

»Ich hoffe, Mari lässt dafür einen kleinen Bonus springen«, flüstere ich Guy auf dem Weg in die Innenstadt zu.

*

Unsere Suche nach einem Anzug für die Hochzeit von Guys Schwester Rachel beginnt in der Fulham Road.

Rachel heiratet in vierzehn Tagen und besteht darauf, dass ihr Bruder in einem richtigen Anzug erscheint. Ich beschließe daher, zuerst Eds Lieblingsgeschäft anzusteuern, das von einem kahlköpfigen und äußerst modebewussten Herrn namens Adrian geleitet wird. Ed verglich Adrians Kopf gern mit einer glänzenden weißen Billardkugel. Der Laden ist klein und intim. In ihm wird nur ausgesuchte Herrenausstattung verkauft, angefangen bei gut geschnittenen Anzügen über Hemden und Seidenkrawatten bis hin zu Designer-Boxershorts und Manschettenknöpfen.

Alljährlich zu Weihnachten kaufe ich meinem Vater hier die gleichen dunkelbraunen Kaschmirsocken, aber vielleicht werde ich das nächste Mal ja zur Abwechslung die Farbe wechseln.

»Hallo, Gilly«, begrüßt mich Adrian wie eine lang vermisste Freundin, ehe er den neuen Mann an meiner Seite, der Ed so gar nicht ähnelt, einer eingehenden Betrachtung unterzieht.

Schließlich erkundigt er sich, wie er uns helfen kann.

Ich bitte ihn, Guy für die Hochzeit seiner Schwester angemessen auszustaffieren.

»Das kriegen wir hin, mein Freund«, strahlt Adrian Guy an, wobei sein Goldzahn blinkt und blitzt.

Adrian hält Hemden in den unterschiedlichsten Farben an Guys Brust. Es macht mir Spaß, ihm zu sagen, was ihm steht und was nicht. Guy selbst äußert sich kaum und macht eher den Eindruck, als würde er gefoltert werden. Als ich durch die auf Kleiderbügel hängenden Anzüge stöbere, berührt mich Adrian leicht an der Schulter.

»Was ich da von Edward gehört habe, tut mir wirklich leid für Sie«, sagt er leise.

»Danke.« Ich streiche ihm gerührt über den Arm. »Wie haben Sie davon erfahren?«

»Solche Neuigkeiten sprechen sich immer schnell herum.

Aber ganz ehrlich, Gilly: Sie kann Ihnen nicht das Wasser reichen.« Dann flüstert er mir zu: »Ihr neuer Mann gefällt mir wirklich gut. Er passt zu Ihnen.«

»Wissen Sie, Adrian, Guy ist nur ein Freund«, raune ich zurück.

»Das behaupten alle.«

»Sehen Sie Ed noch manchmal?«, frage ich wider besseres Wissen.

»Hm.« Er schürzt die Lippen. »Er war vor einigen Tagen hier. Aber Sie können sicher sein: Nach dem, was er Ihnen angetan hat, bin ich nicht mehr gut auf ihn zu sprechen.«

Ich suche ein stahlblaues Hemd und für den letzten Schliff auch noch eine passende Seidenkrawatte aus, obwohl Guy mich anschaut, als würde ich ihn mit Kakerlaken füttern wollen.

»Jetzt komm schon, es tut bestimmt nicht weh«, versichere ich ihm, als ich seinen Hemdkragen hochklappe. »Was stört dich bloß so daran, dich ein bisschen aufzubrezeln? Und was willst du machen, wenn du selbst bald heiratest?«

»Keine Ahnung. Wir wollen es ohnehin nicht an die große Glocke hängen.«

»Na, das ist mal eine Überraschung!«, spotte ich, ehe ich Guy lächelnd anvertraue, jeder habe so seine Schwächen.

Ich hege beispielsweise eine Aversion gegen Festzelte und Strumpfhosen. Festzelte verursachen mir Schwindel, und Strumpfhosen jucken wie die Pest.

»Am schlimmsten waren die aus Wolle, die wir damals immer zur Schule tragen mussten.«

Schließlich entspannt sich Guy und lässt sich sogar zu einem Lob für meine Fähigkeit herunter, Krawattenknoten zu binden.

»Ich habe meinem Bruder Nicholas immer dabei helfen müssen. Irgendwie hatte er nie ein Händchen dafür. So!«

Ich trete einen Schritt zurück und betrachte mein Kunstwerk namens Guy. Da sticht mir seine Wollmütze ins Auge.

Er weicht voller Vorahnung zurück.

»Aber das ist, als würde ich Turnschuhe zum Hochzeitskleid tragen«, protestiere ich und gehe auf ihn zu.

»Nein, Gilly!«

»Nimm sie ab. Flora wird es mir danken.«

Er lacht, hält die Mütze aber fest. »Nein!«

»Kann ich helfen?«, fragt Adrian irritiert.

Ich verschränke die Arme und blicke Guy an. »Er will die Mütze nicht abnehmen.«

Adrian stützt eine Hand auf die Hüfte und mustert Guy. »Ich glaube, Sie würden ohne besser aussehen.«

»Die Mütze bleibt, wo sie ist. Friss oder stirb!«

»Gut, dann gehe ich jetzt.«

Ich wende mich zur Tür und grinse Adrian verschmitzt zu.

»Gilly!«, ruft Guy mir hinterher.

Ich drehe mich um. Ohne seine Mütze sieht Guy rührend verletzlich aus.

»Ich hatte noch keine Zeit, es zu färben«, sagt er und zeigt auf seine grauen Schläfen. Sein dunkles Haar ist so verwuschelt, als hätte er gerade einen langen Spaziergang an einer stürmischen Küste gemacht. Verlegen fährt er sich mit der Hand hindurch.

Ich streife einen losen Faden von seiner Schulter und drehe sein Gesicht zu mir hin. Zum ersten Mal sehe ich bewusst die Farbe seiner Augen. Sie sind blau – nicht strahlend blau wie die von Jack, sondern eher sanft, blässlich.

»So ist es besser«, triumphiert Adrian. »Viel, viel besser!«

»Du siehst ja richtig gut aus«, sage ich.

»Weißt du eigentlich, welches Privileg du gerade genießt?«, fragt Guy. »Ich nehme meine Mütze nicht für jeden ab.«

Nachdem wir mit Einkaufstüten beladen sind – ich habe mir ein Paar schwarze Stiefeletten gekauft, mit denen ich schon lange geliebäugelt hatte, danke, Wochenendheimfahrer-Jack! –, erklärt mir Guy, dass ich als Nächste an der Reihe bin. Nun würde zur Abwechslung er tun, was immer ich will.

Na dann, denke ich und blicke auf die Uhr. Es ist fast vier. »Lass uns die Hunde holen. Ich möchte jemanden besuchen.«

»Wen denn?«

»Du wirst schon sehen.«

*

Ich führe Guy in die St Mark's Church, die sich groß und beeindruckend am Rand vom Regent's Park erhebt.

»Früher waren wir sonntags immer hier«, erzähle ich. »Megan nannte sie ›ihre‹ Kirche, weil sie sie von ihrem Schlafzimmer aus sehen konnte.« Ich deute auf ein kleines modernes Fenster im südlichen Querschiff, das in seiner Mitte einen kleinen Affen zeigt. »Der gehört Megan«, sage ich.

»Wunderschön.«

»Ich habe für Megan Geschichten geschrieben, die von Micky, dem Zauberäffchen, handelten. Micky brachte Megan an jeden Ort, von dem sie träumte. Er kleidete sie wie eine Prinzessin und führte sie in Paläste und auf Feste. Auf einem fliegenden Teppich flogen sie gemeinsam nach Indien oder Ägypten …« Ich breche ab. »Und deswegen ist Micky in diesem Fenster, wo er hingehört.«

»Darf ich?«, fragt Guy, nimmt eine Kerze und zündet sie an. »Hallo, Megan«, sagt er leise, »hier ist Guy. Ich hoffe, dass Micky sich gut um dich kümmert und ihr ganz viel Spaß miteinander habt. Ich wollte dir nur kurz erzählen, was inzwischen hier so passiert ist. Ich habe nämlich deine große Schwester Gilly kennengelernt. Sie ist sehr nett.« Er dreht sich zu mir um und grinst. »Sie hat mir gerade dabei geholfen, einen Anzug zu kaufen. Aber sie kann einen auch ganz schön herumkommandieren. Gerade hat sie mich zum Beispiel gezwungen, meine Mütze abzusetzen.«

Ich stoße ihn sanft an. »Ganz ehrlich, Megan, wenn du ihn mit dieser Mütze gesehen hättest, hättest du dasselbe getan«, sage ich leise.

»Jedenfalls haben wir uns im Park beim Hundespaziergang kennengelernt«, fährt Guy fort. »Sie hat einen süßen kleinen Hund namens Ruskin, und mein Hund heißt Trouble. Ich weiß, es ist ein lächerlicher Name, das habe ich meiner Freundin auch gesagt. Gilly und ich gehen jetzt gleich mit den Hunden auf den Primrose Hill, und wenn wir oben sind, werden wir dir winken. Also sieh zu, dass du nach uns Ausschau hältst. Und falls du dir Sorgen um Gilly machst: Es geht ihr gut. Ich passe auf sie auf, genau wie Micky auf dich aufpasst.«

Guy und ich steigen tatsächlich auf den Hügel. Es ist früher Abend, und die Sonne neigt sich im Westen schon dem Horizont entgegen. Als wir den höchsten Punkt erreichen, sind nur noch ein paar vereinzelte Touristen anwesend, die die Informationstafel studieren. Wie versprochen winken wir Megan zu.

»Es muss schrecklich gewesen sein«, sagt Guy. »Sie war noch so klein, als sie starb.«

Ich nicke.

»Wir seid ihr damit fertig geworden?«

»Gar nicht.« Ich mache eine Pause. »Wir wussten, dass sie sterben würde, aber man kann sich darauf nicht vorbereiten. Es geht einfach nicht! Alle Strukturen lösten sich auf, unser Tagesablauf geriet aus den Fugen, und alles war plötzlich anders. Auch als Megan geboren wurde, hat sich viel verändert. Es war schwierig für meine Mutter, sich um ein Kind zu kümmern, das vollständig von ihr abhängig war. Unser gesamtes Leben drehte sich nur um Megan. Von ihr hing ab, wohin wir in die Ferien fuhren und was wir an den Wochenenden unternahmen. Aber ich liebte diese Sicherheit, genau zu wissen, dass wir fast jeden Sonntag in die Kirche und anschließend in den Zoo gingen.« Ich starre vor mich hin. »Nach Megans Tod haben Nicholas und ich dafür gebetet, dass Mum endlich wieder aus ihrem Bett aufsteht. Oder wenigstens an den Wochenenden etwas mit uns unternimmt. Dad hatte sich in seiner Arbeit vergraben. Er wollte nicht wahrhaben, dass die Familie auseinanderbrach. Wir hatten zwar ein Zuhause, aber es bestand irgendwie aus nichts mehr.« Ich breche ab. In meinen Augen stehen Tränen.

Vielleicht habe ich zu viel preisgegeben, aber gerührt bemerke ich, dass Guy mir aufmerksam und geduldig zugehört hat. Mit Ed habe ich eigentlich nie länger über Megan gesprochen. Er sagte immer, ich solle die Vergangenheit ruhen lassen.

»Und wie hast du als Kind deinen Sonntag verbracht?«, frage ich Guy, als wir den Hügel wieder hinunterschlendern.

»Den Sonntag? Das war für meinen Dad auf dem Bauernhof der einzig freie Tag in der Woche. Es gab einen Sonntagsbraten und, wenn wir Kinder sehr brav gewesen waren, auch noch einen leckeren Nachtisch.«

*

Zurück in Nummer 21 frage ich Guy, ob er zum Abendessen bleiben möchte. Ich habe beim Fischhändler in Primrose Hill frischen Tintenfisch erstanden.

»Gut, dass wir heute Abend niemanden mehr küssen müssen«, sagt er, während er mir mit hochgezogenen Augenbrauen beim Hacken der dritten Knoblauchzehe zuschaut.

Als der Tintenfisch in der Pfanne brutzelt, entkorkt Guy eine Flasche Wein und deckt den Tisch.

Mir fällt auf, dass ich genau das vermisse: mit jemandem zusammen Zeit zu verbringen. Der heutige Tag ist im Nu verflogen, weil ich ihn in Guys Gesellschaft völlig friedlich genießen konnte.

Vielleicht war es letztendlich auch das, was Ed und mir zum Verhängnis wurde. Wir hatten es einreißen lassen, zu viel Zeit getrennt voneinander verbracht. Eds Internet-Unternehmen expandierte, er war dabei, ein Büro in Singapur zu eröffnen, und daher ziemlich oft unterwegs. Ich glaubte ihm, wenn er mir erklärte, seine Distanziertheit käme vom unvermeidlichen Arbeitsstress, aber vielleicht war der Grund dafür in Wirklichkeit auch die Frage, ob er die richtige Entscheidung getroffen hatte. Warum habe ich die Anzeichen nie wahrgenommen?

Ich erinnere mich an einen Tag, an dem Ed von einer Geschäftsreise zurückkam und völlig erschöpft ins Bett sank. Ich legte meine Zeitschrift beiseite und wandte mich ihm zu, aber er küsste mich nur flüchtig auf die Wange und sagte, er sei müde.

Ich hätte intensiver nachhaken sollen. Warum habe ich das nur nie getan?

Ich dachte daran, wie Mum mir erzählt hatte, ihre Verlobung mit Dad sei die glücklichste Zeit ihres Lebens gewesen, und selbst diese Beziehung war nicht gerade wie ein Märchen zu Ende gegangen. Vielleicht hatte ich ja auch nur gedacht, ich sei verliebt, weil ich verzweifelt das zustande bringen wollte, was meinen Eltern nicht gelungen war: eine glückliche Zukunft.

Aber wenn ich ehrlich bin, habe ich keinen meiner Freunde je wirklich leidenschaftlich geliebt. Auch Edward nicht. Ich war gern mit ihm zusammen, aber inzwischen wird mir klar, dass ich mich an die Erinnerungen daran klammerte, wie unsere Beziehung zu Beginn gewesen war. Ich wollte es einfach nicht wahrhaben, dass wir uns auseinandergelebt hatten.

Ich stehe an der Küchentür und beobachte Guy, der in den Garten hinausschaut. Das letzte Abendlicht liegt auf seinem Gesicht.

Vielleicht habe ich noch nie wirklich geliebt. Was ist Liebe überhaupt? In der Ehe meiner Eltern bekam ich nur Augenblicke davon mit. Der Rest war Feindseligkeit.

»Erzähl mir von deiner Familie«, bitte ich Guy, als wir unseren Tintenfisch essen. »Sind deine Eltern noch zusammen?«

»Nein, mein Vater ist tot. Er starb, als ich dreiundzwanzig war.«

Er schenkt mir Wein nach.

»Standet ihr euch nah?«

»Ja. Sehr sogar.«

Ich beuge mich zu ihm hinüber. »Wart ihr euch ähnlich?«

»Nein.« Guy lächelt, als wäre die Vorstellung allzu weit hergeholt. »Mein Dad war Bauer; ich hingegen habe als Junge schon das Leben auf dem Bauernhof gehasst. Für mich roch es dort immer nach Jauche, Tod und Fäulnis.«

Ich höre gern zu, wenn Guy erzählt. Ich mag es, wie er spricht. Seine Stimme klingt ruhig und ist doch voller Leben und auf liebenswerte Weise ehrlich.

»Trotzdem war Dad ein sehr interessanter Mensch. Seine wahre Liebe gehörte der Kunst. Nachdem er sich zur Ruhe gesetzt hatte, schrieb er sich an der Universität ein und lernte, wie man Gemälde restauriert. Das war sein Lebenstraum gewesen.«

»Und warum hat er ihn nicht früher verwirklicht?«

»Weil er zu wenig Selbstvertrauen hatte. Er dachte immer, Bauer zu sein sei das Einzige, was er könnte, genau wie mein Großvater. Nicht, dass Bauer ein schlechter Job ist«, fügt Guy rasch hinzu, »aber es ist eine körperlich schwere Arbeit. Wenn Dad nicht gerade schlief, arbeitete er. Er war nie wirklich in der Schule und hatte weder eine Ausbildung abgeschlossen noch irgendeine Qualifikation erworben. Seine Mutter behielt ihn zu Hause. Er war das Jüngste von acht Kindern …«

»Acht! Bist du katholisch?«

»Ich war es einmal.« Er lächelt. »Jedenfalls wollte meine Großmutter meinen Dad nicht fortgehen lassen. Vielleicht war sie ein bisschen verrückt, aber nach acht Kindern würde es niemanden wundern, oder? Schließlich brachte mein Vater sich selbst Lesen und Schreiben bei, sammelte aber nie Erfahrungen in der weiten Welt. Er erbte Großvaters Bauernhof, und das war's dann. Wenn dir ständig eingebläut wird, dass du nur dazu taugst, dann glaubst du es irgendwann.«

»Hat er seiner Mutter keine Vorwürfe gemacht?«

»Und wie! Aus diesem Grund hat er mich auch immer dazu angehalten, so viel wie möglich zu lernen. Ich sollte die Freiheit haben, das zu tun, was ich wirklich wollte. Deshalb habe ich schließlich auch die Werbung an den Nagel gehängt. Ich war nie mit dem Herzen dabei. Ich steckte in einer Sackgasse und wusste weder aus noch ein«, sagt er und benutzt dabei die gleichen Worte wie Richard.

»Du hast nach einer Veränderung gesucht?«

»Genau. Schon als kleiner Junge habe ich gern im Garten gearbeitet. Irgendetwas hat mich dazu bewogen, es damit zu versuchen. Ich weiß noch, wie nervös ich war, als ich die Frau anrief, die den Fortbildungskurs anbot. Immer wieder fragte ich mich, wie Flora und ich ohne das zweite Gehalt auskommen sollten und ob ich wirklich noch einmal die Schulbank drücken wollte. Beinahe hätte ich wieder aufgelegt, aber heute bin ich froh, dass ich es durchgezogen habe. Merkwürdig, wie ein einziger Anruf ein Leben verändern kann.«

Ich nicke. »Du hast etwas gefunden, das dich glücklich macht. Dein Vater wäre sicher stolz auf dich.«

Er zuckt mit den Schultern. »Ich verdiene nicht mehr so viel wie vorher«, lächelt er, »aber ich bin glücklich. – Meistens jedenfalls«, fügt er hinzu. »He, was hast du?«

Ich wische mir mit dem Ärmel meines Pullis über die Augen. »Ich weiß, dass es mir eigentlich gut geht, Guy. Ich bin jung ... na ja, ziemlich jung, habe liebe Freunde und ein eigenes Haus ...«

»Samt einem heißen Untermieter«, erinnert mich Guy.

»Ja, der ist wirklich heiß«, nicke ich. »Und den treuen Ruskin.« Mein Hund liegt unter dem Tisch neben meinen Füßen. »Und ich bin gesund. Es gibt Leute, denen es viel schlechter geht als mir.«

»Aber warum bist du dann traurig, Gilly?«

»Weil ich das gewisse Etwas noch nicht gefunden habe.«

Guy beugt sich zu mir herüber und wischt mit dem Daumen sanft eine Träne aus meinem Augenwinkel. Ohne nachzudenken, greife ich nach seiner Hand und halte sie fest. Unsere Finger verschränken sich, kurz bevor wir sie wieder voneinander befreien. Ich spüre, dass Guy sich die gleiche Frage stellt wie ich: Was ist bloß in uns gefahren?

»Lass uns eine Spritztour machen«, sagt er, um die Situation zu entkrampfen. »Ich fahre dich ein bisschen herum.«

*

»Ist dir schon einmal aufgefallen, dass es in London keinen Horizont gibt?«, fragt Guy, als wir über die Lambeth Bridge fahren. »Manchmal, wenn ich müde bin, aber nicht schlafen kann, fahre ich hier herum. Ich liebe das Embankment bei Nacht, wenn die Brücken im Licht leuchten. Der Anblick erinnert mich daran, warum Flora und ich noch immer hier wohnen.«

»Wann kommt sie zurück?«

»Jetzt sind es noch etwa fünf Wochen.«

»Wie habt ihr euch kennengelernt?«

»Bei einem Charity-Tennisturnier. Sie trug so ein süßes Faltenröckchen, und ich konnte kein Auge von ihr wenden.«

»Von ihren Beinen meinst du wohl.«

»Nein, von ihr. Obwohl sie wirklich schöne Beine hat. Mein Partner im Doppel warf mir vor, ich sei unkonzentriert.« Er lächelte. »Wir haben haushoch verloren, aber danach habe ich mich mit ihr verabredet.«

»Und dann?«

»Wir verbrachten ein paar wunderbare Monate zusammen. Eines Tages fragte sie mich, ob ich mit ihr nach New York fliegen würde. Sie hätte dort Freunde, die ich kennenlernen sollte.«

»Und?« Ich spüre, dass mehr hinter dieser Geschichte steckt.

»Ich war im Reisebüro, um die Flüge zu buchen. Plötzlich ertappte ich mich bei dem Gedanken, dass Flora und ich, wenn ich das hier durchzog, vermutlich eines Tages heiraten würden. Ich kann es nicht erklären, aber es war irgendwie mehr als nur ein Urlaub. Ich habe also gebucht und bin wie ein Idiot aus dem Reisebüro gestürmt.«

Als ich mir das bildlich vorstelle, lache ich.

»Ich muss immer noch daran denken«, fährt er fort.

»Woran?«

»Was geschehen wäre, wenn ich nicht mit nach New York gegangen wäre. Ich weiß nicht, ob wir dann überhaupt noch zusammen wären. Keine Ahnung«, fügt er hastig hinzu, vermutlich, weil er befürchtet, illoyal zu klingen. »Vielleicht ja doch.«

»Ich freue mich darauf, sie kennenzulernen.«

Ich blicke über den nächtlichen Fluss hinweg und frage mich, ob ich mich wirklich darauf freue. Wir sagen so oft Dinge, die wir nicht so meinen; die Wahrheit verbirgt sich gern unter einer dicken Schicht von höflichen Floskeln. Tatsächlich ist es doch so, dass meine Freundschaft mit Guy sich unvermeidlich verändern wird, sobald Flora hier wieder auftaucht.

Ich werfe ihm einen Seitenblick zu, und er lächelt und fragt mich, woran ich denke.

Ich denke daran, wie er heute eine Kerze angezündet und mit meiner Schwester Megan gesprochen hat.

Der heutige Tag war etwas ganz Besonderes, und ich werde mich sicher immer gern an ihn erinnern. Er war wie ein Goldstück, das man zufällig auf dem Grund des Ozeans findet. Ich denke daran, dass ich dank Ruskin und meiner Spaziergänge im Park einen sehr außergewöhnlichen und bezaubernden Menschen getroffen habe.

»Heute war ein wunderschöner Tag«, sage ich. »Vielen Dank dafür.«

# 21

»Nabend«, begrüßt mich Jack.

Mein Kopf steckt gerade im Kühlschrank, weil ich auf der Suche nach etwas Essbarem für das Abendbrot bin.

»Hi, Ruskin.« Jack streichelt Ruskin, aber mein Kleiner hat sich noch nicht wirklich an meinen Mitbewohner gewöhnt.

Oft ertappe ich ihn beim Herumschnüffeln in Jacks Schlafzimmer; manchmal erdreistet er sich sogar, sich auf Jacks Bett zu legen, um zu demonstrieren, wer hier der wahre Herr im Haus ist.

Jack wohnt inzwischen bereits drei Wochen bei mir, aber bisher sind wir uns mehr oder weniger nur im Vorübergehen begegnet. Trotzdem ist mir seine Anwesenheit jetzt vertrauter. Morgens rieche ich sein Aftershave im Bad und den frischen Kaffeeduft, der aus der Küche dringt. Wir sind in unserem Zusammenleben nicht mehr so befangen wie zu Beginn: Die Schlafzimmertüren sind nicht mehr hermetisch abgeriegelt, und ich lasse nicht mehr den Wasserhahn laufen, wenn ich auf die Toilette muss.

Wenn ich spätabends im Bett liege, finde ich das Geräusch, das Jacks Schlüssel im Schloss macht, sogar sehr tröstlich. Manchmal stelle ich mir vor, er würde an meine Schlafzimmertür klopfen, sich neben mich legen, mein Gesicht in die Hände nehmen und mich küssen. Während der ruhigen Zeiten im Geschäft ertappe ich mich bei Tagträumen und der unrealistischen Hoffnung, dass unsere kleinen Kollisionen auf dem Treppenabsatz oder unter dem Küchentisch eines Tages zu etwas weniger Jugendfreiem führen könnten.

»Hattest du ein schönes Wochenende?«, erkundige ich mich, während ich die Überreste einer Quiche, die dringend gegessen werden muss, zum Aufwärmen in den Backofen schiebe.

»Wochenende? Seither scheint schon wieder eine halbe Ewigkeit vergangen zu sein.«

Er nimmt eine Dose Bier aus dem Kühlschrank und setzt sich zu mir ins Wohnzimmer.

Ich blättere in der Programmzeitschrift.

»Und? Was hast du so unternommen?«, frage ich.

»Nicht viel.«

»›Aus nichts kann nichts entstehn: Sprich noch einmal!‹«, zitiere ich meine Chefin Mari, die im neuen Theaterstück *König Lear* den Goneril spielt. Ich muss nicht nur regelmäßig ihren Text abhören, Mari bestand auch darauf, dass ich mir das Schauspiel noch einmal durchlese.

Er grinst. »Das Kind eines Kumpels hat Geburtstag gefeiert«, berichtet er und verdreht die Augen.

»Es kann ganz schön langweilig sein, wenn Freunde Kinder haben. Versteh mich bitte nicht falsch, ich mag Kinder, aber ...«

»Ich weiß genau, was du meinst«, entgegnet er.

Als Susie mir erzählte, sie sei mit Rose schwanger, habe ich mich zwar für sie gefreut, aber gleichzeitig war mir auch sofort klar, dass sich mit dem Baby unsere Freundschaft verändern würde.

»Einmal auf einer Party«, fahre ich fort und freue mich, dass Jack Single ist und mich versteht, »fand ich mich zwischen zwei Müttern wieder, die darüber diskutierten, in welche Schule sie ihre Kinder schicken wollten. Mit mir redeten sie nur, um mich zwischendurch um die Meerrettichsoße zu bitten.«

Jack lacht. »Da drängt sich doch gleich die Frage auf: Wieso hast du überhaupt zwischen den beiden Frauen gesessen?«

»Weil nie genügend Männer da sind«, sage ich. »Bist du je auf einer Feier gewesen, auf der die Leute ihre Handys herausholen und dir Fotos von ihrem kleinen Oscar und ihrem süßen Nathaniel zeigen?«

»Ganz schön langweilig.« Jack nickt zustimmend.

»Weißt du, was genauso schlimm ist?«, frage ich und bin kaum zu stoppen. »Du bist gerade dabei, deinen Freunden eine Geschichte zu erzählen und kommst just zur alles entscheidenden Pointe, da bekleckert sich der kleine Olly von oben bis unten mit seinem Smarties-Pop-up-Eis …«

»… oder lässt deine Autoschlüssel in den Teich fallen«, ergänzt Jack.

»Sollte ich je Kinder haben, werde ich sicher nicht anders sein«, muss ich widerstrebend zugeben. »Ich habe Bilder von Ruskin auf meinem Handy und verwende ihn zugleich als Bildschirmschoner.«

»Aber Hunde sind etwas anderes. Ich hätte gern einen Ruskin«, sagt Jack, nimmt Rusk auf den Schoß und streichelt seinen Bauch.

Ruskin windet sich aus seinen Armen und springt auf den Boden.

»Und was hast du sonst noch so am Wochenende gemacht?«, frage ich weiter.

»Hm … Am Samstagabend war ich im Kino.«

»Was hast du dir angesehen?«

»Keine Ahnung. Der Film war grottenschlecht.«

Informationen aus Jack herauszubekommen ist alles andere als leicht.

»Willst du nichts essen?«, frage ich, als die Uhr des Backofens piept. Ich nehme meine Quiche heraus. »Du musst doch Hunger haben!«, rufe ich aus der Küche. »Willst du etwas mitessen?«

Ich laufe ins Wohnzimmer zurück, greife nach der Fernbedienung und wechsle den Kanal.

»He, nicht! Ich mag *Die Tudors*«, ruft Jack und will wieder zu der Serie umschalten, die nur aus schwerem, schnellem Atmen, hüpfenden Brüsten und Stöhnen zu bestehen scheint.

Gerade ertönen lustvolle Schreie, als Heinrich VIII. Anne Boleyn im Bett beglückt.

Jack wirft mir einen Blick zu.

»Und wie war dein Tag?«, frage ich über das Keuchen hinweg.

»Ziemlich anstrengend. Das Thema für die nächste Woche lautet *Liebeslieder*«, berichtet Jack, ohne die Augen vom Bildschirm zu wenden, »aber die Juroren sind sich noch uneinig, wer welchen Song singen soll.«

Mach schon, Heinrich. Zeig es ihr. Anne Boleyn stößt lustvolle Schreie aus, dann ist die Episode endlich vorüber. Noch nie war ich so froh, einen Abspann über den Bildschirm flimmern zu sehen.

Ich werfe Jack die Fernbedienung zu und fordere ihn auf auszusuchen, was wir uns als Nächstes ansehen. Er zappt sich in Höchstgeschwindigkeit durch die Programme und bleibt an einer Sendung hängen, in der eine Frau mit enormem Busen über ihre Vaginalprobleme berichtet und erklärt, warum sie über eine operative Lösung nachdenkt.

»Umschalten!«, fordere ich ihn auf.

»Ach, lass doch.«

»Mir scheint, du machst das absichtlich«, lache ich.

Auf dem Bildschirm erscheint eine Nahaufnahme der … Vagina dieser Dame. Ich weiß beim besten Willen nicht, wo ich hingucken soll, aber Jack scheint den Anblick zu genießen. Man sollte den Hinweis »Für Jugendliche nicht geeignet« erweitern um »Für Untermieter nicht geeignet!«.

Ich widme meine Aufmerksamkeit wieder dem Bildschirm. Die Kamera zoomt in die, na, Sie wissen schon.

»Bei sexueller Erregung, vor allem während der Stimulation der Klitoris, wird das Gewebe der Vagina von selbst feucht«, erklärt der Moderator.

»Schalt endlich um!«, rufe ich. »Warum muss die Tussi der ganzen Welt zeigen, wie ihr Dingsda aussieht?«

»Ihre Vagina? Nun bleib mal locker, Gilly. Man könnte fast meinen, dass du so etwas noch nie gesehen hast.«

»Also, dann gucke ich noch lieber Fußball.«

Ich bringe meinen Teller in die Küche.

»Du kannst zurückkommen. Ich habe den Fernseher ausgeschaltet.« Jack steht hinter mir in der Küche. »Was ist denn heute Abend mit dir los?«, fragt er.

»Ich glaube, ich sollte heute wirklich früh ins Bett gehen«, rede ich mich heraus. »Das Wochenende war ziemlich hektisch.« Ich nehme eine Packung Eis aus der Gefriertruhe. »Willst du auch etwas?«, frage ich. »Pfefferminz mit Schokostückchen?«

Jack nimmt mir die Packung aus der Hand. Sein Gesicht ist nur wenige Zentimeter von meinem entfernt. Plötzlich fühle ich mich wie ein Schulmädchen, das seinem großen Schwarm gegenübersteht.

»Ich will etwas anderes«, raunt er mir zu. »Dich zu einem Drink ausführen.«

Ich zögere, obwohl mir nicht klar ist, warum. Immerhin steht Jack vor mir, der attraktivste Mann, der mir seit vielen Monaten über den Weg gelaufen ist, und bittet mich, mit ihm auszugehen. Was gibt es da noch groß nachzudenken?

»Jetzt komm schon! Nur ein kurzer Absacker«, drängt er, greift nach seiner Lederjacke und geht zur Haustür vor.

Die Sache ist nur: Bei einem kurzen Absacker bleibt es in den meisten Fällen nicht, oder?

*

Ich zeige Jack die Orte der Vergnügungen von Hammersmith. Im einen oder anderen Pub trinken wir ein Glas, und Jack besteht jedes Mal darauf zu zahlen. Er legt scheinbar frisch gedruckte Banknoten aus seiner Lederbörse auf den Tresen und sagt schmeichelnd: »Lass nur, Gilly, heute bin ich dran.«

In einem Pub findet ein Quizabend statt, in einem anderen tritt ein Comedian auf.

Schließlich landen wir in einer schicken Bar am Hammersmith Broadway, in der in den privaten Räumen des oberen Stockwerks ein vierzigster Geburtstag gefeiert wird, der unter dem Motto *Chicago* steht. Gebannt beobachten wir die Ankunft von Damen in Netzstrümpfen und mit Federn im Haar und von Herren in paillettenbesetzten Jacketts mit Filzhüten.

Ich entdecke, dass Jack charmanter ist, als ich angenommen hatte, und dass es mir leichtfällt, mich mit ihm zu unterhalten. Er erzählt, er sei nicht auf der Universität gewesen und habe seine ersten Erfahrungen im Arbeitsleben mit neunzehn bei einer Geisterbahn gemacht.

»Ich dachte eigentlich, ich wäre mir zu schade, um als Laufbursche zu arbeiten, aber so kann man sich irren«, sagt er.

Anschließend hat er bei der BBC im Archiv gearbeitet, wo seine Aufgabe darin bestand, nach alten Bändern zu suchen, wenn sie wieder gebraucht wurden.

»Auf Händen und Knien habe ich zwischen diesen großen staubbedeckten Rollen herumgestöbert«, beschreibt er seine Arbeit.

Acht Monate hat er den Job in den Kellerräumen durchgehalten, nebenbei aber jeden Morgen auf die unterschiedlichsten Schreibtische eine Bewerbung mit Lebenslauf in der Hoffnung gelegt, jemand möge seine Talente entdecken. Jack beklagt sich nicht, als er mir das alles erzählt. Von Anfang an war ihm bewusst gewesen, dass man eine harte Lehrzeit braucht, um letztendlich beim Fernsehen Erfolg zu haben. Heute ärgert er sich über eingebildete Mittzwanziger, die mit einem Abschluss in Medienwissenschaften daherkommen und glauben, die Weisheit gepachtet zu haben und gleich zum Chef avancieren zu können.

Jack erhielt seine erste Chance, als er bei einer Verkupplungs-Doku mitarbeiten durfte, für die er in der ganzen Welt herumkam und in Länder wie Thailand, Türkei und Griechenland reisen musste. Die Show wurde im Auftrag eines der großen Privatsender gedreht. Als Produzent musste Jack sicherstellen, dass die Teilnehmer ihre Einverständniserklärungen unterzeichnet hatten.

»Es hört sich vielleicht einfach an, aber im Endeffekt rennst du bei einer Bullenhitze am Strand herum und bemühst dich, irgendeinem Griechen, der gerade draußen im Meer herumpaddelt, eine Einverständniserklärung abzuringen.«

Im letzten Pub spielen Jack und ich eine Partie Billard und trinken noch ein Bier. Ich erzähle ihm von meinem letzten festen Job.

»Es war wirklich schade, dass sich die neue Chefin als dermaßen schrecklich herausgestellt hat«, vertraue ich ihm an. »Sie hat sich um nichts anderes gekümmert als darum, Arbeitsbeschreibungen auszufüllen und irgendwo irgendwelche Kreuze zu machen. Die Kunden waren ihr völlig egal. Und wenn wir Locations für Werbespots angemietet haben, dann erschien sie manchmal unvermittelt am Set und machte die Kameraleute zur Schnecke. Weil sie nicht mit ihnen klarkam, haben wir eine Menge Jobs verloren. Schließlich hat sie mir gekündigt.«

Dann erzähle ich von Maris Geschäft und den verschiedenen Kunden, allen voran natürlich von Blaize Hunter King.

»Echte Promis sehen wir nicht allzu oft«, sage ich, »nur ihre Agenten und die Leute, denen sie die Ausstattung ihrer Wohnungen anvertrauen. Dafür aber eine ganze Reihe reicher Russen und Amerikaner. Heute kam eine Amerikanerin hereinstolziert, zeigte auf einen Spiegel und säuselte: ›Gott, ist der schön. Zu schade, dass er in der Mitte durchgebrochen ist!‹ ›Der Spiegel ist sehr alt‹, gibt Mari zurück. ›Für das Alter bezahlen Sie schließlich.‹«

Jack steht unmittelbar vor mir, beugt sich über den Tisch und bringt sein Queue in Position. Ich kann nicht umhin, ihm just in dem Moment einen Klaps auf sein hübsches Hinterteil zu versetzen, als er den Stoß ausführt. Die Kugel bricht aus und schießt am Loch vorbei.

»Ach, wie schade«, flüstere ich in sein Ohr, »bis jetzt warst du so gut.«

»Noch ein Spiel, aber dieses Mal ohne Mogeln«, sagt Jack über seine Schulter hinweg, entschuldigt sich und verschwindet auf die Toilette. Kaum ist er außer Sichtweite, fahre ich mit einem Kamm schnell durch meine Haare und lasse mein Puderdöschen aufschnappen, um mich in dem winzigen Spiegel zu begutachten. Schnell klappe ich es wieder zu. Jack ist mein Untermieter – nicht mehr. Ansonsten könnte es zu peinlich werden. Trotzdem sprühe ich einen Hauch Parfüm auf meine Handgelenke.

Wir spielen noch eine Partie, ehe wir den Pub verlassen. Draußen übergibt sich jemand vor den Mülltonnen, während zwei Männer sich anpöbeln. Es riecht förmlich nach Ärger. Einer der Betrunkenen kommt auf mich zu.

»Süße«, lallt er und beäugt mich ausgiebig.

Jack legt einen schützenden Arm um mich. Ich mag es, wenn er mich berührt. Es dauert eine geraume Zeit, ehe er den Arm wieder zurückzieht.

Gemeinsam gehen wir nach Hause. Der Hammersmith Broadway ist hell erleuchtet, in den Bäumen glitzern Lichter, aus den Clubs dröhnt Musik. Frauen wanken auf himmelhohen Absätzen vorbei, Raucher stehen auf dem Bürgersteig.

Wir nehmen die Abkürzung durch ein paar schmalere, weniger belebte Straßen. Ich zeige Jack mein Stammcafé und den Metzger, bei dem ich meine Steaks kaufe. Wir kommen an einem Spielwarengeschäft vorbei, das mit bunten Ballons dekoriert ist, dann an einem Bäcker, wo winzige Kuchen ein Pfund das Stück kosten. Schließlich zeige ich ihm die Stripteasebar, für die Hammersmith weit über seine Grenzen hinaus bekannt ist.

»Hier ist es wirklich toll«, schwärmt Jack.

»Beinahe wäre ich aus London fortgezogen«, erzähle ich ihm. »Ich habe mir ernsthaft überlegt, aufs Land zu ziehen.«

»Wirklich?«, fragt er ungläubig. »Aber du bist doch noch viel zu jung für ein Leben auf dem Land.«

Ich bin drauf und dran, ihm zu erklären, dass vierunddreißig nicht mehr unbedingt blutjung ist, als ein Wagen auf unsere Straßenseite hinüberzieht, ein Mann das Fenster hinunterkurbelt und ausspuckt, ehe das Auto weiterfährt.

Wir passieren ein gelbes Schild, auf dem steht, es habe gestern um achtzehn Uhr an dieser Stelle einen Unfall gegeben, bei dem ein Fußgänger getötet wurde und der Unglücksfahrer Fahrerflucht beging; die Polizei bittet Augenzeugen, sich zu melden.

»Siehst du«, sage ich und deute auf das Schild, »deswegen wollte ich fort von hier.«

»Ach, Gilly, natürlich weiß ich auch, dass es hier schrecklich sein kann, aber …«

»Und nachts laufe ich hier auch nicht gern allein herum.«

»Aber wir sind doch nicht bei *Miami Vice*.«

Ich zucke mit den Schultern. »Ist es das Risiko wirklich wert?«

Jack schüttelt den Kopf. »Man ist nur einmal jung, Gilly. Das Leben macht doch keinen Spaß, wenn man jedem Risiko aus dem Weg geht!«

»Ich bin durchaus nicht überängstlich«, korrigiere ich ihn, obwohl ich jetzt doch nicht mehr vorhabe, ihm mein wahres Alter zu verraten. Es gefällt mir, dass er mich für zweiunddreißig hält. Vierunddreißig erscheint mir im Vergleich unmäßig alt – es liegt zu nah an der Grenze zu fünfunddreißig. »Ich bin einfach nur vorsichtig. Schließlich würde ich auch nicht über eine Kuhweide laufen.«

»Kühe gibt es ja auch nur auf dem Land«, erinnert er mich. »Und außerdem: Was hast du gegen Kühe?« Er lächelt. »Haben sie dir je etwas getan?«

*

Zu Hause setzen Jack und ich uns noch aufs Sofa und lassen den Abend bei einem Kaffee ausklingen.

»Lebst du gern allein?«, frage ich ihn, als mir klar wird, wie gut es tat, heute Abend heimzukommen und nicht diejenige zu sein, die die Tür hinter sich abschließt.

»Es macht mir nichts aus«, sagt er und zuckt mit den Schultern. »Bei der Arbeit bin ich ständig unter Leuten. Das Alleinsein ist da manchmal ganz angenehm.«

»Hast du seit deiner letzten Freundin niemanden mehr kennengelernt?«

»Nein.«

»Wirklich nicht?«

»Ich weiß, das ist schwer vorzustellen.« Er grinst, schlägt die Beine übereinander und fährt sich mit der Hand durch das Haar. »Menschen kennenzulernen ist eine Art Lotterie«, doziert er. »Es kann zu einer Menge Ärger führen.«

»Ärger? Erzähl!«

»Nein danke.«

»Weißt du, dass ich beinahe geheiratet hätte?«

»Was ist passiert? Hat er sich vom Acker gemacht?«

»Genau.«

»Oh, Gilly, das tut mir leid. Himmel, ich wollte doch nur einen Scherz machen … Scheiße … ich …«

Ich versichere ihm, dass es ihm nicht leidzutun braucht und dass ich die Nase voll davon habe, mich wegen dieser Sache schlecht zu fühlen.

»Wer weiß, vielleicht bist du ja gerade noch einmal davongekommen«, sagt er.

»Gut möglich.«

»Ich denke, ich bleibe für den Rest meines Lebens Junggeselle. Das ist einfacher.«

Ich knuffe spielerisch seinen Arm. »Aber es gibt viel zu wenig gute Männer auf dem Markt. Du wirst uns doch wohl nicht noch einen vorenthalten!«

Er lächelt.

»Erzähl mal, wo genau wohnst du in Bath?«

»In der Innenstadt.«

»Und warum nicht in London? Du arbeitest doch schließlich hauptsächlich hier.«

»So kann man das nicht sagen. Ich weiß nie genau, wohin mich mein nächster Vertrag führt. Bei meinem letzten Job musste ich für fünf Wochen nach Indonesien. Meiner Mutter hat das überhaupt nicht gefallen …«

»Deiner Mutter? Wieso nicht?«

»Sie macht sich ständig Sorgen. Sie hatte Angst, ich würde mir irgendeine Krankheit wie Denguefieber oder so etwas einfangen. Du weißt doch, wie Mütter sind. Immer besorgt.«

»Meine weiß fast nie, was ich gerade mache.«

Er fragt nicht, warum.

»Sie lebt in Australien«, füge ich hinzu.

»Ach so«, nickt Jack, ohne weiter darauf einzugehen.

»Ich finde, du solltest nach London ziehen«, sage ich.

»Nicht jeder möchte gern hier wohnen, Gilly«, entgegnet er und steht auf.

Ich folge ihm in die Küche. »Entschuldige. Ich bin manchmal sehr neugierig.«

»Ich war in Bath an der Uni, und es gefällt mir dort. Im Augenblick habe ich nicht die Zeit umzuziehen, deshalb komme ich nur zur Arbeit nach London. Mehr brauchst du nicht über mich zu wissen.«

»Okay, ich bin ja schon still.« Ich lege einen Finger auf meine Lippen. »Bist du müde?«

Mitternacht ist bereits vorüber.

»Nein, eigentlich nicht.«

Wir schenken uns jeder noch ein Bier ein und setzen uns wieder auf die Couch. Unsere Unterhaltung wendet sich jetzt allgemeineren Themen zu. Zunächst wird es politisch. Ich frage Jack, ob er zur Wahl gehen wird. Ja, das hat er vor. Ich auch. Wie findet er Barack Obama? Gut. Genau wie ich. Wir haben wirklich viel gemeinsam. Was denkt er über die Bankenkrise? Ich erzähle ihm, dass ich Glück gehabt habe, weil ich kein Geld zu verlieren hatte. Auch damit haben wir etwas gemeinsam. Wir vertrauen uns unsere meistgehassten Formulierungen an. Seine ist: »Mit allem schuldigen Respekt«, meine lautet: »Wo die Liebe hinfällt«. Dann unterhalten wir uns über Erfindungen. Wer war der schlaue Mensch, der die Büroklammer und das Gummiband erfunden hat? Welches Genie kam auf den glänzenden Gedanken, Eier zu trennen, das Eiweiß mit Zucker aufzuschlagen und aus der Mischung Baisers zu machen? Jack verrät mir, dass er sich Sorgen darum macht, dass jetzt, jenseits der dreißig, bald der Alterungsprozess einsetzen wird und nicht mehr rückgängig zu machen ist.

»Ich bin leider eitel«, gibt er zu. »Die wahren Probleme beginnen angeblich mit drei- oder vierunddreißig, wenn man sich beim besten Willen nicht mehr für siebenundzwanzig ausgeben kann.«

»Nancy behauptet, der Trick, jung auszusehen, bestünde einfach nur darin, dass man immer eine neutrale Miene aufsetzt.«

»Nancy?«

»Meine Schwägerin. Sie hat nicht eine Falte. Allerdings glaube ich, dass sie mit Botox geschummelt hat.«

»Also, du brauchst bestimmt kein Botox, Gilly. Du siehst perfekt aus.«

Er rückt näher.

»Bitte?«

Ich stoße ihn zurück.

Sag ihm, dass du fast fünfunddreißig bist. Los! Du wirst schon sehen, ob er dich dann immer noch für perfekt hält.

»Ich meine es ehrlich.«

Ich wende mich ihm wieder zu. Das Kompliment ist Balsam für meine Seele. Er blickt mir tief in die Augen.

»Hast du eigentlich Geschwister?«, frage ich.

Ein Adrenalinstoß lässt mein Herz wild pochen.

»Du bist wirklich perfekt – bis auf die Tatsache, dass du zu viele Fragen stellst«, sagt er.

Ich halte seinem Blick stand. »Du bist auch perfekt – bis auf die Tatsache, dass du keine klaren Antworten gibst.«

Als wir schließlich doch ins Bett gehen, wünschen wir uns auf dem Treppenabsatz eine gute Nacht. Ich küsse ihn auf seine Wange, er küsst mich auf meine.

»Ich wünsche dir süße Träume«, flüstert er mir ins Ohr, ehe

er in seinem Zimmer verschwindet. Mit einem gewissen Bedauern betrete ich mein eigenes Schlafzimmer.

Mitten in der Nacht wache ich auf. Ich kann mich nicht mehr genau erinnern – hat Jack tatsächlich gesagt, er sei in Bath zur Uni gegangen, oder bilde ich mir das nur ein? Und hat er mir zuvor im Pub nicht erzählt, er habe nie eine Universität besucht und mit neunzehn seinen ersten Job als Laufbursche angetreten?

In dieser Nacht schlafe ich nicht besonders gut.

# 22

Es ist Sonntag. Nach einem Hundespaziergang im Richmond Park stöbern Guy und ich in einem Antiquariat.

Draußen war es wunderbar, die Oktobersonne hat uns Gesicht und Rücken gewärmt, auf dem Gras lag frischer Tau, und auf dem Weg äste in aller Seelenruhe ein Reh.

Ich weiß, dass meine Zeit mit Guy nur geborgt ist. In einem Monat kommt Flora zurück. Ich frage mich, ob es mir etwas ausmachen würde, wenn ich wüsste, dass mein Freund Zeit mit einer anderen Frau verbringt, während ich im Ausland unterwegs bin. Nein, ich könnte nicht einfach darüber hinwegsehen – auch wenn er Stein und Bein schwören würde, dass nichts weiter dahintersteckt. Mir ist klar, dass ich mich nicht allzu sehr an ihn gewöhnen darf, und doch wird mir seine Freundschaft immer wichtiger. Zeit mit Guy zu verbringen ist so tröstlich, wie gemütlich in einem warmen Zuhause zu sitzen, wenn draußen der Regen rauscht. Es tut gut, dass er Ed nie kennengelernt hat, denn so werde ich nie an die Vergangenheit erinnert, wenn ich mit ihm zusammen bin.

Ich liebe diesen Buchladen. In den Räumen riecht es nach Leder und Kaffeebohnen, doch ganz besonders gefällt mir, dass jedes Buch – ganz wie die Leuchter in Maris Antiquitätenshop – eine eigene Geschichte hat und so vorsichtig wie ein rohes Ei behandelt werden sollte. Es berührt mich, die Widmungen zu lesen, in denen fast so viel Inhalt liegt wie in der Erzählung. Alte Ausgaben von Emily Brontës *Sturmhöhe* sind für geliebte Menschen signiert worden – rührende, mit Tinte geschriebene Botschaften neben einem Datum.

»Ich wünschte, das würde man auch heute noch tun«, sage ich zu Guy. Ich zeige ihm die Widmung in *Rebecca* von Daphne du Maurier: *Für mein geliebtes Stiefelchen von ganzem Herzen, Muffin.*

»Stiefelchen?«, fragt Guy stirnrunzelnd.

»Keine Ahnung. Ich finde es jedenfalls süß. Irgendwie intim. Ein Name, der nur den beiden etwas sagt. Ich habe nie einen Spitznamen gehabt. Du?«

Er schüttelt den Kopf.

»Ed nannte mich Gilly oder Schatz.«

Und auch ich hatte nie einen besonderen Namen für ihn.

Mit der Ausgabe von *Rebecca* in der Hand erzähle ich Guy, dass mein Vater Nicholas und mir den Roman früher einmal vorgelesen hat. Ich kann mich noch daran erinnern, wie sehr mich die mysteriösen Wendungen und die undurchschaubaren Charaktere, allen voran die düstere Mrs Danvers, in ihren Bann schlugen. Selbst Nicholas, der sich eigentlich nie wirklich freute, wenn man ihm ein rechteckiges, einige Zentimeter hohes Geschenk überreichte, ließ sich von der Geschichte mitreißen.

*

Wieder zu Hause mache ich Omelettes und Salat zum Mittagessen.

»Und wie läuft es so mit Jack?«, fragt Guy, während ich Eier in eine Schüssel schlage.

»Prima. Wir waren letzte Woche zusammen unterwegs.«

»Unterwegs?«

»Ja, wir haben abends die Gegend unsicher gemacht.« Mein Handy klingelt. »Wo ist nur das verdammte Ding?«, frage ich Guy, und gemeinsam folgen wir dem Klingeln.

Ich erwische Guy dabei, wie er unter dem Chaos auf meinem Schreibtisch nachschaut und ein Foto von Megan betrachtet.

Eine Ewigkeit später finde ich mein Telefon eingeklemmt zwischen den Sofakissen. Es klingelt schon längst nicht mehr.

Ich sehe, dass Anna versucht hat, mich zu erreichen, also rufe ich sie rasch zurück.

Gestern war ich mit ihr und einigen ihrer Arbeitskollegen aus – unter anderem auch mit dem verheirateten Paul, in den Anna schon seit Langem verliebt ist. Ich habe ihn zum ersten Mal gesehen und musste gut aufpassen, dass ich nicht versehentlich etwas in der Art sagte wie: »Anna hat mir schon viel von dir erzählt.« Nein, ich war ganz cool und habe ihm nur ein paar Fragen gestellt, ohne dem armen Kerl das Gefühl zu geben, er würde auf Herz und Nieren überprüft. Er hat mir beiläufig erzählt, dass er dabei sei, sich scheiden zu lassen. Er ist sechsundvierzig und hat einen siebenjährigen Sohn namens Benjamin, wirkte ausgesprochen freundlich und ausgeglichen, war aber trotzdem interessant. Als ich herausbekam, dass er sich für Autorennen begeisterte, war ich überrascht.

»Guy ist bei mir«, sage ich zu Anna, als sie mich fragt, was ich gerade mache.

Ich beobachte, wie er die Bücher in meinem Regal begutachtet.

»Schon wieder?«, fragt sie.

»Komm doch auch rüber«, schlage ich vor.

Guy nimmt ein Foto in die Hand, das Ruskin und mich zeigt.

»Ich bin noch zu verkatert. Paul … er ist über Nacht geblieben«, flüstert sie aufgeregt.

»O mein Gott«, quietsche ich. »Erzähl!«

Guy wirft mir einen verständnislosen Blick zu.

Gemeinerweise erklärt mir Anna, sie könne jetzt nichts sagen, denn Paul sei noch im Bad, verspricht aber, später noch einmal anzurufen.

Ich gehe in die Küche zurück und kümmere mich um den Salat. Dabei erzähle ich Guy von Anna, doch seltsamerweise scheint er sich nach wie vor mehr für Jack zu interessieren.

»Wie ist er denn so? Und wenn ich vielleicht irgendwie helfen kann, sagst du mir Bescheid, ja?«

»Er ist nett. Und nein, danke. Cola light oder normale?«

»Normale.«

»Das Zusammenleben mit ihm klappt ganz gut.«

»Aber er hat doch sicher irgendeine schlechte Angewohnheit?«

»Eigentlich nicht. Okay, er lässt die Teebeutel in der Spüle liegen, aber das war's dann auch schon.«

Guy spürt, dass ich mehr sagen will. »Ja?«

Ich lächle. »Er denkt, ich sei zweiunddreißig.«

»Wieso das denn?«

Ich berichte, wie Gloria mein Alter beschönigt hat.

»Na ja, du bist doch auch erst vierunddreißig, so groß ist der Unterschied auch nicht.«

»Fast fünfunddreißig! Ich wünschte, Gloria hätte in der Anzeige mein Alter gar nicht erst erwähnt.«

»Warum sagst du es ihm nicht? Ist doch nichts dabei. He, Gilly, du wirst ja rot! Du stehst auf ihn, nicht wahr?«

»Guy!«

»Du kannst es ruhig zugeben.«

»Okay, ich finde ihn ziemlich anziehend«, gebe ich zu. »Ich weiß, er ist mein Untermieter, und vielleicht sollte ich nicht ... aber er ist so ... Himmel, er ist so sexy!« Ich unterbreche mich. »Aber da wird sicher nichts passieren.«

»Wieso nicht?«

»Er ist zu jung.«

»Quatsch, das ist er nicht.«

Ich beichte ihm den wahren Grund. »Ich habe keine Übung mehr in solchen Dingen. Du solltest mich mal sehen, wenn wir zusammen sind. Ich kann mich einfach nicht entspannen. Ich weiß, es klingt blöd ...«

»Sprich weiter.«

Ich erzähle ihm, wie ich gezögert habe, als Jack mich auf einen schnellen Drink einladen wollte.

»Es ist, als hätte ich Angst, dass man mir wieder wehtut. Ich baue eine Art Mauer auf. Eigentlich will ich das gar nicht, aber ich bin mir mit ihm nicht so ganz sicher … Nein …«, denke ich laut, beschließe aber, die Sache mit der Universität in Bath nicht überzubewerten. »Ich glaube, ich werde langsam paranoid.«

»Inwiefern?«

»Ach, nichts.«

»Könnte es vielleicht sein, dass du die Dinge zu sehr analysierst, Gilly?«, fragt Guy. »Du solltest aufhören, zu viel nachzudenken, und anfangen, wieder Spaß zu haben.«

»Der Plan gefällt mir.«

Ich halte ihm meine Cola entgegen.

»Auf den Spaß«, sage ich.

Beim Mittagessen versuchen Guy und ich, unsere Freundschaft zu rechtfertigen. Wir wissen, dass unsere Freunde und die Leute meiner Hundegruppe über uns reden. Anna behauptet, dass kein Tag vergeht, an dem ich nicht über Guy spreche.

Ich habe versucht, ihr zu erklären, dass wir uns in einer ähnlichen Situation befinden. Keiner von uns hat Familie; Guy ist allein, ich bin Single. Zwar sind die Gründe dafür unterschiedlich, aber die Situation ist die gleiche. Anna versteht mich immerhin besser als die meisten, denn wir denken ähnlich über unsere verheirateten Freunde. Zwar mögen wir sie nach wie vor, aber wir befinden uns an einer Art Kreuzung, die uns in unterschiedliche Richtungen führt. Es ist ganz natürlich, dass ich Freundinnen wie beispielsweise Susie nicht mehr so oft wie früher zu Gesicht bekomme.

Guy ergeht es ähnlich. Viele seiner Freunde, die Familie haben, sind aufs Land gezogen, weil dort die Lebensqualität besser ist. Aber manchmal hat man einfach keine Lust, London am Wochenende den Rücken zu kehren, und auch ständig unterbrochene Gespräche durch Kinder sind nicht immer unser Ding.

»Wenn ich mit Susie telefoniere, sagt sie plötzlich mittendrin so was wie: ›Rose! Wirst du wohl die Finger aus dem Auge deines Bruders nehmen!‹«

Guy lacht.

»Oder Matilda unterbricht mich und sagt: ›Zeig mir deine Möpse‹, wenn ich versuche, ihr eine Gutenacht-Geschichte vorzulesen.« »Möpse« ist im Moment ihr Lieblingswort. »Matilda ist übrigens meine Nichte«, füge ich hinzu.

Guy hebt die Augenbrauen. »Irgendwie ist Matildas Idee nicht wirklich unsympathisch«, sagt er.

Nach dem Kaffee bitte ich Guy, mit mir zum Schreibtisch zu gehen, der in einer Ecke des Wohnzimmers steht. Er ist ein Erbstück und gehörte der Mutter meines Vaters. Ich ziehe die unterste Schublade heraus und reiche ihm einen Stapel Papier. Er liest die Überschrift auf dem obersten Blatt: *Micky, das Zauberäffchen*.

»Ah, das sind deine Geschichten für Megan, nicht wahr?«

Ich nicke. Ich war dreizehn, als ich sie zum ersten Mal aufgeschrieben habe. Sie seien noch nicht fertig, erkläre ich ihm. Bisher seien es nur Entwürfe.

Ich erzähle ihm, dass ich als Kind gerne gelesen habe. Manchmal habe ich mich dafür in mein Zimmer eingeschlossen.

»Für mich war das eine Art Flucht. Ich träumte mich in eine Welt, die viel schöner war als unser Zuhause. Vor allem die Geschichten von Daphne du Maurier habe ich geliebt. Manchmal warf ich Pennys in den Wunschbrunnen neben unserer Kirche und betete darum, so wie sie zu werden. Wild, fantasievoll. Außerdem hatte sie viele Affären sowohl mit Männern als auch mit Frauen. Eine faszinierende Frau!«, schwärme ich mit klopfendem Herzen. »Eines Tages würde ich gern einen Roman schreiben.«

»Und was hindert dich daran?«

»Was mich daran hindert?«

»Genau.«

Guy schaut mich an, als sei ihm gerade ein Licht aufgegangen.

»Am Schreiben? Keine Ahnung.«

»Ich habe fast den Eindruck, als hättest du Angst. Angst, nicht gut genug zu sein.«

Ich werfe ihm einen Blick zu und frage mich, warum er mich so gut kennt.

»Ich weiß es wirklich nicht, Guy. Es ist ziemlich schwierig, vom Schreiben zu leben. Wenn ich mehr Zeit hätte – vielleicht …«

»Zeit? Gilly, du hast alle Zeit der Welt!«

Ich gestehe ihm, dass Nicholas mir schon einmal das Gleiche gesagt hat.

»Und dein Bruder hat absolut recht. Wenn du im Leben etwas erreichen willst, musst du selbst etwas dafür tun.«

Ich erzähle, dass Ed immer zu sagen pflegte: »Dazu hast du nicht genügend Selbstdisziplin, Gilly. Ich glaube kaum, dass du bei der Stange bleiben würdest. Mach es lieber zu deinem Hobby, Schatz.«

Guy sieht verärgert aus. »Ganz schön gönnerhaft.« Er dreht mich zu sich um. »Du musst fester an dich glauben«, insistiert er. »Die Leute lieben es, andere runterzumachen. Beweise ihnen, dass sie sich irren.«

Nachdem sich Guy mit Trouble verabschiedet hat, setze ich mich an meinen Schreibtisch, öffne die unterste Schublade – die Schublade, die meine geheime Ambition enthält – und beschließe, dass es an der Zeit ist, mir selbst eine Chance zu geben.

Am frühen Abend, ich bin zutiefst konzentriert, klingelt es an der Haustür. Ich spähe aus dem Fenster. Soll ich vielleicht so tun, als sei ich nicht zu Hause? Ich habe keine Lust, mich mit den Zeugen Jehovas zu unterhalten oder jemanden abzuwimmeln, der mir besondere Staubtücher verkaufen will. Aber dann huscht ein Lächeln über mein Gesicht.

»Ich habe noch etwas für dich«, sagt Guy und hält mir ein rechteckiges, hartes, in braunes Packpapier gewickeltes Päckchen entgegen. »Mach es auf.«

In dem Päckchen ist ein in Leder gebundenes Buch, das nach dem Antiquariat riecht. Ich schlage es auf.

*Für Gilly mit G,* lese ich. *Vielleicht ist das hier deine Bestimmung. Schreibe! Liebe Grüße, Guy.*

Ich sehe ihn an, und meine Augen werden feucht.

»Es ist einfach nur ein leeres Buch«, sagt er verlegen, als er bemerkt, wie viel mir das Geschenk bedeutet.

Nachdem Guy zum zweiten Mal gegangen ist, setze ich mich an den Schreibtisch, schlage das Buch auf und lese die Widmung erneut. Guy muss in den Buchladen zurückgegangen sein, um das Buch für mich zu kaufen. Mein Herz wird ganz warm, und zum ersten Mal seit vielen Monaten fühle ich mich wirklich glücklich.

Vielleicht hat ja ein neuer Abschnitt begonnen; vielleicht liegt ein neues Kapitel vor mir.

Ganz allmählich verblasst die Erinnerung an Ed.

# 23

*1987*

»Marienkäfer bringen Glück«, sage ich zu Megan, als ich sie zum Schlafen zurechtmache und ihr ein mit Marienkäfern besticktes Nachthemd überstreife.

Ihr Zimmer ist klein und leer. Auf dem Boden liegt ein Teppich aus Schaffell, und in der Mitte steht ein Bett mit einer Vorrichtung, die ihre Füße bei Nacht aufrecht hält. Ich stopfe die Decke um den kleinen Körper herum fest und nehme ein Kinderbuch aus dem Regal, doch Megan schüttelt den Kopf.

»Bitte eine Gilly-Geschichte«, sagt sie. »Megan will eine Gilly-Geschichte hören.«

Mein Kopf wird so leer wie damals, als Mum mich wieder einmal aufforderte, Großmutter einen Dankesbrief zu schreiben, weil sie mir etwas geschenkt hatte, das ich überhaupt nicht haben wollte – zum Beispiel Serviettenringe.

»Bitte, Gilly«, quengelt Megan.

»Okay.«

Ich setze mich vorsichtig auf den Bettrand. Megan wartet geduldig. Ich schließe die Augen und reise im Geist in das Land der Märchen. Ehe ich beginne, räuspere ich mich.

»Eines schönen Sommerabends erscheint ein Zauberäffchen an Megans Fenster und lädt sie auf eine Reise zum Planeten Z ein. Ihre Familie ist einverstanden. Megan setzt sich also ihre Lieblings-Reisesonnenbrille auf – sie ist knallrosa und glitzert – und klettert auf den Rücken des Äffchens. Das Äffchen stellt sich als Micky vor und erklärt ihr, dass es sich Megan von allen anderen Kindern dieser Welt für diese Reise ausgesucht habe, weil sie immer so brav ist.« Ich lächle. Die Geschichte, die ich gerade erfinde, beginnt mir zu gefallen. »Megan und Micky fliegen durch das Weltall zum Planeten Z. Auf diesem Planeten ist alles silbern, alles funkelt und blinkt. Die Bäume sind silbern, die Seen sind silbern, und sogar die Leute, die auf dem Planeten wohnen, sind silbern.«

Ich blicke Megan an.

Ihre Augen sind geschlossen, doch sie sagt: »Weiter.«

»Als Megan und Micky gelandet sind, erzählt Micky allen, wie schön Megan singen kann, und sie singt das Lied von *Bobby Shafto* für all die glänzenden silbernen Bewohner. Auch Tiere gibt es auf dem Planeten, und selbst sie sind silbern und funkeln. Die Leute klatschen und springen vor Freude auf, sie schwenken silberne Luftballons und lassen zwischen ihren Händen silberne Funken entstehen. Nach dem Lied verbeugt sich Megan, und die Tiere servieren ihr einen silbernen Milchshake.«

Megan ist eingeschlafen. Ich küsse sie sanft auf die Wange.

»Es ist spät geworden. Megan winkt den Bewohnern des Planeten Z und den Tieren zu und hüpft wieder auf Mickys Rücken. Sie folgen einem silbernen Stern zurück nach Hause, wo Megan zu Bett geht und von schönen Dingen träumt, die silbern sind und glitzern.«

# 24

Auf dem Weg in den Park hätte ich am liebsten laut gesungen – und das nicht nur, weil Freitag ist. Wen kümmert schon das bisschen Regen?

Mein Handy klingelt. Zu meiner Überraschung muss ich gar nicht lange danach in meiner Handtasche stöbern: ein sicheres Anzeichen dafür, dass der heutige Tag gut zu werden verspricht.

Es ist Susie. Sie klingt gestresst und fragt mich, ob ich am Abend auf ihre Kinder aufpassen könne. Ihr Babysitter habe in letzter Minute abgesagt.

Als ich sage, dass ich Zeit hätte, beruhigt sie sich zum Glück.

»Du hörst dich so gut gelaunt an«, stellt sie fest.

Aufgeregt erzähle ich ihr von Jack.

Gestern Abend waren wir zusammen indisch essen, weil nichts Vernünftiges im Fernsehen lief und keiner von uns kochen wollte. Während wir auf unsere Currys warteten, nahm Jack einen Umschlag aus der Tasche und reichte ihn mir.

»Was ist das?«, fragte ich.

»Ein kleines Dankeschön dafür, dass ich mich bei dir so heimisch fühle … und du mir die Hemden wäschst«, fügte er lächelnd hinzu.

Ich konnte Jack inzwischen überzeugen, seine Wäsche am Wochenende nicht mehr mit nach Hause zu nehmen. Ich kann sie zusammen mit meiner eigenen waschen, was ich als Teil des Montag-bis-Freitag-Service betrachte.

»Und was beinhaltet dieser Service sonst noch?«, hatte er mit einem schelmischen Lächeln gefragt.

»Was für ein Schwerenöter!«, lacht Susie. Dann ermahnt sie Rose, ihren Bruder nicht mit dem Löffel zu schlagen.

»Dafür brauchst du dich doch nicht zu bedanken!«, sagte ich zu Jack, griff aber gespannt nach dem Umschlag.

»Ich weiß, trotzdem möchte ich es tun.«

Das Kuvert enthielt zwei silbern glänzende VIP-Tickets für seine Show in der kommenden Woche. Am Donnerstagabend. Ich darf also eine Freundin mitbringen.

»Ich bin dabei«, sagt Susie atemlos vor Aufregung. »Rose, willst du gern draußen weiteressen?«

Ich höre Olly weinen.

»Pass auf, ich rufe dich einfach später noch einmal an«, sage ich und denke mir, dass Rose einfach mal vor die Tür gesetzt werden müsste, ohne lange danach gefragt zu werden, ob sie das nun will oder nicht.

»Nein, erzähl mir alles, schnell.«

»Und nach der Show würde ich dich gern zum Abendessen ausführen«, schlug Jack vor.

Ich muss lächeln, als ich daran denke, wie ich mich anstrengte, so auszusehen, als würde mein Kalender vor Terminen nur so überquellen, aber ihm versicherte, ich würde mich ernsthaft bemühen, eine weitere Verabredung einzuschieben. Natürlich misslang der Versuch. Wie sollte ich auch bei der Aussicht auf Tickets für *Stargazer* und auf einen Abend mit Jack cool bleiben …

»Herzlich gern«, sagte ich. »Wohin gehen wir?«

»Das bleibt vorerst noch ein Geheimnis.« Jack prostete mir zu. »Dann haben wir also ein Date?«

»Wir haben ein Date.«

»Nimm mich mit, Gilly! Bitte, ich brauche dringend mal einen Abend für mich«, seufzt Susie, ehe sie abrupt auflegt.

*

Mari steht in Regenjacke, violetten Gummistiefeln und mit Wollschal und dunklem Lippenstift unter der Eiche. Regen rinnt über ihre Wangen. Normalerweise würde sie die Hunde ausschimpfen, die im Begriff sind, ihre Hose zu beschmutzen, aber seit dem Besuch von Blaize ist sie deutlich besser gelaunt.

»Er hat dich eingeladen?«, fragt sie, und ihre Miene hellt sich kurz auf, um sich sofort wieder zu verfinstern. »Basil!«, schreit sie.

Ihr Hund wälzt sich in irgendetwas, worin er sich nicht wälzen soll. Ruskin schnüffelt an der gleichen Stelle und beschließt, es Basil gleichzutun.

»Wer hat dich eingeladen, Gilly?«, erkundigt sich Sam, die zu uns aufschließt.

Hardy rennt hinter ihr her.

Walter erscheint mit einem khakifarbenen Regenhut und neuen wasserdichten Hosen.

»Von TK Maxx«, sagt er, als Mari eine Bemerkung darüber fallen lässt. »Nur zehn Pfund. Ganz schön grau heute«, fährt er fort. »Ich habe gehört, es soll das ganze Wochenende über so bleiben.«

Walter gefällt sich manchmal als Überbringer schlechter Nachrichten.

Als Guy sich mit einem knallrosa Regenschirm zu uns gesellt, starren wir ihn verblüfft an.

»Er gehört Flora«, verteidigt er sich. »Ich konnte meinen auf die Schnelle nicht finden. Was ist passiert?«

In diesem Park kann man wirklich kein Geheimnis für sich behalten.

Ich erzähle ihnen von Jack. Alle versammeln sich um mich und lauschen mir, als hätte ich die neuesten Neuigkeiten zu verkünden. Die Eiche schützt uns vor dem Regen.

»Und, was wirst du anziehen?«, erkundigt sich Sam. »Oh Hardy, nicht wälzen!«

Gute Frage, denke ich. Was soll ich nur anziehen?

»Halt!«, ruft Ariel und lehnt sein Fahrrad an den Baum.

»Wer von euch hat ein Date?«, fragt er und hebt die vor Nässe triefende Pugsy aus dem Körbchen.

»Gilly geht mit ihrem Untermieter aus«, informiert ihn Sam sofort.

»Ah, der heiße Jack Baker. Hast du ein Glück, Gilly! Und was ziehst du an?«

»Guten Morgen«, begrüßt uns nun auch Brigitte, als sie sich zu uns gesellt.

»Grüß dich«, erwidert Ariel.

Brigitte erzählt aufgeregt, dass sie Äpfel vom Baum ihrer Mutter mitgebracht hat.

»Ich dachte, wir könnten daraus eine köstliche Tarte Tatin machen. Bei diesem scheußlichen Wetter gibt es nichts Besseres.«

»Er hat ihr sogar Tickets für *Stargazer* geschenkt. Ich bin echt neidisch«, sagt Sam, während wir alle in Brigittes Tasche schauen und die Äpfel inspizieren.

»*Non*, nicht die mit den braunen Stellen«, sagt Brigitte.

»Ich liebe die Show«, schwärmt Ariel. »Bestimmt gewinnt der kleine Hal.«

Mir fällt auf, dass Guy sehr schweigsam geworden ist, also stupse ich ihn an.

»Ich habe beschlossen, deinen Rat anzunehmen und mir ein bisschen Spaß zu gönnen.«

Er lächelt und sagt mir, er müsse mit mir reden. Dann besteht Sam auf mehr Einzelheiten über Jack.

Basil hat seinen zerkauten Ball verloren, und Guy hilft Mari bei der Suche. Sie wühlen sich durch das matschige Gras, und Mari flucht vor sich hin.

»Ich weiß nicht, ob sie wirklich mit diesem Kerl ausgehen sollte«, höre ich Mari besorgt zu Guy sagen. »Wir wissen doch so gar nichts über ihn.« Mari kann Spinner nicht leiden und leidet außerdem unter einer sehr lauten Stimme. »Du weißt sicher, was Gilly durchgemacht hat. Du kennst die Geschichte von Ed und von ihrer Mutter, die sich einfach aus dem Staub gemacht hat, oder?«

»Sie ist schon ein großes Mädchen, Mari«, höre ich Guy antworten.

»Pst«, ruft Ariel ihn zur Raison, ehe er sich zu mir umdreht und mir befiehlt, keinesfalls den beiden zuzuhören.

Doch Sam kann sehen, dass ich jedes Wort mitbekommen habe, und will mich ablenken.

»Und wohin will er mit dir nach der Show gehen?«, fragt sie. Sie reibt sich die Hände, um sie warm zu halten.

Ich berichte, dass er mich zum Essen ausführen will, mir aber nichts Näheres dazu gesagt hat, weil es eine Überraschung werden soll.

»Hach, wie romantisch«, seufzt Sam. »Manchmal wünsche ich, ich wäre nicht verheiratet.«

»Hauptsache, du hast Spaß, Süße«, sagt Ariel zu mir. »Du hast es dir wahrlich verdient.«

»Ich bin auch einmal mit meiner Untermieterin ausgegangen«, erzählt Walter. »Wir waren an den Docks spazieren. Sie war wunderschön. Eine Französin, wisst ihr? Wir haben nicht ein Wort von dem verstanden, was der andere sagte.«

»Ich muss mit dir reden«, sagt Guy, als ich mit zwei Bechern Kaffee in der Hand auf ihn zugehe.

Die anderen haben den Park wegen des Regens längst verlassen, aber da es erst halb neun ist, beschließen Guy und ich, noch eine Runde zu drehen.

»Hört sich ernst an.«

»Ich habe ein Jobangebot für ein Projekt in Kent bekommen.«

»Das freut mich! Wann geht es denn los?«

»Montag. Gleich nach dem Wochenende.«

»Aber das ist doch toll, oder?« Ich wundere mich, warum er so traurig aussieht. »Und wie lange bist du dann fort?«

»Zwei, vielleicht drei Wochen.«

»Drei Wochen!«, rufe ich. »Drei Wochen?«, wiederhole ich dann ruhiger.

Meine Enttäuschung überrascht mich. Ich habe mich daran

gewöhnt, Guy jeden Tag zu sehen. Ich will nicht, dass er drei Wochen fortgeht.

Wir gehen nebeneinanderher. Als wir uns dem Parkeingang nähern, werden wir langsamer.

»Walter kümmert sich um Trouble«, sagt Guy.

»Aber das hätte ich doch tun können!«

»Ich weiß, aber du hast schon genug um die Ohren. Zum Beispiel dein Date nächste Woche.«

Er versetzt mir einen spielerischen Stoß.

»Das ist doch kein richtiges Date!«, entrüste ich mich und fühle mich schon längst nicht mehr so beschwingt wie noch am Morgen.

Am Zebrastreifen bleiben wir stehen.

Drei Wochen!, schreit es in meinem Kopf. Einundzwanzig Tage, in denen ich Guy nicht sehen werde.

»Hast du am Wochenende Zeit?«, frage ich, um den Abschied hinauszuzögern.

Guy schüttelt den Kopf. »Ich muss arbeiten und mich auf Montag vorbereiten.«

Ich kann mich nicht länger bremsen.

»Ich werde dich vermissen«, sage ich.

»Nein, das wirst du nicht«, gibt er mit seinem typisch trockenen Lächeln zurück. »Du hast immer noch Jack, der dich unterhalten kann, während ich unterwegs bin. Ich muss jetzt los!« Er drückt mir einen raschen Kuss auf die Wange und wendet sich nach links. »Gilly?«, ruft er kurz danach über seine Schulter zurück.

Ich bleibe stehen und drehe mich um.

»Ich werde dich auch vermissen«, sagt er.

Als Guy dann wirklich aus meinem Blickfeld verschwunden ist, tippt mir jemand von hinten auf die Schulter. Ich blicke mich um.

»Ach, du bist es, Ariel. Ich dachte, du wärst längst daheim.«

»Ich muss mit Pugsy zum Tierarzt. Sie scheint eine Art Heuschnupfen zu haben. Hör zu, du musst dir keine Sorgen wegen dem machen, was Mari gesagt hat. Du weißt doch, wie sie ist.«

Ich schaue immer noch den Bürgersteig entlang, auf dem Guy verschwunden ist.

Ariel folgt meinem Blick. »Ich glaube, er ist ein bisschen eifersüchtig«, meint er, als wäre ihm das gerade erst aufgefallen. »Ich habe ihn beobachtet, als ihr euch vorhin über Jack unterhalten habt.«

»Guy ist doch nicht eifersüchtig«, lache ich Ariel aus.

»Dann eben nicht. Aber was Mari angeht, sie will lediglich verhindern, dass dir noch einmal wehgetan wird«, fährt Ariel fort. »Das geht uns übrigens allen so.«

»Ich weiß, und dafür bin ich euch auch wirklich dankbar. Trotzdem muss ich mein Leben selbst leben und meinen Weg finden.«

Er nickt. »Falls es dich interessiert: Pugsy meint, du solltest dich ruhig mit Jack amüsieren, nicht wahr, Pugs?«

Der Hund niest zur Bestätigung.

Lächelnd sehe ich Ariel nach, der mit ihr im Fahrradkorb davonradelt.

Aber er hat recht. Ich werde sehen, wo das alles hinführt.

*

Abends ruft Nicholas mich an und warnt mich vor, dass Nancy ernsthaft darauf bestünde, meinen fünfunddreißigsten Geburtstag im nächsten Monat groß zu feiern. Schon im nächsten Monat!

»Und was ist mit dir? Was habt ihr vor?«, frage ich ihn.

»Sie will mit mir in ein nobles Hotel auf dem Land fahren, mit Whirlpool und allem Drum und Dran. Aber für dich will sie eine Party organisieren. Und bitte, lass sie machen«, fleht er mich an, weil er weiß, dass es für ihn dann einfacher wird.

»Na gut, eine Dinnerparty ist absolut okay«, räume ich ein. »Ich werde sie bei Gelegenheit anrufen.«

Ich überlege, ob ich Jack einladen soll.

Erst einmal abwarten, wie unser Abend läuft.

Gilly Brown. Demnächst fünfunddreißig. Ich hasse Geburtstage!

# 25

*Dezember 1987*

Heute wird Megan drei Jahre alt. Der Professor hat gesagt, dass sie nicht älter als zwei werden würde, aber er kann natürlich nicht alles wissen. Und noch etwas stimmt nicht. Megan sollte an ihrem Geburtstag nicht weinen.

»Stirbt sie?«, frage ich Mum.

Dazu darf es nicht kommen. Schließlich haben Anna und ich und all unsere Nachbarn tatsächlich das Geld für ihre Behandlung in Deutschland zusammengesammelt. In der nächsten Woche soll Mum mit Megan zu einem Spezialisten fliegen, der sie heilen kann. Sie darf jetzt nicht sterben!

»Nein!«, schreit Megan, als Mum versucht, ihr mit etwas Wasser eine Tablette einzuflößen.

Mum bittet mich, ihr beim Anziehen meiner Schwester zu helfen.

»Nicht anziehen!«, schreit Megan.

So kenne ich sie gar nicht. Sonst verhält sie sich nie so widerspenstig. Mum kann mir nicht in die Augen sehen, als sie sagt, mit Megan sei schon alles in Ordnung.

»Hat sie Schmerzen?«, frage ich verängstigt.

Mum tut, als höre sie mich nicht.

Wir sind in Megans Zimmer. Father Matthew, ein großer, gebeugter, weiser Mann, ist auch dabei und spricht ein Gebet. Seit er da ist, weint Megan weniger. Mum hat ihn nach dem Frühstück angerufen und ihm gesagt, sie mache sich Sorgen.

Nachdem Megan sich nicht anziehen lassen wollte, hat Mum sie gebadet und in eine Decke gewickelt. Dann bat sie Dad, den Arzt anzurufen.

Im Fernsehen läuft eine Unwetterwarnung. Man solle nicht unbedingt notwendige Autofahrten vermeiden, heißt es. Es schneit schon längere Zeit. Dicke silbrige Flocken fallen sanft auf die Erde, und wir haben schulfrei bekommen. Nick und ich freuen uns, dass wir zu Hause bleiben dürfen, und auch Dad kann nicht zur Arbeit fahren.

Mein Vater ist nun unten, ruft in der Arztpraxis an und streitet sich mit jemandem.

»Es ist ein Notfall«, sagt er. »Nein, wir können nicht mit ihr in die Praxis kommen.«

Father Matthew steht auf und flüstert Mum etwas zu. Manchmal hasse ich die Erwachsenen. Sie sagen einem nie, was wirklich los ist. Mum nickt.

»Was tut Megan am allerliebsten?«, fragt Father Matthew Nicholas und mich.

»Am liebsten ist sie draußen«, antworte ich.

»Auf dem Primrose Hill«, fügt Nicholas hinzu.

Father Matthew schaut aus dem Fenster.

»Dann solltet ihr sie jetzt schön warm einpacken und mit ihr dorthin gehen«, sagt er.

*

Megan, Mum, Nick, Dad und ich stapfen in Moonboots und dicken Mänteln durch den Schnee. Er glitzert auf Bäumen und Dächern, die Flocken schmelzen auf unserer Kleidung. Schnee hat etwas Magisches an sich. Er ist weich und flaumig. Ich liebe es, ihn unter meinen Stiefeln knirschen zu hören. Mum bittet Dad, Megan zu tragen, und er nimmt meine kleine Schwester fest in die Arme. Wir sehen aus wie eine gewöhnliche Familie auf einem Spaziergang.

Doch als ich merke, dass Dad weint, weiß ich, dass etwas

nicht stimmt. Schnell gebe ich Megan einen Kuss. Auch Nick küsst sie und hält ihre kleine Hand ganz fest in seiner. Megan ist ganz still geworden, aber als ich in ihre Augen blicke, kann ich ihre Seele erkennen. Sie hat eine wundervolle Seele, die nur Liebe kennt.

Als sie mit ihren Fingerchen meine Hand umklammert, spüre ich, dass sie sich verabschieden und für meine Geschichten bedanken will. Sie wirkt ganz friedlich, aber vielleicht hoffe ich auch nur, dass es so ist. Wenn ich sie doch nur fragen könnte.

Wir machen einen kurzen Spaziergang auf den Primrose Hill und kehren wieder nach Hause zurück. Um uns herum fahren Kinder Schlitten und bauen Schneemänner, aber wir befinden uns in unserer eigenen Welt. Bei Megan.

*

Später an diesem Vormittag stirbt sie. Wir haben uns alle an ihrem Bett versammelt. Jeder von uns verliert an jenem Tag ein Stück von sich selbst.

Am Abend sitze ich bei Mum. Ihre Augen sind rot geweint. Ich frage sie, ob alles in Ordnung sei.

»Megan ist jetzt im Himmel und kann endlich laufen«, sage ich, doch sie blickt nur durch mich hindurch, als wäre ich gar nicht da.

Schließlich sagt sie, dass wir das alles gemeinsam durchstehen könnten, aber ich sehe ihr an, dass sie selbst nicht daran glaubt.

Mum hat den Menschen verloren, den sie am meisten liebte, und nichts wird je wieder so, wie es war.

# 26

Susie und ich werden an der Menschenmenge vorbei in die *Stargazer*-Produktionsstudios gewunken. Mit unseren VIP-Tickets brauchen wir nicht Schlange zu stehen. An einer exklusiven Bar kredenzt man uns Champagner, ehe man uns zu unseren Plätzen führt.

»Daran könnte ich mich gewöhnen«, flüstere ich Susie zu.

Als die Jury das Podium betritt, wird Hunter Jones sowohl ausgebuht als auch beklatscht; Verehrung und Ablehnung halten sich die Waage.

Während ich klatsche, taucht Guy in meinen Gedanken auf.

»Reality-TV liegt mir nicht«, hatte er mir auf einer unserer Spaziergangsrunden gestanden. »Diese Shows dienen doch nur dazu, Mittelmäßigkeit aufzubauschen.«

»Du bist wirklich ein Snob«, hatte ich geantwortet.

An diesem Abend heißt der Stargast Kylie Minogue. Susie und mich trennen zeitweise nur wenige Meter von ihr. Vor ein paar Tagen hatte Jack mir stolz berichtet, dass er Tickets für einen der besten Abende ergattert hat.

*

Nach der Show muss Susie nach Hause zu Mann und Kindern, ich jedoch … nun, ich genieße mit Jack einen Drink in einem der berühmtesten Wolkenkratzer Londons. Ich kann es kaum fassen, dass ich noch nie hier war.

»Mein Gott, das ist wirklich unglaublich«, seufze ich, als ich mit Jack in der obersten Etage vom Centre Point stehe und meinen Blick über ganz London schweifen lasse, das bei Nacht noch viel schöner ist als bei Tag.

»Gilly, jemand hat mir mal gesagt, dass man London nur dann verlassen darf, wenn man es hasst. Wenn man allen Saft aus der Stadt herausgepresst hat.« Ich erinnere mich an Richards Worte. »Ich habe diesen Rat dummerweise nicht ernst genommen, und heute vermisse ich London wie verrückt. Ehrlich gesagt bin ich mir nicht sicher, ob du wirklich schon so weit bist.«

Ich werfe einen Blick zu Jack hinüber, der geradezu fantastisch aussieht, und fühle mich plötzlich unendlich glücklich, dass ich in dieser Stadt leben darf.

Jack streicht mir über die Hand, und wir lächeln einander an, als wüssten wir beide, dass dies erst der Beginn unseres gemeinsamen Abends ist.

Meine Zeit in London ist noch nicht vorüber, Richard. Noch lange nicht.

*

Als wir schließlich wieder zu Hause sind, spielen wir die Sendung nach und singen dazu Karaoke.

»Nun, Gilly Brown«, sagt Jack und tut so, als wäre er Hunter Jones, »was werden Sie uns heute Abend vorsingen?«

»Nun, Hunter«, ich werfe ihm eine Kusshand zu, »eigens für Sie habe ich mich heute Abend für einen Song meines großen Vorbilds Whitney Houston entschlossen.«

»Dann stellen Sie sich bitte auf den Stern«, grinst Jack.

Ich trete auf einen imaginären Stern.

»Sind Sie so weit?« Jack verschränkt die Arme.

Ich schmettere den Song *Saving All My Love For You*, und Jack bemüht sich redlich, nicht zu lachen.

»Danke sehr, Gilly«, sagt er anschließend, »das war ziemlich scheußlich und gleichsam seltsam bemerkenswert.« Er lehnt sich zurück und betrachtet mich. »Was würde es für Sie bedeuten, diesen Wettbewerb zu gewinnen?«

»Alles. Käme ich heute nicht weiter, wäre ich am Boden zerstört.«

»Wie viel bedeutet es Ihnen?«, hakt er nach.

»Die ganze Welt!« Ich gebe vor, in Tränen auszubrechen.

»Gut, meine Kleine, Sie sind weiter.« Er zwinkert mir zu.

Anschließend verkleiden wir uns und singen weiter.

Zuerst wähle ich von Abba den Song *The Winner Takes It All*, dann kommt Jack mit Frank Sinatra an die Reihe.

Während er *I've Got You Under My Skin* performt, sehe ich ihm zu und stelle mir vor, wie er mit dem Motorrad durch ein exotisches heißes Land fährt. Ich sitze auf dem Sozius, klammere mich an ihn und lehne meinen Kopf an seine breiten Schultern. In meinem Traum bin ich seine Freundin, irgendwo, wo es immer warm ist. Und natürlich hat der Kerl eine unglaubliche Stimme. Allmählich frage ich mich, ob es irgendetwas gibt, was Jack Baker nicht kann.

»Sie können nicht ganz das abliefern, was wir von Ihnen erwartet haben«, bewerte ich ihn, als er fertig ist, bevor ich wieder an der Reihe bin.

Ich singe mehr schlecht als recht Madonnas *Get Into the Groove* und tanze mit Stulpen, knallrotem Lippenstift und Armreifen im Wohnzimmer umher.

Schließlich plündern wir den Kühlschrank. Karaoke macht wirklich hungrig.

»Ich bin müde«, sage ich, mache aber keine Anstalten, vom Sofa aufzustehen.

»Nein, bist du nicht.« Jack lächelt mich verführerisch an. »Du musst noch mit mir tanzen.«

»Ach ja, muss ich das? Du bist ja ganz schön selbstsicher!«

»Immer schon«, sagt er und zieht mich auf die Füße.

Er hält mich fest, lässt mich von sich wegschwingen, zieht mich wieder an sich und dreht und biegt mich, dass mir bald vor lauter Lachen und Fröhlichkeit ganz schwindelig ist. Wir tanzen bis in die frühen Morgenstunden.

Als ich schließlich in mein Bett sinke, habe ich mich nicht einmal abgeschminkt. Aber ich kann nicht schlafen. Ich hatte erwartet, dass er mich küssen würde. Als wir tanzten, hielt er mich so fest, dass ich die Wärme seiner Hände an meinem Rücken spürte. Vielleicht hätte *ich* ihn ja küssen sollen, allerdings liegt mir viel daran, dass er den ersten Schritt tut. Trotzdem bin ich sicher, dass er es wollte – mich küssen.

»Gute Nacht«, sagte er, als er vor meinem Schlafzimmer stand.

»Gute Nacht«, gab ich zurück.

»Schlaf gut.«

»Du auch.« Nach einer Pause fügte ich noch hinzu: »Und danke für den schönen Abend, Jack – für die Show und alles.«

Er sah mich mit seinem verführerischen Lächeln an. »Keine Ursache«, sagte er, ehe er in sein Zimmer ging.

Es geht beim besten Willen nicht. Ich kann einfach nicht schlafen. Aber sicher ist es besser so. Schließlich ist Jack mein Untermieter, warum sollten wir unser gutes Verhältnis mit einem One-Night-Stand versauen? Man denke nur an die Peinlichkeit am nächsten Morgen. Außerdem habe ich nicht die geringste Lust, mir wieder irgendwelche Roys ansehen zu müssen. Es war wirklich gut, dass wir vernünftig geblieben sind.

Ich stehe auf, taumle zum Bad, öffne die Tür und …

»Himmel, entschuldige!«, rufe ich.

Da sitzt er auf der Toilette, der schlanke Jack mit nacktem Oberkörper.

Hastig schließe ich die Tür, laufe die Treppe hinunter zur Toilette im Erdgeschoss und höre ihn hinter mir lachen.

Ich brauche dringend ein Glas Wasser.

Als ich die Küchentür öffne, lege ich einen Finger auf die Lippen, um Ruskin am Bellen zu hindern.

»Ich bin es doch nur, Süße.«

Ich zucke erschrocken zusammen, als ich zwei warme Arme spüre, die sich um meine Taille legen. Jetzt bellt Ruskin doch.

»Du hast mich ganz schön erschreckt«, sage ich und frage

mich, was Jack vorhat. Aber was auch immer es sein mag – es fühlt sich aufregend an. Ruskin bellt noch immer und springt eifersüchtig an Jacks blau gestreiften Pyjamabeinen hoch.

»Es ist drei Uhr morgens, Gilly«, murmelt Jack. »Runter, Ruskin!«

»Ich weiß, aber ich kann nicht schlafen.«

»Ich auch nicht«, flüstert er. »Ich muss dauernd an dich denken«, fügt er nach einer kurzen Pause hinzu.

O mein Gott!

»Möchtest du vielleicht eine Tasse Tee oder so?«

Er schüttelt den Kopf.

»Komm ins Bett.«

Komm ins Bett?

Er nimmt meine Hand und führt mich aus der Küche. Ruskin starrt uns ärgerlich hinterher.

Ich sehe Jack an und bin gespannt, was jetzt kommt.

»Noch nie hat jemand mich zugunsten einer Tasse Tee abgelehnt«, grinst er.

Und noch ehe ich etwas erwidern kann, greift Jack wieder nach meiner Hand und führt mich die Treppe hinauf.

Auf dem Absatz dreht er sich zu mir um und fragt: »Zu mir oder zu dir?«

Später im Bett, nach wunderbarem, erregendem Sex, greift Jack nach seinen Zigaretten.

»Oh«, sage ich, ohne nachzudenken, »muss das sein? Es ist nur … na ja, das Zimmer riecht dann so …«

Mein Gott, Gilly, hör dir doch nur mal selbst zu! Wie kannst du diesen Moment derart verderben? Du hattest gerade Sex mit einem tollen Mann – da könntest du ja mal fünf gerade sein lassen und nicht über schlechte Gerüche reden.

»Ach, schon gut. Natürlich kannst du dir eine anzünden. Ich bin manchmal wirklich eine langweilige alte Schachtel.«

Er legt das Päckchen wieder auf den Nachttisch und küsst mich.

»Also, bisher fand ich dich kein bisschen langweilig. Ich mag die langweilige alte Schachtel, die da neben mir liegt.«

Ich lache, greife nach seinem Arm und lege ihn mir quer über den Bauch.

»Ich bin ein bisschen komisch mit der Raucherei. Weißt du, als meine Mutter …«

Aber Jack interessiert sich nicht für Geschichten aus meiner Kindheit.

Stattdessen legt er sich auf mich, greift nach meinen Hinterbacken und flüstert mir ins Ohr: »Du hast ja recht. Ich sollte nicht rauchen. Zigaretten machen Dreck.«

»Und sind ekelhaft«, füge ich hinzu und küsse ihn.

»Ich tue wirklich alles, was du willst, vorausgesetzt natürlich, du hast noch ein paar mehr schlüpfrige Worte auf Lager.«

Lachend überlasse ich mich Jack Bakers forderndem Körper.

# 27

*1988*

Ich helfe Nick, seine Krawatte zu binden. Er kämmt mir das Haar am Hinterkopf, da, wo ich allein nicht hinkomme, und sagt, dass es statisch aufgeladen und wie elektrisiert sei. Gegenseitig packen wir unsere Taschen und Spielbeutel. Mum vergisst immer, die richtigen Dinge hineinzutun, und mein Schwimmlehrer war einmal sehr ärgerlich, als ich ohne Schwimmbrille und Badeanzug zum Schwimmunterricht erschien. Ich musste in Hemd und Höschen ins Wasser.

Angezogen und fertig für die Schule gehen wir nach unten. Mum steht in einer Wolke aus Zigarettenqualm an der Spüle. Nick sieht mich empört an. Mum scheint vergessen zu haben, dass wir heute in die Schule müssen.

In unserem Leben klafft ein großes Loch, und das heißt Megan. Das Loch folgt uns ins Bett, in den Schlaf, zur Schule und zurück und ist auch beim Abendbrot noch da. Selbst im Auto gibt es dieses Loch, dort, wo sie früher immer saß.

Mum starrt auf das Foto auf der Fensterbank. Es zeigt Megan auf ihrem blau karierten Stuhl in der Küche. Dad sagt, Mum solle endlich alles entsorgen, was Megan gehörte – ihren Kinderwagen, den Stuhl, die Beinschienen und die kleinen Spezialschuhe; aber noch immer hängt Megans Kleidung im Schrank.

Meistens habe ich keine Ahnung, was ich zu Mum sagen soll. Ich habe Angst, genau die falschen Worte zu wählen, und nehme sie stattdessen lieber fest in die Arme.

Mum trägt ihren blauen Morgenrock, der für sie zu groß

geworden scheint, und läuft in schrecklich schmutzigen beigen Hausschuhen durch das Haus. Sie sagt, wir sollen uns setzen und vor der Schule frühstücken.

Nick und ich betrachten den unaufgeräumten Tisch. Ich greife nach einer Dose Spaghetti mit kleinen Würstchen, die in der Soße herumschwimmen. Sie riecht komisch. Ich öffne den Mülleimer und muss würgen, weil es aus ihm heraus nach verfaultem Kohl stinkt. Ich werfe die Dose hinein und lasse schnell den Deckel zufallen. Auch Nick weicht zurück und verzieht angeekelt den Mund. Ich blicke erst Mum und dann ihn an. Er zuckt mit den Schultern. Unser Haus war früher immer sehr sauber, Mum schrubbte oft wie besessen, aber jetzt kann ich nicht einmal mehr Anna einladen, weil mir die Unordnung peinlich ist.

Wir wissen nicht, was wir tun sollen. Dad ist nicht da. Er arbeitet jetzt in New York. Ich wünschte mir, er käme heim.

Mum beginnt, die Teller vom gestrigen Abendessen fortzuräumen. Sie sagt, wir seien pingelig, aber das liegt doch nur daran, dass das, was sie uns vorsetzt, sogar schlimmer ist als das Schulessen. Ich bemühe mich immer, es trotzdem herunterzuwürgen, und denke dabei an die hungernden Kinder mit den aufgeblähten Bäuchen und spindeldürren Beinen, die manchmal im Fernsehen gezeigt werden. Ich will mich nicht beklagen und ärgere mich auch nicht über Mum. Dad sagt, dass irgendwann alles wieder in Ordnung kommt und Nicholas und ich nur Geduld mit ihr haben müssen.

Nick fragt mürrisch, ob Mum daran gedacht habe, unsere Pausenbrote vorzubereiten.

»Natürlich«, sagt sie abwesend und nimmt ein paar matschige Brötchen aus dem Brotkasten. Ich sage ihr nicht, dass sie schimmelig sind.

»Womit wollt ihr sie belegt haben?«, fragt sie mit erloschenem Blick.

»Käse und Schinken«, sagt Nick.

»Ich bitte auch.«

Mum öffnet den Kühlschrank und bläst den Rauch ihrer Zigarette hinein. Ich mag es nicht, dass sie raucht. Meine Schuluniform riecht danach, so wie das ganze Haus.

»Wir haben keinen Käse mehr. Ach ja, und Schinken auch nicht.« Sie nimmt ein paar Gläser in die Hand und liest die Etiketten. »Du kannst Honig haben, okay?«

»Ich hasse Honig«, widerspricht Nicholas.

»Honig ist in Ordnung«, sage ich und starre meinen Bruder an.

Mum streicht Honig auf die Brötchen, klappt die beiden Hälften zusammen und steckt sie in einen Plastikbeutel.

Früher hat sie uns Brote mit Thunfisch und Gurken gemacht und sie in Viertel geschnitten.

Jetzt legt sie noch einen Apfel und einen Nachtischkeks in jede Frühstücksdose und verschließt sie.

Schließlich schaut sie auf die Uhr und sagt, wenn sie uns mit dem Wagen zum Schulbus fahren würde, hätten wir gerade noch Zeit für das Frühstück. Früher sind wir immer gemeinsam gelaufen und haben Megan mitgenommen. Könnte meine Schwester uns jetzt sehen, wäre sie bestimmt nicht glücklich, weil wir nie mehr singen oder überhaupt auch nur Spaß haben.

Ich schütte ein paar Frühstücksflocken in eine Schale, als Mum mir durch die Haare fährt. Die Berührung macht mich froh.

»Was habt ihr heute für Fächer, Nick?«

»Mathe. Ziemlich langweilig.« Er isst ein paar Löffel Flocken, dann trägt er seine Schale zur Spüle.

»Und du, Gilly? Mrs Curtis sagt, dass du ganz gut bist.«

Ich kann die Anstrengung in Mums Stimme hören. Mit uns zu reden macht ihr mehr Mühe, als in hohen Absätzen einen Berg zu besteigen.

Ich verbringe viel Zeit damit, Tagebuch zu schreiben. Mrs Curtis hat gesagt, dass Schreiben eine gute Methode ist, um mit dem Tod fertig zu werden, und dass ihr Mann, wenn sie vor irgendetwas Angst hat, oft überall im Haus vollgekritzelte Zettel findet.

Manchmal schreibe ich nur, dass ich Angst habe, weil Mum den ganzen Tag im Bett liegt. Ich schreibe, dass ich glaube, dass sie Nick und mich nicht mehr ertragen kann und sie Megan bestimmt viel mehr geliebt hat als uns. Außerdem mache ich mir große Sorgen um Mums Raucherei. Auf dem Zigarettenpäckchen steht, dass Rauchen tödlich sein kann. Ich stelle mir vor, dass Mum eines Tages an Lungenkrebs sterben wird, weil sie die Warnungen auf dem Päckchen nicht gelesen hat. Mum raucht ungefähr vierzig Zigaretten am Tag. Wird sie also bald tot sein, so wie Megan? Und dann? Dad kann sich ganz bestimmt nicht um uns kümmern. Manchmal überlege ich, Mum zu fragen, ob ich für sie putzen und einkaufen gehen soll. Ich mache mir Gedanken, weil nichts zu essen im Haus ist. Aber das kann ich ihr unmöglich sagen. Trotzdem hilft es mir, dass ich meine Sorgen wenigstens aufschreiben kann. Ich sitze in meinem Bett und schreibe, während Nick seine Comics liest. Früher hat uns Dad oft vorgelesen, doch jetzt sagt er, wir seien zu alt dazu. Wenn Dad hier in London arbeitet und nach Hause kommt, ist er immer sehr müde. Er hat große dunkle Ringe unter den Augen. Dann steht er jeden Tag um sechs Uhr auf und ist bis spätabends unterwegs. Wenn er heimkommt, geht er als Erstes zum Schrank und schenkt sich einen Gin ein.

Dass ich schreibe, hilft mir auch nachts. Täte ich es nicht, würde ich zu Bett gehen und wäre so traurig, dass ich nicht einschlafen könnte.

# 28

Es ist Freitagabend. Die Olympioniken waren bei einem frühen Abendtraining. Ich erkläre Gloria, dass ich möglicherweise morgen noch einmal schwimmen gehen werde, und überlege, mir vielleicht sogar ein paar Kraulstunden zu gönnen. Ich finde, es ist höchste Zeit, mich nicht mehr von munteren Rentnern überholen zu lassen.

»Anwesende natürlich ausgenommen«, betone ich, während ich in der Umkleidekabine mein Haar trockne.

»Logisch«, erwidert Gloria und fragt mich, ob ich Lust habe, mit ihr zu Abend zu essen.

Sie hat vor, ihre spezielle Gemüsepfanne zu machen.

Statt ihre Frage zu beantworten, frage ich lediglich, ob sie dazu lieber einen Roten oder einen Weißen trinken möchte.

*

Beim Kräuterhacken erzählt Gloria detailliert von ihrer vergangenen Woche. Ich bin wirklich froh, den Abend bei ihr zu verbringen, denn ich brauche dringend Ablenkung. Den ganzen Tag schon konnte ich nicht klar denken. Ich saß untätig im Laden und träumte von Jack, als wäre ich ein liebeskrankes Hündchen.

Ich lächle vor mich hin, als mir auffällt, wie strategisch günstig unser Date geplant war: An einem Donnerstag auszugehen bedeutet, dass es am nächsten Tag keine Peinlichkeiten geben kann, weil Jack freitags nach Hause fährt. Ich bin erleichtert, weil ich das Wochenende zur Erholung habe und mich darauf freuen kann, ihn nächste Woche wiederzusehen. Das Prinzip des Heimfahrens am Wochenende ist einfach klasse. Am besten sollten alle Beziehungen nur von Montag bis Freitag stattfinden; vielleicht ist die Chance, dass sie länger bestehen, ja dann größer.

Gloria war in der letzten Woche verreist, deswegen weiß sie noch nichts von meinem Date mit Jack – ganz zu schweigen davon, dass ich mit ihm geschlafen habe. O mein Gott, wenn ich ihr davon erzähle!

Als ich heute Morgen aufwachte, war Jack bereits zur Arbeit gegangen, hatte aber auf seiner Seite des Bettes einen Zettel deponiert. Ängstlich griff ich danach. Bestimmt würde ich gleich lesen, dass wir das nicht hätten tun sollen, und anschließen würde sich die Frage, ob wir nicht alles einfach vergessen könnten.

*Hallo Gilly, ich wollte dich nicht wecken, du hast so fest geschlafen. Übrigens sprichst du im Schlaf. Irgendwann nachts hast du davon geredet, wie toll Jack Baker war und dass du nächste Woche gern wieder mit ihm ausgehen würdest. PS: Bei der Gelegenheit hast du auch erwähnt, dein schönstes Kleid und High Heels anziehen zu wollen, aber kein Höschen. PPS: Du bist ganz schön heiß für fünfunddreißig.*

Ich rollte mich zurück auf meine Bettseite, trampelte mit den Füßen auf der Matratze herum und jauchzte laut auf. Himmel, war dieser Mann lasterhaft! Eine große Erleichterung überkam mich, da ich in der vergangenen Nacht doch noch mutig genug gewesen war, ihm mein wahres Alter zu verraten.

»Fünfunddreißig!«, hatte er gesagt. »Ich liebe eine ältere Frau!«

»Noch nicht *ganz* fünfunddreißig«, hatte ich lachend geantwortet. »Und so viel älter als du bin ich auch nicht.«

Unter der Dusche sang ich lauthals *Who Wants to Be a Millionaire* aus dem Film *Die oberen Zehntausend*, doch ein anschließendes Frühstück brachte ich nicht herunter.

Ruskin und ich hüpften förmlich in den Park. Ich glaube, meine Füße berührten kaum den Boden. Unter der Eiche berichtete ich natürlich sofort über mein Date, für gewisse Zuhörer allerdings leicht zensiert.

»Himmel, ich wünschte, ich wäre noch einmal so jung«, seufzte Walter, nahm meine Hand und tanzte mit mir spontan einen Walzer um den Baum. »Ich hätte dich nach Strich und Faden vernascht, Gilly.«

Sam nahm mich beiseite und vertraute mir an, sie habe ein gutes Gefühl, was Jack Baker anbeträfe.

Brigitte interessierte sich hingegen mehr für das Restaurant, in dem wir gegessen hatten, und wollte wissen, ob ich meinen Seebarsch genossen hätte.

Ariel war an diesem Morgen nicht im Park, und ich wusste, er würde sich ein Loch in den Bauch ärgern, weil er den Klatsch versäumte.

Mari inhalierte tief den Rauch ihrer Mentholzigarette und gab sich ungewöhnlich schweigsam.

Bei der ganzen Aufregung hatte ich Guy vermisst. Ich hätte ihm nur allzu gern von meinen Erlebnissen erzählt.

»Könntest du bitte noch ein paar Knoblauchzehen klein hacken?«, bat mich Gloria.

Sie ist eine risikofreudige Köchin, die sich nur selten an Rezepte hält. Genau wie ich liebt sie es zu essen und bereitet jetzt eine meiner Lieblingsnachspeisen vor. Manchmal ist Gloria für mich wie die Mutter, die ich nach Megans Tod verlor.

Abende mit Gloria sind immer die Zeit wert. In ihrem Wohnzimmer steht meist eine Vase mit lila Tulpen, und an allen Wänden hängen Bilder und Zeichnungen von Guinness, ihrer Katze. Jeder Gegenstand hat eine eigene Geschichte; das, womit sich Gloria umgibt, stammt aus aller Herren Länder: marokkanische Teppiche, Leuchter, die sie aus Marrakesch mitgebracht hat, und Leinenkissen von einem französischen Markt. Gloria schläft auf einer einfachen dünnen Matratze auf dem Boden; den Luxus eines weichen Doppelbettes hat sie nie genossen. Ihr meistgeliebter Gegenstand ist ein Glasbild, das ihr früherer Chef ihr geschenkt hat und die heilige Theresa zeigt.

In einem Bilderrahmen hängen Fotos ihrer verstorbenen Eltern. Glorias Mutter starb mit Mitte fünfzig an Krebs, ihr Vater folgte ihr erst vor zwei Jahren mit sechsundachtzig. Sein Tod machte Gloria schwer zu schaffen. Monatelang konnte und wollte sie das Haus nicht verlassen. Manchmal schleppte ich sie mit in den Park, wenn ich mit Ruskin spazieren ging, damit sie wenigstens ab und zu an die frische Luft kam. Ich kochte Suppen und Eintöpfe für sie, und hin und wieder setzte ich mich an Sonntagabenden einfach zu ihr ins Wohnzimmer, damit sie nicht so allein war. Ihr Vater hatte sie jeden Sonntag besucht und im Garten gewerkelt, bevor sie gemeinsam in den Pub gingen. Bisweilen fragte ich mich, ob Gloria je wieder Fuß im Leben fassen würde, aber sie tat es. Die menschliche Seele ist doch etwas Bemerkenswertes!

Aber hinter Glorias fröhlicher Fassade verbirgt sich nicht nur eine Wunde. Im Lauf der Jahre erfuhr ich, dass sie mit fünf Jahren einen Bruder verloren hatte. Er hieß Laurie und starb am plötzlichen Kindstod. Danach konnte Gloria lange nicht mehr essen. Ständig war ihr übel, weil sie sich die Schuld am Tod des Babys gab. Sie erzählte mir, ihre Mutter habe sie mit Porridge füttern müssen. Nach Lauries Tod wurde sie sehr früh erwachsen. Genau wie ich weiß Gloria, wie es ist, in einer ständig traurigen Atmosphäre aufzuwachsen.

Wir setzen uns mit unseren Tellern vor den Fernseher. Gloria zappt durch die Kanäle und bleibt bei einer Wiederholung von *Stargazer* hängen.

»Für mich bedeutet diese Chance einfach alles«, sagt die Teilnehmerin gefühlvoll. »Käme ich nicht weiter, wäre ich am Boden zerstört.«

»Um Himmels willen, die ist doch höchstens vierzehn!«, mault Gloria. »Die hat doch noch gar keine Ahnung, was es bedeutet, am Boden zerstört zu sein. Wenn man einen geliebten Menschen verliert, wenn das Haus abbrennt, das nicht versichert war, oder wenn eine unheilbare Krankheit festgestellt wird – dann kann man am Boden zerstört sein.«

Ich lächle und stelle mir vor, wie Jack und ich letzte Nacht getanzt haben. Ich glaube, wir waren ziemlich betrunken.

»Ich will nicht wieder zurück zur Schule und ein ganz normales Leben führen«, erklärt das junge Mädchen weiter. »Mein ganzes Leben lang wollte ich schon ein Star sein.«

»Ein Star!«, schimpft Gloria. »Und was ist mit der guten alten Arbeit? Ich sage dir, bald schon wird es keine Handwerker mehr geben, keine Installateure oder Elektriker oder Maurer, so wie mein Dad einer war. Und auch keine Frauen, die in der Schulkantine Essen ausgeben – so wie meine Mum. Und alles nur, weil die Kinder heute Jobs wollen, bei denen man nicht wirklich arbeiten muss.«

»Gut, dann schalte halt ab.«

»Nein, so war das doch nicht gemeint! Ich liebe diese Show. Aber ich hoffe, der kleine Hal gewinnt. Und du? Was glaubst du, wer der Sieger wird?«

Gloria dreht sich zu mir um und wartet auf meine Einschätzung, doch ich bin mit meinen Gedanken wieder einmal bei dem vergangenen Abend.

Ich hatte ganz vergessen, wie schön es ist, Arme um sich zu spüren, wie erotisch es sein kann, von einem Mann in den Nacken geküsst zu werden, und wie wundervoll es sich anfühlt, von ihm berührt zu werden. Ich erinnere mich daran, wie er mir das Nachthemd abgestreift und mir die nackten Schultern geküsst …

»Was ist nur los mit dir, Gilly? Schon seit du hier bist, lächelst du vor dich hin wie die Grinsekatze. Noch etwas Wein?«

»Oh, lieber nicht.«

Gloria schaltet den Fernseher auf lautlos. »Du bist doch nicht etwa schwanger?«

»Nein.«

»Aber was ist es dann?«

»Ich habe diese Show gestern Abend schon gesehen. Live. Ich war da. Ich hatte ein Date mit Jack.«

Gloria lächelt, als würde mit dieser Erklärung alles einen Sinn ergeben – vor allen Dingen mein Eifer, gleich am nächsten Tag wieder zum Schwimmen zu gehen.

Während ich von unserem Abend erzähle, hört sie so aufmerksam zu wie ein Kind, dem man eine Gutenacht-Geschichte vorliest.

»Ein einziger Abend mit Jack hat mich ein ganzes Jahr meines Lebens vergessen lassen«, sage ich. »Er ist die Art Mensch, die mir das Gefühl gibt, dass alles möglich ist. Allerdings …«

Ich nehme meinen Kopf zwischen die Hände.

»Wo liegt das Problem?«

»Jede Frau weiß doch, dass sie nicht sofort mit einem Mann schlafen sollte«, sage ich.

»Ach was, es ist lange her, dass ich dich so glücklich gesehen habe, also war es richtig, was du getan hast. Erzähl mal! Wie ist er sonst so – abgesehen davon, dass er ein Traummann zu sein scheint?«

Bei dem Wort »Traummann« muss ich lächeln.

»Er ist charmant, bringt mich zum Lachen …« Und er küsst gut, denke ich. »Viel mehr weiß ich eigentlich auch nicht über ihn. Ihm scheint immer ein wenig unbehaglich zumute zu werden, wenn ich ihm persönliche Fragen stelle.«

Als ich Jack noch einmal nach seiner Unizeit in Bath gefragt habe, hat er mir erklärt, er hätte sein College gemeint, und danach noch einmal wiederholt, er habe die Schule nach dem Mittelschulabschluss verlassen. Und als ich dann erneut wissen wollte, was er am Wochenende vorhätte, hat er rasch das Thema gewechselt.

»Nun«, meint Gloria, »ich finde das nicht weiter schlimm. Es braucht eben seine Zeit, ehe man jemanden richtig kennt.«

»Mit ihm fühle ich mich mit einem Mal wieder jung«, seufze ich glücklich.

»Mach einfach das Beste aus der Begegnung«, rät Gloria mir. »Du brauchst ihn ja nicht gleich zu heiraten. Lerne ihn erst einmal kennen, genieße den Sex, und wenn er nicht der Richtige ist, dann finde eben heraus, ob er nicht nette Freunde hat. Erweitere deinen Horizont – das ist es, was das Leben ausmacht.«

Ich nicke. »Ich würde schon gern den Richtigen treffen, aber wenn ich tatsächlich niemals heiraten sollte, würde ich am liebsten so leben wie du. Ich glaube, dann wäre ich auch glücklich.«

Seitdem Gloria sich vor einem Jahr zur Ruhe gesetzt hat, reist sie viel, besucht Freunde, organisiert gemeinsame Essen, geht ins Theater und in Kunstausstellungen, fährt zu ihrer alten Tante in Kalifornien und macht mit ihrer besten Freundin Ferien in Rom. Im Grunde genommen tut sie nur das, was ihr gefällt, und das scheint ihr großartig zu bekommen.

Sie schüttelt nachdenklich den Kopf. »Ich will nicht unbedingt behaupten, dass ein Mann einen glücklich macht«, sagt sie. »Himmel, wenn du heiratest, tauschst du nur eine Art von Problemen gegen eine andere aus. Aber eins darfst du mir glauben, Gilly: Wäre ich noch einmal jung, würde ich einige Dinge anders angehen.« Sie denkt einige Zeit nach. »Hab deinen Spaß mit Jack. Und warte ab, was passiert.«

Als mein Handy plötzlich klingelt, erscheint Susies Name auf dem Display. Ich entschuldige mich bei Gloria, sage, dass es sicher nicht lange dauern wird, und gehe ran.

Susie erzählt mir, die Kinder seien nun endlich im Bett, sie säße mit einem Glas Wein in der Küche und wolle natürlich jetzt wissen, wie es nach ihrem hastigen Abgang gestern Abend weitergegangen ist.

»Tu bloß nichts Voreiliges«, warnt sie mich.

»Dein Rat kommt leider zu spät.«

»Mein Gott, Gilly!«

»Du fandest ihn doch nett, oder etwa nicht?«

Sie hatten sich nach der Show nur kurz begrüßt.

»Ja.« Ich spüre ein unterdrücktes Aber. »Er hat einen tollen Eindruck gemacht, aber sei vorsichtig«, sagt sie.

So ähnlich hatte sich auch Anna ausgedrückt. »Lass dir Zeit und lerne ihn erst einmal besser kennen«, hatte sie gesagt.

Seit Ed mich verlassen hat, behandeln meine Freunde mich

wie ein zerbrechliches Glas. Sie haben Angst, ich könnte noch einmal kaputtgehen.

Nachdem ich das Gespräch beendet habe, kehre ich ins Wohnzimmer zu Gloria zurück.

»Ich hoffe wirklich, ich mache mir nicht zu viele Illusionen«, sage ich. »Ich bin vierunddreißig und kann es mir nicht mehr leisten, allzu viel Zeit mit den falschen Männern zu vergeuden. Ich muss die richtigen Entscheidungen treffen.«

Gloria beobachtet mich. Um ihren Mund herum zuckt es verdächtig. »Aber du bist dir deiner Sache nie sicher, Kleines. Wenn du nicht gerade hin und her überlegst, musst du schon schlafen. Irgendetwas stört dich. Aber was?«

Ich denke an Guy und erzähle Gloria von unserer engen Freundschaft. Obwohl ich in meinen Untermieter verknallt bin, habe ich das merkwürdige Gefühl, dass ich eigentlich mit Guy zusammen sein will.

»Ich kann meine Gefühle beim besten Willen nicht erklären«, sage ich.

»Aber die Geschichte kann nur eine Sackgasse sein.« Sie schüttelt weise den Kopf. »Lass es auf sich beruhen und behalte Guy lieber als deinen Freund. Glaub mir, es ist nicht gut, zu versuchen, unerreichbare Männer zu erobern.«

Sie hat recht. Ich sollte es wirklich auf sich beruhen lassen.

Gloria mustert mich nachdenklich. »Du solltest mal wieder zum Friseur«, schlägt sie vor.

Mein Stil hat sich seit Jahren nicht verändert: Ich trage mein Haar lang. Etwas gehemmt fahre ich mit der Hand hindurch.

»Gönn dir eine Typveränderung«, fährt Gloria fort. »Bring ein bisschen Pep in dein Leben.«

»Ach, Gloria!« Ich verdrehe die Augen.

»Und hör endlich auf mit diesem ›Ach, Gloria‹. Du bist eine schöne Frau, Gilly, also lass das Leben nicht an dir vorüberrauschen. Ich habe dich wirklich gern hier bei mir, aber eigentlich solltest du mit irgendwelchen Jack Bakers da draußen sein und

Spaß haben. Es ist an der Zeit, das Vergangene zu vergessen und wieder glücklich zu sein.«

Ich beichte Gloria, dass meine Freunde mich alle zur Vorsicht mahnen.

»Vielleicht wirst du noch einmal verletzt, ja, das ist möglich, aber ist selbst das nicht allemal besser, als gar nichts zu fühlen?«

Ich denke über ihre Worte nach. »Was ist das Gewagteste, das du je in deinem Leben getan hast, Gloria?«

Sie grübelt. »Mit sieben war ich im Portobello Market einkaufen, als mich plötzlich das wilde Bedürfnis überkam, irgendetwas zu stehlen. Also klaute ich eine Kartoffel und eine Möhre, versteckte sie unter meinem Pulli und rannte nach Hause. Das Komische daran war, dass ich mich hinterher derart schuldig fühlte, dass ich das Gemüse schließlich über den Gartenzaun der Nachbarn warf.« Sie lächelt. »In dieser Woche ging ich zur Beichte. Ich war überzeugt, ich müsste für den Diebstahl in der Hölle schmoren.«

»Als ich sieben war«, erzähle ich, »war ich sicher, man würde mich ins Gefängnis stecken, weil ich einmal ohne Bahnsteigkarte den Bahnsteig betreten hatte. Aber wie war es bei dir als Erwachsene? Was ist das größte Risiko, das du je auf dich genommen hast?«

»Ich habe viel getan, das ich nicht hätte tun sollen«, gibt sie zu. »Zum Beispiel habe ich mich in einen verheirateten Mann verliebt und gedacht, die Sache würde mir nicht wehtun.«

»Oh, Gloria!« Ich seufze. »Und hast du dir nicht gewünscht, einen neuen Mann kennenzulernen? Eigentlich bist du doch etwas viel zu Besonderes, um allein zu bleiben«, füge ich hinzu.

»Aber ich bin nicht allein. Und ich habe es so gewollt.« Sie streichelt Guinness, der sich auf ihrem Schoß zusammengerollt hat. »Weißt du was? Manchmal glaube ich, ich bin die einzige Frau auf der Welt, die sagt, dass sie nicht heiraten wollte, und das wirklich ernst meint.«

# 29

Gönn dir eine Typveränderung, hatte Gloria gestern Abend gesagt. Bring ein bisschen Pep in dein Leben.

Also beschließe ich, auf Shoppingtour zu gehen.

Ich rufe Susie an und frage, ob sie vielleicht Zeit hätte, mich zu begleiten. Könnte Mark sich nicht zur Abwechslung um Rose und Olly kümmern?

Mist, Susie fällt aus – sie muss Rose zu einem Kindergeburtstag fahren.

Von Anna weiß ich, dass sie das Wochenende mit Paul verbringt.

Ich versuche es bei Ariel, doch niemand geht ran.

Eine einzige Möglichkeit bleibt mir noch.

»Nancy Cooper-Brown«, meldet sie sich.

»Nancy, ich bin es, Gilly.«

»Matilda, Liebling, sei brav. Das sind Mamis Bioflocken. Stell sie BITTE WIEDER HIN!«

Tiefes Durchatmen. Während Nancy mit Tilda schimpft, weil sie anscheinend Haferflocken verschüttet hat, checke ich meine E-Mails.

»Entschuldige, Gilly«, sagt Nancy schließlich. »Das kam etwas unerwartet. Was kann ich für dich tun?«

»Na ja, wahrscheinlich hast du schon Pläne für dieses Wochenende ...«

»Nein, keine Pläne. Nicholas ist in seinem Zimmer und arbeitet. Wieso?«

»Ich möchte dich um etwas bitten«, taste ich mich vorsichtig ran. »Ich brauche deinen Rat.«

»Meinen Rat?«, wiederholt Nancy ungläubig.

Ich kann ihre Überraschung geradezu spüren.

»Wie du schon sehr richtig festgestellt hast, werde ich bald fünfunddreißig. Wenn ich aber bald noch jemanden kennenlernen will, ist es vielleicht Zeit für ein paar Veränderungen, einen neuen Typ und …« Ich muss einfach mutig sein und riskieren, Nancy in einen Winkel meines Lebens hineinzulassen. Also gut. »Ich brauche deine Hilfe, Nancy. Ich gehe nächste Woche mit einem tollen Mann aus und möchte gern sensationell gut aussehen.«

»Tilda!«, ruft sie entzückt. »Tante Gilly hat ein Date. Ein Date!«

Ich muss grinsen und halte den Hörer etwas von meinem Ohr entfernt.

»Ich helfe dir liebend gern. Ich habe immer schon zu Nicholas gesagt, dass du so viel mehr aus dir machen könntest. Lass uns zu Fenwicks gehen!«

»Nun, ich dachte …«

»Und weißt du, was du als Erstes tun solltest? Dir die Haare schneiden lassen! Ich könnte auch Lydia anrufen und sie fragen, ob sie dich für eine Gesichtsbehandlung irgendwie zwischen ihre Termine quetschen kann. Neue Frisur, neue Klamotten, eine neue Frau! Ich stibitze Nicholas' Kreditkarte, und wir gehen shoppen. Er wird es gar nicht bemerken.«

»Wahrscheinlich doch, wenn du nicht leiser sprichst.«

»Wann wollen wir los?«

»Wie wäre es mit jetzt gleich?«

»Nicholas!«, ruft Nancy völlig aufgedreht. »Planänderung! Du musst dich um die Kinder kümmern. Oh, das ist ja so aufregend! Wer ist denn der Glückliche?«

*

»In L.A. ist niemand alt oder hässlich. Damit könnte man dort einfach nicht punkten«, erklärt Nancy im Taxi zur Bond Street. Sie schaut aus dem Fenster. »Guck dir zum Beispiel diesen jungen Mann da drüben an: Wieso glaubt er, dass Jeans, die uns seinen halben Hintern präsentieren, gut aussehen? Die Welt soll uns anschauen, natürlich, aber dafür schulden wir ihr, dass sich der Blick auch lohnt.«

Nancy fühlt sich in Los Angeles heimischer als in London. Sie und Nick haben dort kurz nach ihrer Hochzeit für zwei Jahre gelebt, weil mein Bruder einen sehr guten Job in der Filmindustrie bekommen hatte. Nancy wollte nicht mehr nach England zurückkehren, denn im Vergleich zu L.A. erschien ihr Richmond langweilig und provinziell.

Während mich Nancy über den Tagesplan aufklärt, schalte ich ab und erinnere mich an die Zeit, als ich meine Schwägerin kennenlernte.

Ich weiß noch genau, wie sie zu Dad und mir sagte, im Grunde ihres Herzens sei sie nur ein einfaches Mädchen, das sich nicht von Konsum und modischem Firlefanz blenden ließe.

Die Wochen vor der Hochzeit belehrten uns dann eines Besseren. Nancy, die sich nicht besonders gut mit ihrer Mutter verstand, wollte nicht zu Hause heiraten, sondern in Griechenland. Mein Vater bot ihr an, die Hochzeit zu finanzieren, weil er die beiden – vor allem natürlich Nicholas – unterstützen wollte, machte sich aber zunehmend Sorgen, weil die Kosten nach und nach ins schier Unendliche stiegen.

Nancy hatte mehrere Partys geplant, unter anderem auch eine Hochzeitsprobe mit besten Weinen und einem Fünf-Gänge-Menü.

Bei der eigentlichen Hochzeit wurden die Brautleute mit einem Oldtimer abgeholt und zur Kirche gebracht, der Aufbruch in die Flitterwochen erfolgte mit einem Rennboot, in dem das frischgebackene Ehepaar über das Meer entführt wurde.

Als ich Nick gegenüber andeutete, dass so viel Protzerei vielleicht ein bisschen unangemessen sei, wollte er nicht auf mich hören. Er war eben verliebt.

Nach der Hochzeit veränderte Nancy auch an ihm, was nur machbar war. Beispielsweise hatte Nick eine kleine Lücke zwischen den Vorderzähnen, die ihm eine gewisse Charakteristik verlieh, doch Nancy schleppte ihn zu einem angesagten Zahnarzt, der seine Zähne richtete. Auch der kleine Leberfleck auf seiner linken Wange, der ihn unverwechselbar gemacht hatte, war unter Nancys Schirmherrschaft verschwunden. Er wurde von einem Star-Dermatologen mit dem passenden Namen Dr. Cream – Nancy konnte über den Wortwitz nicht einmal grinsen – entfernt.

Und dann war da noch dieser Moment gewesen, in dem ich mir ernsthafte Sorgen um meinen Zwillingsbruder gemacht hatte. Am Morgen ihrer Hochzeit hatte Nancy am Strand ihren Verlobungsring verloren. Man hätte tatsächlich meinen können, ein Kind sei gestorben. Suchtrupps wurden ausgeschickt und Metalldetektoren gemietet.

Nancy war überzeugt, der Verlust sei ein schlechtes Omen für ihre Ehe, und dementsprechend in Tränen aufgelöst.

Angesichts ihrer Verzweiflung sagte ich tröstend: »Keine Sorge, Nancy. Es ist nur ein Ring. Das Wichtigste ist doch, dass du Nicholas nicht verloren hast.«

Wenn Blicke töten könnten, wäre ich auf der Stelle leblos umgefallen. In diesem Augenblick befürchtete ich zum ersten Mal, dass sich die Ehe nicht so märchenhaft entwickeln würde, wie ich gehofft hatte.

Inzwischen sind acht Jahre vergangen, und Nicholas und Nancy sind immer noch zusammen. Allerdings glaube ich, dass hinter verschlossenen Türen nicht mehr viel Zuneigung übrig ist. Ich werfe Nancy einen Blick zu und versuche, mich zu erinnern, wann ich sie und Nicholas das letzte Mal Händchen haltend oder gemeinsam lachend erlebt habe.

*

Bei Fenwicks habe ich den Eindruck, hinter einem Oberfeldwebel herzumarschieren.

»Mir nach, Gilly!«, ruft Nancy mir über die Schulter zu.

»*Aye, aye, Sir*«, sage ich und versuche, mit ihr Schritt zu halten.

Nancy läuft zwischen den Regalen hin und her und scheint genau zu wissen, was sie will. Nach dem Preis schaut sie dabei nicht. Man könnte denken, dass sie nicht nur ein Kleid für mein Date aussuchen soll, sondern gerade dabei ist, meine komplette Garderobe umzustrukturieren.

»Vergiss es«, sagt sie, als ich mich für ein Paar flache Schuhe interessiere. »Männer lieben High Heels. Am besten so hoch wie das Empire State Building.«

»Warum trägst du eigentlich ständig Hosen?«, meckert sie, als ich in der Umkleidekabine eine eng geschnittene Jeans vor ihr verbergen will.

Auch Matilda hat mir bereits erklärt, ich könne niemals eine Prinzessin werden, weil ich so selten Kleider trage.

»Wie kommst du darauf, dass Schwarz dir steht?«, fragt Nancy und nimmt mir die dunklen Tops, die ich ergattert habe, wieder weg. »Du willst doch sicher nicht, dass dein Traummann dich für eine Krähe hält. Du solltest einmal eine Farbberatung machen. Ich glaube, du bist ein Wintertyp«, behauptet sie und reicht mir eine Auswahl an dunkelblauen, smaragdgrünen, silberfarbenen und tief violettfarbenen Kleidern.

»Du hast hübsche Beine. Also zeig sie!«, sagt sie, als sie mir einen pinkfarbenen Mini durch den Vorhang der Umkleidekabine reicht.

»Und der da gehört so schnell wie möglich auf den Müll«, schimpft sie und deutet auf meinen bequemen Baumwollslip.

Ehe ich mich versehe, nimmt eine Wäscheverkäuferin meine Maße und erklärt mir, mein BH habe nicht die richtige Größe. Während ich Push-up-BHs und Spitzentangas anprobiere, beginnt Nancy, sich über meine blasse Haut auszulassen.

»Du hast wirklich eine tolle Figur. Ich wünschte, ich wäre so groß wie du. Aber mal ganz ehrlich, Gilly: Eine Leiche hat mehr Farbe als du.« Sie lacht, bevor sie mir erklärt, ich könne mit Selbstbräuner ganz leicht erste Abhilfe schaffen.

»Wo geht dieser Jack denn mit dir hin?«, fragt sie vor dem Vorhang stehend, als ich das gefühlt tausendste Kleid anprobiere.

»Er will mich überraschen«, antworte ich. »Wahrscheinlich in irgendeinen Club. Er hat was von Tanzengehen gesagt.«

»Hm. Ich würde ihn gern einmal kennenlernen«, sagt sie nachdenklich. »Du musst ihn unbedingt zu deinem Geburtstag einladen.«

Wie schon von Nick angekündigt, organisiert Nancy zu meinem Geburtstag tatsächlich ein Essen mit Freunden.

»Vielleicht. Ich möchte erst einmal sehen, wie es zwischen uns läuft. Aber das ist jetzt unwiderruflich das letzte«, sage ich und trete in einem schimmernden smaragdgrünen Kleid, das mir gerade mal bis zu den Knien reicht, vor die Kabine.

Die Verkäuferin erklärt, die Farbe passe ausgezeichnet zu meinem dunklen Haar.

Nancy schweigt.

»Es gefällt dir nicht, richtig?«

»Mein Gott, Gilly, in diesem Kleid könntest du zur Oscar-Verleihung gehen!«

»Wirklich?«

Ich begutachte mich im Spiegel. Meine Wangen sind bei Nancys Kompliment feuerrot geworden.

»Ist es nicht ein bisschen zu übertrieben?«, frage ich und spiele an einem der Bänder herum.

»Es ist einfach perfekt«, erklärt sie. »Dieses Kleid wird Jack Baker umhauen.«

*

Nancy und ich sitzen unter großen Wärmehauben, blättern in Zeitschriften und warten darauf, dass unsere Lowlights einwirken.

Wie lange dauert das bloß noch?, denke ich, als ich mein Spiegelbild mit den lächerlichen Würmern aus Silberfolie im Haar betrachte.

Ich mache mir Sorgen um Ruskin. Er ist schon viel zu lang allein und muss sicher dringend Gassi gehen.

»Es ist doch nur ein Hund«, sagt Nancy, die anscheinend meine Gedanken gelesen hat. »Tiere haben keine Zeitvorstellung. Erzähl mir lieber noch ein bisschen von deinem Untermieter.«

»Wie schon gesagt: Er arbeitet beim Fernsehen, wohnt in Bath und …«

»Ja, ja, aber wie ist er so?«

»Lustig, großzügig und …« Ich halte inne, weil ich nicht genau weiß, was ich gegenüber Nancy überhaupt preisgeben will. »Ich glaube, ich mag ihn«, fahre ich fort, »allerdings weiß ich nicht, ob er dasselbe für mich empfindet.«

Nancy nickt verständnisvoll. »Ich freue mich darauf, ihn kennenzulernen. In dem Kleid wirst du ihn glatt umhauen. Und ihn zu deinem Geburtstag einzuladen ist die beste Art, ihn zu testen.«

»Ihn zu testen?«

»Klar. Du kannst ihm ja erzählen, du hättest ein Monster als Schwägerin.« Sie dreht sich zu mir und schneidet eine furchterregende Fratze. Die Silberfolie in ihrem Haar glitzert. Zum ersten Mal an diesem Tag finde ich sie irgendwie nett. »Wenn er trotzdem die Einladung annimmt, dann meint er es wohl ernst, Gilly. Männer, die keine Absichten haben, ertragen weder Familienfeiern noch Fotoalben.«

Das macht Sinn. Zwar will ich nicht gleich mit der Tür ins Haus fallen, aber fragen könnte ich ihn ja mal.

Als ich an Jack denke, kommt mir die Idee, dass ich ihn kurz anrufen und mich für die laszive Nachricht bedanken könnte, die er auf dem Bett deponiert hat.

Nancy beobachtet mich, als ich mein Handy zücke.

Da sich bei Jack nur die Mailbox meldet, beschließe ich, es später noch einmal zu probieren.

»Mach dir nichts draus«, sagt Nancy, als ich das Handy wieder wegstecke. »Morgen ist Sonntag. Ich melde uns zur Massage, Sonnendusche und zu einer Kosmetikbehandlung an.«

»Aber du hast schon mehr als genug für mich getan, Nancy«, sage ich und deute auf die Einkaufstüten zu unseren Füßen.

»Quatsch! Ich werde versuchen, bei Lydia einen Termin für dich zu bekommen. Sie vollbringt wahre Wunder.«

Ich weiß nicht recht, ob ich beleidigt sein soll, weil ich anscheinend ein Wunder erfordere, oder gerührt, weil Nancy möchte, dass ich für Jack hübsch bin.

»Um die Kosten brauchst du dir keine Sorgen zu machen. Es geht alles auf Nicholas.«

Es ärgert mich, dass sie so leichtfertig mit dem Geld meines Bruders um sich wirft.

»Kommt nicht infrage«, lehne ich ab.

»Wie du willst.«

Eine der Friseurinnen kommt zu uns, inspiziert unsere Strähnchen und meint, sie bräuchten noch ungefähr fünf Minuten.

»Nancy, darf ich dich etwas fragen?«

»Was denn?«

»Wäre es nicht schrecklich, wenn …« Ich breche ab, weil ich nicht weiß, wie ich es formulieren soll. Was ich sagen will, ist, dass sie Nick nicht als Selbstverständlichkeit betrachten soll. »Was würdest du tun, wenn Nick seinen Job verlöre?«

Sie schaut mich entsetzt an.

»In einer Rezession passiert so etwas nur allzu leicht. Ich weiß, dass er sich deshalb Sorgen macht und deswegen auch so viel arbeitet«, füge ich hinzu.

»Nun, dann müsste er sich eben so schnell wie möglich eine andere Arbeit suchen. Wir wollen die Mädchen schließlich auf gute Schulen schicken. Er kann sich Arbeitslosigkeit nicht leisten.«

»Und wenn er krank würde?«

»Wieso? Hat er dir etwas in der Art gesagt? Fühlt er sich nicht wohl?« In ihrer Stimme liegt ein Anflug von Panik.

»Nein, natürlich nicht. Entschuldige. Es ist nur …«

»Was denn, Gilly?«

»Bist du glücklich mit Nicholas, Nancy?«

Eigentlich will ich wissen, ob sie Nicholas noch liebt, aber das traue ich mich nun doch nicht zu fragen.

Sie presst die Lippen zusammen. »Weißt du, Gilly, meine Eltern waren arm. Dad hat sich zu Tode getrunken.« Sie schaut mich an. »Ich habe es dir noch nie erzählt, aber manchmal hatten wir nicht genug zu essen, weil mein Dad Mums gesamte Arbeitslosenunterstützung für Alkohol ausgab. Ich musste Secondhand-Klamotten tragen. Als ich von zu Hause fortging, nahm ich Unterricht in Rhetorik, weil ich lernen wollte, wie man sich richtig ausdrückt. Ich war wild entschlossen, ein besseres Leben zu führen«, sagt sie. »Es hat mich viel Arbeit gekostet, einen Mann wie Nicholas zu bekommen.«

Nancys Geständnis verursacht ein unbehagliches Gefühl in meiner Magengrube. Offenbar hat ihre Ehe mit Nick weniger mit Liebe als vielmehr mit einer festgesetzten Zielvorstellung zu tun.

Die Friseurin kommt zurück und prüft die Farbe, die in Nancys Haar einwirkt.

»Erzähl das bloß nicht deinem Vater«, flüstert meine Schwägerin mir drohend zu. »Ich will nicht, dass er davon erfährt.«

»Liebst du denn Nicholas überhaupt noch?«, platze ich dann doch heraus.

Ich kann kaum fassen, dass ich das L-Wort ausgesprochen habe. Ich wollte ihr die Frage schon lange stellen, hatte aber nie den Mut dazu.

»Ich bin eine gute Ehefrau und ausgezeichnete Mutter.« Offenbar habe ich unbewusst die Stirn gerunzelt, denn Nancy sagt: »Gilly, so etwas darfst du mich nicht fragen!«

Sie wird zu dem Becken geführt, über dem die Haarfarbe ausgespült wird.

»Ich bin froh, dass alles so ist, wie es ist«, stellt sie mit einer gewissen Endgültigkeit fest. »Und Nicholas geht es ebenso.«

Die Friseurin fragt, ob sie eine Spülung auftragen soll.

*

Auf dem Heimweg versuche ich erneut, Jack zu erreichen. Es klingelt.

»Dies ist der Anschluss von Jack Baker. Bitte hinterlassen Sie eine Nachricht nach dem Signalton.«

Ich lege auf und frage mich, was er den ganzen Tag tut.

*

»Ziehen Sie Ihre Kleider aus und das hier an«, sagt Lydia und reicht mir einen Einmalstring aus Plastik und eine Badekappe.

Ich trage gerade nur Unterwäsche, als sich die Tür öffnet.

Hastig schlinge ich ein Badetuch um die Hüften, aber es ist nur Nancy.

Ich bemühe mich, nicht zu lachen, aber vergeblich. Meine Schwägerin ist bereits eingesprüht und sieht aus, als käme sie geradewegs aus einem Schlammbad. Sie setzt sich auf eine Ecke der Liege und fächelt sich Luft zu.

»Ich kann mich noch nicht anziehen. Es muss noch fünf Minuten einwirken. Und hör endlich auf zu lachen, Gilly.«

Es klopft an die Tür.

»Sind Sie fertig?«, ruft Lydia.

»Sofort!«

Ich greife nach dem Plastikhöschen.

»Himmel, Gilly, du brauchst dich doch vor mir nicht zu schämen«, entrüstet sich Nancy, als sie sieht, wie ich mich abmühe, meinen eigenen Slip unter dem Handtuch abzustreifen.

Ich setze die Badekappe auf.

»Was meinst du, sollte ich vielleicht so zum nächsten Date gehen?«, frage ich.

Ich werfe mich in eine sexy Pose, und zum ersten Mal in all den Jahren lachen wir gemeinsam.

Bis auf mein Plastikhöschen bin ich vollkommen nackt und stehe in einer winzigen Zelle. Lydia betätigt eine Maschine, und über meinen Körper beginnt etwas zu pusten, das sich wie der Luftstrom einer Klimaanlage anfühlt. Ich hebe erst einen Arm, dann den anderen, drehe und wende mich in alle Richtungen und fühle mich mehr und mehr wie in einem Gefängnis.

Ich schließe die Augen und denke an Jack. Ich freue mich darauf, ihn morgen Abend wiederzusehen. Dann wandern meine Gedanken zu Guy. Wie mag es wohl mit seiner Arbeit vorangehen? Ob er mich ebenso vermisst wie ich ihn? Immer wieder schleicht er sich in meine Gedanken ein.

»Ich möchte nicht allzu dunkel werden«, sage ich mit leiser Panik in der Stimme, als Lydia mich fragt, ob ich ein oder zwei Bräunungsschichten wünsche.

»Glauben Sie mir, Sie werden nur hübsch gesund aussehen. Man wird denken, Sie hätten Ferien in Saint Tropez gemacht.«

Mag schon sein, denke ich, aber was soll ich sagen? Es ist Mitte Oktober, und ich war in diesem Jahr bisher nirgendwo anders als im Ravenscourt Park.

*

Gegen Abend machen Nancy und ich uns frisch gezupft, manikürt, gepeelt und gebräunt auf den Weg nach Richmond. Ich möchte Tilda und Hannah noch einen Besuch abstatten.

»Tataaa!«, mache ich, als ich mich zu Nicholas geselle, der die Kinder gerade badet.

Mein Bruder lächelt. »Wow, sieht Tante Gilly nicht toll aus?«

»Du siehst aber komisch aus«, lacht Matilda, und Hannah schweigt.

»Ich war in Saint Tropez«, behaupte ich und setze mich auf den Rand der Badewanne.

Ich habe ein furchtbar schlechtes Gewissen, weil Nick sich das gesamte Wochenende um die Kinder kümmern musste, doch es stellt sich heraus, dass sich mein Gewissen ganz umsonst geregt hat. Er sagt, er habe einen herrlichen Tag verbracht.

»Sind die beiden nicht kleine Engel?«, fragt er und lässt geräuschvoll ein Spielzeugkrokodil zu Wasser.

»Es will mich fressen!«, schreit Tilda, zappelt und planscht wild herum.

»Es kann dich nicht fressen«, antwortet Hannah lapidar. »Es ist aus Plastik.«

»Daddy hat uns ein Krokodil gekauft, Tante Gilly«, erzählt Tilda.

Ich stecke meine Hände ins Wasser, greife nach dem Krokodil und tue so, als wolle ich mit ihm die Kinder jagen.

»Happs!«, rufe ich, ehe ich erschrocken nach Luft schnappe. »Oh, Scheiße!«

Hannah grinst bei meinem Fluch über das ganze Gesicht.

»Also … ich meine, ich soll meine Hände eigentlich nicht nass machen, sonst werden sie nicht richtig braun.«

»Oh, scheiße!«, wiederholt Tilda entzückt.

»Das sagt man nicht, Matilda«, sagt mein Bruder mit fester Stimme. »Erzählt Tante Gilly lieber, was ihr heute sonst noch gemacht habt.«

»Wir waren auf dem Spielplatz«, berichtet Tilda.

»Dem am Princess Diana Memorial«, ergänzt Nick.

»Warum ist Mum eigentlich nicht mitgegangen?«, fragt Hannah ihren Dad, und an Nicks müdem Gesichtsausdruck kann ich ablesen, dass sie die Frage offenbar nicht das erste Mal stellt.

»Wann heiratest du, Tante Gilly?«, fragt Tilda.

»Sie heiratet gar nicht mehr«, antwortet Hannah. »Ihre Zeit ist vorbei.«

Ich sehe Nick an. Der Spruch stammt eindeutig von Nancy.

»Meine Zeit ist noch lange nicht vorbei, aber eure. Und wenn ihr jetzt nicht gleich aus dem Badewasser kommt, werdet ihr so schrumpelig wie Trockenpflaumen.«

Sie steigen aus der Wanne. Matilda ist aufgekratzt, aber ich wickle sie in ein weiches Badetuch. Hannah ist hingegen jetzt in dem Alter, in dem sie alles allein machen will.

»Ist mit Hannah alles in Ordnung, Nick?«, frage ich meinen Bruder, als wir schließlich allein in seinem Arbeitszimmer sitzen. »Sie kommt mir so ruhig vor.«

Er stützt den Kopf in die Hände.

»Ich fürchte, sie hat uns heute Morgen wieder streiten gehört. Neuerdings will sie auf ein Internat, aber ich glaube, dazu ist sie noch zu jung.«

»Vielleicht solltest du einfach mal mit ihr reden. Möglicherweise fühlt sie sich unsicher oder …«

»Ich habe es ja schon versucht, aber …«

»Du könntest einen Nachmittag mit ihr allein verbringen. Nur ihr zwei. Manchmal ist es einfacher, außerhalb der eigenen vier Wände miteinander zu sprechen.«

»Na ja …« Er seufzt und wendet mir sein Gesicht zu. »Mir gefällt die neue Frisur. Kürzere Haare stehen dir.«

Der Themenwechsel von seiner brüchigen Ehe hin zu meinen Haaren ist mir peinlich; es kommt mir vor, als würde ich in einer Art heilen Kinderwelt leben, weit weg von den Problemen der Erwachsenen.

»Danke. Und auch noch einmal danke für das Wochenende. Nancy war wirklich toll!«

»Es freut mich, dass sie dir helfen konnte.«

Einen Augenblick lang verspüre ich einen geradezu überwältigenden Drang, ihn in den Arm zu nehmen und zu drücken.

»Aber es war auch wunderschön, die Mädchen einmal ganz für mich zu haben«, sagt er. Flüsternd fügt er hinzu: »Und niemand war da, der dauernd an mir herumnörgelt. Eigentlich sollte ich eher dir danken.«

»Oh Nick«, sage ich und tätschle ihm freundschaftlich den Arm.

# 30

»Jetzt erzähl schon – wohin hat er dich und dein Smaragdkleid ausgeführt?«, fragt Sam, als wir unter der Eiche stehen.

»Wow, du siehst ja unglaublich aus!«, hatte Jack gesagt, als der Kellner mir den Mantel abnahm.

Ich erzähle meinen Hundefreunden vom *Gordon Ramsay*, in das er mich eingeladen hat.

»Muss man da nicht mindestens zwei Monate im Voraus reservieren?«, will Brigitte wissen.

»Anscheinend nicht, wenn du Jack Baker heißt«, verkünde ich stolz. Ich habe die Vermutung, dass er lediglich das Zauberwort *Stargazer* aussprechen muss, um überall wie ein König behandelt zu werden.

Anschließend sind wir zum Tanzen in einen Nachtclub gegangen. Jack hielt mich in seinen Armen, seine Hand streichelte über die Seide meines Kleides meinen Rücken hinauf und hinunter …

»Und dann?«, fragt Ariel. »Was war dann?«

»Das war alles.« Ich lächle ihn flehend an. Er soll bitte nicht weiterfragen, immerhin steht Walter neben mir.

»Das war es sicher nicht.« Ariel schüttelt den Kopf.

Danach haben wir uns geliebt. Dieses Mal in meinem Schlafzimmer und ohne die Nachttischlampe auszuschalten.

»Ist ihm dein neuer Haarschnitt aufgefallen?«, erkundigt sich Sam. »Und deine Sonnenbräune?«

»Wann kommt eigentlich Guy wieder zurück?«, unterbricht Mari urplötzlich unsere Unterhaltung. »Ich weiß zwar nicht, warum, aber ich vermisse unseren Mützenmann.«

*

Es ist Freitagmorgen, und ich bin im Fitnessstudio. Ich habe mich in einen neuen Kurs eingeschrieben, der schnelle Fettverbrennung verspricht. Die Workouts mit Ed haben immer Spaß gemacht, und es ist wirklich an der Zeit, dass ich wieder fit werde. Außerdem habe ich keine Angst mehr, ihm im Studio zufällig über den Weg zu laufen. Würde das passieren, könnte ich ihm in aller Deutlichkeit zeigen, dass ich über ihn hinweg bin, am besten, wenn ich ihn auf dem Laufband schwitzen sehe.

Diese Veränderung in mir verdanke ich Jack. Er hat mein Leben wie ein Tornado durcheinandergewirbelt, den Sonnabend und den Sonntag brauche ich von nun an, um mich von der Woche mit ihm zu erholen.

In den letzten vierzehn Tagen war mein Terminkalender vollgepackt mit privaten Filmvorführungen und Besuchen von Nachtclubs und Restaurants. Zum ersten Mal seit vielen Monaten musste ich sogar das regelmäßige Abendessen mit meinem Vater absagen. Als ich ihm den Grund dafür erklärte, war er richtiggehend entzückt darüber, dass ich mit einem jüngeren Mann ausgehe.

Gestern Abend stürmte Jack mit wehenden Fahnen zur Haustür herein, zerrte mich vom Sofa und steckte mich in ein Taxi nach Soho, wo wir einige seiner Freunde vom Fernsehen in einer angesagten Weinbar trafen, um anschließend in einem anderen Taxi in den Nachtclub *Annabel's* zu fahren. Ich lerne gern neue Leute kennen, und Jacks Freunde sind locker und lustig.

Als Edward und ich uns trennten, habe ich mit ihm einen guten Teil meines sozialen Umfeldes verloren; es war schwierig, etwas mit seinen Freunden zu unternehmen. Nicht dass sie Partei ergriffen hätten, aber nach Trennungen ist es normal, dass Freunde eher Kontakt mit der Person halten, die sie zuerst gekannt haben.

Im *Annabel's* gefällt es mir eigentlich immer. Die Kissen sind weich, das sanfte Licht ist dezent. Und gestern Abend waren auch noch die Leute, mit denen ich dort war, toll. Außerdem liebe ich das Gefühl von Glamour, das der Club ausstrahlt.

Mit einem Champagnercocktail in der Hand erinnerte ich mich an Glorias Ratschlag, mein Leben zu genießen. Wenn ich mit Jack zusammen bin, fühle ich mich einfach nur glücklich.

Als wir wieder zu Hause waren, wollte ich mich bei ihm bedanken.

»Bei dir kann ich meine Probleme vergessen«, sagte ich.

»Welche Probleme?« Er lächelte und fügte hinzu: »Das Gleiche gilt übrigens für dich. Dafür danke *ich* dir.«

»Nein, *ich* danke *dir*!«, widersprach ich, schälte mich aus meinem Top und warf es mir verführerisch über die Schulter.

»Nein, *ich dir*«, lachte er und jagte mich die Treppe hinauf.

*

Nach dem Sport und einem raschen Spaziergang im Park gehe ich mit Ruskin die Pimlico Road hinunter.

Ich erblicke Kay beim Floristen und winke ihr zu. Sie schenkt mir freitags oft nicht verkaufte Blumen.

Ich schaue kurz ins Café, ehe ich Ruskin an einem der Stühle auf dem Gehsteig festbinde.

»Das Übliche für Gilly mit G?«, fragt Manuel und dreht sich schon zu der Espressomaschine um.

Manuel ist Italiener und arbeitet mittlerweile seit Jahren in diesem Café. Er mag keine Veränderungen.

Er reicht mir einen doppelten Cappuccino mit einem Stück Zucker und ohne Kakao auf dem Schaumhäubchen sowie ein einfaches angewärmtes, aber nicht heißes Croissant.

»Wie läuft es im Geschäft?«, fragt er wie jeden Morgen, als er mir den Pappbecher in die Hand drückt.

Flüsternd erzähle ich ihm, Ruskin habe sein Bein am teuer aussehenden Mantel einer russischen Lady gehoben.

»Ich glaube, es war eine Gräfin«, flüstere ich, ehe ich hinzufüge, dass die Dame offenbar nichts bemerkt hat.

Manuel lacht. Er genießt den Klatsch über Maris Kunden.

»Ich wünsche dir ein schönes Wochenende, Gilly«, sagt er. Ich hebe ihm meinen Kaffeebecher entgegen, wünsche ihm das Gleiche und verabschiede mich.

Während ich an luxuriösen Läden vorüberschlendere, denke ich über das bevorstehende Wochenende nach. Vielleicht könnte ich Jack ja zum Bleiben überreden. Einerseits ist es angenehm, die Wochenenden für sich zu haben, andererseits wäre es doch schön, wenn er heute Nacht hierbliebe. Ich weiß natürlich, dass das nicht Sinn der Sache ist. Möglicherweise hat Jack auch deshalb nie davon gesprochen. Genau genommen müsste er für das Wochenende extra zahlen, aber wenn ich ehrlich bin, bin ich sowieso schon längst nicht mehr Jacks Vermieterin. Manchmal frage ich mich allen Ernstes, ob ich ihn überhaupt noch dafür zahlen lassen soll, dass er in Nummer 21 wohnt. Ich habe ein ziemlich schlechtes Gewissen deshalb, vor allem, weil er mich ständig einlädt. Nein! Es muss sein. Von der Miete zahle ich schließlich meine Kreditkartenrechnungen … aber die Wochenenden könnte ich ihm ja kostenlos dazu anbieten.

»Unmöglich, Gilly, Liebste«, sagt er, als ich ihn vom Geschäft aus anrufe.

Normalerweise telefoniere ich selten, wenn ich bei der Arbeit bin – auch weil Mari mich dabei immer beobachtet, aber heute ist sie mit Basil zu einem langen Wochenende nach Cornwall zu ihrer Mutter gefahren.

»Mach dir keine Gedanken. Es war nur so eine Idee.« Ich verdrehe das Telefonkabel und wünschte, ich hätte nicht gefragt.

»Ich muss mich um die Familie kümmern und …«

»Schon gut«, sage ich. »Es war wirklich nur ein spontaner Einfall.«

»Vielleicht ein anderes Mal, okay?«

»Sicher«, sage ich und versuche, meine Enttäuschung zu verbergen.

Zwar genieße ich unsere aufregenden Abende, aber manchmal fehlt mir die Gemütlichkeit mit Jack. Kein hastiger Aufbruch zur Arbeit, sondern Frühstück im Bett, Kaffee und ein Spaziergang im Park, ein schöner Film bei bestellter Pizza.

Außerdem warte ich schon länger auf die Gelegenheit, ihm von meiner Geburtstagsfeier zu erzählen.

»Ich muss los. Wir sehen uns Montag.«

»Klar, wir sehen uns Montag.« Ich lege auf.

Später an diesem Nachmittag schlage ich das Buch auf, das Guy mir geschenkt hat. Seit er fort ist, habe ich kaum einmal einen Stift zur Hand genommen. Ich lese noch einmal seine Widmung.

*Vielleicht ist das hier deine Bestimmung.*

Schon jetzt kann ich förmlich hören, wie er mich löchert, was ich mit meiner Zeit angefangen habe. Warum ich nicht geschrieben habe? Warum ich diese Angst habe zu versagen?

Entschlossen schlage ich die erste leere Seite auf und will gerade beginnen, als die Ladentür geöffnet wird. Der Teller-Mann.

Als Ruskin bellt, verfrachte ich den Hund auf ein Sofa.

Der alte Mann trägt ein Tank-Top mit Rautenmuster zu einer senffarbenen Hose. Außerdem hat er eine Jutetasche dabei, auf der Hummeln abgebildet sind.

»Oh … äh … hallo«, sagt er. »Ich wollte nur …«

»Ja, bitte?«

»Ich wollte nur wissen … Verkaufen Sie auch Bügeleisen?«

»Was bitte?«

Habe ich mich verhört?

Er kichert. »Bügeleisen, meine Liebe.«

»Tut mir leid, so etwas führen wir leider nicht. Wir verkaufen hier Antiquitäten. Oder suchen Sie ein altes Bügeleisen? Vielleicht finden Sie so etwas auf dem Portobello Market.«

Der Mann wirkt unsicher.

»Wie wäre es mit Peter Jones?«, frage ich, begleite ihn zur Tür und zeige ihm wieder einmal den Weg zum Warenhaus. »Haben Sie dort eigentlich Ihre Teller bekommen?«

»Teller? Äh … nein.«

Er wirkt verwirrt, verliert das Gleichgewicht, taumelt einen Schritt zurück und hält sich am Türknauf fest.

Das Nächste, woran ich mich erinnere, ist, dass ich ihn zurück ins Geschäft führe, ihm eine Tasse Tee und etwas von meinem Vanillepudding anbiete und ihn einlade, mich und Ruskin doch einmal besuchen zu kommen.

Beim Tee – den er laut schlürft – erfahre ich, dass er Dennis heißt, neunundsiebzig ist und in Victoria wohnt.

Ruskin macht Anstalten, auf den knochigen Schoß des Mannes zu klettern.

»Er will Ihnen ein Küsschen geben«, sage ich zu Dennis.

Der alte Mann wird feuerrot und streichelt zärtlich meinen Hund.

»Sie sind doch ein Mann mit Lebenserfahrung, Dennis«, sage ich, als wir bei der zweiten Tasse Tee angelangt sind. »Ich brauche einen Rat.«

»Oh, ich ... äh ... bin nicht sehr qualifiziert.«

»Doch, das sind Sie«, widerspreche ich und gestatte ihm nicht, sich so leicht aus der Affäre zu ziehen.

Dann erzähle ich ihm von Jack – eher um mir die Geschichte mal wieder von der Seele zu reden, als tatsächlich von dem alten Mann einen Rat zu erwarten. Ich vertraue ihm an, dass Jack niemals Anstalten macht, übers Wochenende zu bleiben, und lasse kein Detail aus.

»Ich habe keine Ahnung, was dieser Mann sonst in seinem Leben treibt, Dennis. Meinen Sie, ich sollte ihn einfach geradeheraus fragen, ob er eine Familie oder irgendein finsteres Geheimnis hat? Was würden Sie an meiner Stelle tun?«

Dennis kaut an einem Keks und denkt lange nach. Mit einer Hand an seinem Ohr überlegt er.

»Ich ... äh ... weiß nicht«, sagt er schließlich.

»Ist nicht schlimm«, beruhige ich ihn. »Hier – nehmen Sie noch einen Keks.«

Er lehnt ab, bevor er sich dann doch noch zu einer Antwort bequemt.

»Ich glaube … äh … der Kerl ist ein … äh … Wolf im Schafspelz.«

*

Als ich am Sonntagnachmittag auf dem Sofa liege und Musik höre, habe ich plötzlich Lust, Jack anzurufen.

Wieder einmal meldet sich nur die Mailbox.

Ich beschließe, keine Nachricht zu hinterlassen, und versuche mir vorzustellen, wie er wohl sein Wochenende verbringt.

Warum hege ich Zweifel daran, dass er überhaupt in Bath wohnt? Und an dieser Familienangelegenheit, die er vorgestern als Entschuldigung gebraucht hat?

Später am Abend ruft meine Mutter an und erzählt von der für diese Jahreszeit ungewöhnlichen Hitzewelle in Perth.

Als sie mich nach Neuigkeiten fragt, berichte ich von Jack, ohne allerdings ins Detail zu gehen.

»Was ist los?«, fragt sie. »Irgendetwas bedrückt dich doch trotzdem, das merke ich.«

Säße Mum jetzt neben mir auf dem Sofa, würde ich ihr wahrscheinlich alles erzählen. Selbst wenn sie ein paar Autostunden entfernt wohnte, könnte ich mich ins Auto setzen und …

»Mich bedrückt nichts«, sage ich. »Ehrlich. Es ist alles wunderbar!«

# 31

Susie, Anna und ich sitzen in Susies Stamm-Pub *The Owl and The Pussy Cat*, einer lebhafte Kneipe mit Kerzen auf Holztischen, gemütlichen Ledersofas, in denen man versinkt, und einem Kamin, den sich Pickles, die Katze des Eigentümers, als Schlafplatz auserkoren hat.

Anna erzählt von Paul.

»Das steht dir übrigens wirklich gut«, sagt Susie und zeigt auf mein türkisfarbenes Top, das ich zu meiner Jeans trage.

»Neu?«, lächelt Anna, und ich erzähle kurz von meiner Einkaufstour mit Nancy.

Aber zurück zu Paul. Sie habe noch immer das Gefühl zu träumen, sagt Anna. So lange habe sie sich nach diesem Mann gesehnt, aber nie geglaubt, dass ihr Wunsch tatsächlich einmal wahr werden würde.

»Wie ist er denn so?«, erkundigt sich Susie.

Im Gegensatz zu mir hat sie Paul noch nie gesehen.

»Er ist sehr kreativ und ambitioniert«, beschreibt Anna ihn. »Ziemlich ruhig – aber nie langweilig«, beeilt sie sich hinzuzufügen.

Wir sind einer Meinung, dass es gut ist, wenn er nicht zu viel redet, denn Anna plappert manchmal für zwei.

»Er hat mich sogar schon gefragt, ob wir zusammenziehen sollen, aber ich bin mir nicht ganz sicher. Ich hätte schon Lust, aber seine Scheidung ist noch nicht durch.«

»Lass dir ruhig Zeit«, meint Susie. »Fühlst du dich denn in der Lage, dich um seinen Sohn zu kümmern?«

»Ich bin mir darüber bewusst, dass es nicht leicht wird«, antwortet Anna. »Ich hätte doch nicht im Traum damit gerechnet, mich in jemanden zu verlieben, der geschieden ist und ein Kind hat – aber so ist es nun einmal.«

»Ich sage ja auch nur, dass du dir Zeit lassen sollst«, wiederholt Susie. »Ihr werdet euch noch früh genug darüber streiten, wer an der Reihe ist, den Mülleimer runterzutragen.«

»Aber ich bin fünfunddreißig und habe nicht mehr viel Zeit, wenn ich …« Sie bricht ab und wendet sich mir zu. »Himmel, hör mir doch nur mal einer zu. Tut mir leid, Gilly.«

»Ja, ja, ich weiß schon«, sage ich. »Aber es braucht dir nicht leidzutun! Ich freue mich für dich, Anna, ich freue mich ehrlich. Du hast lang genug auf Paul gewartet, und ich weiß, dass es manchmal nicht leicht war.«

»Was ist eigentlich mit Jack?«, fragen beide gleichzeitig.

Ich erzähle Susie und Anna von meinem Erlebnis mit ihm gestern Abend.

Wir waren in einer Kunstausstellung, die ein alter Freund von Jacks Familie organisiert hatte.

Gerade unterhielt ich mich angeregt mit einem der Gäste, als ich von einem Mann unterbrochen wurde.

»Hallo, ich bin Alexander«, stellte er sich vor. »Ich glaube, ich habe Sie eben mit meinem Bruder kommen sehen.«

Schlagartig wurde mir bewusst, wie wenig ich über Jack wusste. Soweit ich mich erinnern konnte, hatte er, seit er bei mir wohnte, nie einen Bruder erwähnt.

»Hallo. Ja, ich bin Gilly«, sagte ich und streckte ihm die Hand entgegen. Er schüttelte sie. »Jack wohnt im Augenblick bei mir.«

Alexander war in etwa so groß wie Jack, hatte aber dunklere Haare und erinnerte mich mit seinem Anzug und den Manschettenknöpfen eher an meinen Vater oder Nicholas.

Nachdem er mich begutachtet hatte, sagte er: »Dann sind Sie also sein neuestes Opfer.«

»Neuestes Opfer?« Ich hatte gelächelt, wollte einen Witz daraus machen, doch er erwiderte mein Lächeln nicht.

In diesem Augenblick gesellte sich Jack zu uns, und Alexander verabschiedete sich mit einem kurzen Nicken.

Kaum vorstellbar, dass die beiden verwandt sein sollten – sie schienen nicht viel voneinander zu halten.

»Worüber habt ihr gesprochen?«, fragte Jack und schien erleichtert, als er erfuhr, dass wir lediglich Zeit gehabt hatten, uns einander vorzustellen.

Als ich Jack bat, mir von seinem Bruder zu erzählen, sagte er nur, er arbeite im öffentlichen Dienst.

»Versteht ihr euch nicht?«, bohrte ich weiter.

Jack schüttelte den Kopf. »Er ist ein Langweiler. Konservativ und besserwisserisch. Er will mir immer sagen, was ich zu tun habe.«

Als ich ihm von der Opfer-Bemerkung erzählte, erstarrte er.

»Typisch Alexander«, sagte er und beugte sich zu mir hinunter. »In Wahrheit ist er nur eifersüchtig, dass ich immer so hübsche Mädchen abbekomme wie dich.«

Dann streifte mich erneut Alexanders Blick.

Ich versuche, mir sein Gesicht vorzustellen, und höre wieder seine Stimme.

»Vielleicht sollte es ja irgendwie witzig sein?«, überlegt Susie laut.

»Eher nicht.« Ich schüttle den Kopf. »Jedenfalls sagt mir das mein Bauchgefühl.«

»Oh, nicht schon wieder dein Bauchgefühl …« Anna verdreht die Augen.

Ich muss an Dennis denken, der nicht zu verstehen scheint, dass es in Maris Geschäft weder Teller noch Bügeleisen zu kaufen gibt, der aber wahrscheinlich sehr viel mehr wahrnimmt als die meisten anderen Menschen.

Ruskin scheint Dennis sofort ins Herz geschlossen zu haben, und Hunde haben einen Spürsinn dafür, ob ein Mensch gut und echt ist – sie riechen das bei der ersten Begegnung. Wenn Jack Ruskin auf den Arm nehmen will, windet sich der Hund aus seinem Griff und verkriecht sich.

»Irgendetwas ist mit Jack, aber ich kann es nicht in Worte fassen. Vielleicht hat er etwas zu verbergen?«

»Also, verheiratet ist er bestimmt nicht«, stellt Anna fest. »An deiner Stelle würde ich nicht zu viel in die Sache hineininterpretieren.«

»Wahrscheinlich habt ihr recht«, sage ich. »Es hatte bestimmt nichts Besonderes zu bedeuten. Es ist nur so, dass ich nicht gerade viel über Jack weiß, und er stellt mir auch nie Fragen.«

»Weiß er von Ed?«, fragt Susie.

»Nicht wirklich.« Nur dass Ed mich zwei Wochen vor der Hochzeit verlassen hat. Wie verletzend das alles für mich war, davon hat er keine Ahnung.

»Männer stellen selten Fragen«, sagt Anna.

»Aber Jack ist immerhin Gillys Freund«, unterbricht Susie. »Das ist er doch, Gilly, oder?«

»Ich glaube schon«, nicke ich. »Jedenfalls von Montag bis Freitag.«

»Hat er dich nach deinen anderen Beziehungen gefragt?«

»Um Himmels willen! Man sollte nie über seine Verflossenen reden«, argumentiert Anna, »obwohl ich gestehen muss, dass ich nur allzu gern mehr über Pauls Ex wüsste.«

»Und was ist mit Familiengeschichten?«, fährt Susie fort. »Er weiß doch von Megan, oder?«

Ich schüttle den Kopf. »Nicht wirklich.«

Was im Klartext Nein heißt.

Aber ich habe ihn ja auch nicht wirklich nach seiner Vergangenheit oder seiner Familie gefragt.

Wenn ich mit Jack zusammen bin, ist es, als wären wir beide unbeschriebene weiße Blätter Papier. Bisher wollten wir die jungfräulichen Seiten nicht mit unseren Problemen bekritzeln, aber inzwischen möchte ich mehr über ihn wissen.

»Du müsstest mehr Zeit mit ihm verbringen, wenn sein Vertrag für die Show ausgelaufen ist«, rät Anna. »Wenn er erst einmal ausgezogen ist, werdet ihr wissen, ob ihr die Beziehung aufrechterhalten wollt oder nicht.«

Ich nicke.

Plötzlich wird mir klar, dass Jack zu Weihnachten wieder gehen wird, und ich bekomme es mit der Angst zu tun. In der Zeit, die ich mit ihm verbringe, habe ich so viel Spaß, dass ich die Zweifel eigentlich nicht mehr haben möchte.

»Der Sex ist jedenfalls großartig«, flüstere ich.

Sie lachen.

»Sex? Was ist das?«, fragt Susie. »Mark schläft meistens schon auf dem Sofa ein. Es grenzt fast an ein Wunder, wenn wir überhaupt einmal gemeinsam ins Bett gehen – von Sex ganz zu schweigen.«

Wir lächeln.

»Aber Jack kommt zu deinem Geburtstag, oder?«, fragt Anna.

Ich nicke.

»Und was ist mit Guy? Was hält er von Jack?«, will Anna wissen.

Guy. Ich vermisse ihn.

»Jack und Guy kennen sich nicht«, sage ich. »Noch nicht.«

# 32

»Hallo«, begrüßt er mich.

Er ist wirklich der Letzte, den ich heute hier im Geschäft erwartet habe. Ruskin und Basil bellen und wedeln freudig mit den Schwänzen.

»Guy! Wie geht es dir?«

»Gut. Ich kam gerade vorbei ... Der Laden ist wirklich toll.«

Er schlängelt sich vorsichtig zwischen den Hindernissen hindurch auf mich zu. Als er das letzte Mal hier war, hatte er nicht genügend Zeit, sich das Geschäft näher anzuschauen.

»Wie findet ihr hier überhaupt noch etwas?«

Als er eine Vase berührt, ist sein Finger grau vor Staub.

»Ist das etwa der Mützenmann?«, ruft Mari aus dem Untergeschoss.

»Ja!«, ruft er zurück.

»Willkommen daheim!«, kommt die Antwort zurück.

Ich bin bestürzt, wie gut es mir tut, sein vertrautes Gesicht zu sehen.

»Irgendetwas an dir ist anders.«

Er betrachtet mich eingehend und versucht, die Veränderung an etwas festzumachen.

Verlegen fahre ich mir durch mein Haar.

»Es steht dir«, sagt er.

Ruskin springt schwanzwedelnd an Guy hoch.

»Ja, ich habe deinen dicken Kopf und deine lange Schnauze auch vermisst, Rusk.«

Guy streichelt ihn ausgiebig, ehe er mich zum Lunch einlädt.

»Geh nur!«, ruft Mari von unten. »Ich halte die Stellung.«

Ich hole meinen Mantel.

»Lass uns in den Laden um die Ecke gehen«, schlage ich vor.

*

»Wie war der Job?«, frage ich ihn, als wir in Manuels Café vor unseren Käsetoasts sitzen.

»Der Job? Ach, Gilly, vergiss den Job. Viel interessanter war der Beziehungsklüngel.«

»Wie meinst du das?«

»Also: Zunächst hatte ich mit Mrs Morris zu tun. ›Nennen Sie mich doch bitte Sarah‹, hat sie mich gleich zu Beginn gedrängt. Sie war auch diejenige, die mich angerufen hatte, weil sie den Garten umstrukturieren und eine neue Terrasse anlegen wollte. Ich habe mich mit Sarah getroffen, den Garten begutachtet und ein paar Vorschläge gemacht, die ihr gefallen haben. Zusammen haben wir dann noch weitere Ideen ausgearbeitet, aber das tut jetzt nichts zur Sache. Anschließend hat sie noch angekündigt, dass ihr Ehemann Tim beim nächsten Treffen dabei sein würde, um sicherzugehen, dass ihm die Pläne auch gefallen. Tim war übrigens Anwalt.«

»Wie mein Vater«, schiebe ich rasch ein, ehe Guy etwas Unfreundliches über Anwälte sagen kann. »Und mein Bruder.«

»Nun, dann würde ich wohl nicht für deine Familie arbeiten. Anwälte sind schreckliche Kunden. Ihr Lieblingswort ist ›Klausel‹. Dieser Mr Morris hat also beim nächsten Treffen Einzug in der Küche gehalten – übrigens mit Sonnenbrille –, seine kleine Frau einfach beiseitegeschoben, sich die Pläne angeschaut, sie nicht kapiert und gefragt: ›Wo soll denn hier überhaupt das Haus sein?‹ Und dann hat er angefangen, mich mit Fragen zu bombardieren, als befände ich mich in einem Kreuzverhör. ›Was haben Sie gemacht, ehe Sie Gärten entwarfen?‹ oder ›Welche Qualifikationen haben Sie?‹ Sarah hat sich derweil um die quengelnden Kinder gekümmert, denn jetzt hatte Tim ja das Ruder übernommen und beharrte auf mehr Optionen.«

Ich grinse in mich hinein. »Option« ist tatsächlich ebenfalls ein Lieblingswort von Anwälten.

»Anwälte wollen sich anscheinend nie festlegen«, fährt Guy fort. »Tim hat sich nur dafür interessiert, ob die Wurzeln eventuell den Abwasserrohren in die Quere kommen könnten und was passieren würde, falls sie sich eines Tages entschließen sollten, das Haus zu verkaufen. Also habe ich ihn gefragt: ›Wollen Sie denn verkaufen?‹ Und er hat geantwortet: ›Das wäre immerhin eine Option.‹«

Ich muss lachen.

»Tim war auch nicht einverstanden mit dem Rot, das Sarah vorgeschlagen hatte. Dabei ist es ganz einfach. Wenn du eine rote Blume hast, kannst du sie mit einer anderen Pflanze kombinieren, die zum Beispiel einen rot geäderten Stiel hat. Tim aber hat Farben abgelehnt, weil sie sich als hinderlich für einen eventuellen Verkauf des Hauses herausstellen könnten. Er ist eher für Beige und neutrales Grün, weil beides sichere ›Optionen‹ sind.«

»Wie frustrierend!«, seufze ich.

»Du sagst es. Und als Tim und die Kinder in der folgenden Woche im Büro beziehungsweise in der Schule waren, hat mir Sarah während der Pflanzarbeiten gestanden, dass ihr fantasieloser Gatte sie manchmal zur Weißglut treibt. Ich kann dir sagen, Gilly, ihr Rocksaum hat sich jeden Tag um ein paar Zentimeter verkürzt, und dann kam letzte Woche dieses heftige Gewitter …«

»Stimmt. Ich musste Ruskin anschließend baden.«

»Na ja, jedenfalls wollte ich ins Haus gehen, um mich ein wenig abzutrocknen, und sie … du kannst es dir vorstellen …?«

Guy rückt seine Mütze zurecht.

Oh ja, ich kann es mir vorstellen. Ich kann es mir nur allzu gut vorstellen.

»Aber du hast doch wohl nicht …?«

»Sie ist eine wirklich nette Frau und schrecklich einsam, Gilly. Sie würde den Klempner anrufen, um Gesellschaft zu haben.

Ich habe sie in der Küche beobachtet, wie sie Löcher in die Luft starrte. Himmel, dieses Haus hat sich so unheimlich leer angefühlt.«

Ich denke an Nicholas, Nancy und auch an meine Eltern.

»Was hat Sarah denn sonst mit ihrem Tag angefangen?«

»Keine Ahnung.«

»Aber du hast doch nicht – du weißt schon? Oder etwa doch?«

»Nein.«

»Und was passierte dann?«

»Es war schrecklich. Sie ist ins Haus geflüchtet, und ich hab sie die ganze Woche nicht mehr zu Gesicht bekommen, bis ich ihr meine Rechnung geben wollte.«

Als wäre das das Stichwort gewesen, greift Guy nach der Rechnung und bezahlt unseren Lunch.

Ich lächle, weil in meinem Gehirn kurzzeitig die Erinnerung an Harvey und seinen Taschenrechner aufblitzt.

»Und was ist mit dir?«, erkundigt sich Guy, als wir zum Geschäft zurückgehen. »Was hast du so getrieben?«

»Ich?«

Ich weiß nicht, wo ich anfangen soll.

»Du siehst hübsch aus«, fährt Guy fort. »Ein bisschen dünner. Hast du abgenommen?«

»Ich gehe wieder öfter ins Sportstudio.«

»Steht dir wirklich gut. Also nicht, dass du mir vorher nicht gefallen hättest«, fügt er rasch hinzu. »Hast du geschrieben?«

»Ein bisschen«, lüge ich.

»Und Jack? Wie war euer Date?«

Ich will die Ladentür öffnen, aber sie ist verschlossen. Mari scheint unterwegs zu sein.

»Ach, das ist doch schon Jahre her«, sage ich und wühle in meiner Handtasche nach den Schlüsseln.

Schlüssel sind wie Handys: Ich bin ganz sicher, dass sie sich absichtlich verstecken, wenn ich nach ihnen suche.

Schließlich finde ich sie und schließe auf.

»Ich weiß. Mir kommt es auch vor, als sei ich jahrelang weg gewesen«, erklärt Guy, als ich ihm die Tür aufhalte. »Aber trotzdem: Hat es Spaß gemacht?«

Ich nicke. »Wir sind ausgegangen.«

»Ausgegangen? So richtig mit allem Drum und Dran?«

»Im Prinzip ja.«

»Echt?«

»Echt.«

Ich erzähle Guy von den gemeinsam verbrachten Abenden.

Guy hört mir zwar zu, kann sich aber nicht des Kommentars enthalten, das *Gordon Ramsay* sei eine ziemlich abgedroschene Wahl. Mag sein, dass es ein gutes Restaurant sei, meint er, aber er persönlich ziehe doch bei Weitem die von einer französischen Familie geführte Hummer-Spelunke in Islington vor.

Er setzt die Mütze ab und fährt sich mit der Hand durch das Haar.

»Ich wollte schon immer mal ins *Gordon Ramsay*«, erkläre ich, aber der verteidigende Ton in meiner Stimme gefällt mir nicht.

»Ich bin sicher, dass man dort gut isst«, meint Guy. »Ich bin schließlich noch nie da gewesen.«

Als ich ihm von *Annabel's* erzähle, schiebt er hastig die Bemerkung ein, er sei froh, dass seine Clubbing-Tage vorüber sind.

»Mensch, Guy, jetzt sei doch nicht so ein Langweiler!«

»Eigentlich hast du ja recht. Allzu früh sollte man nicht mit Pfeife und Pantoffeln anfangen.«

*

Ich mache Guy einen Kaffee. Er scheint nicht in Eile zu sein, und ich möchte auch nicht, dass er sich zu bald verabschiedet. Wir unterhalten uns über unsere Hunde. Er erzählt mir, wie sehr er Trouble vermisst hat, und ich erzähle ihm im Gegenzug, wie viel Spaß ich mit Jack hatte. Dann folgen Neuigkeiten aus unserer morgendlichen Hunderunde. Mari hatte sich geärgert, weil man ihr ein Knöllchen wegen Geschwindigkeitsüberschreitung auf einer Landstraße in Cornwall aufgebrummt hat, und Ariel hat sich wieder einmal von Graham getrennt. Dann wechsle ich das Thema und schwärme Guy vor, wie sehr ich es mag, im Antiquitätenladen zu arbeiten, und dass ich gerade einen Kerzenleuchter an den Innendekorateur von Gwyneth Paltrow verkauft habe …

»Ist das mit Jack eigentlich etwas Ernstes oder eher ein Abenteuer?«, will er plötzlich wissen.

»Hast du mir überhaupt zugehört?«

»Habe ich«, er nickt, »trotzdem möchte ich mehr über Jack erfahren.«

»Keine Ahnung, Guy. Vielleicht.«

Ich weiß nicht recht, ob ich ihm von dem Vorfall mit Jacks Bruder berichten soll.

»Möchtest du denn, dass mehr daraus wird?«, hakt er nach.

»Ich weiß es nicht«, sage ich und lächle. »Warum interessiert dich das so sehr?«

»Warum es mich interessiert?« Er schaut mich an. »Vielleicht brauche ich ein wenig Klatsch und Tratsch, weil mein eigenes Leben so langweilig ist.«

Schließlich erzähle ich ihm doch von Alexander, bereue es aber sofort wieder.

»Opfer? Das ist ein ganz schön starkes Wort, findest du nicht?«

»Ach, Guy, ich denke, es war nur ein Witz. Ich habe jedenfalls viel Spaß mit Jack, und du hast dich nicht rasiert, seit wir uns das letzte Mal gesehen haben.«

»Du wechselst das Thema.«

»Ich werde mir auf keinen Fall Sorgen deswegen machen«, betone ich. »Außerdem sieht dieser Alexander aus wie ein langweiliger Schreibtischtäter. Ganz anders als Jack.«

»Mag ja sein. Sei trotzdem vorsichtig, Gilly.«

»Vorsichtig? Es ist noch gar nicht so lang her, da hast du mir gesagt, ich solle mir die Dinge nicht so zu Herzen nehmen und zu viel darüber nachdenken.«

»Ich weiß. Allerdings sind mir dieser Jack und sein Bruder suspekt«, gibt er zu. »Und im Übrigen bin ich der Meinung, dass du vor seinem Einzug sehr viel mehr über ihn in Erfahrung hättest bringen sollen.«

# 33

Es ist früh am Freitagmorgen.

»Könntest du nicht übers Wochenende hierbleiben?«, frage ich vom Bett aus, während ich ihm beim Packen zusehe. »Wir hatten diese Woche kaum Zeit füreinander.« Ich strecke die Hand aus, greife nach seinem Arm, ziehe ihn zu mir hinunter und küsse ihn. Mit einer Hand streichle ich seinen Nacken. »Fahr heute Abend nicht«, sage ich zärtlich. »Wir könnten morgen früh gemütlich ausschlafen, irgendwann mache ich Frühstück, und dann verbringen wir den ganzen Tag im Bett.«

»Ach, Gilly«, sagt er in einem Ton, der seine Antwort schon vorwegnimmt, doch er dreht sein Gesicht nicht weg, und wir küssen uns wieder.

Als ich mit der Hand durch sein weiches Haar fahre, gibt er einen zufriedenen Laut von sich.

»Wir könnten nichts anderes tun als das hier, Jack. Das ganze Wochenende über.«

»Ich würde ja gern«, sagt er und zieht sich zurück. »Aber ich kann nicht, Liebste.«

Ich setze mich auf, ziehe die Knie an und beobachte, wie er den Schrank öffnet, eine Jeans und ein paar T-Shirts herausnimmt und sie in seinen Lederkoffer wirft.

»Aber warum nicht?«, frage ich. »Hast du etwas vor?«

»Ja«, antwortet er knapp und verwehrt mir wieder einmal die Teilnahme an seinem Wochenendleben.

»Was hast du denn geplant?«

Ich könnte Alexander wirklich umbringen – und Guy gleich mit dazu. Sie sind schuld daran, dass ich Jack diese Fragen stelle.

»Alles Mögliche, Gilly.«

Aber was soll »alles Mögliche« bedeuten, verdammt? Wenn ich nicht besser achtgebe, werde ich unserer Beziehung mit meinem Argwohn noch den Todesstoß versetzen. Aber ich kann es nicht leiden, wenn Jack mich mit seiner kühlen, distanzierten Art verunsichert. Was verbirgt er hinter seiner Maske? Wenn Jack sich nicht so bedeckt hielte, müsste ich diese Fragen doch gar nicht erst stellen, oder?

»Alles Mögliche also?« Ich versuche, so beiläufig wie möglich zu klingen, und spiele mit einer Ecke der Bettdecke.

»Ich habe einiges zu erledigen. Ich muss die Wochenenden zu Hause verbringen, weil sonst wichtige Dinge liegen bleiben.«

Das klingt tatsächlich vernünftig, trotzdem lasse ich mich zu dem Vorschlag hinreißen: »Ich könnte ja am Sonntag nach Bath kommen, und wir könnten den Tag miteinander verbringen.«

»Nein!« Sofort fällt ihm auf, dass die Ablehnung zu scharf klang. »Weißt du«, fügt er sanfter hinzu, »es passt jetzt gerade nicht so gut.«

»Aber wir könnten zusammen essen gehen ...«

»Wir sind mit unserer Show im hektischsten Endspurt«, sagt er. »Da muss ich meine fünf Sinne beisammenhaben, und das ginge nicht, wenn du in meiner Nähe wärst.« Er lächelt charmant. »Okay?«

Dann verschließt er seinen Koffer und erklärt das Gespräch damit für beendet.

Frag ihn nach seinem Bruder, Gilly. Tu es. Jetzt.

»Warum sprichst du eigentlich nie von deinem Bruder, Jack?«

»Weil wir uns nicht leiden können. Deswegen!«

»Guy sagt ...«

Er verdreht die Augen, als hätte er keine Zeit, sich damit zu beschäftigen, was Guy nun wieder gesagt hat. Dann schaut er auf die Uhr.

»Ich muss los!«

Er küsst mich auf den Mund, nimmt seinen Koffer und verschwindet.

»Schönes Wochenende!«, ruft er noch einmal von unten.

»Dir auch. Was auch immer du vorhast«, brumme ich vor mich hin, steige aus dem Bett und schlüpfe in meinen Morgenmantel.

Plötzlich steht er wieder im Zimmer.

»Mist, ich habe mein …«

Er nimmt sein BlackBerry vom Nachttisch, bemerkt, dass ich ihm den Rücken zuwende, und mit einem Mal spüre ich seine Arme um meine Taille. Ich versuche, mich loszumachen, doch er hält dagegen.

»Hast du mich zum Wochenende hin denn nicht schon satt?«, fragt er und hält mich ganz fest.

Er streicht mir eine Haarsträhne aus dem Gesicht, küsst meinen Hals, und seine Hände fühlen sich warm an.

»Nein, ich mag es, wenn du bei mir bist. Bleib doch wenigstens noch diese Nacht«, bettle ich und drehe mich zu ihm um.

»Ich wünschte wirklich, ich könnte es, Gilly. Aber ich muss arbeiten. Am Montag muss ich ein vollständiges Skript abliefern.«

Ich nicke widerstrebend.

»Alles okay?«, fragt er und hebt mein Kinn an.

Ich nicke. »Geh nur.«

Und dann ist er fort.

»Warte!«, rufe ich ihm hinterher.

Er steckt seinen Kopf durch die Zimmertür.

»Was ist denn noch? Schnell!«

»Zu meinem Geburtstagsessen am kommenden Wochenende kommst du aber doch, oder?«

Sollte Jack mich versetzen, müsste ich Nancy eine gute Erklärung liefern. Außerdem will ich ihn meinen Nichten vorstellen. Hannah und Tilda dürfen an dem Abend ausnahmsweise lang aufbleiben, um mir zu gratulieren, und ich weiß, dass sie Tante Gillys neuen Freund, den hübschen Jack, unbedingt kennenlernen wollen.

»Ich komme bestimmt«, verspricht er. »Ich möchte deine Feier um keinen Preis missen. Darf ich jetzt gehen?«

Ich lächle. »Geh.«

»Bis Montag!«, ruft er von der Treppe.

Ich höre, wie die Eingangstür ins Schloss fällt und Ruskin hinter Jack herbellt.

# 34

Heute werde ich fünfunddreißig.

»Zum Geburtstag viel Glück...«, singe ich mir unter der Dusche selbst ein Ständchen.

Der Morgen geht wunderbar weiter, als der Fleurop-Mann klingelt. Hastig öffne ich den kleinen weißen Umschlag, der zwischen den Blumen steckt, von denen ich hoffe, dass weder Tante Pearl noch Dad, Gloria, Nicholas oder Nancy sie geschickt haben.

Sie sind tatsächlich von Jack. Die Karte ist unterzeichnet mit *In Liebe*, darunter findet sich ein PS: *Für fünfunddreißig bist du noch ein ganz schön heißer Feger!* Über die Formulierung muss ich lächeln.

Mir wird klar, dass ich mich entspannen muss, wenn es um Jack und die Wochenenden geht. Ich bin nicht bereit für ein Ende unserer Beziehung – noch nicht, und vor allem schon jetzt nicht, wo ich fünfunddreißig werde. Ein Beziehungsende würde alles nur noch schlimmer machen.

In der Post finde ich eine Karte von meinem Vater mit beigefügtem Scheck und viele weitere Glückwunschkarten von all meinen Freunden, einschließlich der Digbys hoch im Norden und der Herons von den Hebriden. Sogar meine Sandkastenfreundin Helen hat aus Middle Wallop in Hampshire geschrieben und für die ganze Familie inklusive aller Hunde und Hühner unterzeichnet.

Hannah und Tilda haben ihre Geburtstagskarten selbst gemacht. Hannah hat einen bunten Fisch im Meer gemalt und auf die Innenseite der Karte geschrieben: *Ich wünsche Dir einen fischfröhlichen Geburtstag!* Tilda hat ein großes Herz gezeichnet und in die Mitte gekrakelt: *Vile Glück zum Gebuhrtstag!*

Mum hat aus Australien ein Päckchen mit Büchern, Parfüm und ein paar alten Schwarz-Weiß-Filmen mit Audrey Hepburn geschickt, weil sie weiß, dass ich so etwas liebe. In ihrer Karte schlägt sie vor, sie zu besuchen.

*

Eingemummelt in Mantel, Schal und Mütze treffe ich mich mit meinen Hundefreunden unter der Eiche und öffne dort ihre mitgebrachten Karten.

»Und falls einer von euch mir schreibt, ich wäre über den Berg oder …«

»… ein bisschen von der Rolle«, hilft Walter nach.

Glücklicherweise sind meine Befürchtungen umsonst. Auf fast allen Karten sind Hunde abgebildet – welche Überraschung!

»Herzlichen Glückwunsch«, sagt Sam und überreicht mir ein kleines weißes Päckchen.

Es enthält einen winzigen Schokoladenkuchen mit cremiger Glasur und einer einzigen Kerze in der Mitte. Sam borgt sich Maris Feuerzeug und zündet die Kerze an. Alle singen *Happy Birthday* und fordern mich dann auf, mir etwas zu wünschen.

Mein Wunsch ist es, dass bei Nancys Abendessen alles glattgeht.

Guy und ich trennen uns wie immer am Zebrastreifen.

»Du hast doch die Adresse für heute Abend?«, rufe ich ihm nach.

Er nickt. »Bis später.«

»Guy?«

Er dreht sich um und kommt zu mir zurück. »Warum hast du dein Sorgengesicht aufgesetzt?«

Ich presse die Lippen aufeinander. »Ich bin nicht besorgt, aber …«

»Ja?«

»Du sagst doch zu Jack bitte nichts über seinen Bruder, ja?«

»Ich verspreche, mich zu benehmen«, tröstet er mich und winkt zum Abschied. »Und ich setze meine hübscheste Mütze auf.«

Prima. Auf dem Weg zur Arbeit lächle ich. Jetzt freue ich mich sogar, dass Nancy auf diesem Essen bestanden hat. Sie hat völlig recht. Nicholas und ich sollten feiern und uns nicht unter der Bettdecke verkriechen. Heute Abend werden alle Jack kennenlernen. Ich kann es kaum erwarten.

# 35

Nicholas öffnet mir die Tür. In seiner dunklen Hose, den blank gewienerten Schuhen und einem weichen dunkelblauen Pullover, der an die Pullis meines Vaters erinnert, sieht er ausgesprochen gut aus.

»Herzlichen Glückwunsch, Zwillingsschwesterchen«, begrüßt er mich und drückt mich an sich.

Hannah und Matilda kommen in kuscheligen Schlafanzügen und Hausschuhen durch den Flur auf mich zugerannt.

»Tante Gilly!«, ruft Tilda, und ich gehe in die Hocke, damit sie die Ärmchen um meinen Hals schlingen kann. »Herzlichen Glückwunsch!«

»Ich hoffe, du hast nicht vergessen, dass ich der zwanzig Minuten Ältere bin«, grinst Nicholas.

Auf dem Weg in die Küche klammern sich die Mädchen an mich und betteln, ich solle doch ihre Geschenke sofort öffnen.

Als ich einen Korken knallen höre, flüstert Nick mir zu, Nancy sei bereits beschwipst.

In der Küche drückt sie mir sofort ein Glas Champagner in die Hand und begutachtet meinen pinken Minirock, den wir bei unserem gemeinsamen Einkaufsbummel gekauft haben.

»Perfekt!«, verkündet sie, ehe sie mich aus der Küche und ins Wohnzimmer scheucht.

»Es macht dir doch nichts aus, dass ich Guy in letzter Minute auch noch eingeladen habe, oder?«, frage ich atemlos.

»Aber nein. Es gibt eine riesige Paella. Je mehr Leute kommen, desto lustiger wird es!«

Das Wohnzimmer ist Nicholas und mir zu Ehren geschmückt. An der Decke hängt ein glitzerndes Spruchband mit der Aufschrift *35 JAHRE*, und auf dem Couchtisch warten köstlich aussehende Canapés auf uns.

»Keine Chips mehr, Hannah«, sagt Nancy und nimmt ihr die Schüssel weg.

»Wo ist denn Jack, Tante Gilly?«, fragt Tilda ungeduldig.

Nicholas hat heute Abend keine Freunde eingeladen, da Nancy für ihn eine eigene Party organisiert, zu der auch viele Arbeitskollegen erscheinen werden. Außerdem wäre am Tisch nicht genügend Platz für alle gewesen.

Anne und Paul kommen als Erste.

Nick bietet den Gästen Getränke an und sorgt für Hintergrundmusik. Hannah und Tilda reichen Schalen mit Chips und Oliven herum, dann gibt Anna mir ein Geschenk.

Ich erzähle gerade, dass ich Geschenke noch lieber mag als gutes Essen, und will das Päckchen öffnen, als es von Nancy konfisziert wird, die erklärt, sie habe das Öffnen der Geschenke für den späteren Abend als eigenes Event vorgesehen.

»Alles in Ordnung?«, flüstere ich Nick zu, nachdem Nancy wieder in der Küche verschwunden ist. Mir ist seine Einsilbigkeit aufgefallen.

»Wir hatten wieder einmal Krach«, raunt er zurück. »Sie ist unmöglich.«

Als Mark und Susie eintreffen, wird die nächste Champagnerflasche in der Küche geöffnet.

»Iiih!«, macht Hannah, nachdem sie einen der Blinis mit geräuchertem Lachs probiert hat.

Susie kommt zu mir an den Kamin. »Du siehst toll aus, Gilly!« Sie küsst mich auf beide Wangen. »Fünfunddreißig ist heutzutage das, was früher dreißig war.« Wir stoßen an. »Paul wirkt tatsächlich sehr nett. Guy kommt doch auch, oder?«, erkundigt sie sich beiläufig.

»Das will ich doch stark hoffen«, verkündet Anna und gesellt sich zu uns. »Auch ich möchte doch endlich den Mützenmann kennenlernen.«

»Was ist ein Mützenmann?«, fragt Tilda aufgeregt und greift tief in die Schale mit den Chips.

»Guy«, sage ich.

»Hast du denn zwei Freunde?«, fragt sie überrascht.

»Nein. Guy ist ein Freund, mit dem ich Hundespaziergänge mache.«

»Und beiden zeigst du deine Möpse?«, fragt Tilda und hopst vor mir herum.

Alle lachen, nur Nancy erscheint mit hochrotem Kopf im Türrahmen.

»Ihr beide – marsch ins Bett!«, kommandiert sie.

»Nein, Mum«, bettelt Tilda, »ich will doch noch Jack sehen.«

»Gut. Aber dann benimm dich.«

Glücklicherweise klingelt es in diesem Augenblick an der Tür und Nancy verschwindet.

»Jack Baker«, höre ich seine Stimme. »Sie müssen Nancy sein.«

»Richtig. Treten Sie doch ein.« Nancys Stimme klingt plötzlich viel jünger.

»Eine deutlich hörbare Stimmungsverbesserung«, kichert Susie, und Anna grinst mir zu.

»Klasse«, flüstere ich.

Nancy führt Jack ins Wohnzimmer, das ganz in Creme und Weiß eingerichtet ist. Lilien stehen in schlanken Vasen, helle Vorhänge sind mit Bändern gerafft. Die beiden kleinen Mädchen starren Jack stumm an.

»Oh! Und ihr müsst …« Er erinnert sich nicht an ihre Namen und wendet sich Hilfe suchend zu mir um.

»Hannah und Tilda, das ist Jack«, sage ich heiter.

Tilda versteckt sich schnell hinter mir und flüstert: »Hallo Jack.«

Als ich Jack Anna vorgestellt habe, lese ich in ihrem Gesicht, dass sie nun auch nachvollziehen kann, warum ich einen solchen Wirbel um den Mann gemacht habe.

Wenn man Jack das erste Mal sieht, ist es, als würde ein Feuerwerk explodieren. Seit ich allerdings seine Boxershorts und verschwitzten Laufhosen vom Boden auflese und seine gebrauchten Teebeutel aus der Spüle in den Müll befördere, bin ich ein wenig immun gegen seine Wirkung geworden.

Nichtsdestotrotz bin ich stolz, als ich ihn meinen Freunden und Nicholas vorstelle. Wenn das mit Jack und mir nichts Ernstes wäre, wäre er doch nicht gekommen, oder?

Jack streichelt meinen Arm, ehe er sich zu den anderen umdreht und in den Raum ruft: »Sieht unser Geburtstagskind nicht wundervoll aus? Und so groß!« Er deutet in Richtung meiner Absätze, ehe er mich küsst.

Mit angesäuerter Miene bittet Nancy uns zu Tisch.

»Das Essen ist serviert. Und Mädels, jetzt ist Zeit für euch zum Schlafen.«

»Wartet mal! Was ist eigentlich mit Guy?«, frage ich.

»Der berühmt-berüchtigte Hundespaziergänger«, fügt Jack hinzu.

Just in dem Moment klingelt es.

Guy erscheint und trägt zu meiner Überraschung nicht nur eine schicke Hose, sondern auch ein Hemd. Nur auf seine Mütze hat er nicht verzichtet. Es ist die dunkelblaue, die ich so gernhabe.

Die Mädchen kichern so lange, bis sie endgültig zu Bett geschickt werden.

»Diese Paella ist einfach köstlich«, lobt Jack.

Unter dem Tisch greife ich nach seiner Hand und drücke sie dankbar. Ich hatte ihm zuvor erzählt, wie gern Nancy Komplimente über ihre Kochkunst hört.

Alle am Tisch stimmen in Jacks Lob ein.

Nancy hat sich tatsächlich so viel Mühe gegeben, dass ich mich ein wenig schuldig fühle. Meine Schwägerin und ich funken auf völlig unterschiedlichen Wellenlängen, aber vielleicht sollte ich versuchen, sie zu verstehen.

»Paella mit Chorizo kannte ich noch gar nicht«, fährt Jack fort und drückt nun seinerseits meine Hand.

Ich muss mich zwingen, nicht zu lachen.

»Das ist nur eines meiner kleinen Geheimnisse, Jack«, flirtet Nancy. »Nun aber los, Gilly, was wünschst du dir für das kommende Jahr?«

Ich blicke Guy an. »Ich würde gern einen Roman schreiben.«

»Hast du je eine ihrer Kindergeschichten gelesen?«, fragt Anna.

»Und was sonst noch?«, übergeht Nancy Annas Frage.

»Keine Ahnung.« Vielleicht glücklich zu sein? »Was ist mit dir, Nick?«

»Glücklich zu sein«, sagt er, als hätte er meine Gedanken gelesen. »Sonst nichts.«

»Ich bin so froh, dass Gilly nicht aufs Land gezogen ist«, beteuert Nancy.

»Ich auch«, stimmt Jack ihr zu und umklammert besitzergreifend meine Hand, »sonst hätte ich diese wunderbare Frau wahrscheinlich niemals kennengelernt.«

Guy sieht uns verständnislos an. »Ich würde sofort von hier wegziehen.«

»Tatsächlich?«, wundert sich Anna. »Mich erinnert das Leben auf dem Land irgendwie immer ans Rentnerdasein.«

»Auf keinen Fall«, meint Nancy. »Ich glaube kaum, dass wir uns im Ruhestand in ein halb totes Nest zurückziehen, wo das gesellschaftliche Highlight der monatliche Flohmarkt ist, nicht wahr, Nicholas? Am liebsten würde ich ja zurück nach Los Angeles gehen.«

»Ich liebe L.A.«, stimmt Jack ihr zu, und ich beobachte, wie sie sich anlächeln.

Es klappt, denke ich erleichtert. Eine gute, lebhafte Diskussion wirkt doch oft Wunder.

»Ich persönlich ziehe London vor«, sagt Nicholas an Guy gewandt. »Während der ersten zwei Jahre unserer Ehe haben wir in L.A. gewohnt, aber ich bin froh, wieder zu Hause zu sein.«

»Tatsächlich?«, meint Nancy. »Du willst also für immer an einem Ort leben, an dem es dauernd regnet und nie jemand lächelt?«

Sie beginnt abzuräumen.

Sofort springt Jack auf, und ich beobachte, wie er eine Hand auf ihren Rücken legt und fragt, ob er etwas helfen könne.

»Nein, nein«, sie kichert wie ein Mädchen, »bleiben Sie ruhig sitzen.«

»Und wo ist Ihr Zuhause, wenn Sie nicht bei Gilly wohnen?«, erkundigt sich Nick, als Jack wieder sitzt.

»In Bath.«

»Rein interessehalber, wieso leben Sie nicht immer in London?«, fragt Guy.

»Sie sind der, der glaubt, dass ich heimlich verheiratet bin, nicht wahr?« Jack lehnt sich auf seinem Stuhl zurück und faltet die Hände im Nacken.

»Oh Jack, aber das war doch nur ein Scherz, weil du am Wochenende nie hierbleibst«, sage ich. »Unter der Woche ist er bei mir, aber am Freitag verschwindet er. Puff!« Ich klatsche in die Hände. »Weg ist er. Man kann ihn nicht erreichen, und sein Telefon ist auch immer ausgeschaltet …«

»Gilly!« Jack runzelt die Stirn.

»Und wie durch ein Wunder taucht er montags wieder bei mir auf.«

Alle lachen – bis auf Jack.

»Jetzt rücken Sie schon raus mit der Sprache: Was machen Sie am Wochenende?«, fragt Nick.

In diesem Moment klingelt Jacks Telefon und hört nicht auf.

»Geh nicht dran«, flehe ich.

Kann irgendwer denn so wichtig sein, dass Jack ausgerechnet heute Abend den Anruf entgegennehmen muss?

»Entschuldigung«, murmelt Jack und verlässt die Runde mit seinem BlackBerry.

Als er zurückkommt, erkundigt sich Nancy, wer der Anrufer gewesen ist.

»Nur meine Frau«, sagt er und zwinkert ihr zu.

Sie sieht aus, als wolle sie seine Hand aus meiner reißen und den gesamten Mann mit viel Schlagsahne verspeisen.

»Und was machen Sie so?«, wendet sich Nancy an Guy, nachdem sie Jack nach seinem Werdegang befragt und dafür bewundert hat, dass er in so jungen Jahren schon so viele Erfolge vorweisen kann. Sie hat bereits herausgefunden, dass Jack dreißig und Guy siebenunddreißig ist, und ich überlege, ob sie Jack noch genauso attraktiv finden würde, wenn er nur Verkehrspolizist wäre.

Und ich? Würde ich es denn tun?

Jack greift nach der Weinflasche und wartet auf Guys Antwort.

»Ich bin Landschaftsgärtner.«

»Gärtner?«, wiederholt Nancy.

Himmel! Sie muss betrunken sein, sonst wäre ihr klar, wie unhöflich sie klingt.

Guy nickt schweigend.

»Kann man damit überhaupt Geld verdienen?«, erkundigt sich Jack. »Was ist denn?«, sagt er zu mir, weil ich ihn unter dem Tisch getreten habe. »Das ist doch eine zulässige Frage.«

Nicholas wirft ihm einen schrägen Blick zu.

»Hör einfach nicht auf ihn, Guy«, sage ich gekünstelt fröhlich und denke, dass der Abend nicht mehr so gut läuft, wie er begonnen hat.

»Reich wird man damit sicher nicht«, sagt Guy in seinem ruhigen Tonfall.

»Aber Geld ist schließlich auch nicht alles«, geht Nick dazwischen.

»Schon, aber es hilft ungemein«, argumentiert Jack und deutet auf den mit Kerzen, Konfetti und Essen reich gedeckten Tisch.

»Hätten Sie vielleicht Lust, sich unseren winzigen Garten einmal anzuschauen?«, fragt Susie in einem Versuch, dem Gespräch eine andere Richtung zu geben. »Mark und ich haben nicht gerade einen grünen Daumen und auch nie genügend Zeit.«

»Das stimmt«, bestätigt Mark.

»Aber gern!« Guy nickt.

»Gärtner!«, wiederholt Nancy. »Sind Sie wirklich einfach nur Gärtner?«

»Nancy!«, rufen wir sie zur Räson.

In Pauls Gesicht macht sich eine gewisse Panik breit. Man sieht ihm an, dass er sich fragt, ob Anna sich wirklich freiwillig mit solchen Leuten abgibt. Ich würde ihm gern beweisen, dass wir nicht alle so sind wie meine Schwägerin.

Ich wende mich Jack zu, der Nancy mit einem fast ehrfürchtigen Blick anstarrt.

»Wissen Sie, Nancy«, erwidert Guy, »früher habe ich in der Werbebranche gearbeitet. Aber irgendwann wurde mir klar, dass ich am Ende meines Lebens nicht das Gefühl haben wollte, nichts anderes getan zu haben, als irgendwelchen Leuten Zahnpasta zu verkaufen.«

Nick und Paul lächeln Guy an.

»Wenn ich heute abends zu Bett gehe, weiß ich wenigstens, dass ich mir meinen Tageslohn redlich verdient habe«, fährt Guy fort. »Ich lege niemanden rein und bin weder einer dieser gerissenen Kerle, der Sie überzeugen will, dass Sie mit zwölf Jahren eine Lebensversicherung brauchen, noch ein Politiker, der Steuerzahler übers Ohr haut.«

»Sehr edel«, kommentiert Jack zynisch.

»Zumindest verdiene ich mein Geld nicht damit, Menschen vorzuführen«, erklärt Guy.

»Entschuldigen Sie, wie war das?« Jack beugt sich wütend über den Tisch.

»Möchte jemand noch ein Glas Wein?«, frage ich panisch.

»Ich kann mir jedenfalls nicht vorstellen, mein Geld damit zu verdienen, dass ich Leute bloßstelle.«

»Jetzt seien Sie mal nicht so pedantisch. Die Show ist doch nichts als Unterhaltung«, wehrt sich Jack.

»Ich liebe *Stargazer*«, schwärmt Nancy und berührt über den Tisch hinweg Jacks Hand.

Zum Glück beruhigt sich das Gespräch etwas und wendet sich den Vor- und Nachteilen von Realityshows zu.

»Sind Sie einer der Juroren?«, erkundigt sich Mark.

»Oh nein, er produziert die Sendung«, weist Nancy ihn stolz zurecht.

»Aber manchmal sitze ich schon bei der Jury. Ehe die Show auf Sendung geht, habe ich bereits alle Teilnehmer singen gehört«, erklärt uns Jack und wirft Guy einen süffisanten Blick zu. »Wenn Sie also einen Ton treffen können und sich für eine Reinkarnation von Elvis halten, bringe ich Sie gern in die Sendung.«

»Und Sie schämen sich nicht dafür?«, fragt Guy.

»Könnten wir vielleicht mal das Thema wechseln?«, wende ich kleinlaut ein.

»Kein bisschen!« Jack starrt Guy an. »Gutes Fernsehen wird eben so gemacht.«

Guy erhebt sich abrupt, entschuldigt sich und fragt Nancy nach der Toilette.

»Den Flur hinunter, auf der rechten Seite«, erklärt sie mit einer geringschätzigen Handbewegung.

Ich springe auf, um es ihm zu zeigen, und werfe Nancy einen bösen Blick zu.

Auf dem Weg zum Bad nehme ich Guy beiseite. »Es tut mir wirklich leid wegen Nancy«, sage ich. »Sie hat zu viel getrunken und … Du fühlst dich hier nicht wohl, oder?«

»Gilly?«, sagt er nach einer kurzen Pause und blickt mir direkt ins Gesicht.

»Ja?«, flüstere ich.

»Gilly!«, höre ich Nancy rufen.

Guy schaut mich an, als wolle er mir noch etwas sehr Wichtiges mitteilen, doch …

»Du solltest zu ihr gehen«, sagt er nur.

Nancy steht auf, verliert kurz das Gleichgewicht und hält sich am Tischrand fest.

Ich schnappe einen Blick auf, den Paul Anna zuwirft und der zu sagen scheint: »Sind deine Freunde immer so?«

»Gilly, ich wollte dir bloß sagen – auch deine Zeit wird irgendwann kommen«, verkündet Nancy jetzt mit schwerer Zunge. »Und wenn es eines Tages so weit ist, dann bin ich an deiner Seite.«

Himmel, ich möchte sie am liebsten umbringen! Gleich gibt es in der Küche eine Tote, erschlagen mit einem Kerzenständer!

Mir fällt auf, dass Jack in den letzten Momenten kein Wort gesagt hat.

Stattdessen greift er jetzt nach der Weinflasche und wirft dabei ein Wasserglas um. »Hoppla!«, sagt er nur und bekommt einen Schluckauf.

Wieder klingelt sein Telefon, und er wankt aus dem Zimmer.

»Jack braucht einen starken Kaffee«, meint Mark, doch ich kann an nichts anderes denken als daran, wer ihn die ganze Zeit anruft.

»Kopf hoch, Gilly«, fängt Nancy wieder an. »Ich will doch nur sagen, dass auch deine Zeit eines Tages kommt.«

Guy ist wieder zurück und schlägt mit dem Löffel an sein Glas. »Zeit wofür, Nancy?«, fragt er und bringt die Runde zum Schweigen. »Vielleicht ist Gillys Zeit ja auch längst schon da!«

Ich sehe, wie Susie und Anna lächeln.

Nancy klatscht in die Hände. »Jetzt ist es aber genug! Gilly, deine Geschenke warten darauf, geöffnet zu werden.«

Sie wankt aus dem Zimmer, und es dauert einige Zeit, ehe sie an Jacks Arm schwankend wieder zurückkommt.

»Entschuldige«, flüstert Jack mir zu, »aber ich brauchte unbedingt eine Zigarette.«

Da Nancy die Geschenke vergessen hat, torkelt sie ein zweites Mal hinaus, um mit einer Tüte zurückzukommen.

Schon bald bin ich damit beschäftigt, Geschenkpapier aufzureißen und Schleifen zu lösen. Ich bekomme Körperlotion, Schaumbad, Seife …

»Rieche ich etwa unangenehm?«, frage ich lachend.

Auch Nick öffnet seine Geschenke. Es sind hauptsächlich Kleidungsstücke und ein Aftershave von Nancy. Ich habe ihm ein Paar silberne Manschettenknöpfe in Form von Elefanten ausgesucht. Schon als Kind hat Nicholas die Elefanten im Londoner Zoo geliebt.

Dann öffne ich Jacks Geschenk, ein teuer aussehendes Parfüm. Erwartungsvoll sprühe ich es auf meine Handgelenke. Der Duft ist so überwältigend, dass ich fast ersticke.

»Herrlich!«, freue ich mich und sehe, wie Nancy sich missbilligend Guy zuwendet.

»Ich hatte keine Zeit«, verteidigt er sich. »Ich war nicht da und …«

»Das macht doch nichts, Guy«, tröste ich ihn.

»Noch nicht einmal eine Geburtstagskarte?« Nancy schüttelt den Kopf.

»Lass gut sein, Nancy«, seufzt Nicholas. »Und entschuldigen Sie sie, Guy.«

Spontan nimmt Guy seine dunkelblaue Mütze ab und setzt sie mir auf. Er weiß, dass ich sie besonders mag.

»Dann mal herzlichen Glückwunsch zum Geburtstag, Gilly«, sagt er.

Als Nancy anschließend einen Schokoladenkuchen vor Nicholas und mich auf den Tisch stellt, auf den mit Zuckerguss *FÜNFUNDDREISSIG JAHRE* geschrieben steht, singen uns alle ein Ständchen.

»Köstlich«, lobt Jack und greift zu.

»Wirklich toll, Nancy!«, sagt Guy. »Den Caterer muss ich mir unbedingt merken.«

»Wie bitte?« Nancy starrt Guy böse an, und tiefes Schweigen senkt sich über die Runde.

Guy hebt den Kopf und sucht meinen Blick. »Die Gourmet Company …? Die Schachteln …?« Seine Stimme wird leiser.

Nancys Gesichtszüge entgleisen.

»Es tut mir so leid«, flüstert Guy, als er seinen Fauxpas bemerkt.

»Verlassen Sie bitte mein Haus!«, sagt Nancy.

Guy erhebt sich und geht zur Tür, während Jack grinst.

»Aber er hat es doch nicht so gemeint«, reden Nick und ich auf Nancy ein, doch vergeblich.

Ihr Blick schweift ins Leere, sie stöhnt auf und bricht schließlich in Tränen aus.

Ich will Guy hinterherlaufen, als Jacks Telefon erneut klingelt.

»Lass doch jetzt mal die Mailbox rangehen«, fordere ich ihn auf. Doch als er die Nummer auf dem Display sieht, meldet er sich und verlässt schnell das Zimmer.

»Ich bin gleich wieder da«, verspreche ich Nick und Nancy.

Ich muss unbedingt mit Guy reden. Obwohl es in Strömen regnet, haste ich die glitschigen Stufen hinunter und auf einen weißen Lieferwagen zu.

»Warte!«, rufe ich. »Geh noch nicht!«

# 36

Als ich am nächsten Morgen aufwache, erinnere ich mich nur langsam wieder an das, was am Vorabend geschehen ist.

Ich greife nach meinem Handy, das auf dem Nachttisch liegt. Keine Nachricht von Guy, dabei hatte ich ihn doch gebeten, mir eine SMS zu schicken, sobald er zu Hause angekommen ist.

Ich hatte ihn gerade noch erwischt, als er vor Nancys Haus seinen Lieferwagen aufschloss, aber mir war nicht ganz klar, wie viel er bereits getrunken hatte.

»Es tut mir leid«, stammelte ich atemlos.

»Ich habe einfach nicht nachgedacht«, sagte er und öffnete die Beifahrertür.

Schnell stieg ich ein. Heftiger Regen prasselte gegen die Scheiben. Mein Haar war feucht.

»Ich weiß«, entgegnete ich, »aber deshalb brauchst du nicht heimzufahren. Darfst du überhaupt noch?«

»Kein Problem. Ich habe nicht sehr viel getrunken«, versicherte er mir.

»Es tut mir leid, wie Jack dich behandelt hat. Und wie Nancy über deinen Job geredet hat. Zu mir sagt sie auch immer, ich sei doch nur eine Verkäuferin.«

Ich lächelte und hoffte, dass er nicht allzu verletzt war.

Schweigend lauschten wir dem Prasseln des Regens.

Ich rieb meine Arme, weil mir kalt war.

»Geh jetzt wieder rein«, sagte Guy, als der Schauer ein wenig nachließ. »Du frierst, und leider funktioniert die Heizung nicht.« Er warf einen Seitenblick auf meinen Minirock.

Ich entschuldigte mich erneut.

»Mach dir nichts draus, Gilly.« Er lächelte sein liebenswürdiges Lächeln. »Wir Gärtner gehen selten aus«, sagte er. »Ich fand die Feier toll!«

Aus dem Bad dringt das Geräusch von fließendem Wasser.

Jack und ich haben in der vergangenen Nacht getrennt voneinander geschlafen. Allerdings war Jack so betrunken, dass er davon wahrscheinlich nichts bemerkt hat. Kaum hatte er sich auf sein Bett gesetzt, kippte er um und schlief ein. Ich habe mich gestern nicht weiter um ihn gekümmert und werde so lange nicht mit ihm reden, bis er sich für sein fieses Verhalten entschuldigt hat.

Als das Taxi uns gestern Abend nach Hause gebracht hatte und ich die Tasche mit meinen Geschenken ins Haus trug, griff Jack sich Guys Mütze.

»Zu welcher Gelegenheit willst du dieses Ding eigentlich tragen? Wenn du mit dem Fahrrad an der Ecke stehst und Zwiebeln verkaufst?«, fragte er.

»Guten Morgen!« Fröhlich betritt er mein Schlafzimmer, rubbelt sich mit einem Handtuch das feuchte Haar trocken und erzählt, dass er heute Morgen bereits gejoggt ist, um seinen Kater loszuwerden. Anscheinend hat er kurz zuvor in mein Zimmer geschaut, aber als er sah, dass ich noch tief und fest schlief, wollte er mich nicht wecken.

Ich setze mich auf, wickle mich in die Bettdecke und beobachte, wie Jack sich anzieht.

»Nancy käme im Fernsehen sicher wunderbar zur Geltung«, meint er, während er auf meinem Bett sitzt und in seine Schuhe schlüpft. Er spürt nichts von der angespannten Atmosphäre und lächelt über irgendetwas. »Ich finde es toll, dass sie die ganze Zeit so getan hat, als hätte sie alles selbst gekocht. Das war witzig und irgendwie charmant.«

Sein Handy klingelt.

»Entschuldige«, flüstert er und geht zum Telefonieren auf den Flur.

Verärgert sitze ich kerzengrade im Bett. Wer kann das sein, so früh am Morgen?

»Wer war das?«, frage ich, als er wieder ins Zimmer kommt. Ich bin sicher, den Namen Vanessa gehört zu haben.

»Arbeit, wie immer.«

»Ganz schön früh, findest du nicht? Es ist erst sieben Uhr.«

»Bist du schon wieder dabei, mich zu überprüfen?«

Er lächelt, doch dieses Mal lasse ich es nicht auf sich beruhen.

»Stimmt genau«, sage ich. »Gestern Abend hat dein Telefon auch die ganze Zeit geklingelt. Wer war das?«

Seine Augen werden dunkel. »Mach es nicht kaputt, Gilly!«

»Was soll ich nicht kaputt machen?«

Er geht nicht darauf ein. »Bis später.«

Ich laufe hinter ihm her. »Was soll ich nicht kaputt machen?«, wiederhole ich. »Und was hat das hier alles eigentlich zu bedeuten?«

Er dreht sich zu mir um. »Wir haben doch viel Spaß miteinander, oder nicht?«

»Spaß? Das ist es also, worauf du aus bist, ja? Ich dachte, die Sache zwischen uns würde dir ein bisschen mehr bedeuten.«

»Das muss ich mir nicht anhören!«

»Warte! Und wage es bloß nicht, dich aus dem Staub zu machen!« An der Haustür stelle ich ihn. »Wenn das alles für dich nur ein unverbindliches Techtelmechtel ist, dann will ich alles wissen – und zwar jetzt!«

Ed war genauso. Sein Motto lautete: »Genieße dein Leben und denke nicht an morgen.« Ich bin nicht bereit, noch einmal in einer solchen Sackgasse zu landen.

»Gilly, was ist bloß in dich gefahren?«

»Ich weiß absolut nichts von dir«, platze ich heraus.

»Ich lege eben Wert auf mein Privatleben. So war ich schon immer.«

»Privatleben ist ja auch okay, aber ich habe keine Ahnung davon, wer du bist.«

»Ich muss jetzt wirklich gehen.«

»Klar doch. Geh einfach meinen Fragen aus dem Weg.«

»Du fragst zu viel.«

»Außerdem hat es mir nicht gefallen, wie du mit Guy umgegangen bist.« Jetzt komme ich so richtig in Schwung.

»Na, dann rede doch mit ihm!«, schreit er mich an und schlägt mir die Tür vor der Nase zu.

Wütend stelle ich mich unter die Dusche.

Was verbirgt Jack?

Ich werde mich nicht noch einmal zum Narren halten lassen, doch in dieser Beziehung, falls sie ihren Namen überhaupt verdient, diktiert bisher Jack die Bedingungen.

*

Während des Spaziergangs im Park bin ich noch immer wütend. Meine Gedanken wandern von Jack zu Guy, von Guy zu Jack, von Nancy zu Guy, von mir zu Jack und schließlich zu Ed.

Seit meinem vierunddreißigsten Geburtstag hat sich viel verändert.

Voriges Jahr um diese Zeit waren Ed und ich noch verlobt.

Ich war immer der Meinung gewesen, dass er auf ganz konventionelle Art um meine Hand anhalten würde – bei einem Candle-Light-Dinner, in einer Gondel auf einem Kurztrip nach Venedig oder an meinem Geburtstag, indem er das kleinste Geschenk bis zum Schluss zurückhalten würde. Für jedes Szenario hatte ich eine entsprechende Antwort vorbereitet – so wie Schauspielerinnen es bei den Oscarverleihungen tun.

Dad rief mich regelmäßig an und fragte immer wieder, ob es denn Neuigkeiten gäbe.

Aber Ed machte mir seinen Antrag in einem überfüllten Lift in der U-Bahn-Station Covent Garden. Wir hatten uns gerade

*Così fan tutte* angesehen, und ich erinnere mich, dass wir gegen ein Paar gequetscht wurden, das sich zankte wie die Kesselflicker.

»Stell dir mal vor«, flüsterte ich Ed zu, »der Aufzug bleibt stecken, und wir müssen den beiden die ganze Nacht zuhören!«

»Mir würde es nichts ausmachen, hier stecken zu bleiben«, sagte er. »Schließlich habe ich ja dich.«

Dann griff er nach meiner Hand.

»Willst du mich heiraten, Gilly?«

»Pst«, machte ich, was natürlich nicht der lange eingeübten Reaktion entsprach.

Monatelang hatte ich mich darauf vorbereitet, ihm die Arme um den Hals zu schlingen und »Ja! Oh ja!« zu hauchen.

Mein Vater war der Erste, der von dem Antrag erfuhr, brachte es aber nicht über sich, mir zu gratulieren. Das ist nicht seine Art. »Das wurde aber auch Zeit«, war sein einziger Kommentar, aber ich konnte die Freude in seiner Stimme hören. Er mochte Ed.

Anschließend rief ich Susie und Anna an, die beide ganz genau wissen wollten, wie der Antrag abgelaufen war. Ich durfte nicht das kleinste Detail auslassen.

Als wir den Aufzug verließen und die Leute in alle Himmelsrichtungen davonliefen, fragte Ed mich, warum ich so still sei. Ich nahm seine Hand und erklärte ihm, dass sein Antrag mich überrascht hatte. Nie hätte ich erwartet, dass er in einem überfüllten Lift um meine Hand anhalten würde.

»Ich habe es nur getan, um die Kesselflicker zum Schweigen zu bringen«, antwortete er. »Tut mir leid, ich hätte dich schon lange fragen sollen«, fügte er nach einer Pause hinzu.

»Ich hätte dich schon lange fragen sollen …« Aber warum hatte er es nicht getan? Zum ersten Mal fällt mir auf, dass sich meine Meinung über Ed geändert hat. Der Schmerz darüber, dass wir nicht geheiratet haben, ist plötzlich verschwunden. Ich wollte Sicherheit, ja, aber haben wir uns wirklich geliebt? Hätten wir aus dem richtigen Grund geheiratet?

Oh Guy, warum hast du dich bis jetzt noch nicht gemeldet? Ich weiß nicht, warum, aber ich bin nervös. Bist du gut nach Hause gekommen?

In diesem Augenblick klingelt mein Telefon.

Ohne nachzudenken, nehme ich ab: »Guy?«

»Tut mir leid, dass ich dich enttäuschen muss.«

Es ist Jack.

»Ich wollte mich für heute Morgen entschuldigen«, beginnt er. »Und ich möchte mich auch dafür entschuldigen, dass ich nicht nett zu deinem Freund war. Ich hatte den Eindruck, er würde mich verurteilen, und damit kann ich nicht gut umgehen. Außerdem hatte ich zu viel getrunken.«

»Ist doch egal«, entgegne ich.

Mir fehlt die Energie zum Streiten.

»Pass auf, ich habe im Dezember für uns beide ein Fünf-Sterne-Hotel in Somerset gebucht. An dem ersten Wochenende, nachdem *Stargazer* vorbei ist.«

»Nett«, sage ich unbestimmt und mache mir Sorgen um Guy.

Bestimmt hatte er auf dem Heimweg einen Unfall und liegt im Krankenhaus. Ich höre ein Martinshorn.

»Gilly?«

»Ja?«

»Das Hotel gefällt dir ganz bestimmt. Ich schicke dir die Einzelheiten per E-Mail.«

Nachdem Jack aufgelegt hat, versuche ich einen Rückruf, aber er nimmt nicht ab.

Als mein Telefon wieder klingelt, melde ich mich völlig überhastet, kann aber meine Enttäuschung nicht verbergen, als es Anna ist.

Sie ruft vom Büro aus an und erkundigt sich, wie es mir heute Morgen geht.

# 37

Es ist fast ein Uhr. Mari ist unterwegs, um uns etwas zum Mittagessen zu besorgen. Weil es am Morgen im Geschäft sehr ruhig war, habe ich endlich angefangen zu schreiben – und es hat mir sogar Spaß gemacht. Außerdem hat es mich abgelenkt, denn Guy hat sich noch immer nicht gemeldet.

Ich werfe einen Blick auf mein Handy. Natürlich – keine Nachricht. Auch im Park war er nicht.

»Warum mache ich mir so viele Gedanken um ihn?«.

Als ich allein bin und Basils und Ruskins Schnarchen aus Richtung des Sofas die einzigen Geräusche um mich herum sind, fällt mir die venezianische Vase auf, die ein Stück unter dem Tisch hervorsteht. Sie könnte leicht umfallen, wenn jemand sie übersieht. Vorsichtig hebe ich sie hoch und werfe einen Blick auf das Preisschild. Zweitausend Pfund. Suchend blicke ich mich um. Ist auf irgendeinem Tisch noch ein Plätzchen frei? Aber vielleicht könnte ich die Vase auch auf dem mittleren Regal unterbringen?

Ich hole die Leiter aus dem Untergeschoss. Ruskin und Basil sehen mir aufmerksam zu, als ich sie hinaufsteige. Während ich die Vase fest umklammere, taste ich mich vorsichtig von Sprosse zu Sprosse.

Plötzlich geht die Ladentür. Ich verliere die Balance, sehe die Vase durch die Luft fliegen, und dann höre ich das schreckliche Geräusch zersplitternden Porzellans.

»Was soll ich nur tun?« Verzweifelt packe ich die Scherben in eine Zeitung. »Mari bringt mich um! Und du bist schuld!«

»Ich?«

»Ja, du. Du bist überhaupt an allem schuld, Guy«, füge ich hinzu, als er mir einen Blumenstrauß überreicht.

»Ein verspätetes Geburtstagsgeschenk«, sagt er.

Ich befürchte schon, dass Trouble mit ihrem wedelnden Schwanz das nächste teure Kleinod zerbricht, also beschließen wir, die Hunde nach draußen zu schicken, nachdem ich die tiefroten Dahlien aus Guys Garten in eine Vase gestellt habe.

»Du bist heute Morgen nicht im Park aufgetaucht«, sage ich, während er mir hilft, die Unordnung zu beseitigen.

»Der Park ist fast wie die Arbeit«, stellt er fest. »Wenn du nicht anwesend bist, musst du wohl krank sein.«

»Ich habe mir Sorgen gemacht!«

»Sorgen?«

»Du hast mir keine SMS geschickt, und der gestrige Abend liegt mir noch im Magen.«

Nachdem Guy mehr oder weniger des Hauses verwiesen worden war, hatte sich Nancy an mich gewandt.

»Diesen Kerl bringst du nie wieder mit – verstanden?«, hatte sie gesagt. Und später, beim Kaffee, nachdem sie sich ein wenig beruhigt hatte: »Jack hingegen ist uns jederzeit willkommen. Er ist ein wahrer Gentleman.«

Jack hatte nur gelächelt.

»Es war einfach nur ein Desaster«, sage ich zu Guy, lache nervös und stecke die in Zeitungspapier verpackten Scherben in eine große schwarze Mülltüte. »Ich fürchte, du hast bei Nancy ab sofort Hausverbot.«

»Ach ja?« Guy kann darüber nur grinsen.

Wir setzen uns auf das Sofa.

»Der Abend war ein kompletter Reinfall«, wiederhole ich. »Dich haben sie rausgeworfen, und ich bin eine traurige alte Jungfer, die darauf warten muss, dass auch ›ihre Zeit kommen wird‹.«

»Ich bin nur Gärtner.«

»Ich nur eine Verkäuferin.«

»Ich bin siebenunddreißig.«
»Ich fünfunddreißig.«

Als Mari mit unserem Mittagessen und zwei Bechern Kaffee hereinkommt, findet sie uns mit den Hunden, die wieder im Laden sind, auf dem Sofa vor. Wir biegen uns vor Lachen.

»Das ist überhaupt nicht witzig«, japse ich immer wieder.

»Na ja, irgendetwas scheint doch witzig zu sein«, sagt Mari.

Ihr Blick wandert von mir zu Guy, ehe sie den Mützenmann begrüßt und ihn fragt, ob er nicht mit uns essen will. Sie hat griechischen Salat, Humus, Chips und dunkle, knusprige Brötchen gekauft und versichert ihm, es reiche bestimmt für uns drei.

Nach dem Essen geht Guy vor der Büste eines alten Niederländers in die Knie und schaut ihm in die Augen.

»Dieser Mann scheint ziemlich wichtig zu sein«, erklärt er. »Ein ernst zu nehmender Mensch.«

»Und er hat eine ganz schön große Nase«, sage ich.

»Wenn man sich seinen Mantel genau anschaut«, erklärt Mari, »dann erkennt man, dass er auch reich und mächtig gewesen sein muss. Oh, und das hier ist faszinierend. Schaut euch das einmal an.«

Sie bückt sich neben Guy und deutet auf das Loch in der linken Seite der Büste, wo eigentlich der linke Arm sein sollte.

»Er ist kaputt«, stellt Guy fest.

»Du bist ja genauso wie Gilly!« Mari schüttelt verständnislos den Kopf. »Natürlich ist er kaputt, aber das hier ist die Stelle, an der einstmals die Büste seiner Frau begann. Man hat sie abgehackt.«

»Wo mag sie nur hingekommen sein?«, überlege ich laut.

»Wo ist deine Frau jetzt?«, wendet sich Guy an den Niederländer. »Und fühlst du dich einsam ohne sie?«

»Vielleicht ist sie auf Weltreise gegangen«, sage ich.

»Vielleicht hat er ihr auch einen Antrag gemacht, und sie

ist daraufhin geflüchtet. Vielleicht sollte es einfach nicht sein«, sinniert Guy.

Mari und ich wechseln einen schnellen Blick, als Guy aufsteht und sich den Staub von den Knien klopft.

»Ich war noch nie im Keller«, wechselt er das Thema. »Darf ich ihn mir einmal anschauen?«

»Zeig ihn ihm, Gilly. Ich räume derweil ab.«

»Du hast eine wirklich nette Chefin.« Guy lächelt Mari an. »Kein Wunder, dass du hier nicht wegwillst.«

Ich begleite Guy die tückische Treppe hinunter und deute auf die bröckelnde Decke.

»Schau dir das mal an«, flüstere ich und berühre den Putz, der sich sofort rieselnd löst.

Maris Geschäft ist eine heruntergewirtschaftete Ruine. Eine Ruine mit Magie. Hier würde ich gern einmal für ein romantisches Dinner einen kleinen Tisch mit Kerzen aufbauen. Ich frage mich, ob Jack Sinn für so etwas hätte. Wohl eher nicht.

»Mari sagt immer, dass sie es renovieren und neu malern lassen will, aber sie tut es nie«, erzähle ich leise. »Vorsicht!«

Wir schlängeln uns durch den düsteren Raum. Inzwischen kenne ich ihn so genau, dass ich exakt weiß, wo ich meine Füße hinsetzen muss. Guy hingegen gibt sich große Mühe, nicht über irgendetwas zu stolpern.

»Hier entlang«, sage ich. »Ich möchte dir etwas zeigen.«

Ich strecke ihm die Hand entgegen, um ihm bei dem Slalom zu helfen. Er nimmt sie in seine, die sich warm anfühlt. Ich lasse sie erst wieder los, als wir vor einer großen, runden, silbernen Lampe stehen.

»Ich habe inzwischen eine ganze Menge von Mari gelernt«, erkläre ich und erzähle, dass die Lampe aus den Zwanzigerjahren stammt und vermutlich einer runden Bauernlampe nachempfunden ist, die man im achtzehnten Jahrhundert an Mauern befestigte und mit einer einzelnen Kerze bestückte.

Dann zeige ich Guy einen alten Leuchter und erkläre, es sei ganz leicht herauszufinden, ob es sich um modernes Glas handelt, denn dieses würde die Farben Blau und Grün reflektieren.

»Dieses Glas hier«, ich zeige auf den Leuchter, »ist durch Zigaretten- und Zigarrenrauch verfärbt. Moderne Leuchter haben nicht halb so viel Charakter, findest du nicht auch?«

Guy hört mir lächelnd zu.

»Jetzt kannst auch du erkennen, dass dieses Glas hier alt ist«, sage ich und deute wieder auf die runde Lampe.

Guy nickt. »Sie gefällt mir.«

»Dachte ich mir schon. Wie soll ich Mari bloß den Vorfall mit der Vase beichten?«, flüstere ich.

Guys Gesicht ist dem meinen ganz nah.

»Ich muss es tun, aber das Ding ist so verdammt teuer, dass ich kaum in der Lage sein dürfte, es ihr zu bezahlen.«

»Du kannst es doch einfach auf mich schieben«, schlägt er vor.

Als wir die Treppe hinaufkommen, hören wir, dass sich Mari mit Bob Chamerette, ihrem Mann für alles Gläserne und Metallene, unterhält. Er ist gerade damit fertig geworden, einige Objekte zu restaurieren, die Mari auf der letzten Antiquitätenmesse in Frankreich erstanden hat.

»Wirklich super, Bob«, lobt sie. »Komm mal her, Gilly! Erinnerst du dich noch an die alte Laterne? Wie toll sie jetzt aussieht!«

Bob ist klein und gedrungen und hat ein rundes Gesicht mit hellen Augen. Bei jedem Wetter trägt er weite, ein wenig schmuddelige T-Shirts über alten Jeans. Als Mari seine Arbeit lobt, wippt er auf den Fußsohlen vor und zurück und seine Augen strahlen vor Stolz.

»Ich bin so froh, dass es Ihnen gefällt, Mrs Gordon.«

»Bob, um Himmels willen, nennen Sie mich doch endlich Mari! Wir arbeiten schließlich schon seit – wie viele Jahre mögen es sein? – mindestens zwölf Jahren zusammen.«

Guy greift nach seinem Mantel und erklärt, er müsse jetzt gehen.

Ich bringe ihn zur Tür und begleite ihn hinaus.

»Danke für das Mittagessen«, sagt er. »Und es tut mir leid, dass du dir heute Morgen Sorgen um mich gemacht hast. Ich hätte anrufen sollen, aber ich musste erst über ein paar wichtige Dinge nachdenken.«

»Alles in Ordnung?«

Er nickt, aber ich habe den Eindruck, dass er etwas auf dem Herzen hat.

»Wegen Jack …« Er räuspert sich.

»Ja?«

»Er ist mir nicht ganz geheuer.«

»Ich weiß, du magst seinen Job nicht und …«

»Das ist es nicht. Also, ich …« Guy starrt auf den Bürgersteig. »Wie soll ich es nur ausdrücken?« Jetzt blickt er mir direkt ins Gesicht. »Irgendetwas sagt mir, dass man ihm nicht trauen kann.«

»Nicht trauen?«

»Ich möchte nicht, dass er dir wehtut, Gilly.«

»Aber ich bin schon ein großes Mädchen, Guy. Das hast du selbst gesagt.«

Verwirrt sieht er mich an.

»Vor ein paar Tagen, im Park, zu Mari«, erkläre ich. »Ich weiß, Jack hat sich gestern wie ein Idiot benommen, aber er kann auch wirklich nett sein.«

»Trotzdem bin ich mir nicht sicher, ob er der Richtige für dich ist.«

»Du hast ihn doch erst einmal getroffen«, verteidige ich Jack. »Weißt du, er hat mir sehr geholfen. Ganz ehrlich, ehe er bei mir einzog, war ich deprimiert und einsam. Du kannst dir gar nicht vorstellen, in welchem Zustand ich noch vor ein paar Monaten war, nachdem Ed mich verlassen hatte. Am Boden zerstört. Meinen Freunden blieb damals nichts anderes übrig, als mich in Einzelteilen aufzuklauben. Aber seit Jack eingezogen ist, fühle ich mich viel fröhlicher und besser.«

»Mag ja sein, aber …«

»Ich mag seine Freunde, ich fühle mich wohl in seiner Gesellschaft, und er bringt mich zum Lachen …«

»Aber er ist nicht gut genug für dich!«

Ich sehe, dass Mari uns von drinnen beobachtet, dann aber schnell den Blick abwendet, um sich weiter mit Mr Chamerette zu unterhalten.

»Guy, du kennst ihn nicht«, sage ich und senke die Stimme, weil Fußgänger an uns vorübergehen.

»Aber ich kenne Männer wie ihn. Junge Kerle, die Frauen falsche Hoffnungen machen und …«

»Das ist jetzt aber nicht fair. Du weißt überhaupt nichts über Jack. Und er macht mir auch keine falschen Hoffnungen.«

Ich erzähle ihm, dass er noch vor Weihnachten mit mir in ein Fünf-Sterne-Hotel mit Wellnessbereich fahren wird. Ich hasse mich, weil ich mich so oberflächlich anhöre, aber in dem Moment hasse ich auch Guy, weil er meine Beziehung zu Jack schlechtzumachen versucht. Das ist ausschließlich eine Sache zwischen Jack und mir.

»Fünf Sterne!«, sagt Guy und klingt alles andere als beeindruckt.

»Ich glaube, Mari hat recht, und du bist nur eifersüchtig«, sage ich.

Mein Herz klopft zum Zerspringen.

»Eifersüchtig?«, stammelt er. »Ich bin doch nicht eifersüchtig!«

Mari blickt erneut zu uns hinaus. Sie hat ihren Namen durch die offen stehende Tür gehört.

»Ich habe endlich jemanden kennengelernt«, sage ich leise, »und bin dabei, mein Leben zu ändern und Neues auszuprobieren. Mir scheint, dass du damit nicht fertig wirst.«

Guy greift nach meinem Arm und zieht mich vom Geschäft fort. Wir gehen ein Stück die Straße entlang.

»Selbstverständlich werde ich damit fertig. Es ist nur so, dass ich glaube, dass ihr beide nicht zueinanderpasst …«

»Und was ist mit dir?«, unterbreche ich ihn verärgert. »Funktioniert deine Beziehung etwa?«

»Wie bitte?«

»Ständig kritisierst du Jack und mich, aber was ist mit dir und Flora? Fühlt es sich etwa richtig an, dass sie abgehauen ist, nachdem du ihr einen Antrag gemacht hast?«

»Aber das ist doch etwas ganz anderes!« Allerdings lässt Guys verletzter Gesichtsausdruck darauf schließen, dass ich einen empfindlichen Nerv getroffen habe. »Außerdem geht dich das nichts an, Gilly.«

»Ganz richtig! Ich habe nichts mit deiner Beziehung zu schaffen – also kümmere dich gefälligst auch nicht um meine.«

Ich drehe mich um und laufe zurück zum Geschäft.

»Gilly?«

»Ich muss zur Arbeit. Lass mich in Ruhe!«

Ich sprinte an Bob Chamerette vorbei, der gerade das Geschäft verlässt, und ziehe mich ins Ladeninnere zurück.

Nur Minuten später taucht Guy wieder auf. Als er fragt, ob er mit mir unter vier Augen sprechen dürfe, spürt Mari sofort die Spannung zwischen uns.

»Können wir bitte noch einmal von vorn anfangen?«, sagt Guy leise und führt mich in eine ruhige Ecke. »Außerdem habe ich Trouble bei euch vergessen. Ach ja, und Mari«, sagt er wieder lauter, »ich muss noch etwas gestehen: Ich habe eine Vase zerbrochen und würde den Schaden gern in Raten abstottern, wenn das okay ist.«

»Aber das war er gar nicht«, mische ich mich ein. »Ich habe sie fallen lassen. Es tut mir wirklich leid.«

»Nein, es war meine Schuld. Ich habe Gilly abgelenkt.«

»Stimmt doch überhaupt nicht«, widerspreche ich. »Ich übernehme die volle Verantwortung, Mari. Es war die französische Rokokovase. Ich habe auf der Leiter die Balance verloren und –«

»Ja, aber das wäre nicht passiert, wenn –«

»Ruhe!«, brüllt Mari dazwischen.

Erschrocken schnappen wir nach Luft.

Mari schüttelt den Kopf. »Gilly, du solltest dir den Nachmittag freinehmen.« Sie mustert uns, bevor sie faucht: »Und was auch immer zwischen euch vorgefallen ist – bringt es gefälligst in Ordnung.«

*

Guy und ich gehen mit den Hunden die Pimlico Road entlang zur U-Bahn-Station.

Stumm brüten wir vor uns hin, als mein Handy klingelt.

»Kannst du reden?«, fragt Jack am anderen Ende.

»Schieß los.«

Jack schwärmt mir von einer exzentrischen Party am Abend vor, die bestimmt toll werden wird.

»Himmel, ich bin noch so müde von gestern Abend«, versuche ich, mich herauszureden.

Guy wirft mir einen Seitenblick zu.

»Ich würde heute Abend gern zu Hause bleiben«, sage ich, als mir plötzlich klar wird, dass ich schon wochenlang abends nicht mehr zu Hause war. »Aber geh doch allein.«

Jack ist absolut nicht einverstanden.

»Außerdem habe ich nichts zum Anziehen«, lautet meine nächste Ausrede.

»Nackt? Das klingt doch perfekt«, sagt Jack. »Außerdem könnten wir Nancy fragen, ob sie uns begleitet. Für dich ist es sicher netter, wenn eine gute Freundin dabei ist.«

Ich runzle die Stirn. »Für Nancy ist so ein Termin sicher zu kurzfristig …«

»Keineswegs, sie hat Zeit.«

»Was? Du hast sie schon gefragt? Aber woher hast du ihre Nummer?«

»Du hast sie mir selbst gegeben.« Ich höre den verhaltenen Ärger in seiner Stimme. »Wegen gestern Abend – für den Fall, dass ich zu spät komme oder den Weg nicht finde. Außerdem habe ich zuerst versucht, dich anzurufen, aber du bist nicht rangegangen. Anschließend habe ich mit Nancy telefoniert, um mich für den Abend zu bedanken, und dabei ist mir der Gedanke gekommen, dass es ihr vielleicht Spaß machen würde mitzukommen. Es war einfach so eine Idee. Und irgendwie hat sie mir auch leidgetan nach dem, was dieser Idiot gesagt hatte. Ich dachte, sie könnte ein wenig Aufmunterung gebrauchen.«

Ich schaue zu Guy hinüber.

»Wie kommt es, dass du die Party heute Morgen mit keinem Wort erwähnt hast?«

»Weil wir uns gestritten haben. Denk doch noch einmal darüber nach«, bettelt er.

»Aber der gestrige Abend war ziemlich heftig. Ich finde, wir sollten erst einmal wieder zur Ruhe kommen.«

Ich werfe einen Blick auf meine Uhr. Es ist drei Uhr nachmittags, und Nancy hat zugesagt. Ich weiß nicht, warum es mich derart irritiert, dass sie mitkommt. Sicher habe ich noch Zeit, ein passendes Outfit zu finden. Ich denke an die Zeitschrift, in der ich vor ein paar Tagen erst gelesen habe, dass man manchmal etwas Neues ausprobieren sollte, weil Routine uns umbringen kann.

»Okay«, sage ich schließlich. »Wohin soll ich kommen?«

Nachdem ich das Telefonat beendet habe, erzähle ich Guy, dass Jack mich zu einer Feier eingeladen hat.

»Hört sich gut an.« Er wartet auf nähere Details.

»Na ja, das Motto ist die Doku-Soap *The Girls of the Playboy Mansion*«, murmle ich.

»Wie bitte? Was?«

Tu etwas, das deine Umgebung überrascht, hatte der Artikel geraten.

»Er hat mich zu einer Playboy-Party eingeladen«, erkläre ich, als wir am Zebrastreifen stehen bleiben.

Guy grinst.

»Was ist daran so lustig?«, will ich wissen.

»Nichts.«

Ich lache. »Eigentlich habe ich gar keine Lust«, gestehe ich.

»Oh doch, die hast du.«

»Habe ich nicht.«

Wir überqueren die Straße.

»Ich weiß eigentlich gar nichts mehr«, sage ich inmitten des Verkehrslärms und laufe voraus.

»Ach was, Gilly, die Party wird sicher lustig.«

Guy hat mich eingeholt, bremst mich und legt mir einen Arm um die Schulter.

»Warte«, sagt er, als ich die Treppe zur U-Bahn hinuntergehen will. »Das, was ich über Jack gesagt habe, tut mir leid.«

»Schon gut. Mir tut es auch leid, was ich über Flora und dich gesagt habe.«

»Ist schon in Ordnung. Hör mal, ich könnte dir doch eigentlich helfen, oder?«

»Helfen?«

»Was willst du denn heute Abend anziehen?«

Möglichst wenig, hatte Jack mir geraten.

Ich grinse.

»Keine Ahnung. Himmel, ich wünschte, Jack hätte mir früher Bescheid gegeben. Ich hasse es, wenn ich keine Zeit habe, mich vorzubereiten. Ich bin kein besonders spontaner Mensch. Ich kann nicht einmal einen Brief in den Postkasten werfen, ohne die Anschrift vorher mindestens tausendmal überprüft zu haben.«

Ruskin und ich stehen mitten auf dem Bürgersteig allen Passanten im Weg, sodass Guy mich zur Seite zieht.

»Was willst du damit sagen?«, fragt er lächelnd.

»Dass ich nicht hingehen werde.«

»Sicher gehst du.«

»Aber ich habe nichts zum Anziehen.«

»Nun, zufällig kenne ich da genau die richtige Adresse«, sagt Guy in einem Ton, dass ich ihm nur gehorchen kann. »Komm mit. Das wird sicher lustig!«

*

Guy hat mich in eine elegante, ziemlich ausgefallene Boutique geschleppt. Ich befinde mich in einer verschwenderisch mit Samtvorhang, einem pelzbezogenen Hocker und einem extravaganten, mit Amoretten besetzten Spiegel ausgestatteten Umkleidekabine und bin dabei, mich in ein winziges, eng anliegendes scharlachrotes Minikleid, weiße Netzstrümpfe und passende Pumps mit absoluten Killer-Absätzen zu zwängen.

Als ich mich grinsend im Spiegel betrachte, frage ich mich, woher Guy diese versteckte Boutique kennt.

Vorsichtig gehe ich einige Schritte. Himmel, wie bringen Menschen es nur fertig, in solchen Dingern zu laufen? Ich trage ja gern hohe Absätze, aber diese hier spielen in einer anderen Liga.

»Ich kann mich nicht zeigen!«, rufe ich aus der Kabine. »Ich sehe aus wie eine Nutte.«

»Aber das ist doch der Sinn der Sache«, erklärt Guy. Trouble sitzt auf seinem Schoß, Ruskin zu seinen Füßen. »Jetzt komm schon. Die Hunde und ich sind immerhin unvoreingenommene Betrachter.«

Ich schiebe den Vorhang beiseite und zeige mich.

Guy mustert mich prüfend. »Sechs von zehn«, sagt er schließlich.

Ich werfe einen Blick in den Spiegel. »Mehr nicht?«

Er nickt. »Du musst ein Outfit nicht einfach nur tragen, sondern darin leben«, rät er. »Man hat den Eindruck, du würdest dich nicht wohlfühlen.«

»Stimmt tatsächlich. Okay, dann suche ich dir jetzt etwas aus, das dich total umhauen wird.«

»Ich freue mich schon drauf.«

Nach und nach probiere ich jedes in der Boutique verfügbare Kleidungsstück an.

Ich überrasche Guy im Kostüm eines französischen Dienstmädchens mit sexy weißen Strapsen und einem schwarzen Korsett, das meine eher bescheidenen Brüste zu ungeahntem Volumen pusht. Ich wage kaum zu atmen, während ich verführerisch vor ihm posiere.

»*Bonjour, Monsieur.*« Ich kitzle ihn mit einer rosafarbenen Federboa so unter dem Kinn, dass er lachen muss.

Als ich auch Ruskin mit dem Ding necke, versucht er, sofort hineinzubeißen.

Als Nächstes probiere ich ein Elfenoutfit in Babyrosa an.

Eine der Verkäuferinnen unterstützt mich beim Anlegen der Flügel.

»Schon besser«, meint Guy, und ich werfe ihm eine Elfenkusshand zu. »Sieben von zehn.«

»Mir scheint, du genießt die Modenschau!«, rufe ich aus der Kabine, während ich in das nächste Kostüm schlüpfe.

»Ich habe schon lange nicht mehr so viel Spaß gehabt«, antwortet er, als ich mit Cheerleader-Pom-Poms vor den Vorhang trete.

»Was ich dir noch erzählen wollte: Nancy kommt heute Abend auch.«

»Nancy? Du liebe Zeit! Warum denn das?«

»Jack dachte, ich würde mich wohler fühlen, wenn eine Freundin dabei ist.«

»Du bist mutiger, als ich dachte.«

»Woher wusstest du eigentlich, dass Nancy den Kuchen nicht selbst gebacken hatte?«, will ich wissen und linse um die Vorhangecke.

»Du erinnerst dich, dass ich zur Toilette musste?«

»Ja, du warst endlos lang weg.«

»Ich war draußen, musste eine rauchen«, gibt er zu. »Und dabei habe ich die Schachteln der Gourmet Company gesehen. Sie hatte sie im Garten versteckt. Die Paella war übrigens auch bestellt.«

Ich erzähle Guy, dass Nancy sich immer etwas auf ihre Kochkunst eingebildet hat, und frage mich, ob Nicholas die ganze Zeit über die Gourmet Company Bescheid wusste. Als ich die Kuchen-Episode noch einmal Revue passieren lasse, muss ich unwillkürlich lächeln.

»Nancy stellt sich immer als perfekt dar, aber jetzt hat ihr

Image einen tiefen Kratzer bekommen«, sinniere ich, während ich in einer Satinweste mit Fliege, weißen Satinhandschuhen und Zylinder vor Guy trete.

»Wahrscheinlich nicht nur einen«, entgegnet Guy.

Ich setze den Zylinder auf, und Guy schüttelt lachend den Kopf.

»Ich mag übrigens die Mütze, die du mir geschenkt hast«, bemerke ich.

»Und ich muss jetzt noch einmal nach Prag, um mir eine neue zu kaufen. Aber dir steht sie sowieso viel besser als mir.«

Ich lächle und versuche zu verstehen, warum ich mich von Guy so angezogen fühle.

»Atmen Sie ein«, fordert die Verkäuferin mich auf, als ich das letzte Outfit anprobiere.

»Mache ich doch«, sage ich und kichere.

Es ist wirklich lächerlich, ich tauge einfach nicht zum Playgirl.

»Wahnsinn!«, meint sie. »Nur essen und trinken dürfen Sie nichts. Und sich auch nicht setzen, geschweige denn atmen.«

»Jetzt komm schon!«, ruft Guy. »Ich warte!«

»Immer mit der Ruhe«, antworte ich.

Schließlich stolziere ich in einem silbernen Kleid mit falschem Pelzbesatz aus der Kabine.

»Das hier haben Sie noch vergessen.«

Die Verkäuferin drückt mir ein silberweißes Haarband mit pelzigen Bunny-Ohren auf meine blonde Perücke und reicht mir ein fedriges Etwas.

»Wozu brauche ich das?«

»Um Ihre ›Beute‹ einzuwickeln.«

Laut Verkäuferin bin ich jetzt ein Platin-Bunny.

Guy verschlägt es fast die Sprache.

»Das war's dann aber auch. Mehr gibt es nicht anzuprobieren«, sage ich erschöpft und ein bisschen unwirsch mit dem verflixten Federding in der Hand. »Damit muss ich mich jetzt zufriedengeben.«

Guy gibt vor, sich mit Ruskin zu unterhalten. »Er sagt, du sähest total heiß aus. Einfach süß!«

»Und was denkst du?«

»Eine glatte Zehn«, sagt er mit anerkennendem Blick.

# 38

Während ich mich für den Abend style, frage ich mich, warum es mir so schwerfällt, mich umzuziehen. Trotz Guys Versicherung, dass ich den Abend bestimmt genießen werde, muss ich mir eingestehen, dass ich mir da gar nicht so sicher bin. Lächelnd denke ich an Dad, der zu Salsa-Kursen geschleppt wurde, obwohl er viel lieber mit einer Zigarre in der Badewanne gelegen hätte.

Vielleicht sollte ich jetzt – mit fünfunddreißig – ein paar Dinge infrage stellen. Jahrelang habe ich meine Gewohnheiten nicht verändert, beispielsweise verstaue ich mit der Präzision eines Uhrwerks meine Sachen im Fitnessstudio immer im gleichen Schließfach mit der Nummer neunundneunzig. Nur ein einziges Mal habe ich bisher das Fach gewechselt und war anschließend felsenfest davon überzeugt, ich wäre bestohlen worden. Wütend scheuchte ich das Personal auf, weil ich ausgerechnet an diesem Tag ein sündhaft teures Anti-Chlor-Shampoo dabeihatte, das fehlte. Erst nach einigem Hin und Her dämmerte mir, dass meine übliche Nummer neunundneunzig besetzt gewesen war und ich ein anderes Schließfach hatte benutzen müssen.

Eine andere Gewohnheit ist die Hundegruppe, die sich jeden Morgen um die gleiche Zeit unter der Eiche trifft. Warum muss es ausgerechnet immer dieser Baum sein? Allerdings sind wir nicht die Einzigen, die sich sklavisch an ihre Routine halten. Guy und mir ist aufgefallen, dass Rita, die frühere Bürgermeisterin von Hammersmith, die Eichhörnchen im Park jeden Tag zur gleichen Zeit füttert und ihr Elektromobil stets an der gleichen Stelle neben dem Denkmal parkt. Aber vielleicht ist es ja auch einfach nur so, dass wir nicht daran denken, unsere Angewohnheiten zu verändern, selbst wenn es sich nur darum handelt, wo und zu welcher Zeit wir Eichhörnchen füttern.

Nachdem ich mir den letzten Schliff verpasst und in meine Bunny-Pumps geschlüpft bin, beschließe ich, dass es höchste Zeit ist, etwas Abwechslung in meine Routine zu bringen: Der Anfang wird sein, diesen Abend zu genießen. Vielleicht ist Jack ja genau der richtige Mensch, den ich in diesem Lebensabschnitt brauche. Ich muss wieder spontan werden, mich bereit fühlen, jung und lebendig zu sein, und sollte keine Angst mehr vor der Zukunft haben. Jack hat recht. Manchmal hinterfrage ich Dinge in solch einem Maß, dass der halbe Spaß auf der Strecke bleibt.

Ein Telefonanruf unterbricht mich in meiner Vorbereitung.

Susie will über das Drama des vergangenen Abends reden.

»Du tust was?«, fragt sie, obwohl ich ihr klipp und klar erklärt habe, womit ich gerade beschäftigt bin.

»Lach mich bitte nicht aus«, flehe ich sie an. »Gib mir lieber ein paar Tipps, wie ich diese Demütigung durchstehe.«

»Am besten kaufst du dem Gastgeber noch ein großes Geschenk. Nicht teuer, nur umfangreich. Und dahinter kannst du dich dann verstecken.«

Ich muss lachen.

»Was hältst du übrigens von Jack?«

Ich kann mich nicht zurückhalten, sie zu fragen, denn Susie hat sich bisher noch nicht über ihn geäußert.

»Ich mag ihn«, sagt sie unsicher. »Er sieht wirklich gut aus, aber …«

»Aber was?«

»Keine Ahnung. Ich denke, er ist nett.«

»Wir fahren im nächsten Monat zusammen übers Wochenende weg.«

»Toll! Wohin?«

»Und wie findest du Guy?«, frage ich, statt eine Antwort zu geben.

»Er ist wirklich interessant.« Jetzt klingt sie überzeugter. »Mark und ich haben über ihn gesprochen. Ich fand ihn total sympathisch. Ganz anders, als wir dachten, aber …«

Ich warte.

»Uns hat gefallen, wie er Nancy entgegengetreten ist. Ich glaube, er ist ein prima Kumpel, den du dir unbedingt warmhalten solltest.« Sie macht eine Pause. »Tut mir leid, aber Mark und ich haben uns über die Kuchen-Geschichte förmlich ausgeschüttet vor Lachen.«

Auch jetzt kann ich ein Lächeln in ihrer Stimme hören.

*

Nancy steigt in einem fabelhaften, feuerroten Strasskorsett mit einer Perücke in der gleichen Farbe zu mir ins Taxi. Sie sieht fantastisch aus – ganz Femme fatale.

Unterwegs entschuldige ich mich noch einmal für Guys Fauxpas und betone, dass es wirklich nicht in seiner Absicht lag, sie bloßzustellen.

Nancy bemüht sich im Gegenzug, mir zu versichern, dass der Geburtstagskuchen und die Paella wirklich die einzigen Gerichte seien, die sie je in ihrem Leben bestellt habe.

Ich tue so, als würde ich ihr glauben.

»Ich kann mir kaum vorstellen, dass du mit diesem Kerl auch nur irgendetwas gemeinsam hast«, sagt Nancy, zieht ihre Lippen nach und quietscht kurz auf, als das Taxi über eine Schwelle fährt und ihr Lippenstift verschmiert.

Sie erklärt, es mache Nicholas absolut nichts aus, dass Jack sie für den heutigen Abend eingeladen habe, er bliebe wirklich gern bei den Kindern. Außerdem würde er eher ein Konzert von Céline Dion ertragen, als zu einer Playboy-Party gehen zu müssen.

»Er hat nicht die geringste Ahnung, was ihm entgeht«, sagt

sie. »Und dabei sollte man meinen, er würde die Gelegenheit, andere Frauen in Korsetts zu sehen, sofort beim Schopf packen. Er ist wirklich ein echter Langweiler geworden.«

*

Unser Taxi hält vor einem schicken Anwesen in South Kensington. Wir betreten eine große Halle mit schwarz-weiß gefliestem Boden, einem strahlenden – modernen – Kronleuchter und Porträts von wichtig aussehenden, aber offenbar schwermütigen Aristokraten an den Wänden.

Nancy zeigt nicht die kleinste Hemmung, legt ihren Mantel ab und reicht ihn dem Mann an der Garderobe, ohne sich auch nur zu bedanken. Ich hingegen schäle mich schamhaft aus meinem Mantel und danke ihm für uns beide.

Ein Mann mit schwarzer Krawatte stempelt uns ein Playboy-Bunny auf den Handrücken, und dann folgen wir dem Lärm ins Untergeschoss. Meine Knie zittern, und ironischerweise bin ich nun tatsächlich froh, Nancy in ihre Parfümwolke gehüllt hinter mir zu wissen.

»Wie läuft es denn so zwischen Jack und dir?«, schreit sie über den Lärm hinweg.

»Prima!«, brülle ich zurück.

Wir erreichen einen mit Frauen in Korsetts, Strapsen und Netzstrümpfen überfüllten Raum. Ich streife eine Frau, die nichts anderes trägt als einen Glitzerstring und ein Paar Flügel auf dem Rücken.

»Das Geheimnis dabei ist«, sagt Nancy selbstbewusst, als ginge sie jeden Tag auf solche Partys, »dass du ständig in Bewegung bleibst. Nur so wirst du nicht dauernd angegrapscht.«

Auf der anderen Seite des Raums steht eine Frau mit blonden Extensions. Sie trägt nichts als Nippel-Cover mit Troddeln. Ehrfürchtig bewundere ich ihr Selbstvertrauen und kann die Augen kaum von ihr abwenden.

»Nur billiger Plunder«, urteilt Nancy abschätzig, nachdem

sie die Frau vom Scheitel bis zur Sohle gemustert hat. »So etwas mögen Männer nicht. Männer stehen auf Klasse.«

Plötzlich taucht Jack hinter uns auf.

»Wieder einmal ein Beispiel, dass weniger nicht unbedingt mehr ist«, flüstert er uns zu. »Im Vergleich zu ihr seht ihr fantastisch aus«, fügt er mit einem Blick auf unsere Outfits hinzu.

Nancy lacht gurrend.

Jack versorgt Nancy und mich den ganzen Abend lang mit Getränken.

Sobald er außer Hörweite ist, versuche ich, einige seiner Freunde über ihn, seine Familie und sein Zuhause in Bath auszuhorchen.

Seine Kollegen erzählen mir, wie angenehm es ist, mit ihm zu arbeiten, aber weiter dringe ich nicht vor.

Ich fühle mich albern, weil ich nach dunklen Geheimnissen suche, die vermutlich gar nicht existieren.

Ich strecke die Hand aus und berühre Jacks Arm.

Nancy scheint verstimmt darüber, dass ich ihre Unterhaltung unterbreche.

»Ich gehe mal eben für kleine Mädchen«, sage ich und schlinge meine Arme um Jacks Hals. Verärgert rückt Nancy ein Stück zur Seite. »Und wenn ich zurückkomme, möchte ich mit dir tanzen. Rühr dich also nicht vom Fleck.«

»Versprochen«, sagt er und wirft mir eine Kusshand zu.

Auf der Toilette sehe ich, wie sich zwei Frauen verstohlen in eine Kabine quetschen, dann höre ich ein eindeutiges Schniefen.

Meine erste Begegnung mit Kokain hatte ich mit Anna in Manchester. Es war drei Uhr nachmittags an einem verregneten Sonntag. Ich erinnere mich, wie Anna das kreideweiße Pulver mit einer Kreditkarte zerhackte. Als ich es ausprobierte, unterschied sich die Empfindung kaum von der einer Tasse sehr starken Kaffees. Viel schöner war die konspirative Gemeinsamkeit mit Anna, weil wir etwas Verbotenes getan hatten. Obwohl ich persönlich dem Kokain nicht viel abgewinnen kann, kokst offenbar die halbe Medienwelt. Überraschenderweise scheint Jack zu den Ausnahmen zu gehören.

Als ich zurückkomme, kann ich Jack nicht mehr an der Bar entdecken. Er ist nirgendwo zu sehen, und auch von Nancy fehlt jede Spur.

Ich stakse die dunkle Treppe ins Untergeschoss, wo getanzt wird, und schlängle mich durch die verschwitzte Menge. Der Raum scheint sich zu drehen. Man tritt mir auf die Füße, eine betrunkene Frau rempelt mich an, Paare küssen sich eng umschlungen. Ich habe die Nase gestrichen voll und will nur noch nach Hause.

Wo können sie nur sein? Verzweifelt suche ich den Raum ab, schaue auf die Uhr. Es ist schon nach Mitternacht. Vielleicht ist Nancy heimgefahren – aber warum hat sie mir dann nicht Bescheid gesagt?

Es ist viel zu heiß hier unten. Ich sehne mich nach frischer Luft. Mühsam bahne ich mir den Weg zum Ausgang. Musik hämmert in meinen Ohren.

Jemand oder etwas berührt meine Beine. Als ich mich umdrehe, stehe ich einem Mann gegenüber, der wie ein italienischer Fußballer aussieht. Seine baumdicken Oberschenkel haben sich in meinen Beinen verschlungen, und er taumelt gegen mich. Ach, du grüne Neune!

Während ich mich zu befreien versuche, entdecke ich vor mir eine Frau mit einer blonden Perücke und einem enormen Busen. Sie liegt auf dem Boden und beginnt – nun, formulieren wir es mal so – sexuelle Posen einzunehmen, die alle Männer in näherer Umgebung, einschließlich Mr Oberschenkel, dazu ermutigen, sich auf sie zu legen.

Im Eifer des Gefechts werde ich gegen ein Paar gedrückt, das sich befummelt wie wollüstige Teenager.

Hastig verziehe ich mich und renne die Treppe hinauf, wild entschlossen, meinen Mantel aus der Garderobe zu holen und die Party zu verlassen. Ich bin stinksauer. Ich hätte gar nicht erst herkommen sollen, und Nancy hätte nicht ohne mich heimfahren dürfen. Als ich dem lockigen Garderobenmann meine Marke reiche, dringen dumpfe Wortfetzen aus dem Flur an mein Ohr.

»Ich habe das Gefühl, dass sie mehr darin sieht als ich«, sagt eine Männerstimme. »Sie scheint etwas Festes zu wollen … Immerhin ist sie schon fünfunddreißig.«

»Ihre biologische Uhr tickt, Jack.«

»Himmel, aber genau das will ich nicht. Ich bin nicht bereit dazu. Ich will mich auf gar keinen Fall binden. Ich glaube, ich muss mit ihr reden.«

»Ich glaube, das solltest du wirklich tun.«

»Ständig löchert sie mich wegen der Wochenenden und versteht nicht, dass ich meinen Freiraum brauche. Außerdem muss ich arbeiten.«

»Natürlich musst du arbeiten, Darling. Du bist sehr erfolgreich, dafür sollte sie Verständnis aufbringen.«

»Sie selbst hat eben keine beruflichen Ambitionen.« Er lacht. »Sie ist halt nur eine Verkäuferin.«

»Du sagst es. Ganz ehrlich, Jack, du brauchst kein schlechtes Gewissen zu haben, wenn du mit ihr Schluss machst«, erklärt Nancy. »Allerdings bin ich der Meinung, du solltest es möglichst bald tun.«

»Entschuldigung«, stört mich der Garderobenmann, »ist das hier Ihr Mantel?«

»Aber wie soll ich es ihr nur sagen?«, fährt Jack fort. »Ich habe immer nur davon gesprochen, dass wir ein bisschen Spaß haben sollten …«

»Es ist nicht deine Schuld, Darling. Komm, wir sollten wieder zu ihr gehen.«

»Warte, Nance. Nur noch einen Kuss …«

Nancy kichert. »Aber ich bin verheiratet.«

»Ach ja?«

»Du bist ein wirklich böser, böser Kerl, Jack Baker.«

Als ich sie kommen höre, schnappe ich mir meinen Mantel und stürme davon.

*

Im Taxi krame ich meine Puderdose hervor und betrachte mich im Spiegel. Meine Augen sind rot, meine Wangen brennen. Ich reiße mir die Perücke vom Kopf, rubble die rote Farbe von meinen Lippen und wische mir das klebrige Make-up von den Wangen. Fröstelnd ziehe ich den Mantel enger um meine Schultern.

Bei der Erinnerung an Jack und Nancy wird mir noch kälter. Ich hätte meinem Instinkt vertrauen sollen, denn im Innersten wusste ich es doch. Wem also wollte ich etwas vormachen? Doch nur mir selbst!

Ich habe mich immer bemüht, Nancy zu verstehen. Okay, ich finde nicht wirklich einen Zugang zu ihr, aber ich habe die Tatsache respektiert, dass sie mit Nick verheiratet und die Mutter von Hannah und Tilda ist. Wie konnte sie nur so etwas tun? Warum hat sie mich so gedemütigt?

Und dann ist da noch Jack. Nancy! Er steht auf Nancy! Er hat sie geküsst!

Ich klappe die Puderdose zu. Wie konnte ich nur auf einen wie ihn hereinfallen? Ich hasse mich dafür, denn ich hätte es besser wissen müssen. Wie stehe ich denn jetzt da! Guy hat recht gehabt. Ich passe nicht in diese Art von Leben und werde es auch niemals tun. Jack hat unsere Beziehung nie ernst genommen, sondern nur nach einem netten Zeitvertreib gesucht. Und ein Lügner ist er obendrein! Man denke nur an die vielen mysteriösen Anrufe. Vielleicht ist er ja doch verheiratet und fährt jedes Wochenende zu seiner Frau? Ich glaube kein Wort mehr von dem, was er gesagt hat. Ich bin wütend und fühle mich so unendlich dumm.

Mein Handy klingelt, und auf dem Display erscheint *Jack Handy*.

Ich warte nicht ab, bis er sich meldet, sondern ergreife die Initiative: »Ich habe euch gehört, Jack. Und gesehen.«

»Was hast du gesehen? Wo bist du überhaupt?«

»Auf dem Heimweg. Und wage es bloß nicht, mir zu folgen. Ich will dich in meinem Haus nicht mehr sehen.«

Mit diesen Worten schalte ich mein Handy aus.

»Alles in Ordnung?«, fragt der Taxifahrer, der mich im Rückspiegel beobachtet hat.

»Alles bestens«, erkläre ich zitternd.

»Männer!«, sagt er. »Wir sind es nicht wert, dass ihr um uns weint.«

Das Taxi hält vor Nummer 21. Ich bezahle, renne zu Gloria hinüber und klopfe panisch an ihre Tür. Keine Antwort. Ich blicke zu ihrem Schlafzimmerfenster hinauf und erinnere mich dunkel, dass sie nach Irland zum Geburtstag einer Freundin fahren wollte. Aber ich muss Gloria sehen! Ich kann heute Nacht nicht allein bleiben! Und auf keinen Fall will ich Jack sehen. Was ist, wenn er sich schon auf dem Rückweg befindet und mit mir reden will? Ich kehre zu Nummer 21 zurück und schließe die Haustür auf.

Hastig ziehe ich das dämliche Bunny-Outfit aus, lasse es auf dem Boden liegen und schlüpfe in Jeans, Pulli und ein Paar Turnschuhe.

Mit Ruskin auf dem Arm und einer Tasche mit den wichtigsten Utensilien für eine Nacht außer Hause über der Schulter winke ich einem Taxi.

*

Guy steht ohne Mütze in einem Morgenmantel vor mir. Als er mein verheultes Gesicht sieht, zieht er mich sofort in die Wohnung.

»Entschuldige, dass ich so hereinplatze … Ich habe es bei Gloria versucht, aber …«

Er führt mich durch einen Flur in ein kleines Wohnzimmer, wo er schnell das Sofa leer räumt, damit wir uns setzen können. Er wirkt nervös und entschuldigt sich für die Unordnung. Auf dem Boden liegen Bücher über Gartengestaltung und Bleistiftzeichnungen.

»Was ist passiert?«, will er wissen.

»Du hattest recht«, stoße ich hervor. »Mit Jack ist es aus und vorbei. Ich habe ihn mit ihr erwischt …«

»Mit wem?«, fragt er ruhig.

Er sitzt neben mir, hat mir den Arm um die Schultern gelegt und wartet darauf, dass ich weiterrede.

»Du hattest recht«, wiederhole ich. »Es war so dumm von mir, zu glauben, Jack und ich hätten irgendwelche Gemeinsamkeiten! Aber nach der Sache mit Ed habe ich mich so einsam gefühlt, und …«

Ich erzähle Guy von der Party, wie wir gemeinsam an der Bar saßen … und nur wenige Minuten später …

»Jack und Nancy?« Er starrt mich ungläubig an.

Offenbar ist nicht einmal Guy in der Lage, die Sache zu verstehen. Ich warte darauf, dass er etwas von sich gibt in der Art: »Ich habe es dir ja gesagt …«, doch das tut er nicht.

»Oh Gilly«, seufzt er nur und zieht mich in seine Arme. »Es tut mir so leid.«

Irgendwann macht er uns Tee. Wir reden und reden, und ich bin sehr erleichtert, dass Jack mich hier nicht finden kann.

»Du hattest so recht, ihm nicht zu vertrauen, Guy«, sage ich ein wenig ruhiger. »Die beiden verdienen einander.«

»Also, eins ist jedenfalls sicher: Jack hat dich bestimmt nicht verdient.«

Ich rücke ein Stück näher an ihn heran und lehne den Kopf an seine Schulter.

»Nein, wirklich, Gilly. Manchmal denke ich, du hast überhaupt keine Ahnung, wie großartig du bist.«

»Schon gut, Guy«, sage ich, obwohl mein Herz dank des unerwarteten Kompliments dahinzuschmelzen droht. »Heute Abend, das war mein eigener Fehler. Ich hätte es einfach wissen müssen.«

»Ach was. Und Jack ist taub, dumm und blind, wenn er nicht merkt, dass du etwas ganz Besonderes bist.« Er drückt mich an sich. »Du bist anders als alle Mädchen, die ich sonst kenne.«

»Ich war eben nicht sein Typ«, versuche ich mich zu trösten.

»Denk bloß nicht daran, dich zu verändern, Gilly. Nichts von alledem ist dein Fehler. Er ist der Idiot, nicht du. Und ich glaube trotzdem, es war gut, dass du heute Abend zu dieser Party gegangen bist.«

Ich setze mich auf. »Wieso das denn?«

»Weil es besser ist, solche Dinge früher als zu spät herauszufinden.«

Eine Weile sitzen wir schweigend beisammen. Ruskin und Trouble liegen nebeneinander vor dem Kamin und beobachten uns.

»Dürfte ich vielleicht über Nacht bei dir bleiben? Ich könnte auf dem Sofa schlafen.«

»Aber sicher«, sagt er und drückt mir einen zärtlichen Kuss auf die Stirn.

Plötzlich wird mir heiß und kalt. Das Wichtigste hätte ich beinahe vergessen.

»Himmel, was soll ich bloß Nicholas sagen?«

»Ganz einfach«, meint Guy. »Du sagst ihm die Wahrheit. Er muss es schließlich erfahren.«

»Nancy wird sicher behaupten, dass ich mir alles nur ausgedacht habe, dass ich lüge …«

»Und wem vertraut er mehr? Dir oder Nancy?« Guy zuckt mit den Schultern. »Nicholas weiß schließlich, dass du ihn liebst. Er ist dein Zwillingsbruder. Wäre ich er, würde ich dir in jeder Hinsicht vertrauen.«

»Wirklich?«

»Du bist unfähig zu lügen, Gilly. Die Wahrheit ist dir wichtig.« Er streicht mir eine Haarsträhne aus dem Gesicht. »Und genau das finde ich so wundervoll an dir.«

# 39

Am nächsten Morgen wache ich in einem von Guys alten Streifenhemden auf seiner Bettcouch auf. Ruskin liegt neben mir. Als ich ihn streicheln will, steht er auf und lässt sich ein Stück weiter nieder. Er ist und bleibt ein Morgenmuffel. Mein Kopf hämmert. Nur langsam kehrt die Erinnerung an die Ereignisse der vergangenen Nacht zurück.

Ich bin Gilly Brown, wieder Single, gedemütigt, bald ohne Untermieter – wie soll ich jetzt nur für all die Rechnungen und die Tilgung der Kredite aufkommen? – und demnächst Überbringerin schlechter Nachrichten für Nicholas.

Guy kommt ins Zimmer.

»Lust auf ein Frühstück?«, fragt er und reicht mir einen Morgenmantel.

Ich nicke und strecke mich, ehe ich ihm in die Küche folge. Sie ist klein und zum Wohnzimmer hin offen. An einer Seite hängt eine Pinnwand mit Fotos seiner Familie.

Ich muss lächeln, als ich ein Bild entdecke, das Guy in Anzug und stahlblauem Hemd neben seiner frisch verheirateten Schwester Rachel zeigt.

»Du hast also tatsächlich auf die Mütze verzichtet«, lobe ich ihn stolz.

»Den ganzen Tag.«

»Die Krawatte steht dir.«

Ich entdecke auch ein hübsches Schwarz-Weiß-Foto von Guy und Flora in New York – damals, als er die Buchung durchgezogen hat. Floras langes Haar weht ihr über das Gesicht, sie klammert sich an seinen Arm und lacht.

»An dem Tag war es ziemlich windig«, sagt Guy und lächelt.

Flora ist groß, schlank und eher unkonventionell gekleidet. Auf dem Bild muss sie etwa Anfang dreißig sein, aber sie hat ein sehr junges Gesicht und wirkt heiter und irgendwie trotzdem elegant. Ich kann sie mir gut mit umgehängter Kamera vorstellen, wie sie durch ein fernes Land streift, unbekannte Gegenden erforscht und besondere Momente in Bildern festhält.

»Wie fühlst du dich heute?«, fragt Guy, als ich mich von der Fotowand abwende und mir einen Hocker heranziehe.

Er öffnet den Kühlschrank, nimmt eine Flasche Milch heraus und sucht nach der Butterdose.

Mir fällt auf, dass er mir nach der Nähe der vergangenen Nacht heute nicht in die Augen schauen kann. Stattdessen zieht er es vor, sich zu beschäftigen.

»Hoffentlich hattest du keine hässlichen Nancy-Träume.«

Ich lächle. »Entschuldige, Guy, dass ich alles bei dir abgeladen habe. Und dass ich so spät in der Nacht hier aufgekreuzt bin.«

Guy schaltet den Fernseher ein und schlägt vor, Rührei mit Speck zu machen.

»Man muss sich nicht entschuldigen, wenn man mitten in der Nacht einen Freund braucht«, sagt er und sieht mich endlich richtig an.

Wir tauschen untereinander die Teile der Tageszeitung. Während ich ihm Kaffee eingieße, füttert er die Hunde unter dem Tisch mit Toast.

»Was hast du dieses Wochenende vor?«, erkundigt er sich.

»Vielleicht sollte ich von einer Brücke springen?«, schlage ich düster vor.

Wir grinsen.

Ich erzähle Guy von den Streitigkeiten mit Jack wegen seiner Wochenendgestaltung, wegen seines ständigen Ausweichens und wegen seiner Arbeit. Ich beichte ihm sogar das Zusammentreffen mit Jacks Bruder Alexander und wünsche mir im

Nachhinein, ich hätte an jenem Abend Zeit gehabt, länger mit ihm zu reden. Hätte Jack uns nicht unterbrochen, hätte ich möglicherweise schon damals mehr über das wahre Ich meines Untermieters erfahren.

»Ich weiß nicht, Gilly«, wendet Guy ein, »vielleicht muss er ja auch wirklich so viel arbeiten. Diese Shows liegen voll im Trend. Nicht dass ich ihn verteidigen will«, fügt er rasch hinzu.

»Vielleicht habe ich auch nur einen schrecklichen Geschmack, was Männer angeht.«

»Nein, den hast du ganz sicher nicht«, meint er und deutet auf sich.

Mein Telefon, das ich am Morgen wieder eingeschaltet habe, macht sich bemerkbar. Wenn man vom Teufel spricht ...

»Jack«, sage ich zu Guy, der mir gestikuliert, den Anruf anzunehmen.

Mit klopfendem Herzen gehe ich ins Nebenzimmer.

»Was immer du gesehen hast, Gilly – es ist nicht so, wie du denkst«, beginnt Jack. »Nancy hatte sich aufgeregt. Bei ihr läuft es zurzeit nicht so gut, und ich wollte ...«

Ich fahre ihm in die Parade. »Ich mag vielleicht naiv sein, aber deshalb bin ich noch lange nicht dumm«, sage ich. »Und was ich gestern Abend gesagt habe, meine ich auch so. Pack deinen Kram und verschwinde.«

»Gilly, bitte. Ich mag dich, und das weißt du auch.«

»Ach ja? Du magst mich also? Und warum küsst du dann meine Schwägerin?«

»Es ist einfach so, dass ich mich nicht so binden kann, wie du es dir wünschst. Ich spüre, dass du mehr von mir willst, als ich dir geben kann. Die Lage ist ziemlich kompliziert ... Wenn du wüsstest ...«

»Schon gut, lass stecken. Ich will auch gar nichts mehr von dir. Nur, dass du gehst.«

Nach einer Pause fragt er kleinlaut: »Und wo soll ich unterkommen?«

Ich lache. »Das ist nicht mein Problem.«

»Aber Gilly, ich brauche mein Zimmer. Die Show ist noch nicht vorbei. Und ich habe Miete bezahlt. Das kannst du nicht tun.«

»Ich kann tun und lassen, was ich will.«

»Auf der Webseite steht, dass es ein Gebot der Höflichkeit ist, den Untermietern regulär zu kündigen.«

»Wenn die Macher der Seite wüssten, dass du Nancy geküsst hast, würden sie sicher eine Ausnahme machen.«

Zum ersten Mal ist Jack um eine schlagfertige Antwort verlegen.

»Bitte, Gilly, können wir nicht noch einmal darüber reden?«, presst er dann schließlich hervor.

»Nein, können wir nicht. Aber du kannst ja Nancy fragen, ob du bei ihr schlafen kannst.«

»Jetzt sei halt nicht kindisch. Hör zu, ich möchte, dass wir Freunde bleiben …«

»Freunde bleiben?«

»Ja, Freunde bleiben und uns wie zivilisierte Menschen benehmen. Weihnachten bin ich doch sowieso weg.«

»Verpiss dich, Jack«, sage ich und beende das Gespräch.

Zurück in der Küche, setze ich mich.

»Er hat versucht, so zu tun, als sei nichts geschehen, hat gesagt, ich hätte einen völlig falschen Eindruck bekommen. Und er will, dass wir Freunde bleiben. Das Dumme ist bloß, dass wir nie Freunde waren – jedenfalls nicht so wie …«

»Wie wir beide?«

Ich beiße mir auf die Lippen. »Ich habe ihm gesagt, dass er seinen Kram packen und verschwinden soll.«

»Gut. Und die Welt wird sich trotz allem weiterdrehen.«

Wir wenden unsere Aufmerksamkeit dem Fernseher zu. Wieder einmal wurde in London ein Attentat verübt.

»Ach, Guy, ich bin traurig.« Ich schiebe den Frühstücksteller beiseite. »Ich hasse Jack, ich hasse ihn wirklich …«

»Aber?«

»Aber mit ihm habe ich mich plötzlich wieder jung gefühlt. Ich weiß, das klingt hohl, aber …«

»Okay«, sagt Guy, als wäre ihm eine Idee gekommen. »Es gibt nicht nur einen Jack Baker in dieser Stadt. Wir beide machen jetzt einen Ausflug.«

»Wohin?«

»Lass dich überraschen.«

»Sag es mir, Guy. Bitte!«

»Schluss mit den Fragen. Und zieh dir etwas Warmes an.«

*

Hand in Hand drehen Guy und ich unsere Runden auf der Eisbahn. Das Museum of Natural History schimmert im Licht der vorweihnachtlichen Dekoration der Bäume. Ich wanke, stolpere und muss lachen, weil ich beinahe gestürzt wäre. Als ein kleines Mädchen mit blauer Pudelmütze und einem cremefarbenen Outfit unmittelbar vor mir anfängt, Pirouetten zu drehen wie ein Profi, flüchte ich mich ans sichere Geländer.

»Lass mich erst einmal wieder zu Atem kommen«, sage ich zu Guy.

Er hebt die Augenbrauen. »Aber wir haben doch gerade erst angefangen.«

Ich beobachte die anderen Eisläufer – den Wirbel aus Farben, Pelzmützen und Schals –, die mehr oder weniger mühelos über die Eisfläche gleiten.

»Ich habe Angst, dass ich hinfalle und mir jemand mit den Kufen über die Finger fährt.« Ich verziehe das Gesicht.

»Sei doch nicht so ein Weichei, Gilly! Ich weiß, du kannst es.«

Er nimmt meine Hand, und wir gleiten los. Ich kreische vergnügt, als er mich hinter sich herzieht und mich zwingt, schneller zu fahren. Guy scheint mit Eislaufen vertraut zu sein, was mich allerdings angeht …

»Nun mach schon!«, kommandiert er.

»Langsamer!«, japse ich.

Je mehr ich an Sicherheit und Schwung gewinne, desto größeren Spaß macht es mir. Schließlich lasse ich seine Hand los und will es allein versuchen.

Guy fährt weiter, hält dann aber inne und beobachtet mich.

Ein Adrenalinstoß flutet meinen Körper, kalte Luft weht mir ins Gesicht. Ich fahre selbstständig eine ganze Runde, dann noch eine und noch eine … Bei der nächsten versuche ich, Guy einzuholen.

»Komm schon, fang mich!«, ruft er.

Eine Gruppe Kinder überholt mich. Eines von ihnen fährt mir in den Rücken, und schon sitze ich auf dem Eis. Ich strecke die Hand aus, und Guy zieht mich wieder auf die Füße. Bevor ich wieder durchstarte, klopfe ich Jacke und Hose ab.

»Wie kommt es, dass du so sicher bist?«, will ich wissen.

»Ich bin als Kind auf dem Bauernhof oft Schlittschuh gelaufen«, ruft er über die Schulter zurück. »Eigentlich immer, wenn der Teich zugefroren war. Es war toll.«

Wild entschlossen, ihn einzuholen, sause ich erneut los. In meiner Begeisterung verliere ich noch einmal das Gleichgewicht, schaffe es aber, mich auf den Kufen zu halten. Lachend greife ich nach seinem Arm und fühle mich wie damals als Kind, wenn wir auf dem Spielplatz Fangen spielten.

»Ich hab dich!«, grinse ich. Er nimmt meine Hand, und gemeinsam gleiten wir eine weitere Runde. Am liebsten würde ich ihn nie mehr loslassen.

»Danke!«, sage ich. »Ach, Guy, das ist einfach unglaublich! Ich fühle mich so unbeschwert wie mit zehn Jahren.«

*

Den restlichen Tag verbringen wir mit einem langen Hundespaziergang im Park und viel zu viel Kaffee.

Am späten Nachmittag fahren wir in Guys klapprigem Lieferwagen in seine Lieblingsgärtnerei außerhalb von London, weil er schon einige Pflanzen für einen neuen Auftrag im Frühling aussuchen will.

Im Gartencenter wird Guy zu einem völlig anderen Menschen. Aufgeregt läuft er umher und zeigt mir Pflanzen, die er ganz besonders liebt.

»Die Namen spielen keine Rolle, Gilly. Wichtig ist, wie sie aussehen«, sagt er, als ich nachfrage.

Er erzählt mir, er habe als Schüler sein Taschengeld in einer Gärtnerei verdient, indem er Lastwagen mit Geranien und Lupinen belud. Damals entdeckte er seine Liebe zu Blumen.

»Meine Kundin wünscht sich im Sommer einen Blumenteppich«, erklärt er. »Also muss ich verschiedene Arten aussuchen und sie miteinander kombinieren. Das macht riesigen Spaß.«

Auf dem Heimweg wirft Guy mir einen Seitenblick zu. Er stellt fest, dass ich sehr ruhig sei, und fragt, woran ich denke.

»Daran, wie blöd ich gewesen bin«, gebe ich zu. »Ich habe gespürt, dass mit Jack irgendetwas nicht stimmt, aber ich wollte es nicht wahrhaben. Ich habe mich dazu gezwungen, mir weniger Sorgen zu machen und die Gegenwart zu genießen – mich einfach fallen zu lassen. Aber selbst Dennis hatte es vor mir begriffen.«

»Wer ist Dennis?«

»So ein Typ«, antworte ich.

»Schon gut, ich frage nicht weiter«, lächelt Guy. »Du solltest immer deinem Instinkt folgen, dann liegst du meist richtig.«

Ich nicke. »Trotzdem hätte ich nicht damit gerechnet, dass er Nancy wirklich küsst.« Ich breche ab, weil mir klar wird, wie lächerlich das klingt. »Aber wenn ich ehrlich bin, wusste ich längst, dass es zwischen uns nie funktionieren würde. Er war zu verschlossen und tat zu geheimnisvoll. Irgendetwas stimmt mit ihm nicht.«

Guy blickt nachdenklich drein.

»Was ist?«, frage ich.

»Wir könnten Jack doch heute Abend nach Hause folgen.«

»Ihm folgen? Aber warum?«

»Du hast doch gerade selbst gesagt, dass er immer so ausweichend war, wenn du ihn nach seinem Privatleben gefragt hast. Und er hat dich auch nie zu sich eingeladen. Wer weiß, ob er wirklich in Bath wohnt? Möglicherweise ist er verheiratet und führt ein Doppelleben.«

»Er ist nicht verheiratet.«

»Wenn wir ihm folgen, werden wir es herausfinden.«

»Nein.«

»Was hast du heute Abend vor?«

»Ich bleibe zu Hause, Guy. Wegen dieses Mannes werde ich doch nicht zur Stalkerin.«

»Mensch, Gilly! Willst du etwa nicht wissen, ob er wirklich derjenige ist, für den er sich ausgegeben hat? Und wenn wir nichts Schlimmes herausfinden – umso besser. Dann wissen wir es, und du brauchst dich nie wieder mit ihm zu beschäftigen.«

»Ich glaube, er ist mir jetzt schon ziemlich egal.«

Aber Guy hört mir nicht zu. »Ich finde, wir sollten es tun.«

»Unmöglich. Du bist vollends verrückt!«, schimpfe ich. Dann, nach einer Pause: »Und was ist, wenn er uns sieht?«

*

Wir parken vor meinem Haus und beobachten, wie Jack Nummer 21 betritt.

Ich fühle mich hin- und hergerissen. Sollte ich vielleicht doch aussteigen und ihn zur Rede stellen? Eigentlich gehe ich ihm doch nur aus Feigheit aus dem Weg. Andererseits habe ich ihm alles, was ich zu sagen hatte, bereits am Telefon mitgeteilt. Er weiß, dass ich, käme ich nach Hause und fände noch irgendwelche Habseligkeiten von ihm, diese einfach auf die Straße werfen würde. Ich hatte schon immer den Wunsch, einmal voller Wut einen offenen Koffer durch ein Fenster auf die Straße zu schleudern und zuzusehen, wie die Klamotten auf den Bürgersteig segeln. Bei Ed hat sich die Gelegenheit leider nicht geboten.

Noch wütender bin ich allerdings auf Nancy. Ich könnte sie umbringen, weil sie Nicholas und die Kinder hintergangen hat.

»Pst, da kommt er«, flüstert Guy und duckt sich.

Ich folge seinem Beispiel, und wir beobachten, wie Jack mit einem Koffer und einem Wäschesack das Haus verlässt. Er schließt sein Cabrio auf, wirft sein Gepäck in den Kofferraum und startet den Motor. Guy und ich tauschen einen konspirativen Blick aus. Ich nicke.

»Okay, Agent Brown«, sagt Guy und dreht den Zündschlüssel.

Guys Rostlaube von Lieferwagen muss sich ganz schön anstrengen, um mit Jacks Auto mitzuhalten. Ich bin immer noch dabei, Guy zu erklären, dass die Verfolgung eine blöde Idee war, wir ganz sicher nach Bath fahren und nur zusehen werden, wie Jack seine Wohnung betritt. Und anschließend werden wir den ganzen Weg wieder zurückfahren müssen, was für eine Spritvergeudung! Außerdem wage ich zu bezweifeln, dass der alte Lieferwagen eine so lange Strecke überhaupt bewältigt.

»Man sollte nie nur nach dem Äußeren urteilen. Dieses Baby ist schneller, als man denkt.«

»Ich lasse mich überraschen.«

»Du musst einfach mehr Vertrauen haben«, erklärt Guy, bittet mich, die Chipstüte zu öffnen, und tritt das Gaspedal durch.

Während wir auf der M4 westwärts brausen und uns nur ein einziger Wagen von Jacks Cabrio trennt, sage ich Guy, wie sehr ich den Tag genossen habe.

»Danke, dass du dich um mich gekümmert hast.«

»Immer gern«, antwortet er.

»Leider«, fahre ich besorgt fort, »werden wir so etwas wohl nicht mehr tun können, wenn Flora wieder da ist. Stell dir mal vor, ich würde irgendwann wie eine Verrückte mitten in der Nacht bei euch klingeln.« Ich lächle. »Für so einen Fall müsste ich mir vermutlich jemand anderen suchen.«

Ich kann nicht anders, als immerzu daran zu denken, wie

schön es mit Guy ist – und zwar mit ihm allein – und wie gut ich über alles mit ihm reden kann. Weder mit Ed noch mit Jack war das möglich.

»Ich weiß«, antwortet er leise, als würde auch er darüber nachdenken.

»Freust du dich auf Flora?«, frage ich, obwohl ich mich vor der Antwort fürchte.

»Schon.«

Er spricht das Wort in einem Ton aus, der mich ermutigt zu fragen: »Aber?«

»Ein Teil von mir – aber das bleibt bitte unter uns – hat es sehr genossen, allein zu sein. Ich kann den Pizza-Service anrufen oder mir eine Episode nach der anderen von *The Wire* mit einem Fertiggericht auf dem Schoß anschauen. An den Wochenenden kann ich tun, wonach mir gerade ist, und muss nicht mit zu irgendeiner Hochzeit, bei der ich nicht einmal die Braut kenne. Sogar die Hunderunde macht mir Spaß.«

»Ich liebe den Park.«

»Und ich liebe Trouble. In den letzten Monaten … Na ja, irgendwie ist sie zu meinem Hund geworden. Eigentlich habe ich keine Lust darauf, dass Flora wieder das Kommando übernimmt und ihr Frauchen wird.« Guy wirft mir einen Blick zu. »Und dann bist da auch noch du.«

»Ich?«

Fröstelnd ziehe ich die Ärmel meiner Jacke über meine Hände.

»Du hast recht mit dem, was du eben gesagt hast: Wir werden so etwas nicht mehr tun können.« Er starrt auf die Straße und fährt sich mit der Hand durch das Haar. »Es wird mir fehlen. Du wirst mir fehlen.« Er lässt die Faust auf das Lenkrad runtersausen. »Welche Bewandtnis hat es eigentlich mit Autos? Sie eignen sich geradezu ideal, um sich zu unterhalten oder Geheimnisse zu verraten. Man setze zwei Fremde in ein Auto und schicke sie nach Schottland – und am Ende der Reise werden sie sich besser kennen als manche Freunde. Liegt es vielleicht daran, dass es im Auto kein Entrinnen gibt? Daran, dass der Zuhörer zwangsläufig nicht weglaufen kann?«

Ich nicke. »Wahrscheinlich. Aber man redet auch unvoreingenommener, weil man auf die Straße blickt und keinen Augenkontakt hat. Das Gleiche gilt übrigens für Hundespaziergänge.«

»Hundespaziergänge?«

»Ja. Denk mal darüber nach. Du kannst sagen, was du willst, kannst lügen oder die Wahrheit von dir geben. Aber derjenige, der neben dir geht, wird den Unterschied nie erfahren, weil du immer geradeaus schaust.« Ich wende mich ab. »Denn die Wahrheit, die liegt immer in deinen Augen.«

»Du sprichst kaum über Ed«, stellt Guy fest, als ich die Butterbrote auspacke und die Straßenkarte konsultiere. Bei der nächsten Ausfahrt müssten wir die Autobahn verlassen.

»Da gibt es nicht viel zu sagen.«

»Tut es noch weh?«

»Schon, aber wenn ich ganz ehrlich bin, ist der Grund dafür eher die Art, *wie* er mit mir Schluss gemacht hat, nicht, dass er es überhaupt getan hat.« Ich denke nach. »Es war ein ziemlicher Schock, und es ist schwierig, nach einer langen Beziehung wieder ganz von vorn anzufangen. Aber ich weiß natürlich, dass ich damit nicht allein bin. Vielleicht war es sogar mutig von ihm, den Schlussstrich zu ziehen«, sage ich. »Susie und Anna …«

»Die beiden waren übrigens sehr sympathisch«, unterbricht er mich.

»Das freut mich. Jedenfalls meinten sie, Ed sei ein Feigling gewesen. Andererseits braucht es eine Menge Courage für einen solchen Schritt. Genauso, wie wenn man sich aus einer Ehe löst. Es muss schrecklich sein, Kinder beim Partner zurückzulassen.«

Ich starre aus dem Fenster und denke an Mum. Wie hatte sie uns das nur antun können?

»Manchmal ist es einfacher, gar nichts zu tun. So habe ich mich auch bei Ed verhalten.«

Ich vertraue Guy an, dass ich glaube, dass Ed und ich einfach zu bequem geworden waren und unsere Beziehung im Grunde genommen schon lange nicht mehr bestand.

»Im Urlaub«, erzähle ich, »wollte Ed nur noch am Pool herumliegen und sein Buch lesen.«

Inzwischen weiß ich, dass wir etwas verloren hatten und ich mir nur nicht eingestehen wollte, dass unsere Liebe längst erloschen war. Heute ist mir klar, dass der arme Ed monatelang die Wut meiner Familie und meiner Freunde ertragen musste. Alle schoben ihm die Schuld in die Schuhe, weil er derjenige war, der die Beziehung beendet hatte, aber ihm muss bewusst geworden sein, dass wir auf Dauer nicht glücklich geworden wären. Heute denke ich, dass er recht hatte und auch ich Schuld am Scheitern der Beziehung trage. Ich wünsche mir nur, wir hätten das alles schon früher festgestellt.

»Glaubst du, es ist ebenso leicht, sich zu entlieben wie sich zu verlieben?«, frage ich Guy.

»Schon möglich. Liebe ist komisch. Sie kennt weder Regeln noch Logik oder Sinn. Du kannst sie nicht erklären.«

»Okay, dann lass uns jetzt das Dating-Spiel spielen«, sage ich mit gezwungener Heiterkeit. »Welches war dein schrecklichstes Date?«

»Mein schrecklichstes Date? Himmel, davon gab es eine ganze Reihe. Oh, ich weiß! Ich habe mich mit einer Frau getroffen, die sich, milde ausgedrückt, als äußerst aufdringlich und überheblich herausstellte.«

Guy blinkt und will auf die Überholspur wechseln. Seine eine Hand liegt auf dem Lenkrad, in der anderen hält er ein Sandwich mit kaltem Braten.

»Vorsicht! Auto!«, rufe ich.

»Ich weiß. Hab schon gesehen«, antwortet er und gestikuliert in Richtung Rückspiegel.

»Schon gut. Entschuldige.«

Guy schert erfolgreich nach rechts aus.

»Denk an die Höchstgeschwindigkeit. Da vorn kommt ein Blitzer.«

»Aber ich muss ihm auf den Fersen bleiben, Gilly.«

»Entschuldige. Also, zurück zu deinem Date.«

»Sie hat mich durch alle möglichen Nachtclubs geschleppt, bis ich schließlich sagte, ich müsse nach Hause. Ich erklärte ihr, ich hätte ein frühes Meeting, und weißt du, was sie geantwortet hat?«

»Erzähl es mir.«

»Auf wie viel Uhr soll ich denn den Wecker stellen?«

Ich lache.

»Wenn das nicht aufdringlich war! Ich bin ins nächste Taxi gesprungen und geflüchtet. Und wie war dein schlimmstes Date?«

Ich trete mit dem Fuß auf eine imaginäre Bremse in meinem Fußraum.

Guy wirft mir einen verärgerten Blick zu.

»Entschuldige.«

Ich erzähle ihm, ich sei einmal mit einem Mann ausgegangen, der über nichts anderes sprechen konnte als über seinen Porsche.

»Als ich irgendwann aufs Klo musste, hatte ich eine Idee. Da sich mein Interesse an Porsches in Grenzen hält, habe ich das Toilettenfenster geöffnet, bin hinausgeklettert und nicht mehr in das Restaurant zurückgekehrt.«

»Aber Gilly, der arme Mann! Er ist sicher für sein ganzes Leben gezeichnet.«

»Oh, das glaube ich kaum.«

»Und wie war Ed so?«

»Ganz anders als du«, sage ich.

»Wie meinst du das?«

»Schnell!«, rufe ich. »Er biegt ab. Wir müssen hier raus!«

Wir folgen Jack die Ausfahrt hinunter.

Wir halten uns erst links, dann rechts, dann biegen wir erneut ab.

»Schneller!«, schreie ich.

Als wir eine rote Ampel überfahren, bin ich beeindruckt. Nie hätte ich gedacht, dass der alte Lieferwagen dazu fähig wäre.

Schließlich stehen wir an einer Kreuzung unmittelbar hinter Jack. Ich rutsche in meinem Sitz immer tiefer, weil ich felsenfest davon überzeugt bin, dass er uns gleich entdecken wird.

»Wirst du wohl cool bleiben!«, schimpft Guy.

»Ich bin in meinem ganzen Leben noch nie cool gewesen, Guy, und werde sicher nicht ausgerechnet heute damit anfangen.«

»Aber wir tun doch nichts Verbotenes«, stellt er fest.

»Klar«, winke ich ab, »wir machen einfach nur einen kleinen Abendausflug.«

Jacks BMW fährt eine steile Straße hinauf und parkt schließlich vor einer Häuserreihe. Wir überholen ihn und biegen nach rechts in eine Sackgasse ab.

»Was jetzt?«, flüstere ich.

»Wir zählen bis zehn, kehren um und parken auf der anderen Straßenseite.«

Als wir wieder in Jacks Straße sind, sehen wir, dass dieser gerade seinen Kofferraum schließt.

Wir parken gegenüber, und ich wage kaum, zu ihm hinüberzuschauen. Es könnte ja immerhin sein, dass …

Guy berührt meine Schulter.

Als ich mich umdrehe, sehe ich Jack, der mit einer Frau um die sechzig spricht. Sie ist so hellhaarig wie er, schmal gebaut und trägt eine gestreifte Schürze. Sie umarmt ihn zur Begrüßung.

»Was sagt sie?«, frage ich Guy.

»Keine Ahnung. Aber er wohnt noch zu Hause«, murmelt Guy. »Er wohnt bei seiner Mum.«

Ich schüttle den Kopf. »Unmöglich. Das kann nicht sein.« Jack hat mir erzählt, seine Mutter lebe in Eastbourne.

Leise kurbelt Guy das Fenster hinunter.

»Dein Abendessen steht im Backofen«, hören wir die Frau sagen. »Shepherd's Pie, den isst du doch so gern. Wie war die Fahrt, mein Liebling?«

»Kein Wunder, dass er mich nie nach Hause mitnehmen wollte«, presse ich schockiert hervor.

»Ich wusste immer, dass mit ihm etwas nicht stimmt«, flüstert Guy.

»Aber warum, um alles in der Welt, wohnt er noch zu Hause? Das ergibt doch keinen Sinn! Er hat mir immer erzählt, dass er …«

»Pst!«

Ein kleines Mädchen in einem gepunkteten Schlafanzug und mit rosa Hausschuhen rennt auf Jack zu.

»Daddy!«, ruft sie.

Er nimmt die Kleine in die Arme, hebt sie hoch, streichelt ihr Haar und überschüttet sie mit Küssen.

Guy und ich schauen uns entgeistert an. Keiner weiß, was er sagen soll.

Als Guy den Motor anlässt, sieht Jack auf, und sein Blick bleibt an unserem Lieferwagen hängen. An der Bordsteinkante stehend schaut er uns an. Als sich unsere Blicke treffen, wendet er sich ab. Jacks Mutter kümmert sich um den Koffer, während Jack seine Tochter ins Haus trägt. Er sieht sich nicht mehr um.

Auf dem Heimweg versuchen Guy und ich, das Geheimnis von Jacks Tochter zu lüften.

Guy ist der Meinung, Jack habe nichts von der Kleinen erzählt, weil er in London den smarten Jack Baker spielen wollte, den erfolgreichen Produzenten, der Single ist, gerne ausgeht und Partys liebt. Zu Hause in Bath hingegen lebt er noch bei seiner Mutter; entweder ist er alleinerziehender Vater, oder er sieht seine Tochter nur am Wochenende. Guy glaubt, dass Jack klare Grenzen ziehen wollte. Er wollte die beiden Leben sich nicht überlappen lassen oder sie miteinander vermischen, zumal er ohnehin vorhatte, nur bis Weihnachten in London zu bleiben. Ich war für ihn eine Ablenkung, eine sehr hübsche sogar, aber nach einigen gemeinsamen Monaten hätte er mich erbarmungslos aus seinem Leben verbannt und wäre zur nächsten sich bietenden Gelegenheit weitergetändelt.

»Ich vermute fast, dass er den Vorfall gestern Abend geplant hat«, denke ich laut vor mich hin. »Ich wurde zu anstrengend und habe mich zu sehr in sein Leben eingemischt. Also hat er mich zu dieser schrecklichen Party eingeladen, von der er wusste, dass ich sie hassen würde. Und damit ich es auch wirklich kapiere, hat er Nancy geküsst. So konnte er sich sicher sein, mich und meine unbequemen Fragen ein für alle Mal los zu sein.«

Guy glaubt, ich könnte mit dieser Vermutung richtig liegen.

Wir stellen Vermutungen über die Mutter von Jacks Tochter an. Wo mag sie wohl sein?

»Vielleicht hat es ja etwas damit zu tun, was sein Bruder gesagt hat«, spekuliert Guy.

»Jack hat mich ganz schön angelogen«, murre ich, noch immer ungläubig. »Dass er immer betonte, er sei Single, liebe das unbekümmerte Leben und fände Familie ziemlich langweilig! Ich verstehe das alles einfach nicht. Warum hat er mir nicht klipp und klar gesagt, dass er eine Tochter hat? Warum hat er sie vor mir geheim gehalten?«

»Hättest du dich denn in ihn verliebt, wenn du gewusst hättest, dass er zu Hause bei seiner Mutter lebt, sich von ihr mit Shepherd's Pie bekochen lässt und eine kleine Tochter hat?«

Ich denke darüber nach. »Vielleicht, wenn er von Anfang an ehrlich gewesen wäre.«

»Aber wärst du dann auch so schnell mit ihm ins Bett gegangen?«

»Nein. Also – ach, ich weiß es nicht. Immerhin kennen wir nicht die ganze Geschichte. Er könnte zum Beispiel noch verheiratet sein oder getrennt leben.«

»Aber er wollte der Jack ohne Ballast sein.«

»Wir alle schleppen Ballast mit uns herum.«

»Einige mehr als andere.«

»Wenn Jack es mir nur von Anfang an gesagt hätte«, wiederhole ich. »Warum nur hat er es nicht getan? Je älter wir werden, desto höher ist nun mal die Wahrscheinlichkeit, dass wir Menschen kennenlernen, die schon einmal verheiratet waren oder Kinder haben. Na gut, Jack hat ein Kind? Und wennschon! Ich kann einfach nicht fassen, dass er mir die Kleine verheimlicht hat. Dabei bewundere ich doch Leute, die ihre Kinder allein großziehen. So wie mein Vater.«

Ich erzähle Guy, wie meine Mutter uns verlassen hat, als Nick und ich dreizehn waren. Dafür, dass Dad uns großgezogen hat, respektiere und liebe ich ihn mehr als jeden anderen Mann. Er hat nie wieder geheiratet. Ich glaube, tief in seinem Innern hat er meine Mutter wirklich geliebt. Nach Megans Geburt konnte ich diese Liebe sogar sehen.

Heute verstehe ich den Zusammenbruch von Mum. Ich glaube ihr, wenn sie sagt, dass sie nicht mehr unsere Mutter sein konnte und einfach aufhörte zu funktionieren. Ihr ging es wie einem Auto ohne Motor. Nick hasste sie und konnte ihr nie verzeihen.

Heute frage ich mich manchmal, ob Dad ihr in den Monaten nach Megans Tod nicht mehr hätte helfen müssen. Aber stattdessen regte ihn ihre Ziellosigkeit auf. Er war nicht in der Lage, sie einfach nur zu trösten, ihr seine Liebe zu zeigen und sie bedingungslos zu unterstützen – oder sie zumindest zu überreden, medizinische Hilfe in Anspruch zu nehmen, als sie sie am nötigsten brauchte.

Guy hört mir geduldig zu.

»Manchmal besuchte uns Mum, aber als wir sechzehn wurden, schickte Dad uns auf ein Internat, weil er besser arbeiten konnte, wenn wir nicht da waren. Danach ging ich auf die Universität und bekam Mum so gut wie nie mehr zu Gesicht. Bei den wenigen Gelegenheiten, bei denen wir uns sahen, wurde es immer schwieriger, sich mit ihr zu unterhalten. Schließlich zog sie nach Australien. Das war vor sieben Jahren, als Nicks erste Tochter geboren wurde.« Eine Welle der Traurigkeit schlägt über mir zusammen. »Nichts davon habe ich Jack erzählt«, sage ich nachdenklich. »Eigentlich haben wir nie wirklich miteinander geredet – und wenn, dann immer nur oberflächlich.«

»Das ist doch völlig natürlich. Jacks Ziel war es, alles schön leicht und einfach zu halten. Dann ist es auch einfacher, jemanden zu verlassen.«

»Eigentlich tut er mir fast leid«, stelle ich überrascht fest. »Natürlich hat er sich wie ein Idiot benommen – aber wenn die Tochter so weit entfernt wohnt? Das ist bestimmt nicht leicht.«

Guy parkt vor Nummer 21 und stellt den Motor aus. Ich löse den Sicherheitsgurt.

»Sieh mal der Wahrheit in die Augen, Gilly: Jack wollte sich nur amüsieren. Er brauchte Freiheit und Abstand von seiner Situation zu Hause. Ich mache ihm keinen Vorwurf daraus, aber er hätte wirklich ehrlich mit dir sein sollen.« Er wendet mir sein Gesicht zu. »Ich wünschte nur, er hätte nicht ausgerechnet dich verletzt.«

Ich nicke.

»Alles in Ordnung?«

Ich zucke mit den Schultern.

»Komm her«, sagt er und zieht mich an sich.

Er hält mich fest in den Armen und streichelt zärtlich über mein Haar. Als wir uns trennen, schaue ich ihm in die Augen. Und ehe ich Gelegenheit habe, ihm dafür zu danken, dass er sich auch heute wieder als guter Freund erwiesen hat, nimmt er mein Gesicht in beide Hände und küsst mich.

Ich erwidere den Kuss, ohne mir darüber Gedanken zu machen, ob das, was wir machen, nun richtig oder falsch ist.

»Gilly«, murmelt Guy, »das wollte ich schon so lange tun.«

Wir können nicht aufhören, uns zu küssen, bis plötzlich Guys Handy klingelt.

Ich ziehe mich zurück.

Widerstrebend und ohne mich aus den Augen zu lassen,

nimmt er das Gespräch an. Auf seinen Lippen liegt ein leises Lächeln. Mein Herz schlägt, als wolle es zerspringen. Ich sehne mich danach, in seinen Armen zu liegen und seine Berührung zu spüren.

»Flora, grüß dich! Klar…«

Ich wende mich ab. Die Realität hat mich eingeholt.

»Morgen?« Kurze Pause. »Nein, natürlich freue ich mich.« Er hört zu. »Nein, das ist prima. Ich bin bloß ein wenig überrascht.«

Ich strecke die Hand zum Türgriff aus und öffne die Beifahrertür.

»Ich werde da sein«, sagt er, sichtlich bemüht, das Gespräch zu beenden. »Wir sprechen darüber, wenn du wieder zu Hause bist.«

»Gute Nachrichten?«, frage ich, öffne den Kofferraum, lasse Ruskin herausspringen und greife nach meiner Tasche.

»Sie kommt heim. Ihr Flieger landet morgen Abend.«

Er folgt mir zur Eingangstür. Meine Hand zittert so sehr, dass ich kaum aufschließen kann.

»Morgen?«, wiederhole ich.

Im Haus lasse ich meine Tasche auf einen Sessel fallen, bücke mich wie betäubt nach meiner Post und gehe sie durch.

»Gilly?«

»Es ist nichts passiert. Ich halte den Mund.«

»Wir müssen reden.«

»Du freust dich bestimmt auf sie.«

»Gilly…«

»Was hat sie gesagt?«

»Hm…«

»Nun rede schon.«

»Sie sagte, sie wolle Trouble in die Arme schließen und…«, er hält kurz inne, »… und mich heiraten«, presst er hervor.

Die Enttäuschung und Demütigung, die ich spürte, als ich Jack und Nancy erwischte, ist nichts gegen das, was ich jetzt empfinde.

Ich habe Jack nie geliebt, meine Gefühle für ihn waren nie wirklich tief.

Jetzt heiratet Guy.

Was hat das alles für einen Sinn? Am liebsten würde ich laut losschreien.

»Verstehe.«

Ich ziehe die Vorhänge im Wohnzimmer zu und schalte ein paar Lampen ein. Mir ist bewusst, dass Guy jede meiner Bewegungen verfolgt. Ich hebe das Bunny-Outfit auf, das noch von gestern auf dem Boden liegt, und werfe es über das Treppengeländer.

»Gilly, hör auf. Sieh mich an.«

Aber ich kann ihn nicht anschauen.

»Gilly …«

Guy folgt mir in die Küche, während ich vorgebe, mit Ruskin zu reden, und ihn dann in den Garten hinauslasse.

»Bitte! Wir müssen uns unterhalten.«

»Oh Guy, da gibt es nichts zu reden«, bricht es aus mir hervor. »Was hätte es denn noch für einen Sinn? Du wirst heiraten!«

Ich setze Wasser auf, obwohl ich keine Lust auf Tee habe, und öffne ziellos ein paar Schränke.

Guy drängt sich an mir vorbei, bis er ganz nah vor mir steht. Er schaut mir in die Augen.

»Ich weiß, dass es schwierig ist«, sagt er sehr ruhig, »aber wir müssen darüber reden, was gerade passiert ist.«

Am liebsten hätte ich ihn wieder geküsst, doch ich schiebe ihn von mir fort.

»Wir können nicht so tun, als ob zwischen uns nichts ist«, fleht er.

»Aber es muss sein.« Meine Stimme zittert. Ich reiße mich zusammen, so gut ich kann. »Es gab da einen kurzen Augenblick, Guy, okay. Und jetzt kommt Flora nach Hause. Du liebst sie, nicht wahr?«

Stumm blickt er mich an. »Ich weiß es nicht. Vielleicht …«

»Siehst du? Wir müssen vergessen, was passiert ist.«

»Aber ich kann nicht. Es war nicht nur ein Kuss; es war mehr, und das weißt du.«

Ich blicke ihm direkt ins Gesicht. »Du liebst sie noch, und sie kommt nach Hause. Wo soll ich dabei bleiben?«

»Ich weiß nur, dass ich etwas für dich empfinde. Sehr viel sogar.«

»Aber das hilft mir auch nicht weiter, Guy.«

Ich entferne mich von ihm, doch er folgt mir.

»Sieh mich an«, fleht er und greift nach meiner Hand, »Gilly, sieh mich an.«

Er nimmt mich in die Arme, und ich wehre mich nicht.

»Ich will nicht noch einmal verletzt werden«, sage ich, bevor ich mich losreiße. »Es geht nicht, Guy.«

»Ich würde dir nie wehtun, Gilly.«

Ich schlage die Hände vors Gesicht.

»Ich glaube, du solltest jetzt besser gehen.«

»Aber ich will nicht.«

»Guy!« Ich werde laut. »Ich kann das nicht! Es ist unmöglich. Geh jetzt!«

»Gilly!«

»Bitte, geh!«, schreie ich ihn an.

Dann stehe ich in der Dunkelheit allein im Flur und höre den Lieferwagen wegfahren.

Er ist weg. Tränen rinnen über mein Gesicht.

Ich mag nicht allein oben in meinem Bett schlafen, also kuschle ich mich mit Ruskin auf mein Sofa, finde aber beim besten Willen keine Ruhe.

Ich beschließe, Mum anzurufen. Bitte, heb ab, bete ich innerlich. Es wäre mir so wichtig, deine Stimme zu hören!

Nach einigem Läuten meldet sich nur der Anrufbeantworter. Patricks Stimme sagt: »Elizabeth und Patrick können im Augenblick nicht ans Telefon kommen.«

Ich knalle den Hörer auf die Ladestation, ohne eine Nachricht zu hinterlassen.

Nick kann ich nicht anrufen, weil Nancy rangehen würde, und außerdem will ich mit Mum sprechen – nicht mit Nick!

Als Ed mich verließ, hat sie mich in den Armen gewiegt wie ein kleines Kind, bis ich einschlafen konnte.

Ich glaube, Kinder brauchen ihre Mütter lebenslang.

Ich versuche es ein zweites Mal, aber nach wie vor antwortet niemand.

»Gilly«, begrüßt mich Gloria, während sie ihren Morgenmantel zubindet und Ruskin und mich einlässt, »was ist los? Ist etwas passiert?«

Wie gut, dass sie wieder da ist!

Ich berichte zunächst von Jack, und Ruskin legt sich auf seine angestammte Stelle vor dem Kamin.

»Dieser verdammte Halunke!«, schimpft sie und reicht mir das zweite Glas Cognac. »Tut mir wirklich leid, Gilly. Es ist meine Schuld. Ich habe dich schließlich ermutigt, mit ihm auszugehen, ich habe …«

Ich entdecke Prospekte einiger Immobilienagenturen auf ihrem Couchtisch.

»Du willst doch nicht etwa umziehen?«, unterbreche ich sie.

»Nein, Gilly, ich wollte nur wissen, wie viel mein Haus inzwischen wert ist.«

Sie erhebt sich aus ihrem Sessel und setzt sich neben mich. Offenbar spürt sie meine Traurigkeit.

»Geh nicht weg, Gloria …«

»Gilly«, sagt sie leise, »das werde ich nicht. Und wenn du wegen Jack so traurig bist: Er ist es nicht wert, Liebes.«

»Jack ist mir egal.« Ich fange an zu weinen. »Du bist alles, was mir noch bleibt«, schluchze ich und klammere mich an sie wie ein kleines Kind.

»Das ist nicht wahr. Du hast so viele Freunde.«

»Ich vermisse meine Mum …«

Ich schlucke und denke an Guy. Ich kann Gloria nicht von ihm erzählen. Bald wird er fort sein. Verheiratet und fort.

»Geh nicht weg«, flehe ich und umarme sie.

»Deine flotte Rentnerin geht nirgendwohin«, verspricht sie und streichelt mein Haar – genau wie früher Mum, wenn meine Tränen nicht enden wollten.

*

Ich spüre, wie ich mit einer warmen Decke zugedeckt werde, und höre, wie ein Glas Wasser auf meinen Nachttisch gestellt wird.

»Glaube ja nicht, dass du mich loswirst, Gilly«, höre ich Gloria flüstern, bevor sie mir einen Gutenacht-Kuss auf die Wange drückt. »Nie und nimmer.«

# 40

*1990*

Nicholas und ich kommen nach Hause, unsere Tennistaschen hängen über unseren Schultern. Wir sind dreizehn und haben Ferien. Mum hat uns zu einem einwöchigen Tenniskurs angemeldet. Nicholas sagt, sie hat es getan, damit wir aus dem Haus sind.

Dad sitzt mit finsterem Gesicht am Tisch und liest etwas.

Ich öffne den Kühlschrank und nehme den Orangensaft heraus, Nicholas holt sich Chips aus dem Schrank.

»Wo ist Mum?«, fragt er.

Ich erwarte, dass Dad sagt, sie sei oben und ruhe sich aus. Mittlerweile verbringt sie die meiste Zeit mit Schlafen. Wenn sie nicht schläft, dann raucht sie.

»Dad?« Ich setze mich an den Tisch. »Stimmt etwas nicht?«

Ich schaue ihm über die Schulter und sehe, dass der Brief in Mums Handschrift geschrieben ist. Er versucht, ihn vor mir zu verbergen.

»Dad?«, frage ich.

»Es tut mir so leid«, murmelt er und blickt mich an.

In seinen Augen schimmern Tränen. Jetzt weiß ich, dass es wirklich schlimm sein muss, denn Dad weint fast nie. Mum behauptet immer, sein Herz sei aus Stein.

»Sie ist gegangen«, sagt er.

Kalte Angst krampft sich um mein Herz.

»Gegangen? Wohin?«, fragt Nicholas.

»Sie hat uns verlassen.«

*

Seit Mum nicht mehr da ist, weine ich mich jeden Abend in den Schlaf. Weder Dad noch Nicholas zeigen irgendwelche Gefühle; ich habe den Eindruck, der Sonderling in dieser Familie zu sein.

Wenn ich abends im Bett weine, versucht Dad, mich zu trösten. Er sagt dann Sachen wie, wir müssten stark sein und lernen, ohne sie zu leben.

»Kommt sie denn irgendwann zurück?«, schluchze ich.

»Ich weiß es nicht.« Er nimmt meine Hand und streichelt sie unbeholfen. »Wenn du älter bist, Gilly, wirst du feststellen, dass das Leben manchmal ganz anders ist als…«, er hält inne und blickt zu meinem Bücherregal hinauf, »… als im Märchen. Es wird Menschen geben, die dich enttäuschen. Die Wahrheit ist hart, aber so ist sie nun einmal.«

Dad sagt, Nicholas und ich dürften niemals an Mums Liebe zu uns zweifeln. Sie sei nicht weggegangen, weil sie uns nicht liebt, sondern weil sie nicht mehr unsere Mutter sein kann.

»Aber du verlässt uns nicht – oder, Dad?«

»Nie und nimmer.« Er umarmt mich. »Mich wirst du nie mehr los.«

*

Während der folgenden anderthalb Jahre fassen wir im Leben wieder Tritt und bauen uns eine gewisse Routine auf.

Nicholas und ich fahren mit dem Bus zur Schule, kommen heim, machen uns etwas zu essen, setzen uns an den Küchentisch und kümmern uns um unsere Hausaufgaben.

Dad kommt um sechs von der Arbeit, öffnet den Flaschenschrank und gießt sich ein Glas Gin ein. Später bereitet er das Abendbrot für uns zu. Früher hat Mum immer gekocht, jetzt beobachten wir lachend, wie Dad Rezepte studiert und seine dunkle Brille ihm dabei auf die Nasenspitze rutscht. Ich helfe beim Schneiden und beim Abwasch, Nicholas' Aufgabe ist es, den Tisch zu decken.

Manchmal reden wir dabei über Megan und Mum und erinnern uns, dass Mum gern bei klassischer Musik kochte.

Und wenn ich die Küche betrat, sagte Megan schon: »Hallo Gilly«, noch ehe sie meine Stimme gehört hatte. Sie konnte sich nicht umdrehen, weil sie nicht in der Lage war, ihre Halsmuskeln zu kontrollieren, aber sie erkannte meine Schritte am Geräusch.

Ich erinnere mich, dass Mum Megan eines Tages ein paar Blätter Petersilie gab, die sie in ihren kleinen dicken Händchen zerrieb.

Wenn Dad gut gelaunt ist, erlaubt er Nicholas und mir, aufzubleiben und fernzusehen. Aber vorher müssen wir versprechen, es in der Schule nicht zu erzählen. An den Wochenenden machen wir Frühstück mit getoastetem Brot und pochierten Eiern, meinem Lieblingsessen.

Mum schickt uns Postkarten von allen möglichen Orten auf der ganzen Welt. Sie unterschreibt immer mit: *Ich habe euch lieb*, aber sie schreibt nie, wann oder dass sie zurückkommt.

Nicholas wirft seine Karten in den Mülleimer, ich behalte meine und verstecke sie zwischen den Schulbüchern.

*

Eines Abends, Nicholas deckt gerade den Tisch und ich koche einen Pudding, überkommt mich plötzlich das starke Gefühl, dass Mum zurückkommen wird.

Ich kann es nicht erklären, aber manchmal sehe ich solche Dinge voraus. Dann weiß ich, dass der Wind sich dreht, ehe er es tatsächlich tut.

Als ich Nicholas davon erzähle, wirft er das Besteck auf den Tisch.

»Sie ist blöder, als sie glaubt, wenn sie denkt, sie könnte einfach so zurückkommen und wieder unsere Mum sein«, faucht er.

»Worüber streitet ihr denn jetzt schon wieder?«, ruft Dad.
»Nichts!«

Nicholas starrt mich aus dunklen, unversöhnlichen Augen an.

Dad hakt nach und fragt mich direkt.

»Komm schon«, drängt er, »wenn ihr Ärger in der Schule habt, dann muss ich es wissen. Ihr könnt es mir ruhig sagen.«

In diesem Augenblick läutet es an der Tür.

# 41

Ich drücke mit dem Finger auf den Klingelknopf, bis ich Nancys Stimme höre.

»Schon gut, ich komme ja schon!«

Endlich lässt sie mich ein.

»Sind die Kinder da?«, frage ich und stürme in den Flur, ohne mir die Mühe zu machen, meine Schuhe auszuziehen. Zum ersten Mal lässt es Nancy wortlos geschehen.

»Schön, dass du da bist, Gilly«, sagt sie in honigsüßem Tonfall. »Wir müssen miteinander reden.«

»Wo sind die Kinder?«, will ich wissen.

»Mit Freunden unterwegs. Sie sind nach …«

»Es ist mir egal, was sie machen, Hauptsache, sie sind nicht hier.«

Nancy folgt mir in die weihnachtlich geschmückte Küche. Blinkende Lichter versuchen, die unangenehme Stimmung zu überspielen. Im Fernsehen läuft ein Trailer für das Viertelfinale von *Stargazer*.

»Kaffee? Tee?«, fragt Nancy und schaltet hastig den Sender um.

Ich schweige, denn ich bin nicht zu einem gemütlichen Plauderstündchen hier.

»Ich weiß, was du sagen willst«, fängt sie an.

»Nein, das weißt du nicht. Du hast überhaupt keine Ahnung.«

Sie will meine Schulter berühren, doch ich weiche vor ihr zurück.

»Gilly, es war nur ein winziger Kuss«, flüstert sie. »Ohne jede Bedeutung.«

»Oh, dann ist ja alles in bester Ordnung. Wie dumm von mir, mich darüber aufzuregen!«

»Sprich bitte leiser.« Nancy schließt die Tür. »Nicholas kann jeden Moment nach Hause kommen.«

»Warum hast du es getan?«

»Ich wollte es nicht – es ist einfach so passiert.«

»Dinge passieren nicht einfach so.« Ich setze mich. »Warum hast du es getan? Ich verstehe es nicht.«

»Gilly, der Mann ist ein Spieler …«

»Darum geht es jetzt nicht.«

»Er war nicht der Richtige für dich. Er ist nicht der Typ, der sich bindet.«

»Aha, dann soll ich mich also noch bei dir bedanken?«

»Eigentlich schon.« Nancy streicht sich eine Haarsträhne hinter das Ohr. Sie wirkt, als sei sie stolz darauf, dass sie den Spieß umkehren konnte. »Er war wirklich nicht der Richtige für dich«, wiederholt sie mit Nachdruck.

»Es geht aber nicht darum, ob Jack der Richtige für mich war oder nicht – es geht um Loyalität. Was ist mit Nicholas?«

»Sag es ihm bloß nicht! Er braucht es nicht zu erfahren.«

»Wirklich? Ich denke, er sollte endlich wissen, dass du unglücklich bist. Dass er es ist, weiß ich schon lange.«

»Gilly, tu es nicht. Bitte!«

»Wusstest du, dass Jack ein Kind hat?«

»Was?«

»Er hat eine kleine Tochter.«

Nancy öffnet den Mund, aber kein Wort dringt heraus.

»Und er wohnt bei seiner Mutter«, fahre ich fort.

Nancy schluckt schwer.

»Sieht aus, als hätte er uns alle zum Narren gehalten, nicht wahr?«

»Sag bitte nichts zu Nicholas, Gilly«, bettelt Nancy.

»Warum hast du es getan, Nancy?«

»Ich weiß es nicht. Vielleicht aus Langeweile?«

»Langeweile?«

»Seine Aufmerksamkeit hat mir gutgetan.«

»Ich habe an dem bewussten Abend deine Unterhaltung mit Jack mitbekommen. Ihr habt euch über mich lustig gemacht.«

»Das stimmt nicht. Ich …«

»Weißt du, wie sich so etwas anfühlt?«

»Ich wollte dir nicht wehtun.«

»Wenn du dich schon an einen Mann ranmachen musstest, der nicht deiner ist, warum dann ausgerechnet an Jack?«

»Ich habe mich nicht an ihn rangemacht. Es war genau umgekehrt. Tut mir leid, Gilly, ich weiß, ich hätte ihn nicht küssen sollen, aber … ich fühle mich so einsam.«

In diesem Augenblick betritt Nicholas die Küche. Wir haben ihn nicht heimkommen hören.

»Wen hättest du nicht küssen sollen?«, fragt er.

»Nicholas, es tut mir leid. Ich wollte nicht, dass du es auf diese Weise erfährst.«

»Du hast Jack geküsst?«, fragt er Nancy schockiert.

Sie greift nach seiner Hand, führt ihn zum Tisch, und sie setzen sich. Er schüttelt ihre Hand nicht ab.

Wie kann er ihre Berührung überhaupt noch ertragen?

»Wir waren alle ein bisschen mitgenommen – es hatte nichts zu bedeuten, Liebling«, sagt Nancy übereifrig.

Nicholas schüttelt wie betäubt den Kopf.

War es das? Hat er Nancy so schnell verziehen?

Ich kann einfach nicht herumsitzen und mir das anhören. Ich will gehen, doch als ich die Haustür erreiche, scheint etwas in mir zu explodieren. Plötzlich stehe ich den beiden wieder gegenüber.

»Nicholas, ich habe mir solche Sorgen gemacht, weil ich nicht wusste, wie du reagieren würdest. Ich wollte nicht, dass ausgerechnet du verletzt wirst. Aber das …«

»Gilly«, unterbricht mich Nancy, »es reicht jetzt. Wir sind alle durch den Wind, und du bist nun einmal ein sehr emotionaler Mensch und …«

»Leck mich!«, schreie ich sie an.

Erschrocken weicht sie einen Schritt zurück.

»Nicholas«, stelle ich meinen Bruder zur Rede, »bist du nicht einmal ein kleines bisschen wütend, dass deine Frau einen anderen Mann geküsst hat? Und was ist mit mir? Schließlich war er mein Freund!«

Ich spüre eine Hand auf meinem Rücken. Nancy schiebt mich aus der Küche.

»Du bist mit einer schrecklichen Frau verheiratet. Ihr ist es egal, wem sie wehtut! Hauptsache, sie kriegt, was sie will!«, brülle ich.

»Das ist nicht wahr! Wie kannst du es wagen!«, schreit sie zurück.

Ich drehe mich um. »Glaub mir, ich wollte schon seit Langem noch viel schlimmere Dinge sagen. An dir ist kein einziger netter Charakterzug, Nancy Cooper. Du bist grausam und selbstsüchtig, Nick verdient etwas Besseres als dich.«

»Raus mit dir!« Sie wendet sich an Nicholas. »Ich dulde es nicht, dass sie mich in meinen eigenen vier Wänden beleidigt. Du stehst mir nie …«

»Schluss jetzt!«, brüllt Nicholas Nancy an. »Wie kannst du es wagen, so mit Gilly zu sprechen, nach allem, was du angerichtet hast!«

Nancy dreht sich um und rennt die Treppe hinauf.

»Ich sitze in der Falle«, sagt Nicholas tonlos, als ich ihn frage, warum er an seiner lieblosen Ehe noch festhält.

»Das ist nicht wahr«, widerspreche ich.

»Ich habe die Mädchen, Gilly. Ich kann nicht einfach gehen. Ich will sie nicht verlieren.«

»Aber findest du es okay, dass sie zwischen zwei Streithähnen aufwachsen, die alles andere als glücklich miteinander sind? Noch sind sie klein, aber je länger eure Beziehung in dieser Art und Weise weitergeht … Kinder sind nicht dumm, Nick. Wir beide können ein Lied davon singen.«

»Ich habe schon oft darüber nachgedacht zu gehen. Aber die Alternative …«

»Es gibt immer mehrere Möglichkeiten im Leben«, betone ich.

»Ja. Mum hat die Flucht gewählt. Ich möchte keinesfalls die falsche Wahl treffen.«

»So schlecht war Mums Wahl nun auch wieder nicht. Wir kamen klar.«

»Es war schrecklich«, sagt er mit Tränen in den Augen. »Du weißt genauso gut wie ich, dass es schrecklich war, Gilly.«

»Das stimmt nicht«, entgegne ich matt. »Wir waren glücklich, ehe Megan … ehe sie …«

»Ich weiß. Aber danach? Es war kaum auszuhalten, um Dad herumzuschleichen und nie darüber reden zu können. Ich habe Mum nie verziehen, dass sie uns das angetan hat. Und deswegen bringe ich es auch nicht fertig, Nancy zu verlassen. Ich muss meine Mädchen beschützen.«

»Aber du bist nicht glücklich«, wende ich ein.

»Ich kann nun mal nicht einfach aufstehen, verschwinden und meine Kinder im Stich lassen.« Seine Stimme wird lauter.

Ich verstehe ihn nur zu gut.

»Aber es wäre nicht dasselbe«, sage ich sanft. »Und für mich sieht es so aus, dass ich dich umso mehr verliere, je länger du bei Nancy bleibst.«

»Aber du verlierst mich nicht. Du kannst mich doch gar nicht verlieren.«

Unsere Hände verschränken sich ineinander.

»Ich will dich ja auch nicht bitten, dich zwischen Nancy und mir zu entscheiden«, fahre ich fort. »Und ich weiß auch, dass die Mädchen dich brauchen, aber …«

»Gilly!« Nicholas legt den Finger auf seine Lippen.

Die Haustür geht auf, und die Mädchen stürmen herein, beide mit Chipstüten in den Händen.

»Tante Gilly!«

»Bleibst du zum Abendessen?«, fragt Matilda.

Ich schüttle den Kopf und gebe beiden einen schnellen Abschiedskuss.

»Daddy, was ist mit Tante Gilly?«, fragt Hannah, als ich gehe.

»Nichts, Schätzchen«, höre ich ihn noch sagen. »Alles ist in bester Ordnung.«

# 42

*1990*

Dad öffnet die Haustür und wird blass.

»Beth?«

Er weicht einen Schritt zurück.

Meine Mutter drängt sich an ihm vorbei. »Lass mich rein. Ich kann alles erklären.«

Nicholas sieht sie an, rennt nach oben in sein Zimmer, knallt die Tür hinter sich zu und dreht seine Musik bis zum Anschlag auf.

Schockiert starre ich Mum an. Sie streckt die Hand aus, um mich zu berühren, doch ich schrecke zurück und stelle mich nah neben Dad, der meine Hand nimmt.

Mum sieht besser aus. Ihre Augen sind nicht mehr so rot, und sie hat ein wenig zugenommen. Sie trägt keinen blauen Morgenrock und riecht auch nicht nach Zigaretten.

»Ich erwarte nicht, dass ihr mich zurückhaben wollt«, fängt sie an.

Dad nickt.

Weil ich dabei bin, beherrscht er sich und bleibt zuerst ruhig.

»Ich weiß, dass ich nicht das Recht habe, mich wieder in euer Leben zu drängen. Ich habe euch im Stich gelassen.«

»Du hast deine Kinder im Stich gelassen«, erwidert Dad scharf.

»Will, versuch doch wenigstens, mich zu verstehen!«

»Oh, ich verstehe dich durchaus«, faucht er wütend. »Du bist gegangen, als es schwierig wurde. Du hast dich unseren Problemen nicht stellen können.«

»Aber ich möchte, dass Gilly und Nicholas verstehen.«

Mum blickt mich so verzweifelt an, dass Dad wieder bewusst wird, dass ich neben ihm stehe. Er lässt meine Hand los und bittet mich, in mein Zimmer zu gehen. Er will mit Mum allein sprechen.

Ich gehe die Treppe hinauf.

Ob ich mir alles nur eingebildet habe? Mum kann einfach nicht zurückgekommen sein – aber wenn ich über die Schulter zurückblicke, dann ist sie da und steht im Flur.

Im Gegensatz zu Nick knalle ich meine Schlafzimmertür nicht zu. Stattdessen bleibe ich auf dem Treppenabsatz stehen und belausche jedes Wort, das zwischen Dad und Mum fällt.

»Du hättest dir helfen lassen sollen«, sagt Dad vorwurfsvoll. »Wir hätten dich unterstützt.«

»Du hast doch noch nicht einmal mit mir darüber geredet, was passiert ist. Du hast dich verhalten, als sei nichts geschehen.«

»Um mich geht es hier doch gar nicht. Was war mit Gilly und Nicholas? Sie waren erst dreizehn! Du hattest zwei Kinder, die dich dringend brauchten.«

»Nun, ich bin ja wieder da«, antwortet Mum mit zitternder Stimme. »Ich möchte wieder ihre Mutter sein.«

»Du kannst nicht einfach verschwinden und auftauchen, wenn es dir gerade in den Kram passt. Du warst so lange fort, und wir hatten keine Ahnung, ob und wann du zurückkommst.«

»Ich weiß, aber …«

»Du kannst die Vergangenheit nicht ungeschehen machen, Beth.«

»Aber ich kann es versuchen. Ich bin wieder da, und es geht mir viel besser.«

»Ich kann nicht einfach so vergessen und vergeben. Ich kann es nicht.«

»Will, ich hatte einen Zusammenbruch!«

»Ich weiß«, sagt Dad mit einem Anflug von Verständnis, »aber …«

»Ich habe getrauert. Sie war mein kleines Mädchen. Mein Baby!«

»Wir alle haben getrauert. Du warst nicht die Einzige.«

Später an diesem Abend spricht Dad sehr ruhig mit Nicholas und mir. Er gibt uns einen Zettel mit Mums vorläufiger Adresse und Telefonnummer und versucht, uns verständlich zu machen, er habe nichts dagegen, wenn wir sie besuchen wollen. Immerhin sei sie unsere Mutter. Er würde ihr dabei helfen, eine neue Bleibe zu finden, und dann könnten wir uns entscheiden, bei wem wir wohnen wollen. Er sagt, er würde jede Wahl voll und ganz unterstützen.

Ehe ich zu Bett gehe, klopfe ich an Nicks Tür.

Er trägt die schwarz-roten Boxhandschuhe, die Dad ihm letzte Weihnachten geschenkt hat, und malträtiert seinen Punchingball. Seine Stirn glänzt vor Schweiß.

»Darf ich auch mal?«, frage ich.

Atemlos hält er inne, streift sich die Handschuhe ab und reicht sie mir, doch es ist zu spät. Ich habe bereits angefangen, auf den Ball einzudreschen. Immer und immer wieder schlage ich zu.

Nicholas verzieht sich erschrocken in eine Ecke.

Am nächsten Morgen wache ich mit wundem Herzen und roten, abgeschürften Fingerknöcheln auf.

# 43

»Hallo, Gilly«, begrüßt mich Tanya am Empfang meines Fitnessstudios.

Sie hat bemerkt, dass ich in der vergangenen Woche jeden Tag da war, und wir haben uns freundschaftlich unterhalten, wann immer sie meine Karte durch das Lesegerät gezogen hat.

»Wir bieten einen neuen Wochenend-Kurs an«, informiert sie mich.

»Worin denn?«, will ich wissen.

»Hi, Gilly«, sagt plötzlich jemand hinter mir.

Ich drehe mich um, und vor mir steht Ed im Trainingsanzug.

»Können wir miteinander reden?«

Tanya wirft uns einen neugierigen Blick zu, ehe sie uns bittet, ein Stück beiseitezugehen und ein anderes Mitglied vorbeizulassen.

Ed und ich gehen nach oben in das kleine angeschlossene Café.

Ich rieche das vertraute Aftershave und stelle fest, dass sein Haar geschnitten werden müsste.

Er holt mir ein Glas Orangensaft und scheint so nervös zu sein wie ich.

»Glückwunsch«, sage ich. »Ich habe gehört, du hast geheiratet.«

»Ich habe Mist gebaut, nicht wahr?«

Ich nicke.

Er rührt einen Löffel Zucker in seinen schwarzen Kaffee.

»Es tut mir leid. Wirklich leid. Aber es war so …«

Ich warte.

»Ich musste es beenden. Ich habe dich wirklich geliebt«, sagt er leise, weil um uns herum zu viele Leute sitzen. Ich weiß, was er als Nächstes sagen wird, denn inzwischen ist es auch mir längst klar geworden. »Aber ich glaube, unsere Liebe ist irgendwann am Alltag erstickt.«

»Kickboxen«, sagt Tanya, als ich sie nach dem Gespräch mit Ed erneut nach dem neuen Kurs frage, und reicht mir einen Zettel mit den Anfangszeiten.

Ich muss lächeln. Ich und Boxen? Eher nicht. Aber dann fällt mir Nancy ein. Ich stecke den Zettel in meine Sporttasche und sage Tanya, ich würde darüber nachdenken.

# 44

»Morgen«, grüßt mich Sam, als ich mich in der Früh zu meinen Hundefreunden unter der Eiche geselle.

Mari ist heute schon von fern zu erkennen. Sie trägt einen roten Mantel und hat sich eine Pfauenfeder ins dunkle Haar gesteckt. Sie sieht aus wie ein exotischer Vogel.

»Wo warst du?«

Ich traue mich nicht zuzugeben, dass ich Angst davor hatte, Guy zu begegnen, und deshalb drei Tage lang den Park gemieden hab. Stattdessen war ich im Fitnessstudio und bin mit Ruskin zu anderen Zeiten spazieren gegangen.

»Der Mützenmann ist nicht da«, sagt Mari, als sie sieht, wie ich hektisch die Umgebung absuche.

Seit Flora zurück ist, habe ich Guy nicht mehr gesehen.

»Du siehst müde aus«, stellt Sam fest. »Geht es dir gut?«

Erleichtert, eine Ausrede zu haben, erzähle ich die Jack-Story. Alle drängen sich um mich.

»Warte, warte!«, keucht Mari. »Er hat Nancy echt geküsst?«

»Die treulose Tomate«, erklärt Walter.

»Meine Güte, er hat eine Tochter!«, staunt Sam.

»Halt!«, ruft Ariel, der ein wenig später dazugekommen ist. »Macht bloß nicht ohne mich weiter!« Hastig hebt er Pugsy aus dem Fahrradkorb. »Worum geht es?«, erkundigt er sich atemlos.

Ich fasse die Geschichte für Ariel kurz zusammen und ende damit, dass Jack bei seiner Mutter wohnt.

»Ich kann es kaum fassen«, sagt Ariel und nimmt mich in die Arme. »Dieses Ekelpaket! Alle Männer sind Ekel«, fügt er hinzu. »Deswegen halten wir uns auch lieber an Hunde. Komm, Pugsy, gib Tante Gilly einen Kuss. Du musst sie ein bisschen aufheitern.«

Ariel geht mit mir zu einer Bank und hebt mir Pugsy entgegen, die mich beschnüffelt und anschnauft.

Mari zündet sich eine Zigarette an und gießt sich Kaffee aus ihrem Silberfläschchen in einen Becher. Auch mir bietet sie etwas davon an.

»Ist da vielleicht etwas Stärkeres drin?«, fragt Ariel.

Ich breche in Lachen aus, und bald fallen alle ein.

»Himmel«, seufze ich, »warum ist das Leben bloß so kompliziert.«

»Ein kleiner Schluck Brandy wäre jetzt wirklich nicht schlecht«, sagt Walter, der weiter hinten gestanden hat.

Ich lehne meinen Kopf an Ariels Schulter.

»Alles wird gut, Gillylein«, sagt er und streichelt mir übers Haar. »Du bist ein starkes Mädchen. Wie hast du den Mistkerl eigentlich aus der Wohnung gekriegt?«

Ich erzähle von Guy und davon, dass ich die Nacht nach dem fatalen Kuss zwischen Nancy und Jack bei ihm verbracht habe. Dass er die Schulter war, an der ich mich ausgeweint habe, und dass eigentlich Guy es war, der unbedingt die Wahrheit über Jack herausfinden wollte, und dass wir Jack gemeinsam dabei beobachtet haben, wie seine kleine Tochter sich in seine Arme gestürzt hat.

Als sich alle über Jack aufregen, verteidige ich ihn instinktiv, weil er sein Kind doch offensichtlich liebt und die Kleine sehr an ihm hängt. Mir ist klar, dass er sich nicht richtig verhalten hat, indem er mir sein Töchterchen verschwieg, aber das macht ihn noch lange nicht zu einem schlechten Menschen.

»Du bist einfach viel zu nett, Gilly«, neckt mich Mari. »Guy hat immer schon gesagt, dass er Jack nicht über den Weg traut.«

»Ich glaube eher, Guy meinte damit, er sei nicht gut genug für dich«, sagt Ariel.

»Apropos Guy«, mischt Walter sich ein. »Er hat sich vor ein

paar Tagen nach dir erkundigt. Und ich habe auch seine Freundin Fiona kennengelernt.«

»Flora«, korrigiert ihn Mari.

»Stimmt«, nickt Walter. »Sie hat erzählt, dass sie ihre Hochzeit noch vor Weihnachten planen. Sie wünscht sich, im Winter zu heiraten.«

Alle starren Walter an, nur Sam wirft mir einen Blick zu.

»Gilly?«, sagt sie. »Irgendetwas stimmt nicht mit dir, nicht wahr? Es geht um Guy, richtig?«

Als sich meine Augen mit Tränen füllen, reicht mir Walter sofort ein Taschentuch.

»Schon gut. Es ist alles in bester Ordnung.«

Irgendwie bringe ich es nicht übers Herz, ihnen zu erzählen, was passiert ist. Ich schäme mich dafür, jemanden geküsst zu haben, der demnächst heiratet. Damit bin ich doch keinen Deut besser als Nancy, oder? Ich komme mir jedenfalls schrecklich vor.

»Nichts ist in Ordnung. Du musst es uns sagen«, insistiert Ariel.

»Da drüben kommt er ja!«, ruft Walter und zeigt auf Guy, der sich von der anderen Seite der Wiese her nähert.

Ich werfe einen Blick auf meine Uhr und gebe vor, in Eile zu sein.

»Warte auf mich!«, ruft Mari und pfeift ihren Hund herbei. »Ich komme mit. Warte, Gilly!«

# 45

Mit Ruskin im Schlepptau haste ich zur U-Bahn.

»Warum so eilig?«, fragt Mari, die sich bemüht, mit mir Schritt zu halten.

Wir quetschen uns gerade noch in einen Zug. Seufzend lasse ich mich auf einen Sitz fallen. Den Blickkontakt zu Mari, die drei Plätze weiter sitzt, vermeide ich tunlichst.

Natürlich weiß ich, dass ich mich Guy irgendwann stellen muss, aber noch bin ich nicht dazu bereit, Näheres über Flora und ihre Winterhochzeit zu erfahren. Noch nicht! Ich kann mir nicht vorstellen, Flora in die Augen zu schauen, ohne dass mein Schuldgefühl sich – wie auch immer – zeigt. Guy hat recht: Ich bin unfähig zu lügen. Aber demnächst werde ich nicht darum herumkommen, Flora kennenzulernen, und muss vorbereitet sein.

»Was ist los mit dir?« Mari formt ihre Frage stumm und ein bisschen ärgerlich über die zeitungslesenden Passagiere hinweg.

»Nicht jetzt«, antworte ich ebenso stumm nur mit den Lippen.

Auf der Pimlico Road hole ich mir meinen Cappuccino und mein angewärmtes Croissant bei Manuel, dann setzen Mari und ich gemeinsam den Weg zum Geschäft fort.

»Ich wünschte, du würdest es endlich ausspucken«, seufzt Mari, die das Thema noch immer nicht fallen lassen kann.

*

Später am Tag kniet Mari mit einer Brille auf der Nase auf dem Fußboden, um die handgeschriebenen Signaturen auf unseren Vasen zu entziffern. Sie schaut zu mir herüber und erklärt, einige Preise müssten heruntergesetzt werden, um Platz zu schaffen, ehe sie im nächsten Jahr wieder auf Einkaufstour gehen könne.

»Ich könnte ein Schild mit der Aufschrift *Weihnachts-Sale* für unser Schaufenster basteln«, schlage ich vor und bin dankbar, etwas zu tun zu haben.

Als ich mein schönes neues Schild gerade im Schaufenster aufhängen will, sehe ich ihn. Ich lasse das Schild fallen und verkrieche mich hastig im Laden.

»Ich bin nicht da!«, rufe ich Mari zu und drücke mich an ihr und ihren Vasen vorbei in Richtung Treppe. »Sag ihm, dass ich nicht da bin.«

»Wem denn? Wen meinst du?«, fragt Mari und starrt mich verständnislos an. »Doch nicht etwa Guy?«, beantwortet sie ihre Frage selbst und wirbelt herum. »Das ist doch lächerlich!«

»Sag es ihm einfach«, flehe ich sie an und poltere die Treppen hinunter.

»Grüß dich, Mari, alles okay bei dir?«, höre ich Guy sagen. Noch ehe Mari antworten kann, fragt er auch schon: »Ist Gilly da?«

Ruskin bellt.

»Hallo Ruskin! Gilly? Ist sie da?«

»Tut mir leid, Guy, du hast sie um ein paar Minuten verpasst«, sagt Mari.

»Wirklich?«

Ich höre Papier rascheln.

»Die sind ja herrlich! Wunderschöne Blumen.«

»Könnte ich hierbleiben und auf sie warten? Ich muss wirklich dringend mit ihr reden.«

»Ich fürchte, sie kommt heute nicht mehr zurück. Sie hat sich heute Morgen nicht wohlgefühlt.«

Prima, Mari. Du machst es genau richtig.

»Sie kommt nicht mehr?«, hakt Guy nach.
»Ja, sie ist nach Hause gegangen.«
»Und warum hat sie Ruskin nicht mitgenommen?«
»Habe ich ›nach Hause‹ gesagt?« Mari lacht künstlich.
»Hör auf damit, Mari. Sie will einfach nicht mit mir reden, richtig?«
Schweigen.
Ich zögere. Nun komm schon, sage ich mir. Sprich mit ihm. Steh auf und geh nach oben. Rede mit ihm. Irgendwann muss es schließlich sein.
»Ich weiß nicht, was zwischen euch vorgefallen ist«, sagt Mari schließlich, »aber sie möchte dich im Augenblick weder sehen, geschweige denn mit dir reden, Mützenmann.«
»Schon gut, schon gut.« Seine Stimme klingt ungeduldig. »Dann sag bitte, dass ich in der Nähe bin, falls sie es sich anders überlegt.«
Ich höre die Türglocke.

»Verlange so etwas nie wieder von mir!«, schimpft Mari, als ich mich schließlich wieder nach oben traue. »Und dein Gehalt behalte ich so lange ein, bis ich weiß, was zwischen euch vorgefallen ist.«
»Das ist Erpressung!« Ich lächle verschämt.
Natürlich hätte ich nicht verlangen dürfen, dass Mari für mich lügt.
»Nenn es, wie du willst, aber du siehst kein Geld, bis du mir nicht alles haarklein erzählt hast.«
»Mari, kann ich mir eine Woche freinehmen?«
»Gilly, ich mache mir wirklich Sorgen um dich. Hast du irgendwelchen Ärger?«
»Nein, ich brauche nur eine Auszeit.«
Und dann erzähle ich ihr alles.

*

Abends treffe ich Anna und Susie auf ein paar Drinks.

Beide bestehen darauf, dass ich mit Guy rede – und auch Mari hat mir bei unserer Unterhaltung schon dazu geraten.

»Okay, er ist verlobt«, sagt Anna vorsichtig, »aber ich bin der Meinung, man muss den Leuten klarmachen, was man empfindet. Ich habe es Paul damals gesagt, und du siehst, was daraus geworden ist. Du solltest Guy sagen, was du fühlst. – Was fühlst du überhaupt?«

»Vor allem bin ich sehr verwirrt«, sage ich.

Susie erzählt, dass sie mit den Kindern für fünf Tage nach Aldeburgh in Suffolk zu ihren Eltern fährt, und versichert mir, ich sei dort immer sehr willkommen. Zwar sei es im Haus ziemlich kalt, warnt sie mich, aber in der Nähe gebe es ein paar wirklich nette Pubs, außerdem sei das Seeklima gut für Leib und Seele.

»Hättest du nicht Lust mitzukommen?«, fragt sie.

»Mach nur«, drängt Anna. »Eine gute Idee. Kehre London für ein paar Tage den Rücken.«

# 46

Susie, die Kinder, Ruskin und ich machen lange Strandspaziergänge, vor dem Zubettgehen lese ich meinem Patenkind Rose vor, und ich spiele Karten mit Susies Eltern Tom und Diane.

Die beiden sind ein interessantes, ziemlich mondänes Paar. Beim Dinner erzählen sie mir von ihrem Leben in New York und davon, wie Tom in der Manhattan Avenue ein Juweliergeschäft eröffnet hat.

»Es war immer schon mein Traum, in Amerika zu leben«, sagt Tom.

Wenn die Kinder und die Eltern im Bett sind, sitzen Susie und ich gemütlich zusammen, trinken Rotwein und schwatzen bis in die frühen Morgenstunden. Ich sauge ihre Gesellschaft auf wie ein Schwamm; Susie ist wie die Sonne, die mich wärmt.

Außerdem habe ich endlich Zeit zum Schreiben. Wenn wir nicht spazieren gehen, suche ich mir irgendwo im Haus ein ruhiges Plätzchen, arbeite das Gerüst für meinen ersten Roman aus und mache mir zu jeder Figur Notizen.

Der Kurzurlaub sei genau das, was ich gebraucht hätte, sage ich zu Susie und bedanke mich für ihre Einladung. Susie versteht meine Gefühle.

»Ich liebe Mark wirklich«, sagt sie, »trotzdem tut es mir gut, manchmal ein paar Tage wegzufahren.«

Das Beste an Aldeburgh aber ist, dass es hier weder Handyempfang noch einen Fernseher gibt. Mein Telefon schweigt eine ganze Woche lang, sodass ich mit niemandem außer den Anwesenden reden muss. Auch an das nahende Finale von *Stargazer* werde ich durch keine Werbung oder Trailer erinnert.

Stattdessen habe ich viel Zeit, um nachzudenken.

In der Nacht kommen mir oft düstere Gedanken. Ich liege im Bett und stelle mir vor, alt zu sein, in meinem Schaukelstuhl im Haus am Meer zu sitzen und über mein Leben zu sinnieren. Ich weiß, dass ich vieles bereuen würde.

Zum Beispiel täte es mir leid, dass ich keine engere Beziehung zu meiner Mutter gepflegt habe. Nick und ich entschieden uns dafür, weiterhin bei unserem Vater zu wohnen, und schlossen einen Pakt, dass wir Zwillinge immer zusammenbleiben würden. Nachdem Nick sich entschieden hatte, Mum nicht zu verzeihen, war meine eigene Wahl ebenfalls klar gewesen.

Ich denke auch über Guy nach und darüber, was ich für ihn empfinde. Immer wieder lasse ich unseren Kuss Revue passieren. Inzwischen weiß ich, dass ich Jack nie geliebt habe. Ebenso wenig wie Ed.

Morgens bin ich meist fröhlicher. Dann beherrschen eher praktische Dinge mein Denken, zum Beispiel geht mir durch den Kopf, was alles erledigt werden muss, wenn ich wieder zu Hause bin.

Zunächst werde ich mir einen neuen Untermieter suchen. Und noch viel wichtiger: Ich werde Zeit zum Schreiben finden. Keine Ausreden mehr, Gilly! Susies Vater hat seinen Traum verwirklicht und in Amerika gelebt, und ich will meinen Traum ebenfalls wahr werden lassen. Der dritte Punkt auf meiner Liste lautet: Guy und diesen Kuss vergessen. Wie hatte Gloria vor einiger Zeit noch gesagt? Es macht keinen Sinn, seine Zeit mit jemandem zu verschwenden, der verlobt ist. Sie hat recht, aber ich werde mich auch überwinden müssen, mit ihm zu reden.

Fast eine ganze Woche lang entrinne ich London – der U-Bahn, den Menschenmassen und sogar dem Ravenscourt Park – und genieße den Frieden am Meer, die frische Luft und die nette Gesellschaft.

Erst in meinem Auto, auf dem langen Rückweg nach London, erwacht mein Handy wieder zum Leben. Zehn neue Nachrichten. Aber mit ihnen will ich mich erst beschäftigen, wenn ich wieder zu Hause bin.

*

Mein friedlicher Urlaub findet ein abruptes Ende, als ich ihn vor meiner Haustür stehen sehe.

»Wo warst du denn?«, fragt er und hilft mir, das Gepäck auszuladen.

»Weg.«

Verwirrt schaue ich ihn an. Ich kann mich kaum noch an seinen letzten Besuch bei mir erinnern.

»Nick? Was ist los?«

»Ich wollte dich sehen.«

»Komm rein. Alles in Ordnung?«

Er folgt Ruskin und mir ins Haus.

»Die Situation ist mir über den Kopf gewachsen. Ich habe Nancy verlassen.«

Ich mache uns als kleine Stärkung Toast mit Erdnussbutter, und Nicholas erzählt mir, wie dumm er in der letzten Zeit gewesen sei. Als er Nancy kennenlernte, war er förmlich besessen von ihr.

»Sie war so bezaubernd, immer schick, und es schmeichelte mir, dass sie mir ihre Aufmerksamkeit schenkte. Aber ich glaube nicht, dass wir einander je wirklich geliebt haben.« Seine Stimme klingt gequält. »Weißt du, was in mir vorging, als ich von dem Kuss zwischen ihr und Jack erfuhr, Gilly?«

Ich schüttle den Kopf.

»Gar nichts. Ich war wie betäubt. Es war mir egal. Ich habe nicht einmal realisiert, was sie dir damit angetan hat. Dann wurde mir klar, dass ich nicht mehr mit einer Lüge leben will. Denn genau das habe ich getan. Ich habe eine Lüge gelebt. Mir ist wichtig, dass Nancy die Mutter meiner Kinder ist, und unendlich wichtig, dass die Kinder nicht leiden müssen, aber …« Traurig schüttelt er den Kopf. »Ich hatte Angst davor, sie zu verlassen, aber wenn ich es nicht getan hätte, dann …« Er bricht ab und sieht mich an. »Du hattest recht … Mir steht mehr zu.«

»Genau.«

»Und ich brauche deine Unterstützung«, erklärt er mit verletztem Blick. »Ich glaube, ich habe mich innerlich schon lange getrennt. Ich wohne zwar noch dort, aber …«

»… du bist eigentlich schon längst nicht mehr da«, nicke ich und nehme seine Hand. »In gewisser Weise hat Mum uns auch schon in dem Augenblick verlassen, als Megan starb.«

»Ich tue das Richtige, oder?«

Ich denke darüber nach.

»Sicher ist es nicht das Richtige, derart unglücklich zu sein.«

»Ich mache mir große Sorgen um die Kinder und darum, was die Trennung bei ihnen bewirken wird. Ich habe das Gefühl, sie im Stich zu lassen«, fügt er gequält hinzu.

»Aber das tust du nicht. Du bist ein wunderbarer Dad. Ein wirklich toller Vater. Und sie werden dich nicht verlieren. Du kannst deine Situation nicht mit unserer damals vergleichen. Es ist nicht das Gleiche, Nick.«

Er ballt die Hände zu Fäusten. »Ich werde sie nicht enttäuschen, Gilly. Ganz bestimmt nicht! Dazu liebe ich sie viel zu sehr. Ich werde immer für sie da sein, so wie Dad es damals für uns war.«

»Das weiß ich, Nick. Das wirst du ganz bestimmt. Und Nancy?«, frage ich, obwohl ich die Antwort fürchte. »Wie hat sie reagiert?«

Er sagt, sie seien übereingekommen, sich in aller Freundschaft zu trennen. Zu seiner Überraschung hat sie seinen Entschluss recht gefasst aufgenommen und zugegeben, dass auch sie seit einiger Zeit nicht mehr wirklich glücklich war. Trotz all ihrer Vorbehalte und obwohl sie Richmond hasst, haben sich beide darauf geeinigt, in dem Viertel wohnen zu bleiben, um den Kindern mehr Einschnitte als unbedingt nötig zu ersparen.

»Das mit Jack tut mir aufrichtig leid«, sagt Nick. »Ganz ehrlich! Nun schau dir uns bloß an!«

Ich muss lächeln. »Wir sind schon zwei …«

»Aber die Geschichte mit Jack hat vielleicht auch ihr Gutes.«

»Etwas Gutes? Was meinst du?«

»Es ist gut, dass du alles herausgefunden hast, ehe es zu spät war«, erklärt er. »Wenn man mit dem falschen Partner zusammenlebt, ist man oft einsamer, als wenn man allein ist.«

# 47

Wir schreiben den sechsten Dezember – Megans Geburtstag. Heute wäre sie achtundzwanzig geworden.

Wieder einmal setze ich eine Beschreibung meines Gästezimmers ins Internet und füge ein Foto meines Wohnzimmers hinzu. Ich hoffe auf eine schnelle Reaktion.

Während der letzten drei Monate habe ich mich an das zusätzliche Einkommen gewöhnt, das nicht nur bei der Rückzahlung meiner Kreditkartenrechnungen hilft, sondern auch gestattet, dass ich mir ab und zu einmal ein neues Outfit gönne. Tatsächlich würde ich jedem Hausbesitzer raten, sein Gästezimmer an einen Wochenendheimfahrer zu vermieten. Noch nicht einmal die Erfahrung mit Jack Baker hat mich von dieser Meinung abbringen können.

Eigentlich ist es wirklich das reinste Kinderspiel, wie Miles es so treffend formuliert, als ich das Kästchen *Jetzt registrieren* anklicke. Beim Ausloggen muss ich lächeln, weil ich mich an die Panik erinnere, die mich beim ersten Mal überkommen hat.

»Ach, Megan, hoffentlich finde ich einen netten, unkomplizierten Menschen, mit dem ich leben kann«, seufze ich und nehme das kleine gerahmte Foto von ihr in die Hand, das auf meinem Schreibtisch steht.

Auf ihm sitzt sie in ihrem Spezialstuhl und trägt ein dunkelrotes Kittelkleidchen aus Samt mit farblich passenden Schuhen. Vor ihr steht ein Schokoladenkuchen mit zwei Kerzen, und ihr hübsches braunes Haar wird von zwei rosafarbenen Klammern zurückgehalten. Sie ist so schön!

Das Telefon klingelt.

Anna will mir nur sagen, dass sie heute an mich denkt, dann legt sie schnell wieder auf, weil sie einen Fuchs in ihrem kleinen Garten entdeckt zu haben glaubt.

Anna ist unglaublich. Jedes Jahr denkt sie an Megans Geburtstag. Ich bin froh, eine so gute Freundin zu haben.

Lächelnd erinnere ich mich daran, wie wir beide an dem Geburtstag meiner kleinen Schwester von der Schule nach Hause rannten und uns unterwegs überlegten, was wir für Megan singen wollten.

»Sie liebt auch unsere Ballettaufführungen«, keuchte Anna atemlos mit ihrer Schultasche über der Schulter. »Wir könnten doch noch einmal den Hochzeitstanz aufführen.«

Zu meinem zehnten Geburtstag hatte Mum uns alle ins Ballett eingeladen. *Giselle* stand auf dem Programm, und Megan war von den Kostümen absolut begeistert. In einem Akt tanzten Mädchen in perlweißen Hochzeitskleidern, die die ganze Bühne leuchten ließen. Sie sahen aus wie funkelnde Juwelen vor einem dunkelblauen Nachthimmel. Sogar Nicholas hatte der Atem gestockt.

»Wir könnten auch den Song von Bonny Tyler singen«, schlug ich vor. »Den mag sie ganz besonders.«

Wir entschieden uns für Bonny Tyler.

»Hallo, Mum!«, rief ich, und wir ließen unsere Butterbrotdosen und Schultaschen im Flur fallen. Mum saß in der Küche, trank Tee und hatte etwas vor sich auf dem Tisch liegen, das aussah wie Flugtickets. Hastig verstaute sie die Papiere, während sie uns begrüßte.

Ich ging neben Megan in die Hocke und nahm ihre Hand in meine.

Sie lächelte ihr wunderbares Lächeln.

»Hallo, Gilly«, strahlte sie. »Guck dir mal meine Strumpfhose an!«

Sie trug eine dunkelblaue mit aufgestickten Gänseblümchen. Megan wollte ihre Kleidung immer selbst aussuchen und konnte sehr ungehalten werden, wenn Mum die Strumpfhose nicht passend zum Kleid wählte.

Anna setzte sich neben uns, nahm Megans andere Hand und machte ihr ein Kompliment, weil sie so schön angezogen war.

Wenn meine Klassenkameraden mich fragten, ob ich zu ihnen nach Hause kommen und mit ihren neuen Spielsachen spielen wollte, verneinte ich immer. Schließlich hatte ich Megan mit ihren langen, hübsch gebogenen Wimpern, ihren süßen, runden Bäckchen, die ich so gern küsste, und ihren großen blauen Augen, die immer aufleuchteten, wenn ich das Zimmer betrat.

Anna und ich zogen die Vorhänge zu und dimmten die Beleuchtung im Wohnzimmer. Megan saß in ihrem Stuhl in der Nähe der Küchentür. Durch den Türspalt konnte ich Mum am Küchentisch sitzen sehen. Sie war tief in Gedanken versunken.

»Fertig?«, fragte Anna nach einer ganzen Reihe von Fehlstarts.

Sie stand neben dem Kassettenrekorder und drückte erneut den Abspielknopf.

Bald erfüllte Megans Lachen den Raum.

Lächelnd sitze ich am Schreibtisch, summe *Total Eclipse of the Heart* vor mich hin und denke daran, wie Anna und ich mit Haarbürsten als Mikrofonersatz durch das Wohnzimmer hüpften und das Lied grölten. Manchmal summte Megan die Melodie mit, die sie gut kannte, und nachdem Anna und ich Mut gefasst hatten, sangen wir sogar zweistimmig.

Nach dem Ende des Songs rief Mum aus der Küche: »Sehr gut!«

Sie klatschte.

*

Später an diesem Tag spazieren Dad, Nicholas und ich auf den Primrose Hill. Am Abend besuchen wir Megans Kirche und zünden eine Kerze für sie an.

Ich muss an Guy denken, der genau dasselbe für sie getan hat. Mein Herz schmerzt. Ich hasse mich dafür, dass ich ihn so vermisse. Mehrfach hatte ich daran gedacht, seine Anrufe zu beantworten, aber bei der Vorstellung, er könnte just in diesem Moment mit Flora zusammensitzen und Hochzeitspläne schmieden, habe ich das Telefonat immer auf den nächsten Tag verschoben.

*

Beim Dinner frage ich Dad und Nick, ob sie auch so oft an Megan denken wie ich.

Dad nickt und lächelt, als ich mich in meinen Erinnerungen ergehe, gibt aber seine eigenen nicht preis.

Nick findet es seltsam, dass ich mich an so viele Dinge noch so klar entsinne; für ihn ist das meiste verschwommen, aber das liegt vielleicht auch daran, dass er unsere Vergangenheit unbedingt vergessen wollte.

Und dann berichte ich ihnen von Guy.

»Ich mochte ihn«, sagt Nicholas, »und zwar erheblich lieber als Jack.«

Ich erzähle, ich hätte während meines Urlaubs in Suffolk viel über ihn nachgedacht, sei aber der Meinung, es habe keinen Sinn.

»Glaubst du das wirklich?«, hakt Nicholas ein. »Und wird er Flora tatsächlich heiraten?«

Natürlich! Zwar weiß ich, dass er tiefe Gefühle für mich empfindet, aber er kann doch seine Liebe zu Flora nicht einfach abschalten, kann Flora nicht verlassen. Er gehört nicht zu der Sorte Mann, die eine glückliche Beziehung für eine andere abbricht, um sich ein paar Monate später darüber klar zu werden, dass er einen Fehler begangen hat, den er mir dann vorwerfen wird.

Ich habe die Monate mit ihm als ein Geschenk angenommen, als eine Zeit, die unwiederholbar ist und die wir buchstäblich bis zur letzten Minute ausgekostet haben. Ich werde seine Freundschaft nie vergessen, denke aber, dass es für Flora, Guy und mich das Beste ist, jetzt Abstand voneinander zu halten.

»Dad? Das ist doch das Beste, oder?«

Aber er ist in Gedanken versunken. Ich glaube, er hat mir nicht einmal zugehört.

»Dad?«

Er schaut mich an. »Tut mir leid, Gilly. Es liegt wohl am heutigen Tag.«

»Was denn?«

»Sag es uns«, drängt Nick.

»Ihr wisst, dass ich mein Herz nicht auf der Zunge trage. Schon immer. Ach, ich weiß einfach nicht, was heute mit mir los ist.« Er klopft sich auf die Brust, als wäre sein Herz aus Metall. »Da drin ist gar nichts. Und jetzt ist sie schon fünfundzwanzig Jahre tot, fünfundzwanzig verdammte Jahre! Man sollte doch meinen, es würde mit der Zeit einfacher werden. Aber ich weiß auch nicht – ich fühle einfach nichts mehr.«

Nicholas und ich sehen uns an.

Dad legt das Gesicht in die Hände. »An einem Tag wie heute … Ich kann noch nicht einmal weinen. Stattdessen streife ich unruhig durch das Haus und … Ich weiß, ich bin euch beiden ein schlechter Vater gewesen.«

Nick schiebt seinen Teller beiseite. »Aber das ist nicht wahr, Dad. Du hast immer zu uns gehalten.«

Ich greife nach seiner Hand.

Er drückt sie und streckt die andere nach Nicholas aus. »Aber genau das ist der Grund, warum eure Mutter uns verlassen hat.«

»Das stimmt doch nicht«, protestiere ich, obwohl ich weiß, dass es zumindest teilweise der Wahrheit entspricht.

»Ich bin schuld. An allem.«

»Schon gut, Dad«, sage ich ruhig. »Du kannst alles sagen.«

»Ich habe sie geliebt. Ich bin schuld.«

Dann lehnt er sich an meine Schulter und lässt seinen Tränen endlich freien Lauf.

# 48

Nach dem Wochenende von Megans Geburtstag gehe ich in den Ravenscourt Park. Inzwischen bin ich bereit, Guy wiederzusehen.

Hinter der Wiese sehe ich meine Hundefreunde warten. Basil saust wie ein Verrückter hinter seinem Ball her, Spike versucht, Hardy zu besteigen, und Walter zerrt ihn angewidert an der Leine zurück. Sam telefoniert – vermutlich mit ihrem Mann. Ariel scheint sich neue, sehr enge Jeans geleistet zu haben und nippt an seinem Kaffee im Pappbecher. Pugsy steht neben ihm.

Aber Guy? Er ist nicht dabei.

»Wo warst du?«, fragt Ariel, als bräuchte ich seine Einwilligung, um den Park und London zu verlassen.

»In Aldeburgh.«

Sam und Ariel erzählen mir, Guy sei während meiner Abwesenheit jeden Morgen im Park gewesen und habe nach mir gefragt.

»Ich werde mit ihm reden«, verspreche ich, ehe ich Mari frage, ob ich auch im kommenden Jahr in ihrem Geschäft arbeiten könne.

Ich möchte weiter an meinem Roman schreiben. Eigentlich hätte ich damit schon längst beginnen sollen, aber dafür brauche ich einen Job, der mir genügend Zeit lässt, meinen Traum zu verfolgen.

»Ich freue mich, wenn du bleibst«, lächelt Mari.

Ich erzähle ihnen, dass ich mich um einen neuen Untermieter bemühe, um mein Einkommen aufzustocken und schreiben zu können.

»Schlaues Mädchen«, lobt Ariel. »Du scheinst ja wirklich an alles gedacht zu haben.«

Als ich meinen Freunden dann von Nicks und Nancys geplanter Scheidung berichte, sorgt die Neuigkeit für eine gewisse Unruhe.

»Die armen Kinder«, meint Mari, aber ich versichere ihr, dass beide Elternteile sich darum bemühen werden, es ihnen so leicht wie nur möglich zu machen.

»Angeblich lassen sich heutzutage fünfzig Prozent aller Paare scheiden – oder waren es sogar fünfundsiebzig?«, überlegt Walter.

Der Mann hat wirklich einen Riecher dafür, wie man die Laune der Leute hebt.

*

Am Abend setze ich mich an meinen Computer. Ich will wissen, ob sich auf meine Vermietungsanzeige schon Interessenten gemeldet haben. Als mein Laptop hochfährt, klopft es an der Tür.

»Hast du schon Antworten?«, erkundigt sich Nick, der zum Abendessen vorbeigekommen ist.

Ich habe vor, meine berühmten Spaghetti Bolognese zu kochen.

Nick wohnt zurzeit im Hotel und rechnet einen möglichst großzügigen Unterhalt für Nancy aus.

Auch Gloria hat versprochen, zum Essen rüberzukommen, sobald sie ihre Beine gewachst und die Gesichtsmaske lang genug eingewirkt hat.

»Nur eine«, antworte ich.

»Und?«

»Sie war merkwürdig.«

»Merkwürdig?«

»In der Mail steht, der Kandidat liebe den Klang von ›Nummer 21‹ und würde gern die Frau kennenlernen, die dort wohnt.«

Nicholas lächelt. »Von wem ist sie?«

»Von einem gewissen Mr Cox. Ich denke, ich werde nicht antworten.«

»Warum denn? Ich finde es irgendwie witzig.«

»Ach, komm schon – der Kerl spinnt doch. Warum kann er nicht einfach etwas Normales schreiben wie: ›Ich möchte mir das Zimmer bitte ansehen.‹?«

»Mein Gott, Gilly, manchmal bist du wirklich stockkonservativ. Genau wie unser Vater!«

Beim Abendessen stelle ich fest, dass Nicks Lächeln zurückgekehrt ist. Niemand redet über seinen Kopf hinweg oder kanzelt ihn am Küchentisch ab.

Stattdessen hört Gloria ihm aufmerksam zu, als er über seine Arbeit und seine Familie spricht.

Die Kinder können noch nicht begreifen, was bei einer Scheidung geschieht – ihnen ist nicht klar, warum ihre Eltern nicht länger zusammenleben wollen. Nick weiß, dass er lernen muss, mit Fragen umzugehen wie »Warum kommst du nicht heim?«. Sie werden ihm wahrscheinlich jedes Mal gestellt werden, wenn er die Kinder für das Wochenende abholt. Er fürchtet sich vor der Enttäuschung in den Augen der Mädchen, wenn er sie an Nancys Haustür abgibt.

Nachdem sich Nick und Gloria verabschiedet haben, spiele ich eine Weile mit Ruskin und werfe, kurz bevor ich zu Bett gehe, noch einen letzten Blick in den Computer. Vielleicht sind ja noch andere Anfragen eingetroffen? Auch Gloria war der Meinung, dass sich dieser Mr Cox etwas merkwürdig anhört.

»Du brauchst ja nicht gleich den Erstbesten zu nehmen«, hatte sie gelacht.

Keine weiteren Interessenten.

Widerwillig – und eigentlich nur, um meinem Bruder zu beweisen, dass ich durchaus nicht konservativ bin – schicke ich Mr Cox eine Nachricht, er könne sich das Gästezimmer am nächsten Abend anschauen.

# 49

Als ich am darauffolgenden Tag von der Arbeit zurückkomme, fahre ich sofort meinen Computer hoch. Noch immer hoffe ich, dass vielleicht mehr Interessenten geantwortet haben. Als der Bildschirm zum Leben erwacht, klingelt das Telefon. Wahrscheinlich Mr Cox, der sich entweder verspätet oder ganz absagt.

»Hallo?« Es dauert, bis sich der Anrufer meldet. »Oh Mum, grüß dich!«

Mum erzählt mir, dass sie mit unserem Vater über Nicholas' Scheidung gesprochen hat und für eine Weile nach England kommen will.

Ich bin überrascht, wie glücklich mich die Aussicht auf ihren Besuch macht.

Während wir uns unterhalten, checke ich mein Profil.

»Ihr Angebot in Hammersmith hatte 12 Besucher und 1 Anfrage.«

Ich klicke die Anfrage an, die zu meiner Verblüffung von Jack stammt.

Weil ich unbedingt sofort lesen möchte, was er schreibt, frage ich Mum, ob ich sie zurückrufen könne, nachdem der Untermieter da gewesen ist.

Jack schreibt, seine kleine Tochter hieße Vanessa und bedeute ihm alles. Trotzdem sei er nicht bereit, *sich erneut zu binden*.

Ganz schön arrogant, denke ich. Wie kommt der Mann überhaupt auf die Idee, ich hätte ernstere Absichten gehabt? Ich hatte ihn doch lediglich gebeten, übers Wochenende in London zu bleiben.

*In der Vergangenheit habe ich eine Menge Fehler gemacht,* schreibt er weiter. *Zum Beispiel habe ich zu jung geheiratet und zu früh ein Kind bekommen. Ich liebe meine kleine Nessa, aber ich kann unmöglich daran denken, Verpflichtungen einzugehen, ehe ich nicht meine eigene Situation im Griff habe. Und da du schon fünfunddreißig bist …*

Wusste ich doch, dass mein Alter ein Problem für ihn war! Blöder Hund!

*… verstehe ich, dass dir nicht mehr viel Zeit bleibt. Es wäre unfair gewesen, dich weiter im Unklaren zu lassen und einfach weiterzumachen wie bisher. Im Augenblick wohne ich bei meinen Eltern, weil meine Ex unsere Wohnung in Bristol behalten hat. Meine Tochter ist jedes Wochenende bei mir. Um mir so schnell wie möglich eine eigene Wohnung zu kaufen, muss ich mein Geld zusammenhalten. Ich arbeite hart und habe vorläufig kein Interesse daran, eine ernsthafte Beziehung einzugehen.*

Super, und warum entschuldigst du dich nicht für deine Lügen, Jack?, denke ich, ehe ich widerstrebend weiterlese.

*Wir hatten viel Spaß miteinander, Gilly. Ich war gern mit dir zusammen. Aber wenn du ganz ehrlich bist, hast du mich nicht geliebt.*

Ich werde aufmerksamer. Ungeduldig scrolle ich die Seite hinunter.

*Ich habe gesehen, wie du ihn auf deiner Geburtstagsfeier angesehen hast, und er hat dich in derselben Art angeschaut. Ich schreibe das nicht, um mein Verhalten zu entschuldigen. Ich hätte Nancy nicht küssen dürfen – obwohl ich der Ehrlichkeit halber sagen muss, dass sie es war, die es darauf angelegt hat.*

Wie kann ein Mensch nur so arrogant sein?

Ruskin stupst meine Füße an, um mich daran zu erinnern, dass er Hunger hat.

Ich blicke auf die Uhr. Mist! Es ist Viertel vor sieben – in fünfzehn Minuten wollte Mr Cox kommen, und ich habe noch nicht einmal das Gästezimmer aufgeräumt!

Ich sprinte ins Obergeschoss, sehe nach, ob alles in Ordnung ist, fahre mir mit der Bürste durch die Haare und überlege, ob ich mich schminken soll. Ich entscheide mich dagegen, lieber möchte ich noch den Rest von Jacks E-Mail lesen.

Ich löffle Ruskins Hundefutter in seine Schüssel, lege noch einen Hundekuchen dazu und stelle ihm die Schüssel vor den Fernseher. Ruskin liebt es, beim Fressen fernzusehen.

Schnell setze ich mich wieder vor den Computer.

*Es tut mir leid, dass ich mich dir gegenüber so verhalten habe,* entschuldigt sich Jack am Schluss seiner Mail. *Trotzdem hoffe ich, dass wir eines Tages noch einmal miteinander tanzen gehen werden. Viel Glück, Gilly. Alles Liebe, Jack.*

Ein entschlossenes Klopfen an der Tür lässt mich zusammenfahren.

Ruskin bellt so laut, dass man ihn leicht für einen Rottweiler halten könnte.

Ich spähe durch den Spion, um sicherzugehen, dass mein Gast das Gartentor geschlossen hat. Ich kann Mr Cox nicht erkennen, da er mir den Rücken zugewandt hat.

»Könnten Sie bitte das Gartentor schließen?«, rufe ich. »Ich habe einen Hund.«

Nachdem ich das Scheppern des Gitters und den vorgeschobenen Riegel höre, öffne ich die Tür.

»Darf ich reinkommen?«

»Nein. Ich meine, es passt jetzt gerade nicht. Ich erwarte jemanden. Meinen neuen Untermieter.«

»Mr Cox?«

»Ja, Mr Cox«, wiederhole ich und wundere mich, woher er das weiß.

Er steht auf der Schwelle und schaut mich an.

»Darf ich reinkommen?«, fragt er erneut.

»Es passt jetzt wirklich nicht. Ich rufe dich an – versprochen!«

»Ich bin Mr Cox.«

»Nein, das bist du nicht«, entgegne ich hilflos. »Du bist Guy. Warum sagst du, du seist Mr Cox?«

»Gilly, mein Name ist Cox. Guy Cox. Ich bin dein Untermieter.«

»Aber das ist doch Quatsch. Du brauchst kein Zimmer.«

Guy schiebt sich an mir vorbei.

»Langsam werde ich verrückt«, sagt er.

»Das ist nicht meine Schuld.«

»Doch, das ist es. Du willst mich nicht sehen, du beantwortest meine Anrufe nicht, und ich weiß genau, dass du da warst, als ich vor einigen Tagen in Maris Geschäft gekommen bin. Du hast dich im Keller versteckt, nicht wahr?«

Beinahe muss ich lächeln.

»Wir brauchen ein bisschen Abstand. Das kannst du mir beim besten Willen nicht vorwerfen.«

»Wir brauchen keinen Abstand. Das ist dummes Zeug!«

»Warum bist du hier, Guy? Weiß Flora Bescheid?«

»Wir müssen reden.«

»Na gut«, nicke ich, »dann rede eben.«

Er steht so nah vor mir, dass ich ein paar Schritte zurückweiche.

»Ich musste dich einfach sehen, Gilly«, erklärt er. »Und wenn ich dich angerufen hätte, hättest du meine Nachricht entweder sofort gelöscht oder mir gesagt, dass wir uns nicht treffen können – das weiß ich. Das hier war die einzige Möglichkeit. Ich saß am Computer und habe mir mehr oder weniger zufällig die Homepage für die Untermietervermittlung angesehen, weil ich an dich dachte ... Himmel, ich denke ständig an dich. Ich kann nicht mehr aufhören ... nicht nach diesem Abend.«

»Tut mir leid, dass ich dich habe auflaufen lassen«, sage ich. »Aber auch ich musste nachdenken.«

»Und?«

»Ich habe dich vermisst. Sehr sogar. Aber das Problem ist, Guy, dass wir keine Freunde sein können. Es würde niemals funktionieren. Ich glaube, wir sollten es einfach dabei belassen.«

»Dabei belassen?«

»Ja, ich glaube, das ist das Beste.«

»Und wenn ich das nicht kann?«

»Du musst.«

»Dann willst du dir also nicht anhören, was ich zu sagen habe?«

»Was sollte es noch für einen Sinn haben, Guy?«

Er geht zur Haustür.

»Ich halte das nicht mehr aus. Ich habe wirklich alles getan, um dir zu zeigen, was ich für dich empfinde, aber du läufst immer nur weg. Ich bin gekommen, um dir etwas sehr Wichtiges zu sagen, aber du willst mir nicht einmal zuhören. Du hast recht – was macht es noch für einen Sinn? Okay. Belassen wir es dabei.«

Er öffnet die Tür.

Ich gehe einen Schritt auf ihn zu.

»Guy … warte!«

Mit der Hand an der Klinke dreht er sich um und schaut mich erwartungsvoll an.

»Es ist alles so kompliziert«, stöhne ich.

»Nein, das ist es nicht. Du hast nur Angst, mir deine Gefühle zu zeigen, und versteckst dich. Du läufst vor mir davon.«

»Ich laufe nicht vor dir davon«, entgegne ich. »Ich schütze mich nur selbst. Falls du es vergessen haben solltest: Du wirst demnächst heiraten! Ich hätte dich niemals küssen dürfen.«

Guy greift nach meiner Hand und führt mich zum Sofa. Seine Entschlossenheit überrascht mich. Ruskin springt besitzergreifend auf meinen Schoß und lässt Guy nicht aus den Augen.

»Hör mir bitte einfach nur zu, okay?«, fleht Guy mich an.

Ich nicke gehorsam.

»Meine Beziehung zu Flora ist beendet. Ich wollte es dir die ganze Zeit schon sagen. Als Flora nach Hause kam, wusste ich, dass etwas nicht stimmte. Nichts stimmte mehr. Ich hätte glücklich sein müssen und nicht ständig an eine andere Frau denken dürfen. Flora und ich waren viele Jahre zusammen. Irgendwann erschien es mir nur natürlich, ihr einen Heiratsantrag zu machen. Nach so langer Zeit hielt ich es für das Richtige. Aber als ich sie vom Flughafen abholte … als sie wieder zu Hause war … Ich konnte immer nur an dich denken … an diesen Kuss … und … Gilly, ich muss es einfach wissen: Liebst du mich?«

Ich sehe Guy vor mir, wie er mir das leere Buch schenkt, um mich zum Schreiben zu ermutigen. Ich sehe uns Runde um Runde mit Ruskin und Trouble durch den Park laufen, unseren Kaffee teilen und uns am Zebrastreifen trennen – Guy geht nach links, ich nach rechts …

»Gilly?«, drängt er. »Wenn du nichts für mich empfindest, werde ich sofort verschwinden.«

Ich denke daran, wie er in der Kirche mit Megan gesprochen und mir zu meinem Geburtstag spontan seine Lieblingsmütze geschenkt hat. Ich denke an den Kauf des Anzugs für die Hochzeit seiner Schwester, an den Spaß, den wir bei meiner Anprobe unzüchtiger Outfits hatten, und an unsere langen Spazierfahrten am Abend.

»Ich weiß, dass du mich liebst«, sagt er, »aber du hast Angst davor, erneut einen geliebten Menschen zu verlieren, nicht wahr? Aber ich werde dich sicher nicht verlassen. Ich bin gekommen, um zu bleiben.«

Ich erinnere mich, wie Guy meine Aufrichtigkeit bewunderte und mir sagte, ich sei anders als alle anderen Frauen, die er bisher kennengelernt hat. Ich liebe die Art, wie seine Augen glänzen, wenn er von seiner Arbeit erzählt. Ich bin dankbar dafür, dass er mir zugehört hat, als ich spät in der Nacht weinend vor seiner Haustür aufkreuzte, und dass er mir während des Essens bei Nancy beigestanden hat. Und ich liebe die Erinnerung daran, wie er seine Hand ausstreckte, um mir vom Eis aufzuhelfen …

»Bitte, Gilly, sag etwas«, fleht er mich an. »Ich muss wissen, wie du …«

»Jetzt halten Sie aber endlich den Mund, Mr Cox!« Ich lächle ihn an und lege ihm die Arme um den Hals. »Küssen Sie mich lieber!«

Guy und ich kuscheln auf dem Sofa.

»Flora und ich haben uns auseinandergelebt und es beide gespürt. Eigentlich hätte ich es schon an ihrer ersten Reaktion merken müssen. Welche Frau rennt schon davon, wenn ihr Freund ihr einen Antrag macht?«

Er lächelt traurig.

Als ich seinen Arm streichle, greift er nach meiner Hand und küsst sie.

»Wir wollen Freunde bleiben. Ich mag sie noch immer. Aber uns ist klar geworden, dass wir nicht mehr die gleichen Ziele verfolgen. Wir wollen keinesfalls den Fehler machen, nur deshalb zu heiraten, weil es von uns erwartet wird.«

»Ich muss mich dafür entschuldigen, dass ich dir keine Chance gegeben habe, mir all das zu sagen, und dass du dich als mein neuer Untermieter ausgeben musstest.«

»Tja – entweder musste ich diesen Trick anwenden, oder ich hätte auf die dicke Eiche im Park steigen und hinunterspringen müssen, wenn du mit Ruskin gekommen wärst. Aber ganz ehrlich: Ich habe Höhenangst.«

Ich muss lächeln. »Wenn alles schiefläuft, fehlt mir einfach der Glaube, dass sich etwas ändern könnte, aber …«

»Aber?«

»Ich hätte fester an dich glauben sollen.«

»Möchtest du wissen, welchen Spruch ich mir auf dem Weg zu dir immer wieder vorgesagt habe?«

Ich nicke.

»Ich möchte nicht dein Wochenendheimfahrer sein, sondern dein Mann für jeden Tag der Woche werden.«

Ich versetze ihm einen leichten Klaps gegen die Brust.

»Das ist ja schrecklich«, kichere ich. »Schockierend. Richtiggehend besorgniserregend. Aber ich liebe dich trotzdem.«

# 50

*Ein Jahr später*

»Hier ist es«, sage ich zu Guy, als wir den kleinen Platz in Beaminster erreichen.

Wir haben beschlossen, aus London wegzuziehen. Auf dem Land gibt es für ihn mehr Arbeitsmöglichkeiten, und ich kann zu Hause schreiben.

Ich wollte in den Westen des Landes, und nach Monaten des ziellosen Umherfahrens und Suchens hat endlich auch Guy festgestellt, dass ihm die raue Landschaft von Dorset am besten gefällt.

Wir interessieren uns für ein kleines Haus in Cattistock. Das Dorf ist größer als die meisten und hat nicht nur eine Kirche und eine Post zu bieten. Die Landschaft ist unglaublich schön, und wenn wir das Haus tatsächlich kaufen, hätte ich von der Küche aus einen herrlichen Ausblick auf Hügel, Pferde und Schafe – keine anderen Häuser weit und breit.

Beim Mittagessen im örtlichen Pub hat uns der Wirt erzählt, Cattistock sei ein junges Dorf, in dem viele Familien mit Kindern, aber auch Geschiedene und Singles leben, die mit ihrem Leben wieder ins Reine kommen wollen.

»Hier ist fast so viel los wie in London«, erklärte er selbstbewusst, »und was das Beste ist: Unser Supermarkt liefert bis in Ihr Haus.«

Als er uns nach unseren Berufen fragte, konnte ich ihm stolz erzählen, dass ich Schriftstellerin bin. Mein Roman wurde von einem Agenten angenommen, der für mich einen Vertrag über zwei Bücher bei einem führenden Verlag ausgehandelt hat. Mein Vater, Nicholas und meine Mutter, die für drei Wochen in England war, haben mich, nachdem ich davon erfuhr, zum Tee ins *Ritz* eingeladen. Noch vor einem Jahr hätte ich mir nicht träumen lassen, jemals so weit zu kommen. Ich dachte ernsthaft, ich würde auf dem Abstellgleis enden.

Aber was noch viel wichtiger ist: Als Mum, Dad, Nicholas und ich gemeinsam Tee tranken, musste ich mich tatsächlich kneifen – nie hätte ich gedacht, dass wir je wieder als Familie an einem Tisch sitzen und feiern würden.

Ich habe eine Weile gebraucht, bis ich an mich selbst glaubte und zu schreiben begann – aber immerhin habe ich es getan. Ich arbeitete in Maris Antiquitätenladen und schrieb abends oder während der Mittagspausen.

»Wenn du den Eindruck hast, in einer Sackgasse festzustecken«, hatte Richard damals gesagt, »musst du etwas anderes tun. Das Leben kann zeitweise wie ein Vorhängeschloss sein, das sich nicht öffnen lässt. Manchmal liegt es nur an der Zahlenkombination. Wenn du die nur ein winziges bisschen veränderst, dann – schwups! – springt die Tür auf.«

Ich bin froh, dass ich Richard damals wiedergetroffen habe. Es ist ein großes Glück, dass Dad und sein Vater sich kennen. Der Rat, in London zu bleiben und mich um einen Untermieter zu bemühen, war das Beste, was mir zu dieser Zeit passieren konnte. Trotz des Desasters mit Jack bereue ich nichts. Er hat mich aus meinem Schneckenhaus gelockt und mich zurück ins Leben geholt. Hätte ich ihn nicht kennengelernt, wäre ich nie zu Guy geflüchtet, nachdem Jack und Nancy sich geküsst hatten. Guy und ich wären ihm nicht gefolgt, und es wäre nie zu dem Kuss im Lieferwagen gekommen. Ohne ihn wäre ich nicht da, wo ich heute bin.

Ich werfe einen Blick zu Guy hinüber. Ich glaube, ich habe mich in ihn verliebt, als er mir das Lederbuch schenkte. *Vielleicht ist das hier deine Bestimmung,* hatte er hineingeschrieben und mir damit die Chance gegeben, mein Leben zu verändern.

Als Guy den Wagen parkt, stellen wir zu unserer Freude fest, dass es hier weder Parkuhren noch Politessen gibt.

Wir betreten das Maklerbüro, das jetzt *Butler und Sampson* heißt und deutlich belebter ist als bei meinem letzten Besuch.

Mehrere Kunden sitzen vor PC-Bildschirmen und schauen sich Exposés von Häusern an. Das Büro ist mit einem dicken Teppich, schicken Lampen und neuem Mobiliar aufgepeppt worden.

Eine pummlige blonde Empfangsdame mit Brille erkundigt sich, ob sie uns weiterhelfen könne, und ich frage nach Richard Hunter.

»Richard arbeitet schon seit über einem Jahr nicht mehr hier.« Sofort fügt sie hinzu, dass sich durchaus auch jemand anderes um uns kümmern könne, und bittet uns, Platz zu nehmen.

Als sie uns einen Cappuccino anbietet, muss ich lächeln.

Ich frage sie, ob sie Richards Adresse habe oder wisse, wo er jetzt arbeitet.

»Leider dürfen wir keine Adressen herausgeben.«

»Das weiß ich, aber ich muss ihn unbedingt sehen.«

Neugierig schaut sie mich an.

»Er ist ein guter Freund der Familie, aber wir haben uns aus den Augen verloren«, improvisiere ich. »Mein Vater ist sein Taufpate, und ... Wissen Sie, wir sind extra den ganzen Weg aus London hergefahren, um ihn zu treffen.«

Sie tippt etwas in ihren Computer und notiert dann eine Adresse auf einer Karte.

*

Guy und ich folgen einem gewundenen Sträßchen in ein Dorf namens Cerne Abbas. An der Hauptstraße gibt es keine Parkplätze, deshalb lässt mich Guy vor einem kleinen Restaurant aussteigen. Als ich die Tür öffne, empfängt mich der Duft von frisch gebackenem Brot, toskanischer Salami und in Öl gebratener Paprika. Im Gastraum stehen hübsch rot eingedeckte Tische.

»Hallo! Was kann ich für Sie tun?«

Er trägt eine blau karierte Schürze und hat abgenommen. Er sieht glücklicher und gesünder aus.

»Richard«, sage ich, »ich bin es, Gilly.«

Er schaut mich genauer an.

»Gilly mit G«, helfe ich ihm auf die Sprünge.

Ein breites Lächeln erhellt sein Gesicht. Er hat mich erkannt.

»Gilly Brown! Aber natürlich! Wie hast du mich gefunden?«

»Ich war in deinem früheren Büro und musste feststellen, dass du nicht mehr dort arbeitest.«

Er nickt. »Wie du damals schon sehr richtig erkannt hast, war ich kein besonders guter Makler.«

»Um nicht zu sagen: ein mieser!«

»Ausgebrannt«, korrigiert er mich. »Du hast mich darauf gestoßen. Ich musste etwas verändern.« Er schüttelt den Kopf. »Ich kann es noch immer nicht glauben. Ich habe so oft an dich denken müssen.«

»Ich auch an dich«, sage ich. »Du solltest unbedingt demnächst einmal nach London kommen und Dad besuchen. Er würde sich freuen, dich wiederzusehen.«

»Aber gern! Und was gibt es bei dir Neues?«

»Nun ja, wir interessieren uns für ein Haus in Cattistock, und dieses Mal kannst nicht einmal du mich davon abbringen.«

»Es würde mir im Traum nicht einfallen.«

»Und du?« Ich blicke mich in seinem Restaurant um. »Das ist toll!«

Er lächelt stolz. Offenbar hat auch Richard seine Bestimmung gefunden.

»Ich wollte mich bei dir bedanken«, fahre ich fort.

»Bei mir bedanken?« Er sieht mich verständnislos an.

»Weil du mir damals klargemacht hast, dass ich London noch nicht den Rücken kehren sollte. Ich habe deinen Rat angenommen und wieder zu leben begonnen.«

»Prima! Also bin ich doch nicht völlig nutzlos gewesen.«

»Ich habe mir einen Untermieter gesucht.«

»Und? Hat es geklappt?«

»Im Großen und Ganzen war es nicht schlecht. Sehr interessant.«

Obwohl ich ab und zu an Jack gedacht habe, wenn beispielsweise *The Tudors* im Fernsehen lief oder eines der Lieder im Radio gespielt wurde, die wir in unserer alkoholseligen Karaokenacht gesungen hatten, habe ich außer der E-Mail nichts mehr von ihm gehört, seit Guy und ich ihm bis zum Haus seiner Mutter gefolgt sind. Und dann hat er mir vergangene Woche völlig unerwartet zwei Tickets für *Stargazer* geschickt.

*Lass dich von Guy begleiten,* hatte er mir geschrieben und noch einen Smiley dazugemalt. *Schließlich weiß ich, wie sehr er die Show liebt.*

»Es war ein Wochenendheimfahrer«, füge ich hinzu und muss beim Gedanken an Jacks kurze Notiz lächeln.

»Ein Wochenendheimfahrer? Wie bist du denn darauf gekommen?«

Die Türglocke klingelt.

»Das ist eine ausgezeichnete Frage.«

»Moment«, bedeutet er dem Eingetretenen und nimmt seinen Platz hinter der Theke ein.

»Mach dir keine Umstände – die beiden gehören zu mir«, erkläre ich. »Erinnerst du dich an Ruskin?«

»Nett, dass du deinen Hund zuerst vorstellst«, grinst Guy.

Lachend sehe ich zu, wie Richard in Windeseile hinter der Theke hervorkommt und Ruskin begrüßt.

»Eigentlich sind Hunde hier nicht gestattet, aber bei deinem mache ich gern eine Ausnahme.«

Dann wendet er sich Guy neben mir zu. Ich stelle die beiden einander vor, und Guy erzählt, dass wir uns bei unseren Hundespaziergängen kennengelernt haben.

»Ich bin ihr Mann für die gesamte Woche«, sagt Guy.

Schon im Auto hatte er mir gedroht, sich bei Richard so vorzustellen.

»Ein Mal bist du damit schon davongekommen«, hatte ich gegrinst. »Aber wage es ja nicht ein zweites Mal!«

Richard schaut uns verwirrt an.

Ich strecke ihm meine linke Hand entgegen.

»Guy ist mein Verlobter«, sage ich stolz.

# 51

Unser Angebot für das Haus in Cattistock ist akzeptiert worden. Morgen ziehen Guy und ich endlich aufs Land. Wir packen, organisieren Umzugswagen, verschicken Karten mit unserer neuen Adresse und schließen nach und nach mit unserem Londoner Leben ab.

Tränenreich habe ich mich von Nick verabschiedet, der inzwischen mit einer Frau namens Amanda ausgeht, die ebenfalls zwei Kinder hat. Auch Matilda und Hannah, meiner lieben Gloria und natürlich Susie und Anna habe ich Auf Wiedersehen gesagt.

Sogar von Nancy habe ich Abschied genommen. Zu meiner Überraschung arbeitet sie inzwischen wieder; sie hat festgestellt, dass es gar nicht so übel ist, eine Verkäuferin zu sein.

Nun bleibt uns nur noch ein einziger Abschiedsbesuch am frühen Morgen.

»Pass gut auf sie auf, Mützenmann«, sagt Mari. Dann ruft sie: »He, Basil! Hierher! Verabschiede dich bei Ruskin.«

»Kommt doch ab und zu noch vorbei«, fordert Walter Guy und mich auf. »Vor allen Dingen du, Gilly – ich hoffe, du nimmst es mir nicht übel, Guy, aber ich kenne diese junge Dame immerhin seit über fünf Jahren.«

»Ohne euch wird es nicht mehr dasselbe sein«, meint Sam und sieht mich traurig an. »Vergiss uns nicht!«

»Ach, was geht uns Gilly an? Ruskin ist derjenige, den wir vermissen werden«, grinst Ariel und nimmt mich fest in die Arme.

»Ihr dürft uns jederzeit besuchen«, presse ich hervor. »Versprecht, dass ihr kommt. Und die Hunde sind natürlich auch willkommen.«

»Geh jetzt, Guy, und nimm Gilly mit, ehe sie noch in Tränen ausbricht«, ordnet Mari mit gefährlich zitternder Stimme an und wühlt in ihrer Handtasche nach Zigaretten.

»Es war wirklich schön mit euch«, sagt Guy zu unseren Freunden. »Und ich danke euch, dass ihr mich in euren Kreis aufgenommen habt.«

Er führt mich aus dem Park, doch ich kann nicht anders: Ich laufe zurück und umarme noch einmal jeden Einzelnen.

»Ich werde euch vermissen«, sage ich heiser.

*

Auf dem Heimweg mit Trouble und Ruskin äußere ich Zweifel daran, dass unsere Freunde uns wirklich besuchen kommen werden. Hundefreundschaften sind merkwürdig. Sie mögen stark sein, doch sie existieren nur im Schatten der dicken Eiche.

»Außer unserer«, meint Guy.

»Außer unserer«, bestätige ich.

Bald wird irgendjemand mit einem Welpen mich in diesem Kreis ersetzen, was nicht bedeutet, dass ich meine Hundespaziergangsfreunde vergessen werde. An unsere Morgenrunden im Ravenscourt Park werde ich immer gern zurückdenken.

Guy und ich erreichen den Fußgängerüberweg.

Diesmal biegen wir beide nach rechts ab.

# 52

*Zwei Jahre später*

»Könnten Sie bitte hier unterschreiben?«, höre ich unseren Postboten Nigel zu Guy sagen, ehe er sich erkundigt, ob heute vielleicht mein Geburtstag sei.

Ruskin bellt Nigel wütend an – so wie jeden Tag, wenn der Postbote unser Gartentor öffnet und mit seiner leuchtend roten Tasche über der breiten Schulter auf unser Haus zukommt.

Guy schimpft mit Ruskin, ehe er mir zuruft: »Gilly! Es ist da!«

»Schon unterwegs!«, rufe ich zurück und begutachte das Resultat.

So lange haben wir es schon versucht, so lange! Mit zitternden Händen drehe ich den Wasserhahn auf und nehme einen Schluck. Ich hole tief Luft, ehe ich nach unten gehe.

»Gilly!« Guy klingt ungeduldig.

Trotzdem muss ich schnell noch einmal zurück ins Bad und nachschauen – nur um wirklich ganz sicherzugehen.

Endlich im Flur, bedanke ich mich bei Nigel, der gerade gehen will.

»Heute ist keine Rechnung dabei, Mrs C«, sagt er auf dem Weg zum Gartentor. »Ihre Himbeeren sind übrigens einmalig«, fügt er hinzu, während er auf die Sträucher deutet.

Guy wuchtet das große braune Paket ins Haus.

»Wohin?«, fragt er.

»In die Küche. Schnell.«

Guy reicht mir die Schere und einen kleinen Cutter. Ich

durchtrenne das braune Packband, öffne das Paket und nehme eines der Bücher heraus. Es ist perfekt. Ich wiege es in meinen Armen wie ein Baby: *Micky, das Zauberäffchen*.

Auf dem Einband ist Micky abgebildet, wie er mit einem kleinen Mädchen neben sich auf dem fliegenden Teppich sitzt.

Es ist mein zweites Buch, aber es das erste Mal in meinen Händen zu halten ist genauso aufregend wie beim ersten. In vielerlei Hinsicht ist dieses Buch sogar noch ungewöhnlicher.

Ich klappe es auf und lese die Widmung: *Für Megan Florence Brown*. Daneben prangt ein kleines Foto von ihr, auf dem sie in ihrem roten Kittelkleidchen in ihrem Stuhl sitzt. Ihr Andenken wird in diesem Buch weiterleben.

»Was hast du oben gemacht?«, fragt Guy neugierig. »Ich habe ewig nach dir gerufen.«

Ich beginne zu weinen. Natürlich ist es dumm, aber ich kann nicht anders.

»Gilly?«, fragt er beunruhigt. »Was ist los? Das Buch sieht doch toll aus. Was ist passiert?«

Ich sehe ihn an und umklammere seine Hand.

»Ich habe gerade einen Test gemacht.«

»Oh!« Sein Griff wird fester.

»Ich habe gerade einen Test gemacht«, wiederhole ich, lächle ihn unter Tränen an und nicke ermutigend.

»Oh«, sagt er erneut, aber dieses Mal hört es sich ganz anders an.

Als er mich anschaut, stehen auch in seinen Augen Tränen. Er wagt es nicht, mir die entscheidende Frage zu stellen.

Ich beantworte sie ihm trotzdem.